KNAUR

Von Ally Taylor und Carrie Price sind bereits folgende Titel erschienen:

Die Make-it-count-Reihe
Gefühlsgewitter
Gefühlsbeben
Dreisam
Sommersturm

New York Diaries
Claire

Über die Autorin:
Carrie Price ist das Pseudonym der deutschen Schriftstellerin Adriana Popescu. Die Autorin begeistert mit ihren Romanen bereits zahlreiche Leser, die sie nun als Carrie Price nach New York in amüsante und turbulente Liebesgeschichten entführt.

CARRIE PRICE

NEW YORK DIARIES

SARAH

ROMAN

KNAUR

Besuchen Sie uns im Internet:
www.knaur.de

FSC
www.fsc.org
MIX
Papier aus verantwortungsvollen Quellen
FSC® C083411

Originalausgabe Januar 2017
Knaur Taschenbuch

Ein Imprint der Verlagsgruppe
Droemer Knaur GmbH & Co. KG, München

Redaktion: Martina Vogl
Covergestaltung: ZERO Werbeagentur, München
Coverabbildung: FinePic®, München
Satz: Wilhelm Vornehm, München
Druck und Bindung: CPI books GmbH, Leck
ISBN 978-3-426-51940-0

2 4 5 3 1

Für alle, die ihre Lieblingssongs zu laut mitsingen.

Music was my first love

Der kleine Club mit dem unauffälligen Namen *Tuned* mitten in Williamsburg, New York, dient tagsüber als angesagtes Café mit dem besten Flat White, den es für Geld zu haben gibt. Jetzt hat er sich zu einem Konzertraum voller Menschen verwandelt. Der Bass der Musik vibriert in meinem Körper und gibt meinem Herzen einen neuen Rhythmus vor – Widerspruch zwecklos. Es riecht nach Schweiß, Sommer und Alkohol, die Menschen tanzen losgelöst zum lauten Gitarrensound der Band, die uns an diesem schwülen Abend noch mehr einheizt. Ich lehne an der Wand, in der Nähe der Bar, den roten Notizblock in der Hand, den Stift lässig hinter das Ohr geklemmt. Und das nicht, weil ich den Look einer echten Musikjournalistin imitieren will, sondern weil er mir hilft, meine widerspenstige Lockenmähne irgendwie unter Kontrolle und aus dem Gesicht zu halten. Die Band auf der Bühne gibt alles, trifft den Geschmack der Leute (und die Töne), kann mich aber dennoch nicht vollkommen überzeugen. Irgendwie bin ich nicht gefesselt, ertappe meine Gedanken bei Spaziergängen zurück in meine Wohnung und zu der Frage, ob ich noch ess- und haltbare Lebensmittel im Kühlschrank habe. Nein, diese Band wird nicht die nächste Neuentdeckung der Musikwelt, die uns einen Hit nach dem anderen schenkt und deren Songs unseren Sommer bestimmen. Enttäuscht lasse ich den Block samt Stift in meine Handtasche gleiten und kämpfe mich bis zur Bar durch; ich habe dringend ein kühles Getränk verdient. Der Tag war scheinbar endlos lang und schrecklich öde noch dazu. Dieses Konzert sollte das Highlight meiner Woche werden, doch ich werde mal wieder enttäuscht.

Das freundliche Lächeln des Barkeepers empfängt mich und meine unausgesprochene Bestellung, denn noch bevor ich auch nur ein Wort sagen kann, stellt er schon einen Gin Tonic vor mir auf dem Tresen ab.

»Ach Ace, du bist offiziell mein Tageshighlight!«

Ich brülle mein Kompliment über die Musik und die Theke hinweg zu Bobby »Ace« Wallace, der mir ein weiteres strahlendes Lächeln schenkt und sich das Geschirrtuch über die Schulter wirft, bevor er sich zu mir lehnt.

»Du siehst so aus, als ob du den Drink gut gebrauchen könntest.«

»Man kennt mich hier.«

Damit nehme ich einen kleinen Schluck und genieße das eiskalte Getränk, das wie immer die perfekte Mischung hat. Noch nie habe ich einen besseren Gin Tonic genossen als hier, immer dann, wenn Ace Schicht hat. Bobby, der wirklich von allen nur Ace genannt wird, ist einer dieser Menschen, in deren Nähe man sich sofort besser fühlt. Es mag an seinem strahlenden Lächeln liegen, das auch während eines stressigen Abends nie an Ehrlichkeit verliert. Mit Leichtigkeit mixt er seine Cocktails, fängt Stress ab und gibt mir persönlich das Gefühl, ein gern gesehener Gast zu sein. Die Tattoos an seinen Unterarmen wollen auf den ersten Blick nicht zu der schwarzen Weste und dem makellosen weißen Hemd passen, das er bis zu den Ellbogen hochgekrempelt hat. Doch Ace lebt nach dem Motto: *Always dress for the job you want, not the job you have.* Es ist nur eine Frage der Zeit, bis er in den coolsten Bars dieser Stadt seine Cocktail-Shaker durch die Lüfte wirbeln lassen wird. Ein Blick aus seinen klaren Augen, und er durchschaut mich und meine Gedanken.

»Spuck es aus! Was ist los?«

»Eigentlich nichts Wildes. Diese Woche war einfach beschissen.«

Statt sich der Bestellung einer jungen Frau neben mir zu widmen, die ihren Ausschnitt fast in sein Gesicht zu schieben scheint, beugt sich Ace weiter zu mir, mustert mich eindringlich und zieht besorgt die Augenbrauen zusammen.

»Muss ich mir Sorgen machen, Sarah?«

»Quatsch! Ich habe es nur ein bisschen satt, als Pinguin verkleidet Champagnergläser auf Silbertabletts zu servieren und dabei meistens ignoriert zu werden.«

»Vielleicht musst du nur die Bluse deines Pinguin-Kostüms weiter aufknöpfen?«

Aces Lächeln wird breiter, während er kurz einen Blick auf meine Brüste wirft und dafür einen sanften, aber bestimmten Schlag gegen die Schulter kassiert. Ace ist der Typ Mann, mit dem man sofort nach Hause gehen würde, weil seine Augen schon versprechen, dass der Sex gut wird, und weil er vielleicht nicht zum Frühstück bleibt, aber den Cocktail *danach* mixt, den man sicher auch nicht vergessen wird. Leider ist er vergeben und das seit Jahren. Flirten ist für ihn nur während der Arbeitszeit erlaubt, weil es die Trinkgelder nach oben treibt. Aber alle wissen, dass er mit seiner Freundin Lisa seit über vier Jahren glücklich zusammenlebt. Schade, aber schön. Die beiden gelten als Traumpaar des Viertels und werden oft aus der Ferne bewundert. Zumindest von mir.

»Wir wissen doch beide, dass dieser Kellnerinnen-Catering-Job sowieso nicht für die Ewigkeit ist, Sarah. Es ist nur eine Frage der Zeit, bis du den Durchbruch schaffst.«

Ob er wirklich an mich glaubt oder mir einfach nur Mut machen will, weiß ich nicht. Es spielt aber auch keine Rolle, weil es trotzdem guttut, das zu hören.

»Danke, aber im Moment fühlt es sich gerade nicht so an.«

Ace zuckt mit den Schultern, nimmt erst die Bestellung der immer ungeduldiger werdenden Frau neben mir auf und dreht sich dann noch mal zu mir.

»Es fühlt sich nie so an. Es passiert immer dann, wenn du nicht damit rechnest.«

Mit einem Augenzwinkern macht er sich wieder an seinen Job, den er beherrscht und der ihm Spaß zu machen scheint. Ganz kurz flackert etwas Neid in mir auf. Wie gerne würde ich mit dem, was meine Leidenschaft ist, meine Miete bezahlen können! Stattdessen arbeite ich als Kellnerin für das Cateringunternehmen *NY Catering Chefs* und bediene Leute, die für gewöhnlich durch mich hindurchschauen, als würde das Tablett mit den Gläsern und den kleinen Häppchen magisch in der Luft vor ihnen schweben. Nicht gerade das, was man den großen Durchbruch nennt. *Noch nicht* – denn wenn ich eines nicht aufgeben will, dann ist es die Hoffnung auf meinen absoluten Traumjob: der wahre Grund, weswegen ich nach New York gekommen bin.

Wieder lasse ich meinen Blick durch das *Tuned* schweifen und erkenne Frauen und Männer in meinem Alter, die lachen, tanzen, mitsingen und einfach nur ihren Feierabend genießen. Ich bin nur ein weiteres Gesicht in dieser Stadt, eine weitere Geschichte, die damit begann, dass ich mir New York als Bühne für die Erfüllung meines Lebens ausgesucht habe.

Mein Name ist Sarah Hawks. Ich bin nur noch drei Jahre von meinem dreißigsten Geburtstag entfernt und jage seit nun knapp zwei Jahren meinem Traum in »der Stadt, die niemals schläft« hinterher. Manchmal glaube ich, ihn fast berühren zu können, doch dann macht er einige schnelle Schritte, und ich kann ihn kaum mehr sehen. Mein Traum scheint in einer deutlich besseren körperlichen Verfassung zu sein als ich. Immer einen Schritt voraus, immer kennt er eine Abkürzung, die mir – als Zugezogene – verborgen bleibt, und nie geht ihm die Puste aus. Ein ständiges Katz-und-Maus-Spiel. Manchmal ist mein Seitenstechen so schmerzhaft, dass ich am liebsten auf dem Gehweg zusammenbrechen und weinen würde. Aber dann würde der Name Sarah Hawks auf die Liste der gescheiterten Möchtegern-New-Yorker aufgenommen werden, und ich bin nichts weiter als eine dieser großen Träumenden, die mit einem großen Ziel nach New York gekommen ist und hier aufgegeben hat.

Stundenlang habe ich mir Frank Sinatras Hymne an diese Stadt angehört – im Keller unseres Wohnhauses in Chicago, wo mein Dad seiner Plattensammlung eine Art Altar gebaut hat.

Das ist meine große Motivation: Wenn ich es wirklich schaffe, dann steht mir die ganze Welt offen. Deswegen ist Aufgeben keine Option. Das habe ich mir damals am Bahnsteig in Chicago geschworen. Ich werde sicher nicht zurück nach Hause kommen und mir die gehässigen Kommentare meiner Brüder anhören, die mich grinsend am Gleis abholen, weil ich wieder bei meinen Eltern einziehen muss. *Wir haben es dir doch gesagt.* Diesen Satz will und werde ich mir nicht anhören.

Die Leute um mich herum haben ihre eigenen kleinen und großen Träume, doch keiner von ihnen ist aus dem gleichen Grund wie ich hier. Für sie ist Musik nur eine weitere Ablenkung von ihrem Alltag, sie dient nur der Hintergrunduntermalung, spielt aber keine übergeordnete Rolle. Für mich ist Musik alles. Zwischen den Plattensammlungen meines Vaters und meiner Brüder aufgewachsen, gab es bei uns zu Hause immer Musik, vollkommen egal, zu welcher Uhrzeit oder aus welchem Anlass. Ich habe keine nennenswerte Erinnerung ohne einen Song von Eric Clapton, dem Rat Pack, den Rolling Stones, Eric Burdon, den Beatles oder Deep Purple. Jetzt bin ich genau deswegen hier. Weil Chicago nicht mehr den Soundtrack für mein Leben geliefert hat. Weil ich auf der Suche nach neuer und frischer Musik bin. Nach dem Hit meines Lebens, den ich vor allen anderen entdecken und nie mehr vergessen werden kann. Doch heute Abend werde ich ihn wohl kaum finden. Die Band auf der Bühne hat keinen Wiedererkennungsfaktor, die Songs sind eingängig, aber nicht einzigartig. Eben gehört, hat man den

Refrain auch schon wieder vergessen. Die Stimme des Sängers klingt so, als wolle er wie Adam Levine von Maroon 5 klingen. Alles schon mal da gewesen. Nichts Neues.

Mal sehen, ob ich noch nettere Worte für meinen Blog-Artikel finde. Ich hasse es, Verrisse von Bands oder ihren Konzerten schreiben zu müssen, weil man nie vergessen darf, dass jeder Künstler (und sei er oder sie noch so mies) sein Herzblut in dieses Projekt steckt. Man sollte deswegen immer respektvoll Kritik üben. Zumindest ist das mein Arbeitscredo: *Sei stets ehrlich, jedoch nie verletzend.* Als mich auch der nächste Song nicht vom Hocker reißen kann, leere ich meinen Gin Tonic viel zu schnell, lege einen Schein in Aces Trinkgeldkasse und winke ihm zum Abschied. Er weiß genau, ich werde für das nächste Konzert einer noch unbekannten Band wieder hier sein, mit derselben Hoffnung, auf derselben Suche.

Es ist etwas mühevoll, mich durch die Menschenmenge bis zum Ausgang zu kämpfen. So bekomme ich mit, wie der Sänger der Band eine kurze Pause ankündigt und das Publikum davon kaum Notiz zu nehmen scheint.

»Während wir mal schnell austreten, unterhält euch unser Bassist mit einem seiner Songs.«

Klasse, der Pausenclown darf also ran. Der arme Kerl – das Publikum ist heute Abend nicht besonders dankbar. Ich weiche dem Ellbogen eines unachtsamen Gastes aus und bin fast an der Tür, als ich leise Gitarrentöne höre, die mir eine Gänsehaut bescheren. Und das in weniger als vier Sekunden. Mein Körper fühlt sich mit einem Mal so an, als würde er unter Strom stehen, und weigert sich, mir weiterhin zu gehorchen. Ich mache keinen Schritt mehr, sondern bleibe wie angewurzelt stehen, schließe die Augen und konzentriere mich ausschließlich auf die sanfte unplugged Musik, die sich unaufdringlich, aber unausweichlich einen Weg zu mir bahnt. *Bitte, bitte, lass die Stimme zu diesem vertonten Gefühl passen!*

Schenk mir ein Highlight, das sogar den weltbesten Gin Tonic übertrifft!

Meine Atmung setzt aus, als die ersten Töne gesungen werden und ich nichts anderes mehr wahrnehme als die sanfte und gleichzeitig rauhe Stimme, die unangestrengt klingt, als wäre Singen für den Interpreten so leicht wie für uns Normalsterbliche das Sprechen. Den Song habe ich noch nie gehört, weder im Radio noch irgendwo als vermeintlichen Geheimtipp im Internet. Doch ich weiß genau, dass ich ihn nie mehr vergessen und die Melodie heute Nacht im Bett noch im Kopf haben werde. Alles verlangsamt sich. Wie in Zeitlupe drehe ich mich um. Vergessen ist der Wunsch, nach ermüdenden Stunden endlich in meine Wohnung zu kommen. Den ganzen Tag habe ich mich noch nicht so lebendig gefühlt wie jetzt in diesem Moment.

Auf der Bühne steht ein Mann in schwarzen Skinny Jeans, einem schwarzen Hemd, das mit unzähligen, kleinen weißen Punkten übersät ist. Seine braunen Haare kleben ihm verschwitzt in die Stirn, seine Augen sind geschlossen, und in der Hand hält er eine schlichte Akustikgitarre. Er ist ziemlich groß, dafür aber auch recht schlaksig. Keiner dieser übertrainierten Musiker, die sich vor der Zugabe das Hemd vom Leib reißen. Doch es ist nicht sein Aussehen, das mich magisch anzieht. Es ist seine Stimme, die mich bewegt, wieder zurück in Richtung Bühne zu gehen, wo ich zu Beginn des Konzerts einen Platz ergattert hatte. Ob die Leute um mich herum noch sprechen oder atmen, das nehme ich nicht wahr, denn für mich gibt es nur noch diesen Song, der eine vergessene Jugend besingt und dessen Melancholie mich mitten ins Herz trifft, als würde er über mich, mein Leben und die Erinnerungen aus meiner Teenagerzeit singen.

You said, we would stay young like this forever.
The answer to growin' up would always be never.

But now here we are, nothing more than just strangers
like the promise back than was always in danger.

Es ist die Art und Weise, wie er die Worte singt. Als würden sie ihn quälen, wenn er sie nicht laut ausspricht, als würde er sich mit diesem Song seinen Dämonen stellen. Sofort greife ich nach meinem Block, ziehe ihn aus der Tasche, mache mir hastig Notizen und kritzele so in einer für andere unleserlichen Handschrift meine Gefühle beim Hören des Songs auf.

Melancholie, Einsamkeit, Liebe, Freundschaft, Gänsehaut, Ehrlichkeit.

Kurz sehe ich mich um und bemerke, dass die meisten Leute in Gespräche vertieft sind, sich neue Drinks an der Bar holen oder die Pause als Chance für einen flotten Toilettengang nutzen. Kopfschüttelnd blicke ich zu Ace, der meine Umkehr bemerkt hat und mich überrascht angrinst. Wie kann es sein, dass die anderen nicht das hören, fühlen und aufnehmen, was ich empfinde, wenn ich diesem Song lausche? Sind sie denn alle geistig-musikalisch umnachtet? Fast will ich sie packen und wachrütteln, sie um Ruhe und Aufmerksamkeit bitten, weil sie dem Künstler auf der Bühne nicht den Respekt entgegenbringen, den er und dieser Song verdient haben. Doch sie ignorieren meinen bitteren Blick, als wäre ich nicht da und die Musik nichts weiter als eine Begleiterscheinung des Abends. Wieder sehe ich zu dem namenlosen Musiker auf der Bühne, den ich bisher nur als niedlichen, aber unscheinbaren Bassisten einer Gitarrenrockband wahrgenommen hatte. Wie sehr ich mich doch getäuscht habe!

I just wanna tell you, that I miss you.
Tell me, do you long to see my face, too?
How can time fly by so bloody fast,
like we're only fading memories of our past.

Seine Finger streicheln die Saiten der Gitarre so sanft, als würde es sich bei dem Holzkörper um eine Frau handeln, die er zärtlich in seinen Armen hält. Zweifelsohne liebt dieser Mann seine Musik, und das spüre ich so stark, als hätte er mir sein Geheimnis zugeflüstert. Was er genau genommen auch hat. Er hat es uns allen verraten, doch die meisten Leute hier hören nicht so genau hin, um zwischen den gesungenen Zeilen das Geschenk zu erkennen. Dieser Song ist persönlich, das merkt man an der Art und Weise, wie er ihn singt. Fast zögernd, fast zu leise und vor allem viel zu ehrlich. Im Refrain mischt sich eine Portion Wut in die Stimme, wird lauter und rauher, was mich noch mehr fasziniert und diesen Song zu einem kleinen Meisterwerk macht. Wie selten passen Text, Musik und Stimme so gut zusammen, dass man das Gefühl bekommt, eine perfekte Fusion zu hören.

Sobald die letzten Töne des Songs verhallt sind, bedankt er sich fast schüchtern für die Störung und bekommt dafür halbherzigen Applaus – was mich nur wieder entgeistert den Kopf schütteln lässt. Fassungslos sehe ich mich um und applaudiere so laut und überschwenglich, dass nun mir die verwirrten Blicke gelten. Doch das ist mir egal. Es ist genau die Lautstärke, die ein solcher Song als Anerkennung verdient. Der Musiker, dessen Name ich noch immer nicht kenne, schenkt mir ein kurzes Lächeln und verschwindet dann von der Bühne, ohne zu wissen, dass er gerade zu meinem Tageshighlight geworden ist.

Backstage Queen

Außer mir stehen noch einige andere junge Frauen am Seitenausgang des *Tuned* und warten. Irgendwie werde ich das Gefühl nicht los, dass die meisten aus einem anderen Grund hier sind, denn sie kichern aufgeregt, klingen leicht alkoholisiert und stupsen sich immer wieder lachend an. Eine knüpft ihre Bluse etwas weiter auf, die andere zieht ihren Rock ein bisschen höher. Ich frage mich, ob sie damit wirklich Erfolg haben werden.

Das Konzert ist seit knapp fünfundvierzig Minuten vorbei, und ich warte darauf, dass die Jungs endlich rauskommen, weil ich mir den Bassisten, der mich allerdings als Gitarrist viel mehr überzeugt hat, etwas genauer ansehen will. Vielleicht kriege ich ein paar zusätzliche Infos für meinen Blog und kann mit ihm in Kontakt treten. Das klingt schrecklich langweilig, nicht wahr? Immerhin hoffen die anderen Frauen hier auf eine heiße Nacht mit (fast) echten Rockstars, die sie nie vergessen werden. Ich will nur wissen, wie der Song heißt.

Kaum wird die Tür aufgeschoben, ist das Gekreische groß, als würden die Rolling Stones zu ihren Hochzeiten eine ausverkaufte Konzerthalle verlassen, was den Mitgliedern der Band mit dem absurden Namen Frozen Eyeballs allerdings zu gefallen scheint. Sie nehmen sich Zeit für Fotos, signieren Hautpartien ihrer Fangirls und genießen jeden Augenblick. Ich halte bewusst etwas Abstand, immerhin bin ich kein Groupie, sondern eine Journalistin. Okay, ja, eine zukünftige Journalistin. Na gut, eine Bloggerin mit Visionen.

Können wir uns auf »Talentscout« einigen? Das wäre wohl die treffendste und unverfänglichste Beschreibung.

»Hey, schöne Frau, nicht so schüchtern!«

Der Leadsänger, der mich mit seiner grölenden Adam-Levine-Interpretation nicht überzeugen konnte, winkt mich grinsend zu sich. Irgendwas in seiner Stimme gefällt mir nicht, und ich mag es auch nicht, wenn ich so angesprochen werde. Solche Lockrufe ziehen bei mir für gewöhnlich nicht. Außerdem bin ich nicht wegen ihm hier.

»Ich habe nur ein paar Fragen.«

Ich tippe auf mein rotes Notizbuch, in der Hoffnung, mich mit diesem kleinen Requisit von den anderen zu unterscheiden.

»Sag einfach an, von wem du die Handynummer willst, und wir klären das.«

Das Gelächter ist groß, auch wenn der dazugehörige Witz eher klein war. Natürlich. Zu jedem Rockstar gehört auch eine große Klappe, das habe ich im Laufe meiner erfolglosen Karriere schon öfter bemerken dürfen. Trotzdem komme ich langsam näher, versuche Augenkontakt zu dem geheimnisvollen Bassisten – Schrägstrich – Gitarristen – Schrägstrich – Tageshighlight herzustellen, doch er ist zu beschäftigt damit, einer spärlich bekleideten Brünetten ein Autogramm zu geben und für ein Foto zu lächeln – auch wenn es eher gezwungen wirkt.

»Ich bin wegen *ihm* hier.«

Dabei deute ich mit gezücktem Kugelschreiber auf das Objekt meiner Begierde, was mich als Expertin outen sollte, nicht wahr? Doch der Sänger grinst jetzt nur noch breiter und verschränkt die Arme.

»Dann musst du dich hinten anstellen. Die Ladys hier haben auch Interesse an ihm bekundet …«

Sein Blick mustert mich unangenehm, als würde er versuchen, durch meine Jeans und das T-Shirt zu schauen, weil ich nicht ausreichend Haut zur Schau stelle. Ich wusste ja heute Morgen auch noch nicht, dass ich mich plötzlich mit Groupies messen lassen muss, die bestimmt fünf Jahre jünger sind als ich und circa zwölf Prozent mehr Körperoberfläche freilegen.

»… oder du lernst teilen.«

Wieder ist das Gelächter groß, doch mir reicht es. Das ist genug.

»Hör mal, nur weil ich Brüste habe, heißt das nicht automatisch, dass ich mit Musikern ins Bett will, okay? Ich war an einem Interview interessiert.«

Überrascht zieht er die Augenbrauen hoch.

»Für welche Zeitschrift?«

Für gar keine, du Macho-Arsch! Aber das wird noch kommen.

»Das würde ich ihm gerne selbst sagen.«

»Sag es doch mir. Dann entscheide ich, mit wem aus der Band er dich teilen darf.«

Sein Grinsen wird anzüglich, und sein Blick bleibt auf der Höhe meiner Brüste hängen.

»Weißt du, Hübsche, bei uns in der Band läuft das nämlich so …«

Aber ich habe nicht vor, ihn ausreden zu lassen. Typen wie er glauben immer, dass sie mit dieser Masche durchkommen, wenn sie vier Akkorde beherrschen und vielleicht die Töne treffen. Das mag bei den Mädchen neben mir funktionieren, doch ich bin *musikverliebt* und nicht *musikerverliebt.* Das mag ein kleiner Unterschied sein, der ihm noch nicht aufgefallen ist.

Bevor er auch nur ein weiteres Wort sagen kann, baue ich mich vor ihm auf und lege los:

»Bei euch in der Band läuft es gar nicht! Ihr habt ein echt mieses Timing, und euer Drummer zählt euch falsch ein. Das ist okay, weil achtzig Prozent eures Publikums betrunken sind und sowieso nicht wirklich zugehört haben. Als Maroon-5-Tribute Band seid ihr Mittelklasse, eure Songs haben so viel Aussagekraft wie die Werbung da drüben im Schaufenster des chinesischen Schnellimbisses. Wenn du mich also jetzt bitte mit dem talentierten Mitglied deiner Band reden lassen würdest …«

Eines ist sicher: Noch nie hat eine Frau, die nach dem Konzert auf ihn und die Jungs gewartet hat, so mit ihm gesprochen. Diese neue Erfahrung gefällt ihm wohl nicht besonders gut, aber das ist mir – ehrlich gesagt – ziemlich egal. Er zuckt nur mit den Schultern, als wäre ich sowieso nicht sein Typ, und dreht sich zum Tageshighlight.

»Brown, hier will eine *Journalistin* was von dir. Aber vorsichtig: Die ist bissig!«

Es gefällt mir nicht, wie er das Wort Journalistin ausgesprochen hat, aber das ist jetzt nebensächlich, weil der Mann mit dem gepunkteten Hemd vor mir auftaucht und mir einen entschuldigenden Blick zuwirft.

»Nehmen Sie Harry nur nicht zu ernst. Er übt schon mal für die Zeit nach dem großen Durchbruch.«

Der nicht kommen wird! Aber das behalte ich für mich und strecke ihm meine Hand entgegen.

»Sarah Hawks, ich hätte ein paar Fragen an Sie.«

»An die ganze Band, oder … ?«

»Nun, wenn ich ehrlich sein darf, hat mich Ihr Song umgehauen. Als Sie alleine gesungen haben.«

Etwas überrascht zieht er die Augenbrauen zusammen und schiebt die Hände in die Hosentaschen seiner Jeans, die am linken Knie einen kleinen Riss hat, wie ich jetzt sehen kann. Aus der Nähe betrachtet sieht er etwas jünger aus, als ich angenommen hatte. Die rauhe Komponente seiner Stimme ließ ihn eher wie Anfang vierzig klingen und nicht wie jemand, der wohl in meinem Alter ist. Seine braunen Augen mustern mich eindringlich, allerdings nur mein Gesicht, nicht meinen Körper. Davon könnte sich sein Leadsänger eine Scheibe abschneiden.

»Ich war *wirklich* begeistert.«

»Ach, Sie waren das?«

»Ich war was?«

»Die eine Frau, die zugehört hat.«

Ein kurzes Lächeln huscht über seine Lippen.

Ich nicke, schiebe meinen Kugelschreiber wieder hinter das Ohr und halte meine Locken damit besser im Zaun.

»Das habe ich allerdings. Und mir hat gefallen, was ich gehört habe. Haben Sie den Song selbst geschrieben?«

»Ja.«

Für gewöhnlich können Musiker es kaum abwarten, über sich, ihre Musik und noch etwas mehr über sich zu reden. Doch Mr. Brown, dessen Vornamen ich noch immer nicht kenne, belässt es bei dieser Antwort und kaut etwas unsicher auf der Innenseite seiner Wange.

»Basiert der Song auf persönlichen Erfahrungen?«

Spätestens jetzt wird er mit der Sprache rausrücken, mir eine traurige Geschichte über seine Kindheit in einer Kleinstadt und den großen Traum von der Musik erzählen. Es ist nicht mein erstes Interview, ich bin inzwischen einiges gewöhnt.

»Ja.«

Doch auch diesmal hält er sich bedeckt und wirkt eher unsicher, ob er mir vertrauen kann. Es macht keinen Sinn, mir großartige Notizen zu diesem absolut merkwürdigen Interview zu machen, aber vielleicht lockert ihn das ja auf. Hastig kritzele ich wieder etwas in den Block.

Komischer Typ, schöne Augen, tolles Lächeln, knappe Antworten.

Hoffentlich kann ich meine Handschrift zu Hause noch lesen, denn in einer spärlich beleuchteten Seitenstraße kurz nach Mitternacht Stichworte aufzuschreiben gehört nicht zu meinen Stärken.

»Spielen Sie außer Bass und Gitarre noch weitere Instrumente?«

Ich sollte mir Fragen einfallen lassen, die er nicht mit Ja oder Nein beantworten kann.

»Schlagzeug.«

Großartig. Es ist überdeutlich, dass er keine große Lust auf meine Fragen hat, doch ich werde sicher nicht so leicht aufgeben.

»Verraten Sie mir den Titel des Songs?«

»*Growing Pains.*«

Wachstumsschmerzen. Schnell schreibe ich den Titel auf und sehe dann wieder zu ihm.

»Sind alle Ihre Songs so persönlich?«

»Wieso nehmen Sie an, sie wären persönlich?«

»Nun, ich nehme an, man muss es erlebt haben, um so darüber singen zu können.«

Er sagt nichts. Sieht mich einfach nur an. Steht vor mir, als hätte ich ihn ertappt, sein großes Geheimnis gelüftet. Dabei war es so offensichtlich spürbar, als er gesungen hat. Wie kann er da annehmen, es wäre mir nicht aufgefallen?

»Mag sein.«

»Eine letzte Frage, Mr. Brown. Wann kann man Sie wieder singen hören?«

»Für welche Zeitung schreiben Sie doch gleich, Miss Hawks?«

Verdammt! Sofort spüre ich, wie meine Wangen zu glühen anfangen, und kann mir die dazu passende rote Färbung nur zu gut vorstellen. Es sollte mir nicht peinlich sein, aber ich weiß genau, dass er mich gleich nicht mehr ernst nehmen wird.

»Ich schreibe für einen Musikblog. Für meinen, um genau zu sein. *One girl's music box.*«

Er nickt, als hätte er es sofort geahnt und mich durchschaut.

»Dachte ich mir.«

Er trifft, ohne es zu wissen, einen wunden Punkt. Sofort spüre ich den Schmerz, der mein Ego befällt. Man wird nicht ernst genommen, wenn man nicht vom *New Yorker* oder dem *Rolling Stone Magazine* kommt. Ein Musikblog unter Millionen, nicht mal einer, den man kennen sollte. Ich bin ein Niemand. Sein amüsiertes

Lächeln trifft mich bei dieser Erkenntnis wie ein Kinnhaken. Ich hasse es, wenn man mich belächelt. Sofort schalte ich in meinen Abwehrmechanismus.

»Wieso, weil meine Fragen nicht professionell genug sind? Oder weil ich nicht versuche, Sie ins Bett zu kriegen?«

Von meinem Ausbruch unbeeindruckt, lächelt er einfach nur und zuckt mit den Schultern.

»Nein, weil es Ihnen um die Musik geht. Das tut es für die meisten seelenlosen und überbezahlten Journalisten nicht. Denen geht es um Skandale, privaten Mist und Enthüllungen.«

Oh! Jetzt sollte ich etwas sagen, doch er ist schneller.

»Wann wird das Interview denn veröffentlicht?«

Als ob man dieses kurze Frage-und-Antwort-Spiel wirklich ein Interview nennen könnte. Spätestens jetzt müsste mein Kopf so hochrot leuchten, dass ich als Landebahnbegrenzung für den JFK-Flughafen arbeiten könnte.

»Heute Nacht. Spätestens morgen.«

»Nun, Miss Hawks, ich werde mir Ihren Blog mal genauer ansehen.«

Damit reicht er mir wieder die Hand, und ich nehme sie irgendwie in Trance an.

»Ach, um Ihre letzte Frage zu beantworten. Ich trete alleine eigentlich nicht groß auf. Man findet mich eher in Parks, Unterführungen oder an Straßenecken. Keine echten Auftritte.«

»Das sollten Sie aber ändern.«

Ich antworte so schnell, bevor mich der Mut verlassen kann und mich der Gedanke, es nicht ausgesprochen zu haben, nächtelang quält.

»Ist das Ihre Bewerbung als meine Managerin?«

»Wenn Sie eine brauchen?«

Noch immer halte ich seine Hand fest, als würde ich versuchen, den Moment zu umklammern, wobei auch er keine Anstalten macht, mich loszulassen. Ganz im Gegenteil, man könnte meinen, er würde meine noch etwas fester halten. Seine Haut fühlt sich warm und glatt an, nur die Fingerkuppen sind vom Gitarrespielen rauh. Ganz kurz stolpern meine Gedanken, als ich an seine Finger denke, wie sie über die Saiten geflogen sind. Seine braunen Augen sehen mich offen an, als würden sie meinen Blick ebenso festhalten wie seine Hand die meinige. Was sich übrigens erstaunlich gut anfühlt. Er macht einen winzigen Schritt auf mich zu. Seine Stimme wird leise wie ein Flüstern und klingt jetzt wie vorhin auf der Bühne, als er gesungen hat.

»Ich werde auf das Angebot zurückkommen.«

Das Hupen eines Wagens hinter ihm holt uns beide zurück aus diesem verwirrenden Moment, von dem ich noch immer etwas mitgenommen bin. Als das Hupen lauter wird, lässt er meine Hand los und löst sich auch aus meinem Blick.

»Will, komm schon! Wir müssen die Verstärker noch nach Brooklyn fahren!«

Die ungeduldige Stimme gehört zum Sänger, der keine große Lust auf den Trip durch die Stadt zu haben scheint.

»Bin unterwegs!«

Doch er sieht noch immer zu mir und zwinkert mir kurz zu.

»Danke fürs Zuhören, Sarah.«

Dann joggt er zum Wagen, wo seine Bandkollegen warten, und steigt ein, verschwindet in die Nacht und lässt mich mit zahllosen Antworten zu weiteren Fragen zurück. Keine Ahnung, was hier gerade passiert ist, aber mein Herz hämmert den Takt seines Songs gegen meine Rippen.

New York State of Mind

Im dritten Stock des Knights Buildings, mitten in New York, liegt mein Apartment. Wenn man es objektiv betrachtet, ist es nicht gerade ein Traumhaus, aber günstig. Es ist vor allem aber typisch New York mit der Feuerleiter, dem begehbaren Dach und dem alten Fahrstuhl inklusive Eisengittertür, der die meiste Zeit defekt ist, dazu die klassischen Stufen hoch zum Eingang.

Wie jeder Mensch hatte ich ein ganz bestimmtes Bild von New York im Kopf, als ich Chicago den Rücken gekehrt habe. Jetzt laufe ich die Straße entlang auf das Gebäude zu und spüre ein Lächeln auf meinen Lippen. Das mag an Wills Augenzwinkern liegen. Oder aber an dem Anblick des Knights Buildings, das für mich all das ist, was ich wollte, als ich hergekommen bin: ein Zuhause für meine Träume und mich, der Ort, an dem ich mich wohl und geborgen fühle und im Idealfall sogar Freunde finde. Für manche ist eine Adresse wirklich nur das. Doch *mein* Knights ist mehr. So etwas wie ein enger Vertrauter mit offenen Armen, der einen erwartet, wenn man ziemlich erschlagen vom Trubel und der Geschwindigkeit der Stadt seinen Platz sucht.

Im Vorbeigehen nicke ich Oscar zu, dem freundlichen Hotdog-Verkäufer, der gerade seinen Stand an der Straßenecke aufräumt und bei dem ich mir morgen Mittag wohl wieder meine Fast-Food-Portion abholen werde. Wenn er wüsste, wie oft er mich mit dem Würstchen im Brot, das übrigens nur in New York wirklich schmeckt, vor dem Hungertod bewahrt hat! Wie immer leuchtet mir die grelle Neonreklame der 24/7-Shops den Weg – solange ich hier wohne, habe ich noch nie eine Nacht erlebt, in der diese Neonbirnen nicht die Straße beleuchtet haben. Im Chaos der Großstadt dienen sie mir als Leuchtturm und führen mich nach Hause. Schräg gegenüber scheint das Irish Pub noch immer Gäste zu beherbergen, denn der laute Gesang ist bis auf die Straße zu hören. Ja, das hier ist *mein* New York.

Mit schnellen Schritten steige ich die Stufen nach oben, schließe die Tür zum Wohnhaus auf und trete ein. Dabei ertappe ich mich, wie ich noch immer Wills Song vor mich hin summe, nehme zwei Stufen auf einmal nach oben in den dritten Stock zu meiner Wohnung, weil ich dem Fahrstuhl nicht traue. Zu alt sieht er aus, zu unzuverlässig ist er, und zu bedrohlich klingt sein Ächzen, wann immer er todesmutige Passagiere in die oberen Stockwerke chauffiert. Außerdem gibt Treppensteigen schöne Beine und hält fit, denn das Geld für ein Jahresabo im Fitnessstudio fehlt. Ebenso wie die Kohle für frische Lebensmittel. Lang lebe das *One Dollar Pizza* an der nächsten Ecke!

Doch kaum betrete ich den Flur zu meiner Wohnung, höre ich Schritte hinter mir. Aufgeregte Schritte, um genau zu sein. Ich weiß, zu wem sie gehören, noch bevor ich mich umdrehe.

»Da bist du ja endlich! Ich habe großartige Nachrichten für dich!«

Becca Salinger. Wer auch sonst? Becca wohnt nur ein Stockwerk über mir und kommt in ihrem Pyjama und mit einem Zettel in der Hand aufgeregt auf mich zu. Wie immer sieht ihre Frisur etwas unglücklich aus, dafür strahlen ihre klaren blauen Augen, und ihre vollen Lippen sind zu einem breiten Lächeln verzogen.

»Erinnerst du dich noch an Carrington Music Inc.?«

Sie gibt mir keine Chance, etwas zu antworten, weil sie schnell weiterspricht und ihre Stimme sich dabei leicht überschlägt.

»Die Typen, die deine Bewerbung ablehnten, weil sie nur Idioten in der Personalabteilung haben, weißt du noch?«

Es handelt sich natürlich um eine rhetorische Frage. Carrington Music Inc. ist ein Musikkonzern mit zahlreichen verschiedenen Labeln, eigenen Musikmagazinen – die mich alle ausnahmslos abgelehnt haben – und Studios im ganzen Land. Trotzdem hole ich vorsichtshalber Luft für eine Antwort, doch Becca wedelt mit dem Blatt in ihrer Hand einfach weiter und bringt mich damit erneut zum Schweigen, als wäre ich noch nicht an der Reihe zu sprechen, weil sie ihre großartigen News noch nicht verbreitet hat.

»Die haben eine große Firmenparty. Der alte Carrington feiert seinen siebzigsten Geburtstag so richtig ausschweifend! Es sind bestimmt alle wichtigen Leute aus der Branche vor Ort!«

Jetzt sieht sie mich abwartend an, als müsste ich in wildes Jubelgeschrei ausbrechen. Was ich aber nicht tue, weil ich a) zu müde bin und b) noch nicht so ganz verstanden habe, wo die angeteasten großartigen News denn nun bleiben.

Ich blicke auf den Zettel in ihrer Hand.

»Woher hast du die Einladung?«

»Hat Maurice vorbeibringen lassen. Also, was sagst du?«

»Wow.«

»Etwas mehr Begeisterung, Sarah!«

»Weil Mr. Carrington senior siebzig wird? Soll ich ihm noch eine Glückwunschkarte schicken, um meiner Freude Ausdruck zu verleihen?«

Becca ist manchmal etwas merkwürdig, aber das muss man als Musical-Darstellerin wohl sein. Also, zumindest ist sie auf dem besten Weg dahin, und hier und da sind sogar schon kleine Rollen im Angebot. Und so wie es sich für eine Künstlerin auf der Bühne gehört, sind ihre Gesten im echten Leben eben auch so groß, dass man sie noch in der letzten Reihe sehen kann. Ich stehe nur meistens viel zu nah dran, und so wirkt alles etwas übertrieben, wenn es auch zu ihrem typischen Becca-Charme gehört, den ich so niedlich an ihr finde. Sie ist außergewöhnlich und passt deswegen so perfekt ins Knights Building.

»Sarah! Das ist deine große Chance!«

»Ach, ist es das?«

Verwirrung verirrt sich in meine Stimme, als ich versuche, ihren Gedanken zu folgen. Was soll noch mal meine große Chance sein? Der Geburtstag eines Musikmoguls?

»Natürlich! Du nimmst deine Bewerbung mit und drückst sie dem Senior persönlich in die Hand! Und dann sagst du Folgendes …«

Sie wirft ihre dunkelblonden Haare mit einer dramatischen Geste über die Schulter, strafft den Oberkörper und sieht mich gespielt ernst an. Kurz glaube ich, sie wird gleich lossingen.

»Wenn Sie mich nicht einstellen, dann sind Sie der größte Idiot in dieser Branche, denn vor Ihnen steht der neue Robert Christgau, und ich werde den nächsten Hit der Musikindustrie vor allen anderen in Ihrem Magazin besprechen!«

Dabei stupst sie mich mit dem Zeigefinger so heftig in die Brust, dass ich einen blauen Fleck an dieser Stelle, wenn nicht sogar eine Prellung befürchte. Jetzt hält sie inne, weil die Szene vorbei ist. Sofort setzt sich wieder das typische Lächeln auf ihr Gesicht, und kurz bin ich unschlüssig, ob diese Darbietung nicht vielleicht Applaus verdient hat.

»Es würde natürlich besser klingen, wenn du es singst. Aber ich habe dich singen hören und rate dir deswegen dringend davon ab.«

Damit drückt sie mir den Flyer zur Geburtstagsparty, auf die ich übrigens nicht eingeladen bin, in die Hand.

»Becca, du solltest wirklich deinen Oreo-Cookie-Konsum nach 22 Uhr runterschrauben.«

»Du denkst, ich mache Witze? Das ist deine Chance, Sarah!«

»Und wie soll ich auf diese Party kommen? Hast du dafür auch einen Plan?«

»Muss ich gar nicht. Du wirst sowieso dort sein.«

Kurz zischt ein Hoffnungsgefühl durch meinen Körper, weil Becca vielleicht jemanden kennt, der jemanden kennt, der von jemandem, den er kennt, ein VIP-Ticket für mich ergattern konnte. Doch hätte sie solche Connections, würde sie nicht immer mal wieder die Rolle der vierten Frau in kleinen Off-Broadway-Produktionen von *West Side Story* singen. Wir beide haben unsere Träume und arbeiten hart daran, sie in Erfüllung gehen zu lassen. Nur die richtigen Connections für eine Spritze Vitamin B fehlen uns.

»Dein Boss hat angerufen. Ich war gerade in deiner Wohnung, weil bei mir mal wieder der Kabelanschluss spinnt und ich die neue Folge von *Sunset Story* nicht verpassen wollte. Ihr seid für das Catering zuständig!«

»Wann?«

»Morgen.«

»Davon weiß ich nichts.«

»Deswegen sage ich es dir ja gerade! Er hat angerufen und gefragt, ob du Zeit hast. Ich habe für dich zugesagt.«

»Becca …«

»Ich weiß, ich weiß, deine Samstage sind für den Blog und so, schon klar. Aber Carrington Music Inc.!!!«

Ihr begeistertes Gesicht – ohne Zweifel ideal für riesige Open-Air-Konzerte – erschreckt mich fast, weil ich befürchte, dass ihre Augen rausfallen könnten.

Becca ist sichtlich mit sich und dem Eingreifen in mein Leben zufrieden. Manchmal glaube ich, ihre Liebe für miese TV-Soaps färbt zu sehr auf sie ab, denn mit mäßigem Erfolg hat sie in der Zeit, in der wir uns kennen, immer wieder versucht, das perfekte Drehbuch für mein Leben zu inszenieren.

»Du kannst mir später danken.«

Ehrlich gesagt überlege ich gerade, ob ich vor dem Richter mit »nicht zurechnungsfähig« durchkomme, wenn ich Becca jetzt erwürge. Sie hat es sicher gut gemeint, aber ich wünsche mir im

Moment einfach einen Tag Pause. Ich wollte morgen mal wieder ausschlafen, den Blog überarbeiten und vielleicht noch auf ein Konzert einer angesagten Band gehen. Doch jetzt sieht alles nach Planänderung aus. Zum ersten Mal lese ich mir die Einladung durch, die auf sehr edlem Papier gedruckt wurde. Becca hält dabei vor Aufregung die Luft an. Ein bisschen habe ich ein schlechtes Gewissen, dass ich mich nicht ebenfalls vor Freude überschlage, sondern einfach nur an mein Bett denke. Ich schenke ihr ein dankbares Lächeln, weil ich weiß, dass sie recht hat. Ich werde ihr später danken. Auch wenn ich mir den dramatischen Auftritt wohl sparen und mir stattdessen die Leute dort genauer ansehen werde. Wer weiß, vielleicht kann ich ja doch ein paar Kontakte knüpfen.

»Und wie war dein Abend sonst so? Hast du einen neuen Wundermusiker entdeckt?«

Sofort hallt der Song wieder durch meinen Kopf, und ich spüre das Lächeln auf meinen Lippen, was auch Becca bemerkt.

»Das Lächeln kenne ich! So hast du gelächelt, als du die signierte Johnny-Cash-Platte gefunden hast. Erzähl mir alles!«

Doch so gerne ich das würde, ich bin zu müde und muss die Gedanken und Emotionen erst sortieren, sie aufschreiben und verarbeiten.

»Können wir das auf morgen verschieben?«

»Klar! Ich wecke dich zeitig, und dann gehen wir frühstücken. Du lässt kein Detail aus. Deal?«

Frühstück im Bett klingt so viel verführerischer, aber Becca würde niemals gehen, wenn ich jetzt nicht einfach nicke und mich von ihr in eine Umarmung ziehen lasse, die sich immer ein bisschen zu eng anfühlt und mir Atemnot beschert.

»Und morgen stellst du dich diesem Musikmogul! Ich weiß, dass du das rocken wirst. Mach mich stolz!«

Vielleicht sind Becca und ich zu verschieden, um auf der Straße in ein Gespräch zu kommen. Aber seit ich ins Knights gezogen bin, war sie da, hat mir geholfen, mir alles erklärt und mich vor der Einsamkeit in einer viel zu großen Stadt bewahrt. Inzwischen sind wir Freundinnen. Ich drücke sie ebenfalls fest an mich, weil sie an mich glaubt, wenn ich es nicht tue.

»Du weißt schon, dass ich jetzt wach bleibe, bis dein neuer Beitrag online ist, oder?«

Es mag nur eine Person sein, aber es ist genau die Motivation, die ich brauche, um weiter an mich, meinen Musikgeschmack und diesen Blog zu glauben.

»Auch wenn es noch nicht später ist: Danke, Becca.«

Mein Apartment mag klein sein, aber es ist voller Dinge, die mir ein Lächeln bescheren und diesen wahllosen Ort erst zu meinem Zuhause machen. Ich schalte (wie immer) nicht das Deckenlicht, sondern die Nachttischlampe an. Das Bett habe ich heute Morgen ausnahmsweise mal gemacht, trotzdem verraten die kleinen Kuhlen auf der Bettdecke die Tatsache, dass Becca sich von dort aus ihre Lieblingssendung auf meinem kleinen Fernseher angesehen hat. Sie hat meinen Zweitschlüssel für den Fall, dass ich mich mal aussperre. Schlüsseldienste in New York gibt es zwar wie Sand am Meer, allerdings kosten sie auch ein Vermögen. Im Gegenzug kann Becca jederzeit in meine Bude kommen, wenn sie droht, eine Etage über mir zu vereinsamen. Sie würde das nie zugeben, aber ich glaube, dass sie meine Wohnung etwas mehr mag als ihre – obwohl sie kleiner ist. Sie hört gerne die alten Platten auf meinem Kofferplattenspieler, der auf einer Kommode neben dem Spiegel steht.

Gefunden habe ich Platten und Spieler in Brooklyn auf einem Flohmarkt. So wie die meisten Möbel, die ich im Laufe der Zeit für wenig Geld in kleinen Läden oder secondhand gekauft habe. New York muss nicht teuer sein, wenn man weiß, wo man was suchen soll. Obwohl hier auf den ersten Blick nichts zusammenpassen will, fügt sich doch alles wie ein Mosaikkunstwerk zusammen und spiegelt mich und meine Leidenschaften perfekt wider. Klar, ich hätte auch alles bei einem Möbelhaus kaufen und nach den Vorschlägen einer Feng-Shui-Expertin aufstellen können. Doch das wäre dann einfach nicht ich. Ich stehe in meinem Schlafzimmer und lasse meinen Blick über die roten Backsteinwände wandern, an denen ich Eintrittskarten von Konzerten direkt neben Postkarten meiner Freunde gepinnt habe; schließlich bleibt er beim gerahmten David-Bowie-Poster neben meinem Bett hängen. Darauf bin ich ganz besonders stolz – und das nicht, weil ich es erstaunlich günstig erworben habe, sondern weil es in einem ziemlichen lässigen Club hing, in dem Bowie sogar mal aufgetreten ist. Das mag für Normalsterbliche ein total uninteressantes Detail sein, für mich aber ist es eines der größten Highlights meiner Zweizimmerwohnung, von der ich quasi nur dieses Schlafzimmer nutze.

Kurz schließe ich die Augen und atme tief durch. Das war ein langer Tag. Und wenn ich ehrlich bin, kommen mir die Tage in dieser Stadt länger als in jeder anderen Stadt vor. Meistens wecken mich die Sirenen der Polizei- oder Feuerwehrwagen bevor es hell wird oder mein Wecker die Chance hat, mit einer sorgfältig getroffenen Musikauswahl den Tag zu begrüßen. Abends, wenn es schon lange dunkel ist, hört man irgendwo auf den Straßen noch immer Leute, die entweder singen, schreien oder jemanden beschimpfen. Mag ja sein, dass New York keinen Schönheitsschlaf braucht, aber bei mir sieht das anders aus. Ich öffne die Augen wieder und erkenne mein Abbild schemenhaft im Spiegel. Die Augenringe verraten meine Müdigkeit, und meine Haare benehmen sich schon wieder wie zickige Teenager, die nicht auf das hören, was Erwachsene ihnen vorschreiben. Warum sollten sich die Locken auf meinem Kopf auch in eine Frisur einengen lassen, wenn sie einfach frei und wild um mein Gesicht tanzen können?

Erschlagen gebe ich für heute auf, lasse mich auf mein Bett fallen und rolle auf die Seite auf eine ganz bestimmte Stelle, damit ich aus dem Fenster sehen kann. Dort, fast an der Wand und mit schief gelegtem Kopf, kann ich nämlich den kleinen Spalt Himmel zwischen den Gebäuden sehen. Es sieht aus wie ein kleiner schwarzer Teppich, an dem sich angeblich Sterne tummeln, die man mitten in der Stadt aber nicht sehen kann – heißt es. Vielleicht ist das sogar wahr, doch wenn ich mich anstrenge, kann ich die vielen funkelnden Punkte in der Dunkelheit erkennen. So wie jetzt. Gar kein schlechter Abschluss für den heutigen Tag!

Sofort muss ich lächeln. So manche vierundzwanzig Stunden sind gut, andere sind okay. Und dann schmuggeln sich immer die richtig guten Stunden dazwischen, und zwar immer, wenn man nicht mehr damit rechnet. Wenn ein Morgen besonders zäh ist, die Schlange bei *Starbucks* fast bis zum nächsten Block reicht und man die Subway verpasst, dann will man eigentlich schon die Feierabendkarte einreichen. Doch jeder Tag steckt voller Überraschungen, und man weiß schließlich nie, wann ein Highlight um die Ecke kommt. Deswegen kämpft man sich mit aufmerksamen Augen durch den Tag und wird manchmal – so wie ich heute – sogar belohnt. Ich reiße meinen Blick von meinem Stück Himmel los und greife nach dem Laptop, das meine Verbindung zur digitalen Welt der Musikliebhaber ist, und logge mich auf meinem Blog ein.

Bevor das Gefühl zum Song von heute Abend sich verändert, will ich meine Gedanken in einem Beitrag schnell aufschreiben. Zuerst, und ohne auch nur ein Wort getippt zu haben, bekomme ich aber Informationen über vier neue Kommentare, die sich inzwischen auf meinem Blog angesammelt haben. Meistens sind es irgendwelche Spam-Nachrichten, die ich in den Papierkorb verschiebe, bevor meine Leser auf die Idee kommen, supergünstige Potenzmittel, Datingangebote oder Penisverlängerungen, die sie dann ja auch angezeigt bekommen, womöglich wahrzunehmen.

Der erste Kommentar ist kein Spam, sondern bezieht sich auf einen meiner ersten Beiträge, in dem ich über meinen Umzug nach

New York und die damit verbundene Playlist geschrieben habe. Der Beitrag ist über zwei Jahre alt, und man muss eine kleine Weile suchen, um ihn zu finden. Der Kommentar ist kurz, aber aussagekräftig:

> Du solltest diese Playlist bei Spotify einstellen, weil ich denke, sie wird vielen Menschen Mut machen, die ein neues Lebenskapitel beginnen.
> W.

Schnell klicke ich weiter zum nächsten Kommentar, zum Thema »Plastik-Pop vs. Seelenmusik« – ein Beitrag, bei dem ich ziemlich wütend war, nachdem ich das Konzert einer britischen Popband mit schreienden Teeniefans besucht hatte, bei dem inhaltsleere Songs zu sich wiederholenden Akkorden gesungen worden waren. Fassungslos habe ich dabei zugesehen, wie sich Mädchen und sogar erwachsene Frauen von dieser bedeutungslosen Musik haben einlullen lassen und danach für unfassbar viel Geld schlecht bedruckte T-Shirts als Erinnerung gekauft haben. Meistens ernte ich für meine Meinung zu diesem Thema Kritik und werde als arrogante Musikfanatikerin beschimpft. Umso überraschter lese ich die folgenden Zeilen:

> Man merkt diesem Text deutlich deine Unzufriedenheit über die heutige Musikwelt an, der deiner Meinung nach ein wenig die Seele fehlt. Gleichzeitig hast du Verständnis für das junge Publikum und gönnst ihnen das musikalische Ausprobieren, bis sie einen eigenen Stil finden und hoffentlich auf Songs mit Bedeutung stehen werden. Beneidenswerte Ansichten, Sarah.
> Weiter so!
> Will

Selten bekomme ich solche Antworten zu meinen Gedanken, die ich oft ohne eine Überarbeitung in die weite Welt des Internets schleudere. Bevor ich die anderen Kommentare durchlese, checke ich sein Profil, das mir im Backend meines Blogs angezeigt wird. Ich habe eine gewisse Ahnung, um welchen »W.« bzw. »Will« es sich handeln dürfte. Kein Foto, das wundert mich nicht, aber eine Mail-Adresse, die ich erkenne, ohne sie vorher je gesehen zu haben: *Will.Brown.77@mail.com*

Der Name lässt keine Glocke in meinem Kopf läuten, sondern einige Gitarrenakkorde ertönen.

Will Brown.

Wieso reagieren meine Lippen sofort auf diesen Namen, bevor ich überhaupt die Möglichkeit habe, ihnen das Kommando für ein Lächeln zu senden? Augenblicklich ist sein Song wieder in meinem Ohr, und die Gänsehaut breitet sich wie eine auf den Strand zurollende Brandung auf meinem Körper aus. Seine Stimme hallt in meinem Kopf wider, rauh und tief wie auf der Bühne im *Tuned.*

You said we would stay young like this forever.
The answer to growin' up would always be never.

Wer solche Texte schreiben und so singen kann – und sich dann auch noch auf meinen Musikblog verirrt, der verdient eine Antwort.

Lieber Will,
danke für deinen Kommentar. Es ist schön zu lesen, dass es da draußen Menschen gibt, die meine Ansicht zur Musik teilen. Vielleicht interessiert dich mein kommender Beitrag über meinen Konzertbesuch heute Abend: Wenn ein Song zum Tageshighlight wird.
Liebe Grüße,
Sarah

Es soll nicht wie flirten klingen und auch nicht so, als wäre ich mir zu sicher, dass es sich bei diesem Will Brown um *den* Will Brown von heute Abend handelt. Es ist wohl am Ende nichts peinlicher als das: Man ist sich total sicher, wer die Person am anderen Ende der Leitung ist – und dann liegt man daneben. Ich klicke auf *Veröffentlichen* und öffne eine neue Seite für den Artikel, den ich unbedingt schreiben will. Und nicht nur, weil Becca jetzt in ihrem Schlafzimmer liegt und immer wieder die Seite dieses Blogs aktualisiert.

Bevor ich mich dem Beitrag widme, hole ich mir eine Dose Cola aus dem Kühlschrank, schnappe mir meinen Block mit den Notizen, wenn man die Kritzeleien so nennen will, und öffne das Fenster, um ein bisschen frische Nachtluft (und eine Prise Straßenduft!) in meine Wohnung zu lassen. Kaum habe ich wieder meine Position auf dem Bett eingenommen, bekomme ich eine weitere Benachrichtigung über einen Kommentar. Entweder es ist Becca, die mich zur Eile antreibt, oder …

> Tageshighlight? Du weißt, wie man einen guten Cliffhanger schreibt. Ich mache mir dann mal einen Kaffee, damit ich das noch mitkriege und nicht vorher einschlafe. Bin nämlich ziemlich müde. Hatte heute übrigens ein Konzert. Was für ein Zufall, hm?
> Wartende Grüße,
> Will

Wenn man bedenkt, wie kurz angebunden er bei den Fragen war, ist es jetzt umso erstaunlicher zu sehen, wie er Kommentare schreibt. Meine Finger kribbeln und wollen am liebsten sofort eine Antwort verfassen. Aber dann wird er wieder antworten – zumindest hoffe ich das –, und dann werde ich wieder antworten –, und so laufe ich Gefahr, in eine viel zu kurze Nacht zu stolpern. Will wird wohl oder übel auf eine weitere Antwort warten müssen, denn zuerst muss dieser Artikel geschrieben werden.

Tageshighlight

Auf der Suche nach dem perfekten Song für den perfekten Moment habe ich mich auch heute wieder auf den Weg zum Gig eines klassischen Underdogs gemacht. Man weiß nie, auf welchem Clubkonzert man eine Überraschung findet. Viele Leute verlassen sich auf die Plazierungen in den Charts, frei nach dem Motto: Wenn es in die Top Ten marschiert, muss es gut sein. Dabei hören sich viele dieser Songs inzwischen gleich an, denn sie werden mit den gleichen digitalen Tricks zur Backgroundmusik unseres Lebens produziert. Manchmal bemerkt man nicht mal, wenn ein Song wechselt, so ähnlich klingen sie inzwischen. Man singt Refrains mit, die keinen Sinn ergeben, sich aber reimen und damit das Hauptkriterium für einen Ohrwurm erfüllen.

Deswegen zieht es mich immer wieder in Clubs und Bars, in denen noch namenlose Musiker auftreten und versuchen, die Zuhörer von ihrer Klasse zu überzeugen. Gut möglich, dass sich diese Underdogs mehr anstrengen müssen, um Gehör zu finden. Weil es in der heutigen Musikwelt so viel weißes Rauschen gibt. Wir hören Musik im Fahrstuhl, in Läden, in einem Café und beim Joggen. Das ist eine ständige Begleiterscheinung geworden, genau hingehört wird nur in den seltensten Fällen.

Auch heute habe ich dieses Phänomen wieder beobachtet. Die Band, die auf der Bühne stand, sang und spielte gegen klassisches Desinteresse an. Die Coversongs, die man aus dem Radio kennt, wurden mitgesungen, doch die Eigenkompositionen meistens ignoriert oder als Pause für Gespräche genutzt. Leider muss ich gestehen, dass die Band Frozen Eyeballs mich auch nicht überzeugen konnte. Ohne Zweifel haben die Mitglieder Talent, und ihre Musik hat das Publikum unterhalten. Geschmäcker sind verschieden und sollen es auch bleiben. Da aber das hier mein Blog und damit mein Geschmack ist, muss ich ehrlich sein.

Und voller Ehrlichkeit kann ich nun von meinem Tageshighlight erzählen: Der Singer und Songwriter Will Brown, auch Bassist der Frozen Eyeballs, hat mich mit einem seiner Songs eiskalt erwischt und tief berührt. Ich musste also dringend mehr über ihn erfahren, denn es waren nur sein Song, seine Stimme und seine Gitarre, die mich davon überzeugt haben, bis zum Ende des Konzerts zu bleiben.

Manchmal sind es die einfachsten Worte, die man am schwersten findet und deren Aussage etwas in uns auslösen. Der Song »Growing Pains« hat mich umarmt und nicht mehr losgelassen, er hat mich an fremde Erinnerungen aus einem Leben denken lassen, das nicht meines ist. Noch immer höre ich die Melodie in meinem Kopf und würde Geld bezahlen, um diesen Song noch einmal hören zu dürfen. Zu schade, dass es für besondere Momente im Leben keine Wiederholung gibt.

Ich halte euch auf jeden Fall auf dem Laufenden, was den Musiker Will Brown angeht. Mir bleibt nichts anderes zu sagen als: Danke für mein Tageshighlight, Mr. Brown!

Stay tuned.

Sarah

Obwohl ich den Eindruck habe, meine Worte beschreiben nicht einmal annähernd das Gefühl des Songs, veröffentliche ich den Beitrag und sehe dann aus dem Fenster nach draußen, wo irgendwo Will Brown sitzt, hoffentlich noch wach ist und meine Worte liest.

Mein Herz hüpft vor Freude und Aufregung, als mich die Benachrichtigung über einen neuen Kommentar erreicht. Sofort sehe ich lächelnd nach. Doch diesmal ist es nicht Will, sondern Becca, die mir androht, morgen früh alle Details über diesen Song aus mir rauszuquetschen, weil sie ihn jetzt unbedingt auch hören will. Mein Lächeln wird zu einem Grinsen, während ich knapp antworte, dass ich mein Bestes geben werde, um den Musiker zu einer Aufnahme des Songs zu überreden. Aufgeregt warte ich darauf, dass sich erneut etwas auf meinem Blog tut. Doch vollkommen egal, wie oft ich die Seite aktualisiere, kein Kommentar von Will. Entweder er ist eingeschlafen oder meine Worte haben ihn nicht so begeistert, wie ich gehofft habe.

Ein Blick auf die Uhr neben mir erinnert mich daran, jetzt besser den Tag zu beenden, vor allem, wenn ich morgen bei Carringtons Party einen guten Eindruck machen will. Denn mit diesen Augenringen gehe ich vielleicht noch als Pandabär durch, aber eine perfekte Servicekraft sieht anders aus. Ein letztes Mal checke ich den Blog, doch ich werde enttäuscht. Kein Will, kein Kommentar. Jetzt zweifle ich doch daran, ob es eine so gute Idee war, diesen Beitrag zu veröffentlichen. Zu spät. In jedem Sinne. Jetzt, da das Adrenalin trotz Cola-Konsum in meinem Körper abgebaut wurde, spüre ich die Müdigkeit und klappe den Laptop zu, mache mich rasch bettfertig und kuschele mich tief in mein Bett und schließe die Augen. Meistens läuft dann ein Kurzfilm des Tages vor meinem inneren Auge ab, doch diesmal sehe ich immer und immer wieder die gleiche Szene mit einem jungen Mann in einem gepunkteten Hemd und mit einer Gitarre auf der Bühne. Sind wir ehrlich: Es gibt schlechtere Arten, in den Schlaf zu sinken.

Breakfast at Tiffany's

Das *Joseph Leonard* im West Village in der Nähe des Washington Square Park ist wie immer gut gefüllt. Gesprächsfetzen der Leute an den Tischen um uns herum erreichen uns über das geschäftige Klappern von Tassen, Tellern und Gläsern. Das Frühstück hier ist ausgezeichnet, nicht gerade billig und sprengt gerade ziemlich mein Monatsbudget. Es ist absurd, dass Becca mich hergeschleppt hat, aber sie findet, dass der Laden ein gewisses Flair hat und wir hierhergehören.

»Zeig mir, wo du isst, und ich sage dir, wer du bist.«

Man kann sie für verrückt halten, aber irgendwas ist an dem Spruch dran. Das Essen, das an rustikalen Holztischen serviert wird, ist einfach fantastisch. Dazu ist die Einrichtung mit den vielen Schwarzweißfotos an der Wand, den unterschiedlichen Stühlen, die nur auf den ersten Blick nicht zusammenpassen, und den kleinen Tafeln, auf denen mit Kreideschrift inspirierende Sprüche stehen, wirklich einzigartig. Der Kaffee in der großen weißen Keramiktasse hilft mir enorm dabei, in den Tag zu blinzeln. Aber der wahre Grund, warum ich so gerne herkomme, ist der Spruch auf der Tafel vor dem Eingang:

Think happy thoughts and you can fly! – Peter Pan

Jedes Mal, wenn Becca mich wieder dazu überredet, durch die halbe Stadt hierherzufahren, in der stillen Hoffnung, dass wir noch einen

Platz ergattern, muss ich beim Anblick dieses Spruchs lächeln. Das behalte ich aber für mich, als wäre es ein Geheimnis zwischen dem Café und mir. Ich habe gerne Geheimnisse mit New York. Das verbindet uns, auch wenn ich nicht hier geboren wurde.

»Also, wenn dieser Will Brown noch mal irgendwo auftritt, musst du mich mitnehmen. In meinem Kopf sieht er richtig heiß aus! Wie eine Mischung aus Ryan Gosling und Ryan Reynolds.«

Während sie das sagt, stützt sie ihr Kinn in ihre Hände und sieht ganz versonnen aus dem großen Glasfenster hinter mir nach draußen. Wir sitzen an einem der Tische an der breiten Bank im Eingangsbereich, und ich spüre schon die Wärme der Sonne im Rücken, dabei ist es gerade mal kurz nach zehn Uhr. Für gewöhnlich rolle ich mich um diese Uhrzeit auf die andere Seite und schlafe noch eine Runde. Zumindest an einem Samstag, der mir in der Regel heilig ist.

»Ist der Name Ryan für dich irgendwie von erotischer Bedeutung?«

»Nur wenn danach Gosling oder Reynolds folgt.«

»Ich befürchte, ich muss dich enttäuschen. Er sieht keinem der beiden ähnlich.«

»Wie schade! Na ja. Nobody is perfect, hm?«

Nickend nehme ich einen Schluck Kaffee und versuche, mich noch mal an Wills Gesicht zu erinnern, wenn möglich mit allen Details. Allerdings habe ich es mir nicht so genau eingeprägt, wie ich es hätte tun sollen. Dafür kann ich den Klang seiner Stimme im Refrain bis ins Detail genauestens beschreiben.

»Wie sieht er denn nun aus?«

Becca schiebt ihren Teller, auf dem man nur noch die Überreste ihres Banana Pancakes erahnen kann, zur Seite und beugt sich etwas weiter über den Tisch zu mir. Ihr gesteigertes Interesse an Will ist auf meinen Blog-Beitrag zurückzuführen.

»Nun … irgendwie normal.«

Was ich als Kompliment meine, führt bei ihr eher zu einem enttäuschten Gesichtsausdruck, während sie tief ausatmet.

»Normal, hm? Benedict-Cumberbatch-normal oder eher Adam-Levine-normal?«

Becca vergleicht alle Männer, von denen ich ihr erzähle – selbst wenn ich sie nur einmal gesehen habe –, mit Schauspielern, Sängern oder Sportlern, damit sie sich die Personen besser vorstellen kann. Es mag an ihrem Job liegen, aber sie besetzt Menschen gerne mit einer Rolle. Leider muss ich diesmal passen.

»Weder noch. Er hat braune Haare und ein nettes Lächeln.«

»Wow, du kannst Kerle echt wahnsinnig gut beschreiben.«

Die Wahrheit ist, dass ich in meinen zwei Jahren New York so viele Männer getroffen habe, die alle so getan haben, als wären sie so viel mehr. Als wären sie so cool wie Ryan Gosling, so tough wie Ryan Reynolds und so gebildet wie Benedict Cumberbatch. Am Ende waren sie schlichtweg nur Kopien von Männern, die sie wohl gerne wären und niemals sein werden. Ich stehe nun mal nicht auf die Coverversion und bevorzuge das Original. Mit Ausnahme des Songs »Hurt« von Johnny Cash. Da ist das Cover tatsächlich besser als das Original von Nine Inch Nails.

»Erde an Sarah …« Becca wedelt mit ihrer Hand vor meinem Gesicht, weil ich auf eine Frage offenbar nicht geantwortet habe, sondern in einer ganz anderen Gedankenwelt versunken war.

»Hm?«

»Wirst du ihn wiedersehen?«

»Becca. Will Brown ist ein Musiker, der einen wunderschönen Song geschrieben hat, aber ich bin nicht auf der Suche nach einem Date, sondern nach einem Hit!«

»Schon klar, aber wer sagt denn, dass euer Date kein Hit werden könnte?« Dabei bewegt sie ihre Augenbrauen so schnell, dass ich kurz glaube, sie würden die La-Ola-Welle aufführen.

»Becca ...«

»Inklusive Zugabe und so.« Sie grinst so anzüglich, dass ich mir den Kurzfilm in ihrem Gehirn nur zu genau vorstellen kann. Obwohl ich ebenfalls grinsen muss, schüttle ich den Kopf. Becca greift nach meiner Hand.

»Ja ja, ich weiß, du trennst Business und Privatleben, aber ich habe Neuigkeiten für dich.«

»Soll ich mitschreiben oder meinst du, dass ich es mir merken kann?«

»Du hast kein Privatleben. Seit deiner Trennung von Dougie hast du genau *einen* Kerl mit nach Hause genommen, und, wenn ich das so sagen darf, der Typ war ein Loser!«

»Das war ein Rebound-Kerl. Natürlich war er ein Loser. Das war ja der Plan.«

»Ach ja? Schlechter Sex mit einem Loser war der Plan?«

»Vielleicht nicht ganz.«

»Schlechter Sex ist nie ein guter Plan.«

»Zu meiner Verteidigung – ich wusste doch nicht, dass der Sex so mies sein würde. Aber ja, es war mein Plan.«

»Du brauchst einen Ausgleich zu deinem stressigen Leben. Ziele zu haben ist toll, das ehrt dich als Mensch und so. Aber wo bleibt der Spaß?«

»Ich bin jedes Wochenende auf Konzerten und in Clubs!«

»Ja! Und du hast nur Augen für die Musik.«

»Ohren.«

»Lenk nicht vom Thema ab, Sarah! Selbst wenn Channing Tatum dich anflirtet, würde das an dir vorbeigehen.«

»Bei ihm könnte ich eine Ausnahme machen.«

»Du lebst in New York, verdammt noch mal!«

Becca schüttelt entschlossen den Kopf und rührt mit dem Strohhalm so schnell in ihrem Grapefruitsaft, dass die Eiswürfel klirrend aneinanderstoßen.

»Soll ich jeden Abend einen anderen Kerl in meine Bude schleppen?«

»Nein, aber du könntest dein Herz nicht nur für Musik, sondern auch für einen netten Mann öffnen.«

»Ich kenne Will Brown doch nicht mal.«

»Ach, sieh an. Ich habe nicht von ihm gesprochen und trotzdem ...«

»Halt die Klappe, Becca!«

Jetzt bin ich ganz froh, dass meine Locken sich gerne selbständig machen und mir ins Gesicht rutschen, denn so vertusche ich die Tatsache, dass meine Wangen sich rötlich färben, sehr geschickt und unauffällig. Becca lässt mich trotzdem keinen Moment aus den Augen. Sie mustert mich mit einem Blick, den nur sie beherrscht und der sich irgendwie in mein Gehirn und meine Gedanken einklinken will. Ich schüttele kaum merklich den Kopf, da lässt sie von mir ab. Becca muss diese Jedi-Kräfte habe, die mir unheimlich sind. Sie weiß viel zu oft, was ich denke.

»Okay, dann eben nicht Will Brown. Aber ich fange an, mir Sorgen zu machen.«

»Das ist zwar unheimlich süß, aber auch total unnötig. Es geht mir gut.«

Becca, die regelmäßig heiße Affären mit Kollegen aus dem Theater hat, glaubt vermutlich daran, dass jede Frau, die nicht zwei- bis dreimal in der Woche wilden Sex hat, via Petition gerettet werden muss. Dabei träumt auch sie von dem Richtigen, der sie mit Blumen zum Date abholt und ihr auf dem Heimweg die Jacke um die Schultern legt.

»Vielleicht triffst du ja heute Abend jemanden, der deinen hohen Ansprüchen gerecht wird?«

»Auf dem siebzigsten Geburtstag von Carrington senior?«

Kurz sehe ich Becca zweifelnd an, aber sie zuckt nur mit den Schultern und grinst mich frech an.

»Anna Nicole Smith wäre stolz auf dich.«

»Ich passe, danke.«

»Wie du meinst.«

Sie wirft einen Blick auf ihre Armbanduhr und sieht dann hektisch zu mir.

»Verdammt, ich muss los!«

»Verpasst du eine Folge *Sunset Story?*«

Panisch packt sie ihre Sachen zusammen, wirft Handy, Schlüssel und Geldbeutel achtlos in ihre Tasche, bevor sie sich wieder zu mir dreht und mich ernst ansieht. Gleich bekomme ich eine weitere Lektion in Sachen TV-Soaps, ich kann es ahnen.

»Sich über meine Lieblingsserie lustig zu machen ist übrigens nicht der beste Ausweg aus dieser Freundschaft.«

»Mea culpa.«

»Und es ist Samstag, Sarah. Da läuft *Sunset Story* nicht. Also, Süße – ich drücke dir für heute alle Daumen. Deine alte Bewerbung ist klasse. Wer bei dem Motivationsschreiben nicht sofort ein Büro im obersten Stock für dich frei räumt, der gehört ausgepeitscht!«

»Bevorzugt von dir?«

»Wenn er gut aussieht.«

Sie beugt sich über den Tisch, während ich ihr meine Wange für den obligatorischen Abschiedskuss entgegenhalte, bevor sie vor uns auf das Schlachtfeld deutet, das aus Geschirr besteht.

»Könntest du …?«

»Fühl dich eingeladen.«

Nicht dass ich das Geld für solche spendablen Ausgaben hätte.

»Du bist ein Engel! Es fehlen nur die Flügel. Ich übernehme die nächste Waschladung, okay?«

»Deal.«

»Bis später!«

»Bis dann.«

Sie wirbelt zum Ausgang, wo sie noch einmal stehen bleibt und zu mir sieht. Becca ist wie New York: ständig in Bewegung, niemals im Stillstand – und immer sieht sie dabei auch noch so unverschämt zufrieden aus.

»Du hast das verdient, weißt du, Sarah?«

»Den Job?«

»Den Job, den Mann und deinen Traum. Lass dir heute Abend nichts anderes einreden.«

Sie geht erst, nachdem ich tapfer genickt habe und mir vornehme, sie nicht zu enttäuschen. Was habe ich schon zu verlieren? Vielleicht ist es keine so miese Idee, mein Glück zu versuchen. Die Bewerbung liegt ohnehin nur zu Hause rum wie ein Mahnmal.

Es mag Leute geben, die an meiner Entscheidung zweifeln, diesen Lebensweg zu gehen. Meine Mutter etwa schickt mir immer mal wieder gute Jobangebote für Sekretärinnen oder Redakteure bei kleinen Zeitschriften in New York, die sie »ganz zufällig« im Internet findet, weil sie sich nicht vorstellen kann, wie ich es schaffen soll, mit meiner Leidenschaft Geld zu verdienen. Kann ich doch nicht mal ein Instrument spielen und habe nur ein abgebrochenes Studium im Bereich Journalismus vorzuweisen. Meine Brüder schließen Wetten ab, wann ich wohl mit gepackten Koffern wieder zu Hause aufschlage. Sie lesen meinen Blog nicht, verstehen meine Leidenschaft noch weniger als meinen Wunsch, in New York zu leben, und lassen mich das immer mal wieder spüren.

Becca hingegen glaubt so sehr an mich, dass es mich manchmal überrascht. Obwohl sie im Gewühl der Menschen vor dem Café schon längst verschwunden ist, haben ihre Worte ein Lächeln auf meinem Gesicht hinterlassen. Und während ich meinen Laptop auf den Tisch stelle, beschließe ich, die letzten freien Stunden des Tages und das kostenlose Internet hier zu nutzen, um vielleicht noch ein bisschen zu recherchieren. Irgendwas muss man doch über diesen Will Brown rausfinden können. Zu dumm nur, dass sein Name alles andere als selten ist. Meine Kurzrecherche zum Namen »William Brown« spuckt bisher nur argentinische Marineoffiziere, kanadische Curler und englische Fußballspieler aus. Keines der Profile passt auch nur annähernd zu dem William *Will* Brown, den ich suche. Er scheint weder bei Twitter noch bei Facebook, Instagram oder SoundCloud vertreten zu sein.

Nun gut, er ist also wirklich nicht der typische, extrovertierte Musikertyp, der einem sonst so begegnet. Mit den Frozen Eyeballs sieht es da schon ganz anders aus. Ich finde die Bandseite sofort bei Facebook. Zu meiner Überraschung wird sie auch sehr fleißig gepflegt, denn einige Bilder und ein sehr kurzes, sehr verwackeltes und ausgesprochen dumpf klingendes Video vom gestrigen Auftritt sind schon hochgeladen. Einige weibliche Fans haben auch schon ihre Begeisterung in den Kommentaren kundgetan.

Auf den meisten Bildern sieht man allerdings nur Harry, den Leadsänger, und nur zwei Fotos zeigen die ganze Band, Will immer irgendwo im Hintergrund als verschwommener Schatten, als würde er nicht so recht zum Team gehören. In den kommenden Wochen treten sie noch einige Male in New York und einmal sogar in Boston auf. Wenn ich es also wirklich darauf anlegen würde, ihn wiedersehen zu wollen …

Unsinn!

Beccas Worte hallen zwar noch immer in meinem Schädel nach, aber so gutaussehend Will auch sein mag, es war der Song, der mich zum Bleiben überredet hat, und nicht seine sanften braunen Augen. Es ist einfach so verdammt schade, dass er sein Talent für diese Band verschleudert, in der er offensichtlich nichts weiter als ein Bass spielender Statist ist. Frustriert logge ich mich bei meinem Blog ein. Und siehe da – der kleine orangefarbene Punkt in der rechten Ecke kündigt neue Kommentare an. Nur nicht zu viel erwarten, es könnte ja auch nur Werbung für eine irre günstige, total überzeugende Nachbildung von Ray-Ban-Sonnenbrillen sein.

Liebe Sarah,
entschuldige meine späte Reaktion auf deinen großartigen Artikel zum gestrigen Konzert, aber ich bin dann doch tatsächlich auf der Couch eingeschlafen. So ein Gig schlaucht enorm. Deine Worte ehren und schmeicheln mir und dem kleinen Song, den ich singen musste. Wofür eine Pinkelpause doch gut sein kann. Jetzt könnte ich dich in dem Glauben lassen, dass ich ein total mysteriöser Musiker bin, der seine verkorkste Jugend in einem emotionalen Song verarbeitet hat. Dabei ist es nur ein Song, Worte zur Musik, nichts weiter. Schade allerdings, dass dir die Frozen Eyeballs nicht so sehr zugesagt haben. Sie treten nämlich nächste Woche wieder auf und hätten dich als Unterstützung so gerne wieder dabeigehabt. ;-)
Will

Kurz starre ich auf seine Worte und spiele mit dem Gedanken, diesen Kommentar als Spam für immer aus dem Internet zu verbannen. Wie kann er es wagen, seinen Song so mit Füßen zu treten? Das kann nicht sein Ernst sein! Er nimmt meine überschwengliche Begeisterung nicht mal als ehrlich gemeintes Kompliment an? Wieso kann er nicht einsehen, dass seine Pauseneinlage so viel besser war als das gesamte Set dieser Band, die nicht mal überzeugend einen Song spielen konnte? Es ist so schade, wenn manche Menschen ihr Talent nicht sehen oder nicht so recht daran glauben wollen.

Um es nicht erneut öffentlich posten zu müssen, wo die ganze Welt an unserer Unterhaltung teilnehmen kann, entscheide ich mich diesmal für eine private Mail an Will.

An: Will.Brown.77@mail.com
Von: Sarah.Hawks.ny@mail.com
Betreff: Growing Pains

Lieber Will,
entschuldige, dass ich einfach so dein Postfach überfalle. Aber ich denke, nicht alle meine Follower müssen unsere Konversation mitlesen. Vielleicht wirst du auch gar nicht antworten, was ich verstehen könnte. Dennoch glaube ich, du solltest lesen, was ich zu sagen habe. Mir ist natürlich bewusst, dass ich meine Kompetenzen hier überschreite, aber es ist mir ein inneres Bedürfnis, das loszuwerden.
Also:
Dein Song war wunderschön! Ich kann nicht aufhören, an ihn zu denken. Ich weigere mich zu glauben, dass du nicht sehen kannst, wie gut er ist. Vielleicht willst du ihn nicht öfter singen, weil dir die Erinnerungen, die er beinhaltet, weh tun, aber ich finde, du solltest wissen, wie gut du bist. Ja, mein Blog mag klein sein, und ich bin sicher nicht die Chefredakteurin des Rolling Stone Magazine, schon klar, aber ich erkenne einen guten Song, wenn ich einen höre. Warum sollte ich dich anlügen? Wenn ich dir einen kleinen Gig in einem kleinen Club organisieren könnte, würdest du es zumindest in Betracht ziehen, dort alleine ein paar Songs von dir zu spielen?
Liebe Grüße,
Sarah
PS: Bitte sag ja.

In meinem Leben habe ich schon einige Textnachrichten betrunken abgeschickt und bin mit dem Gefühl von peinlicher Reue nur zu vertraut. Sehr gut möglich, dass ich in ein paar Stunden, spätestens morgen, auch diese Mail bereuen werde. Aber mein Bauchgefühl sagt mir, dass ich diese Mail verschicken *musste*. Und sei es nur für meinen Seelenfrieden. Er wird mich für einen durchgeknallten Stalker halten, einen Fan, der gerne Groupie wäre und den er, zumindest nach dem Lesen dieser Mail, ganz sicher nicht mehr auf den Konzerten haben will.

Manchmal wünsche ich mir wirklich, dass ich einen eingebauten Administrator im Kopf hätte, der mich warnen würde, bevor ich Dinge schreibe, sage oder Mails abschicke. Vielleicht sollte ich eine Jobanzeige dafür schalten.

Suche: Kopf-Administrator,
der mich vor Peinlichkeiten bewahrt.
Biete: Musikliebhaberin mit Hang zu Fast Food
und ungewollt chaotischen Frisuren.

Vor allem sollte ich mich so langsam, aber sicher auf den Weg machen. Ich muss nach Hause: umziehen, schminken und mich dann auf den Weg ins tiefste Manhattan machen. Dort, wo ich mich nie besonders wohl fühle, weil ich meinen Schmuck nicht auf der 5th Avenue kaufe und mit den Absätzen meiner Highheels wohl in den Lüftungsgittern der Subway stecken bleiben würde. Nicht jedes New Yorker Viertel ist für mich gemacht, das weiß ich und daran halte ich mich. Ich bin zwar immer mal wieder Besucherin, könnte dort aber nicht wohnen und leben. Selbst der Hotdog kostet dort fast das Doppelte wie bei Oscar. Dumm ist nur, dass ich heute so aussehen muss, als würde ich dazugehören.

Beccas perfider Plan, den sie mir beim Pancake-Essen mit leuchtenden Augen unterbreitet hat, sieht nämlich vor, dass ich zwar als Kellnerin auf die Party gehe, mich dort aber mit zwei, drei Veränderungen auf der Toilette in einen schicken Gast verwandele. Dann soll ich mich unter die Menschen mischen, bis ich die richtige Person abgecheckt habe und ihr meine Bewerbung zuspiele. Das klingt nach einem spannenden Plot für einen Agententhriller mit Angelina Jolie oder Cameron Diaz, aber ich bin definitiv eine totale Fehlbesetzung für diese Rolle. Trotzdem klappe ich meinen

Laptop zu, lasse ihn zurück in meinen Rucksack gleiten und überschlage, wie viel Geld mich dieser Ausflug zum überteuerten Frühstück kosten wird. Und alles nur, weil mir der Spruch auf dem Schild so gut gefällt und Becca eine wahre Überredungskünstlerin ist. Ich bin aber auch ein ausgesprochen leichtes Opfer für schöne Worte mit Aussagekraft, am besten noch vertont – und schon bin ich ihnen verfallen.

New York, I Love You, but You're Bringing Me Down

Die Aussicht über die Häuser und Straßen unter uns ist atemberaubend, die Lichter der Stadt funkeln wie Diamanten in der Dunkelheit – und meine Füße tun mir jetzt schon weh, dabei bin ich noch keine zwei Stunden in diesen unsagbar unbequemen Schuhen gefangen. Alle Kellner tragen schwarze Tuxedos, alle Kellnerinnen einen schwarzen Stiftrock, eine weiße Bluse und eine Fliege, weil das angeblich cool ist. Dazu viel zu hohe Highheels, was für den Job ungefähr so praktisch ist wie ein Kühlschrank für Pinguine. Meine Haare sind in einem verdammt strengen Pferdeschwanz gefangen, der sogar meine Locken bändigt und mir gleichzeitig ein leichtes Gesichtslifting, vor allem aber Kopfschmerzen verpasst. Es ist nicht gerade meine Vorstellung von einem spaßigen Samstagabend, aber ich muss zugeben, dass reiche Menschen wissen, wie man eine Party groß aufzieht. Abgesehen von dem Essen, das wir servieren und das fantastisch schmeckt – ja, ich habe es in der Küche probiert –, sind die Cocktails fast so gut wie die von Ace im *Tuned*. Die ganze Deko ist im Musikthema gehalten, die Teller sehen aus wie silberne Schallplatten, an den Wänden hängen Bilder der Bands und Musiker, die Carrington groß gemacht hat, und auch die obligatorische Discokugel fehlt natürlich nicht.

Der größte Hingucker des Abends ist allerdings New York City höchstpersönlich, das sich hinter den deckenhohen Glasfenstern im vierundvierzigsten Stock dieses Gebäudes wie ein Lichtermeer ausbreitet und der Party einen eigenen Charme verleiht. Während ich Geburtstagspartys mit Coverbands oder Alleinunterhaltern gewöhnt bin, ließ man hier eine echte Musikgröße einfliegen. Der britische Sänger auf der Bühne am Klavier, der in den neunziger Jahren mal in einer sehr erfolgreichen Boyband war, spielt so ziemlich jeden Hit der letzten Dekade und überzeugt stimmlich total. Ich will mir gar nicht ausmalen, was er für diesen Auftritt kassiert, aber er ist jeden Cent wert, denn einige Paare tanzen sogar auf der extra mit silberner Folie ausgelegten Tanzfläche.

Trotzdem ist hier alles um einiges gesetzter, immerhin wird der Gastgeber keine dreißig. Jedes Mal, wenn ich an den kleinen Grüppchen an den Tischen vorbeimarschiere, leere Champagnergläser abräume oder auffülle, schnappe ich Gesprächsfetzen über Geld, Börsenanteile, Plattenverträge oder über Handicaps beim Golf auf. Einige Frauen scheinen denselben Schönheitschirurgen zu besuchen, denn sie sehen sich so ähnlich, dass man sie für Zwillinge halten könnte. Diese ganze Veranstaltung ist eine Ansammlung an Klischees, die man über die oberen Zehntausend nun mal so hört und die sich offensichtlich bewahrheiten. Dennoch sondiere ich genau diese Menschen, für die ich unsichtbar bin, und versuche, den perfekten Ansprechpartner für das Gespräch zu finden. Ich will es gegen Ende des Abends führen, wenn alle dank des Alkohols und guten Essens in bester Laune sind. Meine Bewerbung steckt in einem braunen Umschlag, den ich in meiner Handtasche versteckt halte und der nur auf den richtigen Moment wartet, um gezückt und übergeben zu werden. Manchmal muss man eben unverschämt sein, um seinem Ziel ein bisschen näher zu kommen, oder?

Es ist nicht meine bevorzugte Taktik, aber zwei Jahre ehrliche Arbeit als Kellnerin auf Veranstaltungen wie dieser und keine nennenswerten Erfolge haben mich davon überzeugt, dass man die richtigen Kontakte braucht, um weiterzukommen. Carrington senior ist ein großgewachsener Mann, dem die siebzig Jahre schon etwas auf den Schultern lasten, denn inzwischen geht er leicht gebückt. Er hat silbergraues Haar, klare Augen und ein Lächeln, mit dem er zu seiner Jugendzeit sicher etliche Frauenherzen erobert hat. Dazu kommt eine gewisse Ausstrahlung, die autoritär und väterlich zugleich wirkt, alles in allem ein erstaunlich sympathischer Mann, an den heute Abend allerdings kein Herankommen ist. Ständig ist er umzingelt von Gratulanten, wichtig aussehenden Männern und hübschen Frauen, die neben seinen Wangen Küsse in die Luft hauchen und ihre Begeisterung ausdrücken. Mein Vorhaben, mit dem Tablett voller Horsd'œuvre in seine Nähe zu kommen, wurde bisher immer von hungrigen Gästen vereitelt, die meinen Häppchenvorrat binnen Sekunden dezimiert haben. Wieder trage ich ein leeres Tablett zurück in die Küche und lasse es genervt auf den Wagen mit dem dreckigen Geschirr fallen.

»Sarah! Etwas mehr Vorsicht bitte, diese Tabletts sind aus Sterlingsilber.«

Maurice, mein Chef, wirft mir einen strafenden Blick zu und nickt zu dem Wagen voller gefüllter Tabletts, die nur darauf warten, durch die Schwingtür nach draußen getragen zu werden.

»Haben diese Leute heute denn noch nichts gegessen? Die benehmen sich wie ein Termitenschwarm, wenn sie ein marodes Holzhaus entdeckt haben.«

»Diese ›Termiten‹ sind zufällig die einflussreichsten Menschen, die du in deinem Leben vermutlich bisher getroffen hast. Ein bisschen mehr Respekt!«

Damit mag er nicht ganz unrecht haben, es ändert aber nichts an der Tatsache, dass ich müde und gereizt bin. Außerdem bringen mich heute entweder diese Schuhe um – oder ich jemanden mit den Absätzen der Schuhe. Und Maurice steht ganz oben auf der potenziellen Opferliste, denn sein strenger Ton ist heute schlimmer als sonst. Pausen dürfen nicht länger als acht Minuten dauern, Mitleid hat er auch nicht mit uns.

»Maurice, gib zu, dass sie langweilig sind.«

»Sie geben sehr, sehr viel Geld für diese Party aus. Sie sollen nur das Beste bekommen.«

»Das tun sie, denn dein Essen ist hervorragend. Und die Kellner machen einen großartigen Job.«

»Nicht alle Kellner …«

Bevor ich in das Häppchen beißen kann, nimmt er es mir aus der Hand und legt es zurück auf das Tablett, wo es gleich nach draußen getragen und vernichtet wird.

»Ich brauche eine kleine Pause.«

»Acht Minuten, dann sehe ich dich wieder mit dem Tablett nach draußen schweben!«

»Okay, okay, acht Minuten!«

»Versuche, in den acht Minuten bitte deine Laune zu steigern, ja?«

Dankbar drücke ich ihm einen Kuss auf die Wange und eile in Richtung Toiletten. Ich weiß, dass ich von jetzt an acht Minuten, mit etwas Glück zehn Minuten habe, um Beccas Plan in die Tat umzusetzen. Das wird knapp, ist aber machbar. In meinem Kopf ertönt die typische Musik aus dem Film *Mission Impossible,* und mein Leben kommt mir urplötzlich spannend vor. Jetzt muss es schnell gehen und glatt laufen. Alles, was ich brauche, ist ein guter Moment! Und wenn ich da draußen auf der Party etwas gelernt habe, dann ist es das: Ein weiter Ausschnitt ist der Schlüssel zum Erfolg.

Zuerst nehme ich also das Haargummi raus und schüttele meine Locken zurück in die Freiheit. Dann lege ich die Fliege ab und knöpfe mir die Bluse etwas auf. Nicht so weit, wie Becca es mir empfohlen hat, jedoch weiter, als ich es normalerweise tun würde. Schnell frische ich meinen Lippenstift auf und ziehe die silbernen Creolen und eine schlichte, aber schicke Halskette aus meiner Kosmetiktasche. Ein Blick in den Spiegel über dem Waschbecken zeigt mir, dass ich jetzt zumindest nicht mehr wie eine Kellnerin aussehe, wenn auch nur unwesentlich. Doch für ein komplett neues Outfit hätte nie die Zeit gereicht. Das wichtigste Accessoire ziehe ich zuletzt aus meiner Tasche: den Umschlag mit meiner Bewerbung.

Jetzt wird es ernst, kein Zurück mehr! Hastig verstecke ich die Tasche wieder auf dem Fenstersims der letzten Toilettenkabine und werfe einen letzten Blick in den Spiegel. Das wird niemals funktionieren und zeigt überdeutlich, wie verzweifelt ich inzwischen bin.

Als ich nach New York gekommen bin, hätte ich niemals angenommen, dass ich mich mal auf einer Damentoilette umziehe, um mich auf einer Party als Gast auszugeben, auf die ich nicht eingeladen bin, sondern auf der ich bediene. Und all das, um meinem Traumjob als Musikjournalistin näher zu kommen. Fast meine ich zu erkennen, wie mein Spiegelbild mir einen enttäuschten Blick zuwirft. Entschuldigend zucke ich mit den Schultern, hole tief Luft und trete dann so selbstbewusst wie möglich wieder nach draußen, in der stillen Hoffnung, dass keiner meiner Kollegen mich erkennen und bei Maurice verpfeifen wird. Es sind ja nur acht Minuten, die ich mir hier stehle.

Bei der ersten Gelegenheit schnappe ich mir von einem Tisch ein weiteres Requisit für meinen Auftritt: ein Glas Champagner, von dem ich einen großen Schluck nehme, damit es nicht so aussieht, als wäre ich gerade erst auf der Party angekommen. In der anderen Hand halte ich den Umschlag fest umklammert, während ich mit unsicheren Schritten auf den Mann des Abends zugehe. Alles, was ich über Charles Carrington gehört und gelesen habe, lässt mich vermuten, dass er ein netter Mann ist, der mich bestimmt nicht gleich von den Sicherheitsleuten vor die Tür setzen lässt, nur weil ich ihm gratulieren will. Im Vorbeigehen lächele ich einige Männer, die ihren Blick tief in mein Dekolleté haben rutschen lassen, zu und versuche dabei, ein kleines bisschen arrogant zu wirken. *Gott, ich bin wirklich nicht für diese Rolle gemacht!*

»Charles, es ist wirklich eine ganz zauberhafte Party.«

»Danke, Maddy. Man wird schließlich nur einmal siebzig.«

»Ach, du siehst keinen Tag älter als sechzig aus.«

Maddy ist eine kleine Frau mit kurzen roten Haaren in einem ebenso roten Kleid, deren wahres Alter nur sehr schwer festzustellen ist. Verschiedene Teile von ihr sind sicherlich über sechzig. Ich stehe etwas verlegen in der Nähe und belausche unfreiwillig ihr Gespräch, zumindest so lange, bis sie mich bemerken und verstummen. Carringtons klare Augen mustern mich, als würde er versuchen, mein Gesicht einem Namen zuzuordnen. Ich bete inständig, er möge mich nicht als eine der Kellnerinnen wiedererkennen. Doch Carrington lächelt nur charmant, als ich ihm meine Hand entgegenstrecke und mich räuspere.

»Mr. Carrington, Sir, ich wollte nur schnell die Chance nutzen und Ihnen zum Geburtstag gratulieren.«

Sein Blick fällt auf meine Hand, in der ich noch immer den braunen Umschlag halte, wie ich jetzt erst bemerke und mich innerlich dafür verfluche!

»Danke, Miss …?«

»Hawks. Sarah Hawks. Ich bin … Journalistin.« Eine winzige Notlüge.

»Und das hier ist eine Geburtstagskarte für mich?«

Er nimmt mir den Umschlag ab, bevor er meine Hand annimmt und spüren muss, wie eiskalt sie ist. Wenn der Musiker auf der Bühne eine kleine Pause machen würde, könnten die Gäste sicher auch meinen Herzschlag hören, denn der ist so laut, dass er fast alles um mich herum übertönt. Inklusive meiner Stimme.

»Nein, Sir, das ist eine Bewerbung.«

Carrington zieht amüsiert die Augenbrauen hoch und lächelt nach wie vor souverän, auch wenn ihn die Szene ohne Zweifel etwas irritiert.

»Ein außergewöhnliches Geschenk, Miss Hawks.«

»Nun, ich dachte … So kommt sie direkt da an, wo die Entscheidungen getroffen werden.«

»Sie hätten die Bewerbung doch auch an mein Büro schicken können.«

»Das habe ich bereits getan.«

Vielleicht hätte ich mir einige Antworten für diese Unterhaltung überlegen sollen. Es läuft jetzt schon nicht besonders gut, wenn wir ehrlich sind. Maddy sieht mich überrascht an, was allerdings auch an einer kürzlich erfolgten Botox-Behandlung liegen könnte, so genau vermag ich das nicht sagen.

»Nun, Miss Hawks, ich nehme an, Sie waren mit der Antwort nicht zufrieden?«

»Nicht so richtig, nein.«

Carringtons Lächeln wird minimal kühler. Ich weiß, dass ich gerade einen großen, dummen Fehler gemacht habe.

»Wissen Sie, Sarah – darf ich Sie Sarah nennen?«

Es mag wie eine Frage klingen, aber es ist nichts anderes als eine schlichte Degradierung meiner Person. Dennoch nicke ich matt.

»Ich vertraue meinen Angestellten. Wenn die der Meinung sind, dass Sie nicht zur Firma passen, dann …«

»Aber ich bin mir sicher, dass ich Sie überzeugen kann, Mr. Carrington. Ich liebe Musik! Fragen Sie mich, was immer Sie wollen. Musik ist mein Leben und …«

»Hören Sie mal, junge Dame …«

Jetzt schaltet sich auch noch diese Maddy ein, die mich von oben bis unten mustert und deren abwertender Blick nur allzu deutlich macht, dass ich ihren Standards offensichtlich nicht genüge.

»… Sie kommen allen Ernstes auf diese Party und belagern Charles an seinem Ehrentag, um einen Job zu bekommen? Haben Sie denn gar keine Manieren?«

»Doch, Ma'am, aber …«

»Vielleicht sollten Sie erst einmal lernen, wie man sich zu benehmen hat, bevor Sie …«

»Sarah! Was zum Teufel soll das?«

Auch das noch!

Maurice taucht plötzlich neben mir auf und sieht entschuldigend zu Mr. Carrington, der die ganze Szene gerade mehr als stiller Beobachter genießt.

Alle Zweifel, die ich vor diesem Abend an dem Plan hatte, fallen mir schlagartig und völlig zu Recht wieder ein. Wie konnte ich nur so dumm sein?

»Entschuldigen Sie bitte vielmals, Mr. Carrington.«

Es fehlt nur noch, dass Maurice zu einer tiefen Verbeugung vor Carrington ansetzt und fragt, ob er seinen Ring küssen darf. Dann trifft mich sein wütender Blick, als er nach meiner Hand greift und mir das halbleere Champagnerglas aus der Hand nimmt.

»Für gewöhnlich benehmen sich meine Kellnerinnen.«

»Hier haben Sie wohl einen besonderen Charakter erwischt, Mr. Gerard.«

Meine Wangen glühen, weil ich sehr gut zwischen den Zeilen lesen kann und diese äußerst charmant vorgetragene Beleidigung sehr deutlich verstehe. Gerade als ich etwas sagen will, kommt Maurice mir zuvor.

»Ich kann Sie wirklich nur um Entschuldigung bitten, was das Verhalten dieses Personals angeht.«

Personal. Eben war ich noch seine Kellnerin, jetzt bin ich nur noch »Personal«? Carrington scheint an diesem Abend besonders milde gestimmt, denn er nickt nur gleichgültig und macht eine wegwerfende Handbewegung.

»Schon vergessen.«

Habe ich mich in den letzten vier Sekunden in Luft aufgelöst? Oder wieso sehen alle nun wieder durch mich hindurch, als wäre ich gar nicht mehr hier?

»Sorgen Sie einfach dafür, dass die junge Dame nicht mehr aus der Reihe tanzt.«

»Moment bitte, wie war das?«

Maurices Hand legt sich etwas fester um mein Gelenk, während ich Carrington direkt anspreche, auch wenn mir das offenbar als »*Personal*« nicht mehr erlaubt ist.

»Sarah, bisher waren Sie eine unterhaltsame Anekdote dieser Party. Machen Sie es nicht schlimmer.«

Damit hält mir der große Carrington meinen Umschlag entgegen, in dem unter anderem mein großer Traum steckt, und lächelt weiter souverän, als wüsste er genau, wie man mit einer solchen Situation umzugehen hat. Keine Ahnung, wie viele verzweifelte Menschen ihm schon auf Partys Bewerbungen zugeschoben haben, aber ich werde irgendwie das Gefühl nicht los, dass ich nicht die Erste bin.

»Gehen Sie, und wir belassen es einfach dabei.«

»Fein, ja, okay, ich gehe. Aber bitte, schauen Sie sich meine Bewerbung doch wenigstens mal an.«

»Das haben wir bereits.«

Der Umschlag schwebt in der Luft zwischen uns. Inzwischen sind auch andere Gäste auf unsere Unterhaltung aufmerksam geworden und hören betont unauffällig zu, was mich nur noch wütender macht.

»Richtig! Sie haben mich für nicht gut genug befunden. Wissen Sie was, ich wette, in Ihrer feinen Firma hat sich niemand auch nur *einen* Beitrag auf meinem Blog durchgelesen. Sie sitzen in Ihren schicken Büros und entscheiden, wer eine Chance bekommt, welche Musiker die richtige Werbung bekommen und welche Sie einfach im Schatten verenden lassen.«

»Ich denke, das reicht jetzt, Sarah.«

Maurices Stimme klingt gepresst, als würde es ihn viel Kraft kosten, nicht lauter zu werden. Aber ich bin noch nicht fertig.

»Sie werden diese Entscheidung noch bereuen, Mr. Carrington!«

Wird er vermutlich nicht, aber es ist ein großartiger letzter Satz, mit dem ich diese Szene beenden kann.

»Ich schlage vor, Sie verlassen die Party besser. Danke, dass Sie es einrichten konnten.«

Achtlos legt er den Umschlag auf einen der Tische neben uns und wendet sich demonstrativ Maddy zu und von mir ab. Auch alle anderen Gäste sind wieder in ihre Konversationen vertieft, und ich habe auf sehr deutliche und schmerzhafte Art und Weise gezeigt bekommen, wo mein Platz ist. Am liebsten würde ich noch etwas sagen, aber meine Augen brennen verdächtig. Ich traue meiner Stimme nicht, denn nur mit viel Mühe kann ich die Tränen zurückhalten, als Maurice mich sanft, aber bestimmt in Richtung Küche zieht.

»Du bist aber so was von gefeuert!«

Nach knapp elf Minuten Pause stehe ich nun auf dem Balkon des Gebäudes, wo sich die Kellner und Köche kurze Rauchpausen gönnen, und starre auf die Scherben meines Lebens. Maurice war sehr deutlich in seinen Ausführungen, warum ich jetzt meinen einzigen Job los bin. Auch hat er die Chance ganz hervorragend genutzt, um an meinem schlechten Beispiel seinen anderen Angestellten, die er kurz alle in der Küche zusammenrief, zu erklären, weshalb mein Verhalten untragbar und unverschämt war.

»Tut mir leid, Sarah. Du weißt, eigentlich mag ich dich, aber *das* kann ich nicht dulden.«

Trotzdem wird er mir noch mein volles Gehalt für den Abend zahlen, was ich fast schon wieder niedlich finde. Aber ich bin zu wütend, um mich anständig dafür zu bedanken. Wütend bin ich übrigens vor allem auf mich selbst, weil ich kurz geglaubt habe, diese Chance wäre wirklich meine und realistisch gewesen. Unverschämtheit, so heißt es doch, setzt sich immer durch. Nach diesem

Credo lebt zumindest Becca sehr erfolgreich. Jetzt atme ich die schwüle Sommerluft ein und überlege, wie ich die Miete für den nächsten Monat bezahlen soll. Nebenbei frage ich mich, ob das vielleicht der richtige Zeitpunkt ist, um mit dem Rauchen anzufangen. Oder um die Koffer zu packen und zurück nach Chicago zu flüchten, wo ich in meinem Jugendzimmer in die Kissen weinen könnte.

»Großartig, Sarah. Richtig toll hingekriegt!«

Selbstgespräche haben etwas Therapeutisches, wenn man mich fragt. Niemand kann widersprechen, und man darf richtig wütend werden. Niemand darf so mit mir sprechen wie ich selbst, wenn ich wirklich sauer bin.

»Das passiert, wenn Cinderella glaubt, sie könnte mit den Großen und Reichen spielen. Hast du wirklich geglaubt, dass das gutgeht? Du bist so ein Idiot, Schätzchen!«

Keine Ahnung, wie die Gesetzeslage zum Thema Selbstgeißelung ist, aber gerade denke ich ernsthaft darüber nach, mich selbst zu ohrfeigen.

»Kein so guter Abend, hm?«

Einer der Kellner lehnt sich neben mich an die Brüstung des Balkons und sieht mich nachdenklich an.

»Untertreibung des Jahres!«

Er ist wohl der Einzige, zu dem es sich noch nicht rumgesprochen hat, aber es ist nur eine Frage der Zeit, bis ich zur Story des Abends geworden bin, inklusive der zusätzlich erfundenen Anekdoten. Der junge Mann wirft mir einen mitfühlenden Blick zu und reicht mir ein Glas Champagner, das er wohl von irgendeinem Tisch geklaut hat.

»Auf einen miesen Abend!«

Wenn schon keine Zigaretten, dann eben Alkohol. Das kann ich morgen ausgiebig in aller Ruhe bereuen, aber gerade klingt es wie die beste Idee der Woche.

»Darauf trinke ich!«

Und das tue ich dann in einem Rutsch, ohne nachzudenken, ohne den exzellenten Geschmack des Getränks zu genießen, einfach nur, um die Enttäuschung in meiner Kehle runterzuspülen. Alkohol macht ja bekanntlich jedes Problem temporär zunichte. Zumindest bis morgen früh, wenn Becca drei Oktaven zu hoch und vier Dezibel zu laut ihre Fragen stellen wird. Kurz sehe ich zu meinem Champagner-Dealer und nicke in Richtung Küche, wo ich meinen Ex-Chef vermute.

»Übrigens, wenn ich dir einen guten Tipp geben darf, Maurice ist heute nicht besonders gut gelaunt. Du solltest deine Pause also nicht überziehen, sonst feuert er dich auch noch.«

»Keine Sorge, meine Schicht für heute ist zu Ende.«

Ich drehe mich ganz zu dem Mann, um mehr als nur sein markantes Profil zu betrachten. Er trägt einen Smoking, so wie alle Kellner, hat kurze rotbraune Haare und einen perfekt gestutzten Dreitagebart, der durch den rötlichen Stich irgendwie exotisch, und vor allem sexy, aussieht. Sein Grinsen ist entwaffnend und einladend, als könnte ich ihm alles erzählen und er würde mich verstehen. Das Funkeln in seinen grünen Augen ist frech, was nicht so ganz zu dem smarten Outfit passen will und ihn etwas jünger erscheinen lässt, als er vermutlich ist.

»Nun, dann möchte ich dich nicht von deinem verdienten Feierabend abhalten.«

»Das tust du nicht, keine Sorge. Ich bin ziemlich froh, endlich da raus zu sein.«

Er deutet mit dem Kinn hinter sich, wo die Party noch immer im vollen Gange ist und die Musik inzwischen schräge Achtziger-Jahre-Dancemoves verlangt. Eine Aufforderung, der ziemlich viele Partygäste tatsächlich nachkommen. Etwas an seinem Gesichtsausdruck wirkt gequält, als hätte er heute wirklich einen ebenso miesen Abend wie ich erlebt.

»Eine schreckliche Party.« *Auf die ich noch immer gerne eingeladen wäre.*

»Allerdings.« Er dreht sich um, lehnt sich an das Geländer und wirft einen abschätzigen Blick ins Innere, wo Frauen, die ihr Alter faken, um Männern zu gefallen, die ihre Größe faken, tanzen und dabei teure Getränke aus teuren Kristallgläsern trinken, während wir hier draußen dazu verdammt sind, ihnen durch eine Scheibe getrennt zuzusehen.

»Ich komme mir vor wie eins von den Waisenkindern in einem Buch von Charles Dickens, das nicht mitspielen darf.«

Fast muss ich lachen, stimme ihm dann aber zu und bemerke, dass ich noch nicht mal seinen Namen kenne. Wer mich mit einem literaturbezogenen Witz zum Lachen bringt, der verdient einen zweiten Blick.

»Sorry, aber kennen wir uns?«

Maurice hat immer wieder verschiedene Kellner, je nachdem, welche privaten Vorlieben bezüglich Haarfarbe er gerade hat. Gut möglich, dass wir in der Vergangenheit schon bei einem Event zusammen gekellnert haben. Allerdings sind wir dann meistens so hektisch, dass sich alle in namenlose Tellertaxis verwandeln, die stur ihrem Job nachgehen und nach Feierabend erledigt nach Hause wanken. Bisher habe ich mir zudem nie die Mühe gemacht, mir die Namen zu den wechselnden Gesichtern zu merken. Das könnte sich heute ändern, wenn ich ihn so betrachte.

»Charlie.«

Er dreht sich zu mir und reicht mir seine Hand, begleitet von einem Lächeln, das nicht ganz so frech ist wie vorhin sein Grinsen. Was ihn aber sehr charmant wirken lässt.

»Sarah.«

»Das habe ich schon mitgekriegt.«

»Es ist immer gut, einen Ruf zu haben, nicht wahr?«

»Besonders, wenn er schon ruiniert ist.«

Dabei hebt er das Glas etwas in die Höhe und sieht mich über den Rand hinweg an. Einen Moment bin ich mir nicht sicher, was ich von diesem Blick halten soll, denn er zögert kurz bei meinem Dekolleté, aber sein Lächeln gefällt mir. Es gefällt mir sehr. So wie sein markantes Kinn, die stechend grünen Augen und die breiten Schultern, die er unter dem Jackett versteckt hält.

»Okay, Charlie. Was ist dein ruinierter Ruf?«

»Ich weiß nicht, ob wir uns schon so gut kennen, dass ich dir das verraten kann.«

»Vermutlich nicht.«

Außerdem ist mein Glas leer. Es gibt keinen Grund mehr, hier auf diesem Balkon und dieser Party zu sein. Ich sollte nach Hause fahren, mich bei Becca ausheulen und vielleicht eine Folge *Sunset Story* mit ihr schauen. Das muntert bestimmt auf. Wieso ich noch immer nicht gehe? Na ja, Charlie lächelt und rückt ein kleines bisschen näher zu mir rüber. Ein Umstand, der mir gefällt.

»Vielleicht können wir das ja bei einem Drink ändern?«

»Ich trinke nicht mit Fremden.«

Dabei gebe ich mir Mühe, besonders geheimnisvoll und interessant zu klingen, doch Charlie scheint mich bereits durchschaut zu haben, denn er rückt noch etwas näher an mich ran, bis wir uns fast berühren.

»Das bedeutet also, ich bin kein Fremder …« Seine Stimme ist so leise wie ein Flüstern und beschert mir eine überraschende Gänsehaut. »… denn du hast eben mit mir getrunken, Sarah.«

Charlie nimmt mir mein leeres Glas aus der Hand, dabei berührt er meine Haut, und wieder spüre ich seinen Blick auf mir. Diesmal weiß ich, dass es mir gefällt. Er wartet auf meine Antwort, doch ich weiß nicht genau, ob das eine gute Idee ist. Ich bin verzweifelt, enttäuscht und auch ein bisschen traurig. Eine gefährliche Mischung, die mich unter Garantie einen groben Unfug anstellen lässt. Oder einen weiteren Fehler. Charlie bewirbt sich gerade, ohne es zu wissen, für die Hauptrolle, dieser potenzielle Fehler zu sein. Sanft stupst er meine Schulter an.

»Komm schon, ein Drink.«

»Hm, ich weiß nicht.«

»Okay, dann zwei Drinks.«

Er hat Charme, das muss man ihm lassen. Außerdem bringt er mich zum Lächeln, das ist heute nicht gerade einfach. Trotzdem gelingt es ihm.

»Und dann verrätst du mir deinen schlechten Ruf?«

»Ehrenwort.«

Bei diesem Versprechen hält er die Hand mit meinem leeren Glas umständlich in die Luft, als würde er seinen Schwur irgendwie mit einer Geste unterstreichen.

»Okay. Aber nicht hier. Denn es ist bald nach Mitternacht, und meine Kutsche verwandelt sich dann wieder in einen Kürbis.«

Er nickt verständnisvoll, obwohl ich fest davon überzeugt bin, ihn damit eher verwirrt zu haben. Doch Charlie scheint voller Überraschungen zu stecken.

»Verstehe. Hast du deinen Schuh schon verloren?«

»Noch nicht.«

Die Anerkennung in meiner Stimme ist nicht zu überhören. Ist es möglich, dass ich tatsächlich schon mit ihm flirte? Das kann unmöglich an den zwei bis drei Gläsern Champagner liegen.

»Dann haben wir also noch etwas Zeit.«

Beccas Idee für heute meine berufliche Zukunft betreffend war eine totale Katastrophe, so viel steht fest. Ihr Tipp, die Augen offen zu halten, wenn ein attraktiver Mann wie Charlie mich anlächelt, scheint hingegen Früchte zu tragen, denn ich ertappe mich dabei, wie ich nicke.

»Lass uns von hier verschwinden.«

New York Nights

New York im Sommer kann furchtbar sein. Stickig, stinkend und unerträglich heiß. Dann kühlt es sich selbst in der Nacht nicht ab, und das Bettlaken klebt einem an der Haut wie diese ekelhaften Mottenklebestreifen.

Heute ist es nicht so. Die Abendluft ist angenehm kühl auf dem Gehsteig vor dem Hochhaus, und ich atme tief durch und versuche dabei, die Katastrophe hinter mir zu lassen. Inständig hoffe ich, dass niemand sich an die peinlichen Details meines Auftritts erinnern wird. Charlie lockert die Fliege um seinen Hals und sieht sich nach einem Taxi um.

»Du glaubst doch nicht allen Ernstes, dass du in diesem Teil der Stadt ein Taxi kriegst, oder?«

New Yorks Straßen verwandeln sich hier nämlich nach zweiundzwanzig Uhr in eine Art asphaltiertes Bermudadreieck. Keine Taxis weit und breit. Und wenn sich doch eines der gelben Autos zeigt, ist es natürlich schon besetzt. Vermutlich von einem stinkreichen Star, der sonst nur den Privatjet nimmt. Charlie sieht zu mir runter und zuckt mit den Schultern.

»Sollen wir es mit einer der Limos dort versuchen?«

Er nickt in Richtung einer Reihe von Autos, an denen Männer in schwarzen Anzügen und mit schwarzen Mützen lehnen, Zeitung lesen oder sich unterhalten. Sie warten darauf, ihre Arbeitgeber durch das nächtliche New York zurück in ihre überteuerten Penthäuser zu fahren. Wem will er etwas vormachen? Wir gehören nicht dazu. Zu gut kann ich mir vorstellen, wie Maddy und Carrington heute Nacht angetrunken zu ihren schicken Wagen torkeln und nach Hause kutschiert werden, irgendwo bei der 5th Avenue. Auf mich warten mein winziges Apartment und eine neugierige Becca. Wenn ich Glück habe, auch noch Claires Muffins.

»Ich glaube, ich habe heute genug Ärger gekriegt. Autoklau muss nicht noch auf meinen Lebenslauf.«

»Ganz wie du meinst. Laufen wir dann zu deinem geheimnisvollen *Tuned?*«

Auf dem Weg nach unten habe ich für unsere Besser-Kennenlernen-Drinks das *Tuned* vorgeschlagen, weil ich mich wohler fühle, wenn wir in meinem Viertel sind, wo ich die Leute kenne und Charlie im Notfall einfach vor die Tür gesetzt wird, wenn er mir zu nahe kommt. Obwohl ich mir das im Moment nicht vorstellen kann. Er hat Manieren, mir auf dem Weg nach unten alle Türen aufgehalten und mir stets seinen Arm als zusätzliche Sicherheit angeboten. Noch dazu lächelt er, wenn er mit mir spricht – und das, ich gebe es zu, gefällt mir.

»Wäre das ein Problem? Bist du etwa nicht gut zu Fuß?«

Jeder Bewohner New Yorks hat schon Strecken zurückgelegt, die er in keiner anderen Stadt freiwillig und ohne Androhung einer unendlich langen Gefängnisstrafe auf sich genommen hätte.

»Meine persönliche Bestzeit für den Marathon beträgt drei Stunden und neunundvierzig Minuten.«

Das sagt er nicht ohne Stolz und sieht mich dabei abwartend an, als würde er prüfen wollen, ob er mich damit beeindrucken kann. Für einen unsportlichen Menschen wie mich klingt diese Zeit für eine Strecke von zweiundvierzig Kilometern so, als wäre er geflogen.

»Wow! Ernährst du dich auch supergesund, vorzugsweise von grünen Smoothies?«

»Wenn es sein muss. Aber nichts schlägt meine selbstgemachten Pancakes.«

»Kochen kannst du auch noch? Charlie, ich bin beeindruckt.«

Dazu der Anzug … Er könnte beinahe als eine etwas markantere Version eines Disney-Prinzen durchgehen.

»So weit würde ich nicht gehen. Ich sprach von Pancakes.«

»Nicht so bescheiden, Charlie.«

Langsam gehe ich die Straße entlang. Ich bin mir sicher, dass er mir folgen wird. Doch er sieht mich nur unsicher an.

»Wo willst du hin?«

»Du wolltest zwei Drinks. Schon vergessen?«

»Du willst nicht wirklich laufen, Sarah.«

Er deutet an sich herab, was ich als Einladung annehme, mir ihn und seine Figur noch einmal ganz unverblümt anzusehen. Charlie sieht wirklich gut aus. Sicherlich ist er sich seiner Wirkung auf Frauen bewusst.

»Das ist nicht mein typisches Sportoutfit, weißt du?«

Ich tue gespielt schockiert.

»Ist es nicht!?«

»Sarah …«

»Du wirst es nicht glauben, aber Gerüchte besagen, es gibt ein unterirdisches Schienensystem, auf dem Züge fahren und sogar an bestimmten Stationen halten.«

Charlie sieht mich nun ebenfalls gespielt überrascht an und schüttelt ungläubig den Kopf, als hätte ich ihm ein Märchen erzählt.

»Du glaubst diese düstere Legende doch nicht etwa, oder?«

Ich gehe zurück, greife nach seinem Arm und ziehe ihn grinsend mit mir in Richtung Subway-Station. Wenn man nicht besonders viel Geld oder Kondition hat, aber trotzdem in dieser Stadt überleben will, lernt man schnell, dass eine ruckelnde Subway die günstigste Möglichkeit ist, um von A zu einem weit entfernten B zu kommen.

»Komm schon! Unterwegs könntest du mir noch ein bisschen mehr über dich erzählen.«

»Wird dann der Kennenlern-Drink nicht irgendwie hinfällig?«

»Vielleicht steigerst du ja unterwegs deine Chancen auf ein Kennenlern-Frühstück. Inklusive Pancakes.«

Das sollte nicht so doppeldeutig rüberkommen, wie es klingt, doch Charlies freches Grinsen lässt mich wissen, dass er es genau so aufgefasst hat. Immerhin setzt er sich endlich in Bewegung und läuft mit weiten Schritten neben mir her. Ich spüre seinen Blick auf mir und komme mir dadurch fast sexy vor, wenn meine Füße in den Schuhen nicht so schmerzen würden und ich nicht wüsste, wie chaotisch meine Haare aussehen müssen.

»Also Sarah, was willst du alles wissen?«

Die meisten Frauen fragen vielleicht nach seinem Job oder potenziellen Ex-Partnerinnen, doch ich stelle immer eine bestimmte erste Frage. Weil mir die Antwort wichtig ist und ich danach entscheide, ob der Mann interessant genug für ein echtes Date ist.

»Wer ist dein Lieblingsmusiker?«

Charlie ist überrascht, das kann ich sehen, gibt sich aber Mühe, sich das nicht zu offensichtlich anmerken zu lassen. Einen Moment denkt er über die Frage und die passende Antwort nach.

»Gute Frage. Ich würde sagen, mein Musikgeschmack ist ziemlich breit gefächert.«

Oh-oh.

»Was bedeutet *breit* gefächert?«

Meine Frage kommt zu schnell, das weiß ich selbst. Aber ich kann mich mit einer solchen Antwort einfach nicht zufriedengeben. Niemand sollte das.

»Wie meinst du das?«

An diesem Punkt scheitern die meisten Typen mit ihrer Antwort. Breit gefächert kann auch »Ich höre alles« bedeuten. Solche Menschen sind mir suspekt. Sie sind wie diese Gäste, die bei einem All-you-can-eat-Menü wirklich alles essen. Das kann nicht gesund sein! Musikalisches Sodbrennen ist das Schlimmste, was man mir antun kann. Ich bleibe stehen und sehe ihn durchdringend an.

»Nun, umschließt das auch Bananarama und Limahl oder meinst du eher Elvis und B.B. King?«

»Wow! Sarah, du willst es wirklich sehr genau wissen.«

Eine Weile gehen wir schweigend weiter und erreichen die Stufen zur Subway-Station. Auf dem Weg nach unten bleibe ich erneut kurz stehen, sehe zu ihm hoch und gebe mir Mühe, nicht zu sehr wie ein Freak zu klingen. Aber welchen Sinn macht es, wenn man vortäuscht, total cool, lässig und sexy zu sein, in Wirklichkeit allerdings nun mal ein kleiner Freak ist?

»Es ist eine wichtige Frage!«

»Ist das dein Aufnahmetest?«

»Hm?«

»Nun, ich habe das Gefühl, ich könnte durchfallen, wenn ich die falsche Antwort gebe.«

»Was? Nein. Quatsch!«

Doch. Genauso ist es. Jedem Menschen ist etwas anderes beim anderen Geschlecht wichtig: ein schönes Lächeln, viel Geld, beruflicher Erfolg, ein Sixpack. Für mich ist es eben der Musikgeschmack. Charlie holt tief Luft, als müsse er eine mündliche Prüfung bestehen.

»Okay, aber behalte bitte im Hinterkopf, dass ich tolle Pancakes mache.«

»Wird bei der Bewertung berücksichtigt.«

Er nickt zufrieden und kommt einige Stufen auf mich zu.

»Ich mag die Beatles. Und ich mag Bowie. Prince. Thirty Seconds to Mars. Pink Floyd. Justin …«

Ich halte die Luft an. *Justin – nicht Bieber. Nicht Bieber!*

»… Timberlake.«

Erleichtert atme ich aus und spüre ein sanftes Lächeln auf meinen Lippen, während ich seinen Arm annehme, den er mir ebenfalls lächelnd anbietet. Nichts wäre peinlicher, als diesen schönen

Moment durch einen unkoordinierten Sturz auf den Treppen zur Subway zu ruinieren.

»Gute Mischung.«

»Danke. Es war eine harte Frage. Sonst wollen Frauen andere Dinge wissen.«

Das kann ich mir vorstellen. Es wäre gelogen, wenn ich sagen würde, mich interessierten nicht auch noch ein paar Dinge, die nichts mit Musik zu tun haben. »Zum Beispiel?«

»Nun, die klassischen Sachen. Wie viel verdiene ich, was ist meine Schuhgröße, ob ich irgendwelche sexuell übertragbaren Krankheiten habe …«

»Interessant.«

»Und du fragst nach Musik.«

Wir warten auf die Subway und sehen in dieser unterirdischen, recht schäbigen Station in unseren schicken Outfits komplett fehl am Platz aus. Charlie lehnt an einem Pfeiler neben mir, die Hände in den Hosentaschen, und sieht sich um, als wäre er eine Ewigkeit nicht mehr mit der U-Bahn gefahren.

»Ich muss ehrlich sein, Sarah. Der Abend verläuft bisher ganz anders, als ich es erwartet habe.«

»Hattest du denn einen genauen Plan?«

Charlie zuckt unentschlossen mit den Schultern und studiert die Kacheln auf dem Boden.

»Laufen solche Partys nicht immer nach einem genauen Plan ab?«

»Stimmt. Meistens futtern wir, wenn alle Gäste weg sind, die Reste vom Catering, trinken abgestandenen, zu teuren Champagner und ziehen die Schuhe aus.«

Offensichtlich habe ich bei zu vielen solcher Events gekellnert, habe zu viele Nächte in solchen Outfits verbracht und bin viel zu spät und zu müde in mein Bett gefallen. Charlie lacht leise, lehnt den Kopf an den Pfeiler und schließt kurz die Augen.

»Nun, ich möchte mich trotzdem bei dir bedanken.«

Noch immer hält er die Augen geschlossen. Ich betrachte sein Profil, das jetzt entspannt wirkt, als hätte ich ihn nicht in eine gewöhnliche Subway-Station, sondern in eine fremde Welt geführt.

»Gern geschehen.«

Auch wenn ich nicht so genau weiß, wofür er sich bedankt. Als er die Augen wieder öffnet und zu mir sieht, wirkt er für den Bruchteil einer Sekunde müde, was ein Lächeln überspielen soll, das ihm aber nicht gelingt.

»Wenn es dich beruhigt, meine Planung sah auch ganz anders aus. Jetzt habe ich keinen Job mehr, mich dafür aber zum Idioten der Party gemacht und es mir für immer bei Carrington verscherzt. So sah meine Abendplanung definitiv nicht aus.«

Ich streiche meine Locken aus dem Gesicht und unterbreche nur mit viel Mühe meine Gedanken bei der Kalkulation, wie viel Geld ich noch auf meinem Bankkonto habe und wann die nächste Miete fällig ist. Charlie stößt sich vom Pfeiler ab und kommt auf mich zu.

»Ich bin wohl nur ein sehr schwacher Trostpreis.«

»Du hältst mich davon ab, mich vor einen Zug zu werfen.«

Charlie zwinkert mir kurz zu und zuckt mit den Schultern.

»Manchmal muss sich erst das ganze Leben auf den Kopf stellen, bevor etwas Gutes passiert.«

Dabei wird sein Lächeln, das bisher eher frech und welterobernd war, matter, fast traurig. Keine Ahnung, welche Erfahrung in seinem Leben ihm diese Weisheit eingebracht hat, aber ganz sicher war es keine angenehme. Neben mir bleibt er stehen, als unsere Subway einfährt. Doch als ich einsteigen will, zögert Charlie und betrachtet die gelbe Markierung am Boden, über die er treten muss, um mir in den Waggon zu folgen.

»Was ist los?«

Noch immer starrt er auf den Boden, als müsste er eine ganze Gletscherspalte mit diesem Schritt überspringen.

»Wieso habe ich das Gefühl, dieser Schritt verändert mein Leben?«

Ich strecke meine Hand aus, und Charlie hebt den Blick, bis seine Augen meine finden.

»Keine Ahnung. Aber wenn du mir folgst, zeige ich dir den Weg ins Wunderland.«

Ohne zu zögern, greift er nach meiner Hand, wagt den Schritt und ist bei mir im Inneren der Bahn, bevor sich die Türen hinter ihm schließen und wir uns ruckelnd in Bewegung setzen. Sein Lächeln wirkt erleichtert, wenn auch etwas aufgeregt.

»Wow!«

Wir biegen recht rasant, wie für New York typisch, in eine Kurve. Ich greife nach Charlie, auf der Suche nach Halt. Der Abstand zwischen unseren Körpern wird verkürzt, und ich spüre, wie er einen Arm sanft um meine Taille legt. Mit einer Hand hält er sich an einem der Griffe über unseren Köpfen fest.

»Hi.«

Ich spüre seinen Atem auf meiner Wange, so dicht stehen wir uns gegenüber. Außer uns ist niemand im Waggon. Selten habe ich eine unterirdische Fahrt so genossen. Ich starre auf Charlies Lippen.

»Hi.«

In der nächsten Kurve wird mein Körper ungewollt weiter gegen Charlies gedrückt, dem die plötzliche Nähe nichts auszumachen scheint. Wieso wir uns nicht einfach hinsetzen und den Abstand zwischen uns wieder herstellen, weiß ich nicht.

»Wir hätten übrigens freie Platzwahl.« Meine Stimme klingt viel zu leise, als sollte Charlie meine Worte nicht wirklich hören.

»Mir gefällt unser Stehplatz.«

Obwohl das Rattern der Bahn alles um uns herum übertönt, hallt seine Stimme in meinen Ohren wider und zaubert mir garantiert eine gesunde Hautfarbe ins Gesicht und ein Lächeln auf die Lippen.

»Also, Charlie.«

»Also, Sarah.«

Mein Gehirn sucht verzweifelt nach den richtigen Worten für den Start einer geistreichen Unterhaltung. Irgendwas Kluges und Überraschendes. *Sarah Hawks: intelligent und sexy.*

»Was ist deine Schuhgröße?«

So viel dazu …

»Du bist also hier geboren.«

»Jawohl, Ma'am.«

Es mag verrückt klingen, aber in all den Jahren, die ich hier lebe, habe ich noch keinen einzigen originalen New Yorker zu meinem Freundeskreis zählen können. Becca kommt aus einer Kleinstadt in Missouri, Dougie, mein Ex-Freund, stammt aus New Orleans, Ace aus Miami. Aber Charlie ist der erste »echte« Eingeborene, mit dem ich eine Unterhaltung führe. Inzwischen haben wir uns doch hingesetzt und sehen uns über den leeren Gang hinweg an. Es sind nun auch noch drei andere Menschen im Waggon, aber das stört weder uns noch unser Gespräch.

»Komisch, ich hatte angenommen, es umgibt die echten New Yorker eine Art Nimbus der Unverwundbarkeit. Oder eine purpurfarbene Aura.«

Charlies Mundwinkel zucken zu einem stolzen Lächeln, und damit verrät er sich. Wenn auf der Geburtsurkunde »New York« vermerkt ist, schwebt man über den Dingen und ist den Zugezogenen überlegen.

»Falls es dich beruhigt, meine Vorfahren stammen aus Irland.«

Was den Rotstich im Bart erklären dürfte.

»Nun, ich komme aus Chicago, wo all meine Verwandten leben und wohl immer leben werden.«

»Wieso bist du dann weg?«

Das Rattern der Subway versucht meine Gedanken zu übertönen, die diese Frage aufwirft, scheitert dabei aber gnadenlos.

»New York hat den besseren Sound.«

»Findest du? New York ist einfach nur laut.«

So kann nur jemand sprechen, der noch nie woanders gelebt und keinen Vergleich hat. Deswegen schüttele ich entschlossen den Kopf.

»Für dich mag es nur Krach sein, aber ich finde, es ist lebendig. Ein bisschen so, als würde sich die Stadt mit jedem Bewohner oder Besucher unterhalten. Da ist Musik, als hätte New York einen eigenen Soundtrack.«

Charlie lässt mich während meiner Ausführungen keine Sekunde aus den Augen. Er beobachtet mich, und plötzlich fühle ich mich so, als könne er direkt durch mich hindurchschauen.

»Du bist der Stadt verfallen, Sarah. Sie hat dich um den Finger gewickelt.«

»Das mag sein, aber ich war auch ein besonders leichtes Opfer.«

Er steht auf und kommt über den Gang zu mir, deutet auf den freien Platz zu meiner Linken und wartet auf mein Nicken, bevor er sich setzt.

»Ich verrate dir das Geheimnis eines New Yorkers, okay?«

»Ich bin gespannt.«

Bevor er weiterspricht, lehnt er sich etwas weiter zu mir und dämpft die Stimme, als wolle er verhindern, dass jemand mithören kann. Nicht dass jemand in Hörweite säße.

»New York spricht nicht mit jedem.«

Es ist die Art und Weise, wie er es sagt; als wüsste ich genau, was er meint. Obwohl diese komplette Unterhaltung schräg ist, nicke ich langsam.

»Aber du kannst die Stadt hören. Das macht dich quasi zu einer New Yorkerin.«

»Auch ohne Geburtsrecht?«

»Wie lange bist du schon hier?«

»Knapp zwei Jahre.«

»Die meisten Leute brauchen mindestens fünf, um sie zu hören. Du bist also etwas Besonderes.«

»Danke für das Kompliment.«

»Hey, das hat die Stadt dir gemacht, nicht ich.«

Die Stadt, die nicht mit jedem spricht. So werde ich New York ab heute nennen. Zumindest in meinem Kopf.

»Hörst du sie denn?«

Charlie denkt einen kurzen Moment über meine Frage nach, sieht dabei auf seine Schuhe, die noch immer so glänzen, als würden kleine, unsichtbare Elfen sie bei jedem seiner Schritte aufs Neue polieren.

»Manchmal.«

Irgendwas in seiner Stimme verrät mir, dass er ein eher angespanntes Verhältnis zur Stadt hat, was ich nicht verstehen kann. Wie kann man sich *nicht* Hals über Kopf in diese Lady verlieben? Manchmal fühlen sich die Jahre, die ich in Chicago verbracht habe, wie verschwendete Zeit an. Als hätte mein Leben erst mit meinem Umzug hierher begonnen.

»Fährst du wirklich gerade zum ersten Mal in deinem Leben Subway?«

Das ist eine Sache, die er mir zu Beginn der Fahrt verraten hat und die ich noch immer nicht so recht glauben kann. Doch auch diesmal nickt er und zuckt entschuldigend mit den Schultern.

»Das ist verrückt, Charlie. Wirklich verrückt!«

Wenn ich ihn jetzt ansehe, hat er all das Große und Geheimnisvolle verloren, er wirkt viel jünger und verletzlicher. Es scheint ihm bewusst zu sein, denn er weicht meinem Blick aus, bevor ich zu weit sehen kann.

»Ich weiß. Da muss ich erst dich treffen, um mich wie ein echter New Yorker zu fühlen.«

Manchmal kreuzen wir die Lebenswege von Menschen, an denen wir nur eine Sekunde später vorbeigehen würden. Charlie hat den ganzen Abend mit mir gekellnert, doch ich habe ihn nicht wahrgenommen. Zu abgelenkt war ich von Carrington und Beccas und meinem Plan, doch dank meiner Kündigung, die ich vor knapp einer Stunde noch verflucht habe, sitze ich jetzt mit Charlie in einer Subway und lächele. Einfach so.

»Danke dafür, Sarah.«

»Das Danke kann ich zurückgeben.«

»Ich habe doch gar nichts gemacht.«

»Doch. Du hast dem miesen Abend eine gute Wendung verpasst.«

In den Hollywoodfilmen würde jetzt romantische Geigenmusik einsetzen, der Hintergrund verschwimmt in der Unschärfe und die Kamera verweilt auf den Gesichtern der Darsteller, die sich verliebte Blicke zuwerfen und sich küssen.

Doch mein Leben ist eben kein solcher Film. Deswegen ist mein Gehirn auch immer überfordert, wenn ich in so eine Situation stolpere. Statt ihn zu küssen oder, besser noch, mich von ihm küssen zu lassen, sage ich dumme Sachen. Wie: »Das ist unsere Station.«

Charlie, der nicht nur wegen des Smokings ein echter Gentleman ist, nickt nur, erkämpft sich sein Lächeln zurück und reicht mir die Hand.

»Dann mal los, zeig mir dein New York.«

City Streets

»Wir nehmen zweimal mit allem.«

Oscar, der gerade seinen Hotdog-Wagen einpacken wollte, macht für mich und meine Begleitung eine Ausnahme, packt das Würstchen in das Brötchen und löffelt nicht nur jede Menge Zwiebeln und Chili mit Kraut, sondern auch das typische Relish obendrauf, bevor er es mit Senf und Ketchup fast ertränkt. Charlies Gesichtsausdruck ist kritisch, doch ich grinse nur zuversichtlich. Es heißt ja, man soll einen großen Bogen um diese Hotdog-Verkäufer machen, wenn man keine Salmonellen zur Untermiete einladen will, doch Oscar ist eine absolute Ausnahme, für die ich jedes Vier-Sterne-Menü stehen lassen würde. Ihm vertraue ich mein kulinarisches Leben an, ohne auch nur mit der Wimper zu zucken.

»Du hast gesagt, ich soll dir meine Version deiner Stadt zeigen.«

»Ich dachte an einen Club, eine Bar, gerne auch ein nettes Café. Oder deine Wohnung.«

Das freche Augenzwinkern ist zurück, ebenso sein Lächeln, und ich verpasse ihm einen sanften Schlag gegen die Schulter.

»So weit sind wir noch nicht.«

»Ich verstehe, erst muss ich alle Prüfungen durchlaufen.«

»Das haben alle Heldensagen gemeinsam. Sei mutig!«

Charlie sieht mit seinem Smoking auf den Straßen in diesem Viertel eher wie der von Sting besungene *Englishman in New York* aus, nicht wie ein echter New Yorker. Oscar betrachtet ihn ebenso unsicher wie Charlie das Brot-Wurst-Gebilde in seiner Hand.

»Ich bin mutig.«

»Dann los.«

»Das ist mein erster Hotdog von der Straße.«

Schnell wirft er Oscar einen entschuldigenden Blick zu und bemerkt mein schockiertes Gesicht.

»Du hast gesagt, du bist hier geboren.«

»Bin ich auch. Soll ich mich jetzt ausweisen?«

»Ich frage mich nur, warum du dann um solche Dinge wie die Subway oder einen klassischen Hotdog so einen Bogen machst.«

»Weil ich hier geboren bin.«

Eine Erklärung, die für mich keinen Sinn macht, weil kaum etwas mehr »New York!« schreit als die genannten Aktivitäten. Charlie will nach seinem Geldbeutel greifen, doch bevor er bezahlen kann, reiche ich Oscar die Geldscheine und nicke ihm dankend zu.

»Stimmt so.«

»Danke, Sarah. Bis morgen.«

Mit einem letzten zweifelnden Blick zu Charlie, der deutlich genug aussagt, dass er ihn mehr als suspekt findet, schiebt Oscar seinen tonnenschweren Hotdog-Wagen über die Straße. Wir sehen ihm kurz nach, dann drehe ich mich wieder zu der Hotdog-Jungfrau neben mir.

»Bis morgen also.«

»Jap. Oscar und mich verbindet eine sehr intensive Beziehung. Er versorgt mich mit Hotdogs. Es ist Liebe.«

»Ist es was Ernstes?«

»Absolut. Ich kaufe meine Hotdogs nur bei Oscar. Du bist im Begriff, eine Offenbarung zu probieren.«

Ich nicke auf das Brötchen in seiner Hand, das er noch immer nicht probiert, ja nicht einmal in die Nähe seines Gesichts gebracht hat.

»Vertraust du mir nicht?«

»Sarah, ich kenne dich keine zwei Stunden und bin dir in eine Subway gefolgt. Mehr Vertrauen bringe ich nicht mal meinen engsten Freunden entgegen.«

»Du bist ganz schön schräg, Charlie.«

»Ist das ein Kompliment?«

»Ich kenne dich keine zwei Stunden und bringe dich schon zum Hotdog-Mann meines Vertrauens, lade dich sogar ein und zeige dir mein Viertel. Mehr Vertrauen bringe ich nicht mal meinen engsten Freunden entgegen.«

Ich mag es, wie sich das Grübchen an seiner linken Wange zuerst zeigt, wenn er lächelt, und dasjenige auf der rechten Seite erst verzögert dazustößt. Es macht sein Lächeln noch interessanter, als es ohnehin schon ist.

Charlies Widersprüchlichkeit könnte mir durchaus gefährlich werden. Im Anzug sieht er unheimlich smart aus, fast schon zu seriös für meinen Geschmack, doch seine grünen Augen funkeln, als gäbe es noch so viel mehr bei ihm zu entdecken. Einen kurzen Blick, den Charlie hinter dem Anzug betreffend, habe ich vorher in der Subway erhascht. Es ist schwer, ihn zu beschreiben, auch wenn Becca genau das spätestens morgen von mir verlangen wird. Während seine Frisur fast perfekt sitzt, will der Dreitagebart nicht ganz zum Look passen – als wäre es eine stoppelige Rebellion zur sonst nahezu perfekten Aufmachung. Und dann ist er auch noch witzig, mag gute Musik und hat bis jetzt nicht versucht, mich zu küssen. Das könnte ich als Beleidigung ansehen oder vielleicht als Zeichen dafür, dass ich mehr bin als ein One-Night-Stand, auf den er es abgesehen haben könnte.

»Lässt du mich jetzt stehen, wenn ich zugebe, Hotdogs nicht besonders zu mögen?«

»Das war's. Du bist kein New Yorker!«

»Soll ich dir morgen meine Geburtsurkunde mailen?«

Ich muss lächeln, weil er über ein Morgen spricht. Wenn auch nur in einem Nebensatz.

»Du verhältst dich also absichtlich nicht wie ein klassischer New Yorker?«

Oder wie ein typischer Kellner, wenn wir schon dabei sind. Charlie wirkt nicht wie jemand, der auf sein Geld achten und einen solchen Job annehmen muss.

»Dieses Ding hier ist nicht typisch für New York. Es ist das New York aus den Serien und Filmen.«

»Es ist mein New York.«

Plötzlich komme ich mir albern vor, weil ich versuche, ihm meinen Blick auf seine Heimatstadt zu zeigen und mich damit vermutlich zum größten Volltrottel am East River mache. Um eine weitere verbale Dummheit zu vermeiden, beiße ich in den Hotdog und weiß genau, dass ich mir den Ketchup mindestens bis zur Mitte der Backe geschmiert habe. Zu blöd, dass Oscar schon zu weit weg ist, um ihn nach einer zweiten Serviette fragen zu können. Dieser Abend ist wahrlich eine Aneinanderreihung an Highlights.

»Jeder sieht New York eben anders.«

Gerade als ich darauf etwas erwidern will, spricht Charlie schnell weiter und bewahrt mich damit vermutlich vor einer weiteren Katastrophe.

»Und ich denke, das ist das Großartige an dieser Stadt.«

Damit reicht mir Charlie das weiße Taschentuch aus seiner Brusttasche, das ich bisher immer nur für einen Deko-Gimmick gehalten habe. Mit vollem Mund antworte ich darauf und sammle damit bestimmt weiter Punkte auf der Attraktivitätsskala.

»Das sagst du, damit ich mir nicht bescheuert vorkomme.«

»Nein, das meine ich so. Oder kennst du irgendwo eine andere Stadt mit so vielen Gesichtern?«

Eine wirklich gute Frage. Chicago ist vielleicht für das Cloud Gate aka The Bean, die Bulls und den Wind bekannt, aber nennt man sie deswegen *Die Stadt der tausend Gesichter?* Wohl kaum. Charlie deutet in eine bestimmte Himmelsrichtung hinter mir.

»Ganz da hinten hast du die Bronx. Dann natürlich Manhattan.«

»Natürlich.«

Dann dreht er sich ein bisschen und deutet in eine andere Richtung, irgendwo ganz weit entfernt. Ich folge seinem Blick und hoffe, am Horizont das Gleiche zu entdecken wie er.

»Brooklyn.«

Wieder dreht er sich, diesmal muss ich seinem ausgestreckten Arm ausweichen.

»Queens.«

Die letzte Drehung erinnert fast an eine Tanzfigur.

»Und, wenn man es genau nimmt, Staten Island.«

»Danke für den Erdkundeunterricht.«

»Ist kostenlos im Unterhaltungsprogramm für heute Nacht dabei.«

»Dann muss ich mir schon mal keine Stadtkarte mehr kaufen.«

Er grinst und deutet mit dem Kinn auf meinen angebissenen Hotdog.

»Was ich damit sagen will, für dich ist New York eben dieses Ding. Und die Subway. Und vielleicht sogar das Empire State Building. Für mich ist es das Joggen bis runter zum Battery Park jeden Morgen. Der Ausblick über Manhattan bei Nacht und gutes Essen zu jeder Tageszeit. Jeder Mensch, der nach New York kommt, sucht etwas anderes. Und die Stadt gibt es ihm auch, wenn sie will.«

»Wieso?«

»Weil sie es kann.«

»Das klingt höchst philosophisch.«

»Eigentlich rede ich nur, damit ich nicht essen muss.«

»Charlie …«

»Okay, okay. Ich tu's.«

Man könnte meinen, ich würde ihn dazu zwingen, eine Dose Katzenfutter auszulöffeln. Irgendwie passt der Smoking jetzt doch besser zu ihm, als ich vorhin auf dem Balkon angenommen habe. Es ist mehr als nur eine Uniform für uns Kellner – bei Charlie sieht es so selbstverständlich aus, als wäre es sein persönliches Wohlfühloutfit. Eines steht fest: Er ist kein gewöhnlicher Kellner.

Mutig beißt er nun in das Brötchen, bedacht darauf, mit einem Biss möglich viel von allem zu probieren, während er mich dabei nicht aus den Augen lässt. Er kaut und kaut und kaut. Kurz bin ich versucht, den Atem anzuhalten, weil ich so sehr hoffe, dass er es zumindest nicht sofort wieder ausspuckt. Doch er behält ein astreines Pokerface. Schon spüre ich die Enttäuschung, die sich in meinem Körper ausbreitet, bis das linke Grübchen ihn verrät.

»Gar nicht übel. Ziemlich gut sogar.«

»Ha! Ich wusste es!«

Stille Triumphe stehen mir nicht so gut, ich neige dazu, meine Gefühle rauszulassen. Er nickt begeistert und nimmt sogar einen zweiten Bissen.

»Vielleicht ein bisschen scharf im Abgang, aber ziemlich gut.«

»Wenn es nach mir ginge, hätte Maurice die scharfen Würstchen von Oscar für das Catering heute Abend buchen müssen! Carrington wäre der Stock aus dem Hintern geflogen.«

Beim Versuch, sein Lachen zu unterdrücken, verschluckt sich Charlie fast an seinem Hotdog und hustet mit hochrotem Kopf, während ich ihm kräftig auf den Rücken schlage, bis er wieder zu Atem kommt und mich mit Tränen in den Augen ansieht.

»Alles okay?«

»Alles bestens. Alleine die Vorstellung … Hotdogs auf der Party! Das hätte ich nur zu gerne gesehen.«

»Ich auch.«

»Wer weiß, vielleicht das nächste Mal.«

»Dann wirst du mir davon erzählen müssen, denn ich bin gefeuert, wie du weißt.«

»Du könntest ja auch als Gast auf der Party sein.«

Jetzt muss ich darauf achten, mich nicht zu verschlucken. Das kann nicht sein Ernst sein. Hat er denn nicht mitgekriegt, wie sehr ich mich blamiert habe? Ohne Zweifel habe ich einen bleibenden Eindruck bei Carrington hinterlassen, nur nicht unbedingt den besten.

»Wunschdenken, Charlie.«

»Denk daran, sei vorsichtig, was du dir wünschst. Die Stadt könnte es dir nämlich geben.« Das lässt er unkommentiert so stehen und isst in aller Ruhe den Hotdog weiter, und passt dabei immer besser in dieses Viertel, während ich anfange, mich an seinen Anblick in meiner Ecke der Stadt zu gewöhnen. Er dürfte liebend gerne wieder hierherkommen. »Was gehört denn noch zu deinem New York?«

»Gute Musik und erstklassige Drinks.«

»Das klingt nach Unterhaltung für meinen Geschmack.«

»Dann hier entlang!«

Ich mache einige Schritte die Straße entlang, doch Charlie bleibt zweifelnd stehen.

»Muss ich dafür wieder in die Subway?«

»Vertraust du mir etwa nicht mehr?«

»Doch, doch.«

»Dann komm mit und lass dich überraschen.«

Wieder dieser musternde Blick, dem ich am liebsten ausweichen möchte. Ich mag es nicht, wenn Menschen mich so ansehen. Auf der Party vorhin haben mich fast alle so betrachtet und mir damit das Gefühl gegeben, nicht gut genug zu sein. Doch Charlie ist keiner von ihnen, sein Blick ist schon wieder sanfter. Er setzt sich in Bewegung und kommt auf mich zu.

»Warum ist es so verdammt schwer, dir etwas abzuschlagen?«

Darauf habe ich keine Antwort, weil die meisten Leute mir alles abschlagen: Bewerbungen werden mit dem lächerlichen Standardspruch zurückgeschickt, Probeartikel für Musikmagazine landen direkt im Mülleimer, und Plattenbosse ziehen es vor, mich von ihrer Geburtstagsparty werfen zu lassen. Charlie bleibt direkt vor mir stehen, lächelt entwaffnend.

»Unter einer Bedingung.«

»Die da wäre?« Kurz befürchte ich, dass er mich auf eine morgendliche Joggingrunde mitnehmen will. Das würde ich mangels jeglicher Kondition abschlagen müssen.

»Du erlaubst mir, dir nächstes Wochenende *mein* New York zu zeigen.«

Verrückt! Es ist bereits nach Mitternacht, meine Kutsche ist schon längst wieder ein Gemüse, meine Haare sind wieder wild, mein Make-up verblasst. Doch ich stehe noch immer mit Charlie hier, den das alles nicht zu stören scheint, sonst wäre er kaum noch hier und würde um eine Art Date bitten.

»Die Einladung nehme ich gerne an.«

Obwohl er es überspielen will, kann ich ihm die Erleichterung ansehen, während er mir den Arm entgegenhält und ich mich bei ihm einhake. Sein Lächeln ist breit und zufrieden.

»Nimm Sportschuhe mit.«

Verdammt!

Das *Tuned* ist zum Glück nicht mehr ganz so proppenvoll wie wahrscheinlich noch vor ein paar Stunden. Am Wochenende ist hier immer sehr viel los, und Ace verdient gerade an solchen Tagen gut. Doch jetzt lehnt er etwas beschäftigungsarm am Tresen und winkt mir zu, sobald er mich an der Tür entdeckt hat. Sein Lächeln wie immer strahlend und genau die Art Begrüßung, die man sich wünscht. Charlie tritt neben mich und lässt seinen Blick durch den Laden schweifen.

»Das hier ist also dein Wohnzimmer.«

»Gute Drinks, nette Leute und meistens gute Musik.«

»Wichtig ist im Moment nur eine Sache …«

Er beugt sich näher zu mir herunter. Ich kann den herben Duft seines Aftershaves riechen, das mich schon den ganzen Abend begleitet hat.

»Hm?« Langsam drehe ich meinen Kopf, weil ich zu genau weiß, wie nah er bei mir steht. Mein Blick streift sein Kinn, dann seine Lippen und findet schließlich seine Augen.

»Wo sind hier die Toiletten?«

Grinsend deutet er auf den Ketchup-Fleck, der sich wie Spuren eines Bauchschusses auf seinem Hemd ausgebreitet hat.

Obwohl ich ihn gewarnt habe, wollte er versuchen, den Hotdog wie ein »echter« New Yorker ohne Serviette zu essen. Das hat er nun davon.

»Hinten links.«

»Bin gleich wieder da.«

Doch er bewegt sich keinen Zentimeter, sondern steht noch immer so nah bei mir und lächelt noch immer. Wieder bin ich mir nicht sicher, ob überhaupt noch Musik läuft und die Leute um uns herum sich noch unterhalten. Es ist gefährlich, allzu lange in diese Augen zu sehen, irgendwie ziehen sie mich magisch an, unterbrechen jeden Gedankengang und führen zu einer leichten Unschärfe im Hintergrund. Charlies Superkraft sind definitiv seine Augen, mit denen er lächeln und einen durchschauen kann.

»Hinten links, ja?«

Seine Stimme klingt etwas belegt, und ich lasse mich zu einem Nicken hinreißen, obwohl ich viel lieber möchte, dass er hier bei mir bleibt. Zögernd macht er einen Schritt zurück, lächelt noch immer und wendet sich dann schließlich doch zum Gehen. Sofort setzt die Musik in meinen Ohren wieder ein, die Gespräche um mich herum nehmen an Lautstärke zu, und ich spüre Aces Blick auf mir, der mich mit hochgezogenen Augenbrauen durch den ganzen Raum hindurch ansieht, ein amüsiertes Lächeln auf den Lippen. Kopfschüttelnd gehe ich zu ihm und greife nach dem Tresen vor mir, weil meine Knie merkwürdig weich geworden sind.

»Hallo, Sarah.«

»Halt die Klappe!«

Abwehrend hebt er die Hände, doch sein Grinsen ist frech.

»Ich habe doch gar nichts gesagt!«

Es ist nicht, *was* er sagt, sondern der begleitende Unterton, der zu deutlich anklingen lässt, was er über die Szene eben zwischen mir und Charlie wirklich denkt. Sein Grinsen wird noch breiter, während er nach seinem Cocktailshaker greift.

»Wie läuft das Date bisher?«

»Das ist kein Date.«

»Sicher. Brauchst du was zu trinken? Du siehst aus, als ob du eine Abkühlung vertragen könntest.«

»Er ist nur ein Bekannter. Wir kellnern zusammen. Zumindest haben wir das bis heute.«

»Soll heißen?«

»Vor dir steht Sarah Hawks, High-Society-Schreck und Ex-Kellnerin.«

Obwohl ich keine Bestellung aufgegeben habe, macht sich Ace daran, mir einen Drink zu mixen, wobei er noch immer zu mir sieht, weil seine Hände sich quasi selbständig gemacht haben. Wenn man etwas so gut beherrscht, muss man nicht mehr hinsehen. Ich bewundere ihn dafür sehr, aber er winkt mein Kompliment immer ab.

»Zum Glück. Jetzt kannst du dich voll und ganz auf deine eigentliche Karriere konzentrieren.«

»Ich kann dir schon mal sagen, was ich besonders gut kann. Mich auf Partys richtig gut blamieren.«

Ein Gin Tonic landet vor mir auf dem Tresen.

»Das kann jeder. Bilde dir darauf nur nichts ein. Und vor allem, lenk nicht vom Thema ab. Wer ist der Typ?«

»Ein Ex-Kollege.«

»Der dich mit den Blicken fast ausgezogen hat.«

»Hat er nicht.« *Hat er hoffentlich doch!*

»Du bringst nie einen Typen mit.«

»Ich wollte ihm nur mal den Laden hier zeigen.«

Das stimmt sogar. Doch Ace lässt mich natürlich nicht so leicht davonkommen und will weitere Infos.

»Name?«

»Charlie.«

»Und bringst du ihn jetzt öfter hierher?«

Um auf die Frage nicht antworten zu müssen, nehme ich einen Schluck des kühlen Getränks, das mir zu Bewusstsein bringt, wie sehr ich glühe. Ace stellt meistens die richtigen Fragen, was mich rasend macht. Er fordert mich dazu auf, Antworten zu suchen, die ich noch nicht habe. Ein Schulterzucken muss reichen.

»Nun, zumindest zaubert er dir eine ausgesprochen gesunde Farbe ins Gesicht.«

Bevor ich etwas erwidern kann, dreht er sich zur Seite und sieht in die Richtung, in die Charlie vor ein paar Minuten verschwunden ist.

»Und Freunde scheint er auch schon gefunden zu haben.«

Schnell folge ich seinem Blick und erspähe Charlie, der in der Nähe der Toiletten mit einem Typen im Gespräch feststeckt, was ihm offenbar nicht recht ist. Seine Körperhaltung ist angespannt, sein Lächeln wirkt bemüht höflich, aber aufgesetzt. So sieht er gar nicht mehr wie der Charlie aus der Subway aus. Jetzt fängt er meinen Blick auf, wobei ich sehen kann, wie unwohl er sich fühlt. Dann erkenne ich seinen Gesprächspartner.

Na toll. Auch das noch.

Gerade als ich aufstehen will, um Charlie aus dieser unangenehmen Situation zu befreien, verabschiedet er sich höflich von seinem Gegenüber und lässt ihn mitten im Satz stehen, erkämpft sich dann einen Weg zurück zur Bar und ist deutlich froh, dem Typen entkommen zu sein.

»Alles okay?«

»Anhängliche Leute hier.«

»Was wollte Harry von dir?«

»Du kennst den Typen?«

»Kennen ist übertrieben. Ich habe das Konzert seiner Band hier gestern ziemlich verrissen.«

»Die *Frozen Eyeballs*.«

Die Überraschung in meinem Gesicht ist kaum zu übersehen. Machen wir uns nichts vor, die Band hatte nicht gerade die Qualität für einen Auftritt im Radio. »Du kennst seine Band?«

»Nein. Aber er wollte mir eine Demo-CD zuschieben.«

»Dir? Wieso?«

»Weil ich wie ein potenzieller Fan aussehe?«

»Das hat er auf der Toilette bemerkt?«

Charlie sieht kurz zu Ace, der sich diese Zwischenfrage nicht verkneifen konnte, und nickt unglücklich.

»Von Privatsphäre scheint er nicht viel zu halten.«

»Hat er sich die Hände gewaschen, bevor …?«

Zum Glück bricht Ace ab und fängt sich dennoch einen bösen Blick von mir ein.

»Ace, ein Bier für Charlie bitte …«

»Kommt sofort!«

Mein Versuch, Ace von weiteren Späßen abzuhalten, fruchtet, als er sich mit einem frechen Grinsen zum Kühlschrank hinter der Bar aufmacht. Charlie zuckt nur mit den Schultern und schenkt mir ein Lächeln, als wäre nichts gewesen.

Ich lege meine Hand auf seinen Arm und sehe ihn entschuldigend an.

»Sorry. Irgendwie glaube ich, ist das meine Schuld.«

»Quatsch. Wieso?«

»Na ja, erstens habe ich dich hier reingeschleppt. Und zweitens war ich nicht besonders nett zu seiner Band. Die allerdings auch nicht wirklich gut war!«

»Das glaube ich ungehört.«

Er legt die CD auf die Theke und schiebt sie zu mir rüber. Das Cover zeigt vereiste Augäpfel, die in einem Glas im Kühlschrank stehen. Der Titel des Albums *Cooler than Hell* ist in einer schrecklichen Schrift gehalten und klingt so absurd, wie auch das Cover wirkt.

»Du hast sie angenommen?«

»Es war die einzige Möglichkeit, ihn abzuschütteln.«

»Charlie, das tut mir so leid.«

»Muss es wirklich nicht.«

Bevor ich etwas erwidern kann, stellt Ace ihm das Bier hin und will es sich gerade an unserem Ende der Bar bequem machen, als ich ihm einen strengen Blick zuwerfe. Doch er will es mir nicht so leichtmachen und sieht mich abwartend an, als hätte er nicht verstanden. Okay, mit subtilen Hinweisen komme ich also nicht weiter.

»Hast du nicht was zu tun?«

»Habe gerade Pause.«

»Ace …«

»Störe ich etwa?«

Ich möchte ihn am liebsten erwürgen!

»Ist ja kein Date, oder etwa doch?« Ohne auf eine Antwort zu warten, greift er nach der CD und verzieht beim Betrachten des Covers das Gesicht. »Autsch!«

Charlie nickt zustimmend und nimmt erst mal einen großen Schluck Bier.

»Aber wieso wollte Harry dir die CD geben?« Ace klingt wie diese ganzen coolen Cops in den »CSI Irgendwas«-Serien im Fernsehen, doch Charlie zuckt nur mit den Schultern und sieht unschuldig zu mir.

»Ein schicker Anzug, und schon halten dich die Leute für ein hohes Tier, potenziellen Geldgeber für eine Studiosession und wer weiß, was noch.«

Tatsächlich tragen die anderen Gäste hier eher Jeans und T-Shirt. Charlie fällt aus dem Rahmen und sieht aus, als wäre er eine große

Nummer in einem der spiegelglänzenden Bürogebäude in Manhattan.

»Zu gerne würde ich ihm stecken, dass er seine CD gerade einem Kellner gegeben hat.« Ace lacht kurz auf, und ich muss zugeben, dass die Idee mir ausgesprochen gut gefällt, denn Harry wirft uns die ganze Zeit interessierte Blicke vom anderen Ende des Raums zu. Ich ignoriere ihn, so gut es geht, denn ich bin mir sicher, dass mir die ebenfalls abgeschossenen Blitze gelten, die er regelmäßig in meine Richtung feuert. Große Lust auf eine zweite Unterhaltung mit ihm habe ich nicht. Sollte er auch meinen Blog-Eintrag gelesen haben, dann wird er mich heute noch weniger mögen.

Ace schüttelt ungläubig den Kopf, bevor er die CD zurück zu uns schiebt.

»Wieder so eine Band, die denkt, der große Durchbruch lauert hinter der nächsten Ecke.«

Ace kann Charlie nach einem letzten Blick auf das Cover nur zustimmen.

»Bei so einem Albumcover sollte sich der große Durchbruch besser verstecken.«

»Es ist nicht mal das schlimmste Cover, das ich gesehen habe. Aber Sarah meinte, die Band wäre nicht besonders gut.«

Charlies Blick zu mir ist sanft, und ein kurzes Lächeln begleitet seine Aussage.

In meinem Inneren bricht für kurze Zeit ein stolzes Lagerfeuer aus, zumindest fühlt es sich ziemlich warm an. Ace sieht zwischen uns hin und her, sein Grinsen wird zu einem Lächeln, als er nickt.

»Sarah hat wirklich Ahnung von Musik. Ich habe noch niemanden getroffen, der so einen guten Geschmack und so viel Wissen zu den unterschiedlichsten Bands mitbringt. Sie ist echt was Besonderes.«

Wenn Ace wüsste, wie gut es tut, so was ab und an zu hören.

»Das glaube ich sofort.« Charlie sieht mich noch immer an wie vorhin in der Subway. Wenn seine Augen mich so durchleuchten, fühle ich mich nackt und schutzlos. Doch sein warmes Lächeln nimmt mir die Angst vor diesem Gefühl.

»Deswegen mögen wir sie auch.«

Aces Stimme holt mich zurück zur Unterhaltung, denn ganz kurz war ich verloren in einem albernen Tagtraum von Charlie und mir, wie wir zusammen durch New York laufen, Hotdogs essen und auf Konzerten tanzen.

»Wir?«

Charlie sieht zu Ace, der die Arme vor der Brust verschränkt hat und ihn ernst ansieht. Wenn man sich die Tattoos wegdenkt und ihn etwas kräftiger macht, erinnert Ace mich fast ein wenig an meinen älteren Bruder. Denn genau so würde er sich auch benehmen, wenn ich einen Mann mit nach Hause gebracht hätte.

»Ja, *wir*. Sarah gehört zur *Tuned*-Familie, und wir passen auf sie auf. Wenn also irgendein Typ ihr das Herz brechen will, sollte er sich das lieber zweimal überlegen.«

Charlie wirft einen kurzen Blick zu mir, während ich Ace am liebsten über den Tresen ziehen würde, um ihn zu erdolchen. Oder zu umarmen. Noch bin ich mir nicht sicher.

»Das würde ich ihm auch raten.«

Ich verdrehe die Augen und winke in die Runde, nur um sicherzugehen, dass sie meine Anwesenheit noch auf dem Schirm haben. »Ich kann euch übrigens hören.«

Doch keiner der beiden Männer lässt sich anmerken, dass er mich bemerkt habt. Stattdessen sehen sie sich nun an, als würde der Erste, der zwinkert, verlieren. Schließlich nickt Ace zufrieden, entspannt sich und zeigt erneut sein strahlendes Lächeln.

»Tja, dann ist das ja geklärt. Wenn ihr noch was zu trinken braucht, ich bin da hinten und muss … irgendwas außerordentlich Wichtiges machen.«

Und schon ist er verschwunden. Endlich kann ich mich wieder Charlie zuwenden.

»Ich muss mich entschuldigen. Ace und ich kennen uns schon eine Weile, und er …«

»… will nur sichergehen, dass ich mich nicht danebenbenehme.«

»Tut mir leid.«

»Unsinn. Schön zu sehen, dass du Leute hast, die auf dich aufpassen.«

Er hält mir seine Bierflasche zum Toast entgegen. Ich stoße mit meinem Glas sanft dagegen, bedacht darauf, den Augenkontakt zu halten. Im Moment habe ich zu selten Sex, als dass ich mir sieben Jahre schlechten Sex leisten könnte.

»Hier suchst du also nach den nächsten Perlen der Musikbranche, ja?«

»Unter anderem. Ich bin auch privat gerne hier, aber ich verpasse kein Konzert.« Dabei nicke ich auf die CD. »Auch wenn ich mir dabei so was anhöre.«

»Jeder glaubt eben an seinen persönlichen Durchbruch.«

»Mal mehr, manchmal weniger. Ich glaube, nach heute Abend sollte ich mir das alles noch mal genau überlegen.«

Charlie rückt seinen Barhocker etwas näher zu meinem, bevor er sich erneut hinsetzt. Wieder berühren sich unsere Schultern, diesmal sogar die Knie.

»Lass dich ja nicht entmutigen.«

»Es ist nur so schwer.«

»Ich weiß, aber meistens lohnt es sich.«

»Erst mal muss ich mir überlegen, wie ich ab jetzt die Miete zahlen soll.«

Erschöpft lasse ich den Kopf auf den Tresen sinken und schließe kurz die Augen. Es ist spät, der ganze Abend war ein emotionales Chaos. So langsam spüre ich, wie die Müdigkeit meine Knochen nach oben kriecht.

»Manchmal geht irgendwo eine Tür zu, damit sich woanders eine andere öffnen kann.« Charlies Stimme ist leise und so nah an meinem Ohr, dass ich fast erschrecke.

Langsam drehe ich meinen Kopf in seine Richtung. Er hat sein Kinn auf die Tischplatte gelegt und lächelt mich sanft an.

»Ich hoffe es.«

Mit zwei Fingern streicht er mir eine Locke, die sich in meine Stirn verirrt hat, zur Seite und berührt dabei meine Wange, was sofort ein angenehmes Kribbeln auf meiner Haut hinterlässt.

»Ich weiß es.«

Zu meiner Überraschung zieht er seine Hand nicht von meiner Wange weg, wofür ich sehr dankbar bin, denn mein Körper droht sich in Luft aufzulösen, und nur seine Berührung gibt mir Halt. Es ist ewig her, dass ich so viel Spaß mit einem Mann hatte und sogar über Musik reden konnte. Was will ich mir vormachen, schließlich habe ich ihn ins *Tuned* gebracht und ihm einen Hotdog bei Oscar gekauft. Am ersten Abend!

»Sarah …«

»Ach, schau an! Wieso wundert mich das so gar nicht?« Harry taucht neben uns auf, und ich fahre so erschrocken zusammen, dass ich mir sicherlich zwei Halsmuskel zerre. Hat heute Abend denn jeder ein beschissenes Timing?

»Hi, Harry.«

»Oh, du hast dir meinen Namen also doch gemerkt? Klang gestern so, als wärst du nur an Will interessiert.«

Will. Sofort muss ich meine ganze Willenskraft aufwenden, um nicht spontan zu lächeln, und das alles nur dank einer Erinnerung an einen Song und, zugegeben, auch an die dazugehörige Stimme. Unbewusst sehe ich zur Bühne, wo Will gestern alleine mit seiner Gitarre stand und für uns gesungen hat, auch wenn es sich so angefühlt hat, als hätte nur ich wirklich zugehört.

Charlie, der sich ebenfalls wieder aufrecht auf seinen Barhocker gesetzt hat, wirft mir einen fragenden Blick zu, doch ich zucke nur schnell mit den Schultern, als würde Harry fantasieren, was diesen nicht davon abhält weiterzureden.

»Aber da muss ich dich enttäuschen. Er hat kein Interesse an dir. Außer Grace interessiert ihn nämlich niemand.«

Grace? Ein Name, der sich wie ein schmerzender Stich in meinem Herz bemerkbar macht. Charlies Blick ruht schwer auf mir, während es mich einige Anstrengung kostet, um gleichgültig zu wirken.

»Ich glaube, er verwechselt mich.«

»Das hoffe ich.« Charlie lächelt mich hoffnungsvoll an, doch Harry scheint noch nicht fertig zu sein.

»Hast du ihm schon erzählt, wie mies du uns findest, ja?«

»Harry, es wird albern.«

Doch der scheint noch lange nicht am Ende zu sein.

»Ich habe mir deinen Blog mal genauer angesehen. Ehrlich gesagt, du bist auch nur eine von diesen genervten Frauen, die glauben, sie müssten zu jeder Musikrichtung eine Meinung haben!«

Er klingt gereizt, vielleicht auch ein bisschen angetrunken, vor allem aber genervt. Das mag ja auch sein gutes Recht sein. Nicht jeder kann mit Kritik besonders gut umgehen. Ich habe das heute Abend selbst bewiesen.

»Es tut mir leid, wenn ich deine Gefühle verletzt habe, aber …«

»Aber was? Da bin ich jetzt mal gespannt!«

Nun, ich hätte hier gerade beinahe diesen Mann geküsst, aber dann kommst du daher, musst mir dein angeknackstes Ego auftischen und mir den Namen Grace um die Ohren hauen. Danke dafür, Arschloch!

»Mir hat die Art und Weise, wie ihr zusammen gespielt habt, nun, genau genommen, wie ihr aneinander vorbeigespielt habt, das hat mich nicht überzeugt …«

»Deswegen verreißt du uns?«

»Entschuldigung, aber die Lady und ich waren gerade in ein Gespräch vertieft.«

Charlie schiebt Harry mit ausgestreckten Armen unmerklich ein bisschen zur Seite, der sich aber mit jedem Wort etwas mehr in Rage redet.

»Schon klar! Aber weißt du, sie sollte mir erklären …«

»Wissen Sie, Harry … Darf ich Sie Harry nennen?«

Ohne auf eine Antwort zu warten, spricht Charlie weiter. Irgendwie fühle ich mich an mein Gespräch mit Carrington erinnert.

»Du könntest dir ihre Kritik ja vielleicht auch zu Herzen nehmen und dann entscheiden, ob ihr an eurem Stil ein bisschen arbeiten wollt oder eben nicht. Aber ganz sicher wirst du dich jetzt nicht hier aufspielen und uns den Abend verderben.«

»Werde ich nicht?«

Charlie schiebt den Barhocker zurück und steht auf. Nichts an dieser Bewegung ist schnell, aggressiv oder hektisch. Ganz im Gegenteil, er ist vollkommen ruhig. Vielleicht wirkt er gerade deswegen so einschüchternd. Obwohl Harry sich nichts anmerken lassen will, kann ich sehen, dass Charlies Aktion ihre Wirkung nicht verfehlt hat.

»Nein. Wenn du also einfach gehen und dir weitere Peinlichkeiten ersparen würdest, wäre uns allen damit gedient.«

Harry sieht ihn eine Sekunde an, scheint zu überlegen, was der klügste nächste Schachzug wäre, und entscheidet sich für einen guten Abgang.

»Ich wollte euer Date nicht ruinieren. Schönen Abend noch.«

Ich traue seinem Lächeln kein Stück, bin aber froh, dass er keine große Szene macht und einfach nur geht. Charlie lächelt mich entschuldigend an, als wäre es nun seine Schuld, dass Harry sich danebenbenommen hat.

»Sorry für die Unterbrechung.«

So unpassend Harry sich auch benommen hat, Charlie war in seiner sehr subtil bedrohlichen Art verdammt sexy.

»Trotzdem danke für deinen heldenhaften Einsatz.«

»Das habe ich sehr gerne gemacht.«

Er legt seine Hand ganz nebenbei auf meine, was bei meinem Herzen zu einem aufgeregten Hüpfer führt. Ich muss daran denken, wie er mich auf dem Balkon angesprochen hat. Und jetzt greift er nach meiner Hand ... In kürzester Zeit hat mein Leben einen rasanten Spurwechsel hingelegt. Das Lächeln auf meinen Lippen zeigt deutlich, dass es mir gefällt.

»Es bleibt noch immer ein Mysterium offen.«

»Das da wäre?«

»Was ist dein ruinierter Ruf?«

Doch statt zu antworten, nimmt Charlie nur einen Schluck Bier und sieht auf die CD vor uns. Als er endlich wieder zu mir blickt, zieht ein Schatten durch das helle Grün seiner Augen, und er lächelt traurig.

»Ich enttäusche die Menschen, die ich liebe, und vermassele die Dinge, die ihnen wichtig sind.«

Autsch!

Late Night

»Vielen Dank für den schönen Abend.«

Wir stehen vor den Stufen, die ins Knights Building führen. Mein Gehirn legt eine Extraschicht Gedanken ein bei dem Versuch, einen guten Grund zu finden, wieso ich ihn auf einen Viel-zu-spät-nachts-Kaffee einladen sollte, während die Gegenpartei Gegenargumente sammelt. Seit fast einem Block, den wir schweigend nebeneinander hergegangen sind, überlege ich, ob ich ihn mit in meine Wohnung nehmen will oder es verschieben soll. Jetzt muss ich mich entscheiden, sonst geht er einfach so.

»Es war wirklich toll, mal diesen Teil von New York etwas besser kennenzulernen.«

»Es freut mich, dass es dir gefallen hat.«

»Nun, meine Begeisterung könnte durchaus an meiner Begleitung liegen.«

Sein Blick mustert mich eingehend, als wolle er diesen Moment für immer festhalten. Ich weiß, der Glamourfaktor meines Outfits liegt bei fünf auf einer Skala bis zehn, doch ich fühle mich gut. Die beste Version meiner selbst bin ich selten, wenn das Make-up perfekt sitzt, sondern wenn ich lächeln muss, weil etwas Gutes passiert ist. Jetzt lächle ich, weil Charlie mich ansieht, wie er mich ansieht.

Nun, da seine Frisur auch nicht mehr so perfekt sitzt, die Fliege um seinen Kragen verschwunden und das Hemd etwas aufgeknöpft ist, sieht er nicht mehr so schick und perfekt aus. Doch für mich gewinnt er mit diesen kleinen Kanten, die ich an Männern so mag.

Selbst die Reste des Ketchup-Flecks, der sich auf seinem weißen Hemd abzeichnet, passen zu ihm. Er greift nach meiner Hand und zieht mich sanft etwas näher zu sich, was ich geschehen lasse. Denn während ein Teil von mir mich überzeugen will, dass es vernünftig wäre, ihn nicht mit nach oben zu nehmen, weiß ich genau, dass ich ihn küssen will. Wir stehen so dicht voreinander, dass ich seinen Atem auf meinen Lippen spüren kann. Meine Hände ruhen auf seiner Brust, ich spüre seinen Herzschlag und konzentriere mich ausschließlich auf diesen Rhythmus.

»Ich finde, man sollte dich als Attraktion dieser Stadt in die Straßenkarten aufnehmen.«

Sein Flüstern erreicht mich durch das laute Rauschen in meinen Ohren. Er kann nicht solche Dinge sagen, nicht nach so einem Abend, und mich dann nicht küssen. Unsere Lippen sind nur Millimeter voneinander entfernt, und endlich neigt er seinen Kopf etwas weiter zu mir, will die Lücke schließen, als irgendwo über unseren Köpfen ein Fenster sehr geräuschvoll geöffnet wird. Nicht der perfekte Soundtrack für diesen Moment, aber ignorierbar.

»Sarah? Bist du das?« Beccas Stimme ist dank ihrer Ausbildung zur Musical-Darstellerin so beeindruckend laut, dass man sie im Notfall als Megafon einsetzen könnte.

Charlie sieht erst nach oben und dann mich irritiert an. »Kennst du die Frau?«

Becca kann sich durchaus glücklich schätzen, wenn sie die heutige Nacht überlebt.

»Ja. Aber bitte sag vor Gericht aus, dass ich das Opfer noch nie gesehen habe.«

Charlies leises Lachen klingt rauh und tief, vor allem aber klingt es sexy.

»Eine Freundin?«

»Das war sie bis eben noch.«

»Sarah! Wie ist es gelaufen?«

Das kann nicht ihr Ernst sein! Hat sie denn wirklich keine Antenne für den momentan notwendigen Einsatz von Fingerspitzengefühl? Ich lege den Kopf in den Nacken und feuere einen wütenden Blick zu ihr hinauf, den sie ohne Zweifel auch durch die Dunkelheit erkennen kann.

»Es läuft ehrlich gesagt noch, Becca.«

»Oh. Ist das Will? Du hast nicht gesagt, dass er ein Michael-Fassbender-Typ ist!«

Spätestens jetzt wünsche ich mir einen Spalt in der Erde, der breit genug ist, um problemlos darin zu verschwinden und im Idealfall Charlie einfach mitzunehmen.

»Will?« Charlie bringt Abstand zwischen uns, obwohl ich sofort nach seiner Hand greife. Irgendwie scheint Will es sich zum Ziel gemacht zu haben, diesen Abend zu torpedieren – und das a) ohne sein Wissen und b) ohne anwesend zu sein.

»Becca schlafwandelt bestimmt nur, da redet sie viel Unsinn.«

»Wer ist dieser Will?«

»Ein Musiker.«

»Dein Freund?«

»Was? Nein! Ich habe ihn erst einmal gesehen.« *Und Mails mit ihm ausgetauscht, weil ich mich in seinen Song hörverliebt habe.*

»Nun, Becca scheint ihn zu kennen.«

»Nein, das tut sie nicht. Deswegen denkst sie ja, du wärst er.«

»Wieso denkt sie, ein Typ, der dich gerade küssen will, wäre Will?«

Nun, wer Becca kennt, fragt sich solche Dinge recht häufig. Ich nehme an, sie benimmt sich so, weil sie vielleicht als Kind von der Schaukel heftig auf den Kopf gefallen ist und manchmal nicht nachdenkt, bevor sie spricht. »Also, Becca ist kompliziert.«

»Okay.«

»Charlie …«

»Was hältst du davon, wenn du diese Sache mit ihr und diesem Will klärst und …«

»Es gibt nichts mit Will zu klären!«

Doch Charlie scheint nicht überzeugt. Komisch, ich nämlich auch nicht. Seit Harry Will und diese Grace erwähnt hat, fällt es mir schwer, ihn aus meinen Gedanken zu vertreiben. Doch ich bin jetzt hier mit Charlie.

Aber der perfekte Moment für den Kuss des Abends ist verschwunden, hat sich in Luft aufgelöst und hinterlässt eine merkwürdige Leere, was zu einem heftigen Ziehen in meiner Magengegend führt. Charlies Lippen versprechen nämlich einen tollen Kuss, und ich habe seit wir den Club verlassen haben darauf gehofft. Ja, es mir sogar gewünscht. Was ich mir hoffentlich nicht habe anmerken lassen.

»Bringst du ihn rauf? Claire hat Muffins für dich dagelassen!«

Becca hält nichts von nächtlicher Ruhe und brüllt ihre Gedanken zu uns runter auf die Straße. Wenn man sie so gut kennt wie ich, ist das nichts Besonderes mehr, weil sie ständig für skurrile Überraschungen zu haben ist. Doch für jemanden wie Charlie muss das wie eine schlechte Szene aus einer schrägen Comedyserie wirken.

»Weiß Claire auch von Will?«

»Nein! Claire wohnt auch im Knights. Sie macht Muffins.«

Spätestens jetzt weiß ich, dass wir keinen besonders guten Drehbuchautor für unsere Comedy erwischt haben.

»Okay.«

Selten hat ein Wort so wenig zu einem Gesichtsausdruck gepasst wie jetzt bei Charlie. Nichts scheint okay. Wenn ich meine Chance bei ihm verspiele, nur weil Becca oben aus dem Fenster hängt und versucht, aus der Entfernung von unseren Lippen zu lesen, werde ich wirklich sauer. Und zwar so sauer, dass selbst Claires köstliche Lemon-Cream-Cheese-Muffins meine Gefühlslage nicht wieder verbessern können.

»Charlie … Becca hat da was missverstanden. Ich kenne da einen Will. Aber ich *kenne* ihn nicht.«

Vermutlich mache ich das Ganze nicht besser, aber mein Gehirn spuckt einfach keine vernünftigen Gedankengänge aus.

»Sarah, du musst mir nichts erklären. Es ist spät und ein langer Tag gewesen. Ich sollte nach Hause.«

Nein. Nein! Nicht gehen. Nicht so.

»Charlie …« *Ich will diese Pancakes!*

»Wieso klären wir das nicht morgen? Ich habe deine Nummer.«

»Du hast meine Nummer.«

In Sachen Flirten muss ich wirklich mal wieder eine Nachhilfestunde bei Becca einlegen.

»Kann ich dich morgen anrufen?«

Kann er das? Ich hoffe, er kann das! Er muss! Er soll!

Ich darf nicht zu begeistert klingen, irgendwie muss ich noch cool bleiben, weil Typen wie Charlie bestimmt darauf stehen. Becca macht das immer so, das zieht jedes Mal. Doch meine Mundwinkel verraten meine Begeisterung viel zu schnell und auch noch viel zu sehr. Mein Lächeln ist erleichtert, breit und glücklich.

»Natürlich. Klar. Gerne. Ich würde mich freuen.«

Was soll ich machen? Es freut mich einfach, dass er Lust auf eine Wiederholung hat. Und irgendwie habe ich das Gefühl, das hat er auch so gemerkt. Charlie nickt, sein Grübchen ist deutlich sichtbar, und die folgende Umarmung fühlt sich gut an. Er hält mich diese berühmte Sekunde zu lange fest. Das ist immer ein gutes Zeichen. Keine flüchtige, halbherzige Umarmung, aber auch kein Klammergriff eines übermüdeten Pandas kurz vor dem Absturz vom Bambusast. Nein, es fühlt sich genau richtig an. Seine Lippen streifen mein Ohr.

»Die Pancakes holen wir dann nach.«

Im New Yorker Sommer eine Gänsehaut zu bekommen, da bedarf es schon der richtigen Mischung an Worten. Gepaart mit Charlies Stimme ist es kinderleicht. Er löst sich aus der Umarmung, zwinkert mir kurz zu und winkt dann zu Becca hoch, die inzwischen bedrohlich weit aus dem Fenster hängt.

»Gute Nacht, Becca. Ich bin übrigens Charlie. Nicht Will. Und ja, Sarah und ich werden uns wiedersehen. Vielleicht könntest du das im Haus rumerzählen. Danke!«

Damit dreht sich Charlie ein letztes Mal zu mir.

»Gute Nacht, Sarah.«

Beccas Gesicht zeigt eine Mischung aus Schuldgefühlen und Neugier, der Rest steckt in einem sehr kurzen Flamingo-Pyjama, den außer ihr vielleicht noch zwei andere Menschen auf der Welt tragen können, ohne sich bis auf die Knochen zu blamieren. Sie lehnt an der Wand im Flur meines Stockwerks, als ich die Treppen nach oben komme. Eine kleine Papiertüte, in der sich zweifelsohne meine Lieblingsmuffins befinden, steht vor meiner Tür, und der Boden unter meinen Füßen fühlt sich wolkenweich an. Wenn so nicht der Himmel aussieht, will ich gar nicht hin.

»Ich hoffe, ich habe da unten nichts ruiniert.«

Sie klingt zerknirscht. Ich weiß, dass sie ihr chronisch schlechtes Timing nie absichtlich anwendet, es ist eines ihrer zahllosen Talente.

»Dann hoffe weiter.«

Meine Stimme verrät, dass ich nicht böse bin, aber das liegt hauptsächlich an Charlies Umarmung, seinen Lippen, seinen Worten und der Tatsache, dass er mich anrufen will.

»Sarah, tut mir echt leid, ich weiß manchmal nicht so recht …«

»Vergiss es. Alles gut.«

»Aber ich habe die halbe Nacht auf dich gewartet, weil ich wissen wollte, wie es bei Carrington gelaufen ist. Du hast dich ja nicht gemeldet, und auf dein Handy hast du auch nicht geschaut, da du anderweitig *beschäftigt* warst, nehme ich an.«

Das Gute am Knights ist, dass hier nicht übermäßig viel Wert auf Ruhe gelegt wird. Viele der Bewohner sind in unserem Alter, was bedeutet, sie sind entweder noch unterwegs, auf dem Dach, hören Musik oder sind »anderweitig beschäftigt«. Niemand stört sich an unserer Flurunterhaltung. Dennoch würde ich das Ganze wegen der Details, auf die Becca wartet, lieber ins Innere der Wohnung verlagern. Nicht ohne meine Muffins.

»Ich will einfach wissen, ob du den Job hast?«

»Spoiler: Habe ich nicht.«

Die Enttäuschung ist ihr ins Gesicht geschrieben. Irgendwie niedlich, dafür möchte ich sie am liebsten umarmen, denn sie hat wirklich an ihren Plan und mich geglaubt.

»Ach, Sarah! Das tut mir leid.«

»Muss es nicht. Ich hatte einen tollen Abend.«

Mit diesen Worten greife ich nach der Tüte, die Claire für mich abgestellt hat und für die ich mich mit einer kleinen Playlist für sie bedanken werde. Dann schließe ich die Tür auf und spiele kurz mit dem Gedanken, Becca einfach stehen zu lassen. Doch das würde ihr eine schlaflose Nacht garantieren, und außerdem muss ich mit jemandem über dieses Chaos reden. Wer bietet sich besser dafür an als meine beste Freundin. Wie ein treuer Hundewelpe sieht sie mich aus ihren großen Augen an.

»Heißt es hier jetzt ›Gute Nacht‹?«

»Nein, es heißt hier jetzt ›Beweg deinen Hintern in meine Wohnung, damit wir die Muffins vernichten und über Charlie reden können‹!«

»Und ich dachte schon, du fragst nie. Ich habe mir übrigens vorhin einen Muffin geklaut. Ich hoffe, das ist okay?«

Becca. Man muss sie einfach lieben.

Die Muffins sind vernichtet, wir total übermüdet – und die Geschichte des Abends erzählt. Jetzt liegen wir auf meinem Bett, ich in der Position, von der aus ich den Himmel sehen kann, und Becca so, dass sie nicht aus dem Bett fällt, wenn sie nach ihrem Glas auf dem Nachtkästchen greifen will.

»Zumindest kannst du jetzt sagen, du hast einen echt dramatischen Auftritt auf der Party gehabt. Von dem Date danach ganz zu schweigen.«

»Es war kein Date.«

Becca rollt sich auf den Bauch, um mich ansehen zu können. Schon jetzt weiß ich, was sie sagen will.

»Ihr habt etwas gegessen. Ihr wart in einer Bar. Er hat dich nach Hause gebracht. Das, meine Liebe, nennt man handelsüblicherweise ein Date.«

»Wir haben uns nicht geküsst.«

Sie lässt das Gesicht tief ins Kissen sinken und atmet schwer aus. Ihre nächsten Worte höre ich nur sehr gedämpft.

»Dafür habe ich mich jetzt tausend Mal entschuldigt.«

»Dein Suizidversuch ist nicht besonders effektiv, Becca. Also komm wieder raus.«

Sie dreht den Kopf und sieht durch die Dunkelheit des Zimmers zu mir.

»Ich habe ihn ja nur aus dem vierten Stock gesehen, aber dieser Charlie ist eine echte Sahneschnitte.«

»Er ist ziemlich attraktiv, da gebe ich dir recht.«

»Er ist verdammt sexy.«

»Ist er.«

»Und er will dich anrufen.«

»Er hat den Hotdog gegessen.«

»Für dich.«

»Für mich.«

»Er mag dich.«

Das lasse ich unkommentiert stehen, weil mein Herz bei der Vorstellung einen Gang hochschaltet und gegen meine Rippen klopft, als wolle es mit einem Trommelsolo seine Begeisterung unterstreichen.

»Magst du ihn?«

Becca stellt die Frage, vor deren Antwort ich etwas Angst habe. Für gewöhnlich verliere ich mein Herz nicht Hals über Kopf an einen Mann. Vielleicht an die Musik, aber nicht an einen Typen, den ich noch zu wenig kenne.

»Ich weiß nicht. Ich denke schon.«

»Du hast ihn ins *Tuned* gebracht.«

»Ich weiß.«

»Du hast noch nie jemanden ins *Tuned* mitgebracht.«

»Ich weiß.«

»Du magst ihn.«

Die Beweislast ist erdrückend.

»Ich mag ihn.«

Becca setzt sich so ruckartig auf, dass ich kurz glaube, sie könnte aus dem Bett rutschen und sich den Kopf am Nachttisch anschlagen, doch sie hält das Gleichgewicht, und ich sehe ihr Lächeln. Diesmal nicht so übertrieben groß, weil es nicht den Zuschauern in der letzten Reihe gilt, sondern ausschließlich mir. »Ich habe ein gutes Gefühl«, sagt sie.

Das einzige Gefühl, das ich jetzt noch habe, ist eine tiefe Müdigkeit, die sich bleischwer auf meine Augenlider legt. Becca ist dank des Muffin-Zuckerschocks hellwach und redet munter weiter; sie plant bereits die Verlobungsfeier von Charlie und mir und überlegt Kindernamen.

Bevor mir die Augen zufallen können, will ich noch einen kurzen Blick auf die Sterne am Himmel werfen. Und stelle überrascht fest, dass sich die Nacht bereits verabschiedet und zum Morgen wird, der die Sterne am hellblauen Himmel langsam unkenntlich macht. Es wird definitiv Zeit, kurz die Augen zu schließen. Und gerade als ich spüre, wie die Last des Tages von mir abfällt und ich entspannt ins Land der Träume wegdrifte, höre ich den Refrain von Wills Song in meinem Kopf. Ohne Vorwarnung, einfach so.

Ich muss lächeln.

Another Park, Another Sunday

Selten hat ein Kaffee so sehr zu meiner guten Laune beigetragen. Die Nacht war zu kurz, der Start in den Tag dafür sonnig und Beccas Idee, einen Coffee to go draußen zu genießen, ein überzeugender Grund, das Haus zu verlassen. Sonntage in New York sind nicht so wie an anderen Orten. Aus der gestressten Großstadt wird eine relaxte Oase mit vielen Parks und lächelnden Menschen, die in den zahllosen Cafés am Straßenrand sitzen und ihren freien Tag in vollen Zügen genießen. Becca gibt sich nie damit zufrieden, einfach am Café an der Ecke einen Kaffee zu holen, wenn man stattdessen durch die halbe Stadt zu einem bestimmten Laden düsen kann, weil sie es sich in den Kopf gesetzt hat, mal wieder dort ein Getränk ihrer Wahl zu genießen.

Heute ist ihr nach einem Besuch im *Café Grumpy*, angeblich würde das besonders gut zu meiner aktuellen Stimmung passen, dabei bin ich einfach nur müde. Müde, aber glücklich.

Über die Williamsburg Bridge geht es nach Brooklyn in die Lower East Side, direkt in die Nähe des Seward Parks, wo das Café liegt und schon von weitem ein zufriedenes Grinsen auf Beccas Gesicht zaubert. »Hast du heute Nacht gut geschlafen?«

»Du meinst diese Dreistundennacht? Ja, ganz hervorragend.«

»Das sieht man. Du strahlst so!«

Dabei habe ich mir meine Locken heute Morgen einfach nur in einen unordentlichen Zopf gebunden, ein weißes T-Shirt mit U-Boot-Ausschnitt aus dem Schrank gefischt und meine Lieblingsjeansshorts gewählt. Meine Füße stecken in schlichten weißen Turnschuhen, deren Farbe man inzwischen wohl auch taubengrau nennen könnte.

»Ich freue mich nur auf den Kaffee.«

Das ist nicht gelogen, denn gerade heute brauche ich eine kleine Koffeinspritze und später auch noch einen Mittagsschlaf, wenn es keine Toten geben soll.

»Klar. Dein Dauergrinsen hat rein gar nichts mit einem Mann namens Charlie zu tun.«

Erst jetzt bemerke ich mein breites Lächeln, und das ohne echten Grund. Einfach nur, weil ich glücklich bin. Obwohl ich meinen Job verloren und mich blamiert habe. Das ist eine sehr merkwürdige und für mich eher untypische Kombination.

»Charlie spielt vielleicht eine kleine Rolle.«

»Natürlich. Ich will auch gar nicht nerven. Hat er sich denn schon gemeldet?«

»Nein.«

Natürlich habe ich nicht erwartet, dass er mir direkt am nächsten Tag einen schönen Morgen wünscht, dennoch habe ich nach dem Aufstehen als Erstes einen Blick auf mein Handy geworfen.

»Vermutlich schläft er noch.«

»Wie jeder vernünftige Mensch, der eine so kurze Nacht hatte.«

Das *Café Grumpy* ist um diese Uhrzeit schon gut besucht, die Bank vor dem kleinen, schlichten Laden ist besetzt, und auch drinnen sind alle Plätze belegt. Doch wir haben ohnehin nicht vor, den Kaffee hier zu trinken. Becca kennt mich und meine Leidenschaft für die vielen grünen Parks in der Stadt nur zu gut. Wann immer ich kann, verbringe ich ein bisschen Zeit in den grünen Lungen. Vor allem die kleinen, etwas unbekannteren Parks haben es mir angetan. Dann kommt mir New York gar nicht mehr so groß und mächtig vor. Im Seward Park, der gleich neben dem Café liegt, ist es ruhig, unaufgeregt und vor allem nicht überfüllt. Ich besetze eine kleine Bank unter einem Baum. Und während Becca uns die Getränke holt, checke ich ein weiteres Mal mein Handy. Keine Ahnung, warum ich mich jetzt in eine vierzehnjährige Version meiner selbst verwandele, aber so manche Dinge verändern sich wohl auch mit zunehmendem Alter nicht: Der Kerl sagt, er wird sich melden. Die Frau wartet. Keine Nachricht, kein Anruf. Also checke ich, nur zur Sicherheit, meine Mails, auch wenn ich nicht so recht weiß, woher er meine E-Mail-Adresse haben sollte. Auch kein Wort von Charlie.

Dennoch habe ich zwischen all den typischen Newslettern und Spam-Nachrichten eine Nachricht, die mich kurz aus dem Tritt bringt.

Will Brown!

Im ganzen gestrigen Chaos habe ich total vergessen, dass ich ja noch auf eine Antwort von *ihm* warte. Wie zum Henker konnte das passieren? Schnell rufe ich sie auf.

Von: Will.Brown.77@mail.com
An: Sarah.Hawks.ny@mail.com
Betreff: Re: Growing Pains
Liebe Sarah,
du bist wirklich hartnäckig, das muss man dir lassen. Es freut mich natürlich, dass dir der Song so gut gefallen hat. Es war das erste Mal, dass ich ihn live gespielt habe, und so, wie es sich angefühlt hat, wohl auch das letzte Mal. Gerade dann ist es schön zu wissen, dass jemand im Publikum war, der die Worte und die Musik zu schätzen wusste.
Was dein Angebot angeht: Es ehrt mich total, dass du mir einen Gig vor zahlenden Leuten zutraust, aber ich habe keine richtige Set-List und kann höchstens zehn Minuten füllen. Von daher muss ich dir leider absagen.
Wenn du trotzdem Lust hast, mich noch mal ohne unseren schreienden Frontman zu erleben, ich spiele am Wochenende für

gewöhnlich im Washington Square Park. Du erkennst mich an der Gitarre in der Hand und dem Hut für Kleingeld auf dem Boden.
Toller Blog übrigens. Deine Art, über Musik zu schreiben, ist wirklich einmalig und heutzutage sehr selten zu finden.
Liebe Grüße,
Will
PS: Bitte sag, dass du nicht sauer bist, weil ich erst so spät antworte.

Will Brown. Automatisch sehe ich mich um, als ob ich ihn hier irgendwo sehen könnte, obwohl er mehr oder weniger am anderen Ende der Stadt in einem anderen Park spielt. Jetzt, da ich seine Zeilen lese, erinnere ich mich nicht nur an den Song, sondern auch an sein leicht schiefes Lächeln, das verdammt sexy ist, genau wie die braunen Augen, die mich eindringlich studiert haben, als ich ihm zu einfache Fragen gestellt habe.

»Mit Milch und Zucker.« Becca hat lautlos den Park betreten und mich gleich auf meiner Bank nahe am Eingang gesehen. Mit einem Grinsen reicht sie mir einen Pappbecher, schiebt sich die Sonnenbrille ins Haar und setzt sich neben mich.

»Da hast du den perfekten Platz für uns und unsere Kaffees gefunden.«

»Hm-hm.«

Ob ich es riskieren kann, Becca von Wills Nachricht zu erzählen? Gestern Charlie, heute Will? Sie würde viel zu viel in diese Sache hineininterpretieren. Ehrlich gesagt, möchte ich ihr das weder antun noch etwas erklären müssen, also setze ich ein überzeugendes Lächeln auf und nicke. »Danke … für den Kaffee.«

Jetzt muss ich nur noch irgendwie meine Gedanken von einer Wanderung nach Lower Manhattan abhalten und mich auf ein anderes Thema als Wills Mail konzentrieren. Ich lasse meinen Blick durch die Gegend wandern.

Vor uns spielen einige Kinder unter den wachsamen Augen ihrer Eltern im Gras, ein älteres Pärchen sitzt auf einer weiteren Bank und teilt sich eine Zeitung. Kein Musiker. Verrückt, dass mir ausgerechnet das sofort auffällt.

»Ich kann übrigens, wenn du willst, mit Alexia sprechen. Sie arbeitet im Rialto-Kino an der Kasse. Die suchen ständig Leute.«

Noch immer glaubt Becca, ich wäre meinen Job wegen ihr los. Auch wenn das zu einem wahnsinnig kleinen Teil stimmen mag, ist es nicht ihre Schuld. Es lag einfach an meinem Versagen, das muss man akzeptieren.

»Das wäre nett. Aber hör auf, ein schlechtes Gewissen zu haben. Carrington und ich, das soll einfach nicht sein.«

»Ich bleibe dabei, er ist ein Idiot!«

Lächelnd sehe ich zu ihr, während das typische Becca-Lächeln zurückkehrt.

»Trotzdem hatte der Abend ja was Gutes. Ich habe Charlie kennengelernt.«

»Und wer braucht schon einen blöden Job, wenn man so einen Kerl haben kann.«

»Noch habe ich ihn nicht.«

»Nur eine Frage der Zeit, bis er deinem Charme erliegen wird.«

»Ich habe also Charme?«

Becca nickt heftig, dann drehen wir unser Gesicht in die Sonne, in der Hoffnung, etwas für unseren Sommerteint zu tun, und schlürfen dazu unseren Kaffee, der den weiten Weg hierher wirklich wert war. *Café Grumpy* mag zwar ein ungewöhnlicher Name sein, versorgt einen aber mit einem großartigen Milchkaffee.

»Sarah, wenn du nur eine Minute mal ernsthaft versuchen würdest, einen Typen zu kriegen, dir wäre eine reiche Auswahl sicher.«

»Du übertreibst.«

»Mag sein, aber ich habe gestern das große Finale deines Dates ruiniert, ich habe einiges gutzumachen.« Sie grinst frech. »Charlie ist schon mal auf dich aufmerksam geworden.«

Kaum erwähnt Becca seinen Namen, spüre ich, wie meine Wangen glühen.

»Ja.«

»Ich höre Zweifel.«

Becca lässt nicht locker.

»Nein.«

Ich auch nicht.

»Ich höre noch immer Zweifel.«

»Glaubst du an den Spruch: Gegensätze ziehen sich an?«

Becca denkt kurz über meine Frage nach, bevor sie mich zweifelnd ansieht. Eine Frage, die mich seit gestern Nacht nicht mehr losgelassen hat.

»Kommt darauf an. Magnete widerlegen diese These bekanntlich.«

»Ich dachte eher an uns Menschen.« Charlie und ich mögen ähnliche Musik, was wirklich wichtig ist, aber irgendwie scheint er aus einer anderen Welt zu kommen – zumindest fühlt es sich so an. Blöd nur, dass ich meine Welt echt gerne habe. Ich habe sie mit meinen Möbeln und Freunden bestückt und keine große Lust, sie dauerhaft zu verlassen. Charlie war ein Gast, aber würde er bleiben wollen? Bei meinen Hotdogs und meinen Freunden?

»Sarah, hör auf damit!«

»Womit?«

Ich sehe überrascht zu ihr hinüber.

»Das machst du immer. Wenn du es jetzt wieder machst, werde ich wirklich sauer!« Becca mag zwar immer noch freundlich lächeln, aber ich kann hören, wie ernst es ihr jetzt ist, und ihr Blick bestätigt das. »Du hattest ein halbes Date mit Charlie und suchst schon Gründe, wieso ihr nicht funktionieren könnt.«

»Nein!« *Doch. Genau das tue ich …*

»Du leidest unter Bindungsangst, weil du schon so lange alleine lebst.«

»So wie du es sagst, klingt es wie etwas Schlimmes.«

»Menschen sind nicht dafür gemacht, alleine zu leben, weißt du?«

»Ich lebe nicht alleine. Du bist doch jeden Tag bei mir.«

»Weil dein Fernseher größer ist als meiner, nicht weil ich dich liebe.«

»Du liebst mich also nicht?«

»Doch, Sarah, das tue ich. Aber nicht so sehr, dass ich dich auch noch im hohen Alter aus der Badewanne hebe.«

»Ich habe keine Badewanne.«

»Lenk nicht vom Thema ab!« Jetzt klingt sie so streng wie meine alte Geschichtslehrerin, Mrs. Ohler. Eine ganz schrecklich unangenehme Person! »Musik ist toll und schön und wichtig, und ich verstehe das. Aber sie umarmt dich nicht, wenn du traurig bist. Sie kocht auch keine Suppe, wenn du krank wirst.«

»Das weiß ich.«

Ich weiß, ich klinge so trotzig wie früher im Geschichtsunterricht, wenn Mrs. Ohler mir einen belehrenden Tipp gegeben hat, nur um mich vor der Klasse bloßzustellen.

»Gib Charlie eine Chance.«

Ich weiß, dass Becca es gut meint, doch ich bin noch nicht so weit. Meine Stimme klingt matt, als ich leise antworte.

»Er mag keine Hotdogs.«

»Dann soll er eben für dich kochen.«

Eine verlockende Vorstellung.

»Ich sehe ein Lächeln.«

Tatsächlich muss ich, seit ich Charlie getroffen habe, ziemlich oft lächeln.

»Und lass diese dämlichen Hotdogs endlich los. Es gibt noch andere essbare Dinge in New York.«

Natürlich hat sie recht, denn seit ich Charlie getroffen habe, muss ich auch noch ziemlich oft an Pancakes denken. Ich weiß, wie albern meine kleinen Macken sind. Manchmal habe ich das Gefühl, Männer vor unlösbare Aufgaben zu stellen, damit ich ihnen beim Scheitern zusehen kann. Aber seit Dougie habe ich nun mal keinen Mann mehr wirklich in mein Herz gelassen. Nur zur Sicherheit. Weil es sehr weh tut, wenn der Kerl, den man zu lieben glaubt, einen so richtig verletzt und sich in eine glückliche Zukunft mit Frau, Haus und Kindern verabschiedet, während man selbst wie ein ungeliebtes Möbelstück am Straßenrand zurückgelassen wird.

»Gib ihm eine faire Chance, Sarah. Wer weiß, er könnte dich überraschen.«

»Du hast doch nur Angst, dass du auch in zehn Jahren noch mein Notfallkontakt bist.«

Sie lehnt sich an mich, sieht zum Himmel, der heute wolkenlos im hellsten Blau strahlt, und seufzt.

»Vielleicht. Aber Charlie könnte dir guttun. Das habe ich gesehen.«

»Das hast du aus dem vierten Stock und bei Dunkelheit also gesehen?«

Becca dreht sich zu mir, um mich besser ansehen zu können. Sie schüttelt den Kopf. »O nein, Liebes. Das sehe ich jetzt aus nächster Nähe.« Sie deutet auf meine Lippen, die noch immer lächeln.

»Woran denkst du gerade?«

An den Washington Square Park. Verdammt!

»Siehst du, Charlie tut dir gut.«

Ich nicke.

Becca macht sich auf den Weg zu einer Probe für ein neues Stück, bei dem sie eine Nebenrolle ergattert hat, die sie dennoch zu ihrem großen Auftritt machen wird. So ist mir die Entscheidung überlassen, was ich mit dem Rest des Tages anfangen will. Nach Hause gehen und ein bisschen Schlaf nachholen, meine Finanzen planen oder …

Es ist ein viel zu schöner Tag, um ihn im Inneren einer Wohnung zu verbringen. Außerdem mag ich wie gesagt Parks und könnte mir unterwegs sogar einen Happen zum Essen holen. Nein, kein Hotdog, irgendwas Gesundes. Einen Wrap mit all diesem Gemüsezeug, von dem die Frauen so schwärmen. Gesund, grün und angeblich glücklich machend. Alles natürlich für einen unverschämt hohen Preis, den man unter normalen Umständen und ohne den Druck der Werbeplakate von durchtrainierten, halbnackten Frauen an Häuserwänden niemals für Rohkost ausgeben würde.

Sobald Becca und ich uns vor dem Seward Park verabschiedet haben und sie außer Sichtweise ist, verschwinde ich die Treppen zur Subway runter und sehe das Sonnenlicht erst an der Haltestelle Washington Square wieder. Sicher nur Zufall, weil es hier jede Menge Auswahl an Restaurants, Bars und Bistros gibt. Oder ich probiere endlich mal diesen Dosas Guy, von dem alle schwärmen. Muss Oscar ja nichts davon erzählen. Bestes indisches Essen, direkt vom kleinen Foodwagen aus verkauft und, so ein Zufall, im Washington Square Park.

Doch selbst während ich mich dem Park nähere, der mit dem großen Triumphbogen, dem Washington Square Arch, an Paris erinnert, weiß ich zu genau, dass ich weder wegen dem berühmten Essen noch der Schönheit des Parks hier bin. Es gibt nur einen einzigen Grund: die Mail von Will. Die Einladung, die er nicht offen ausgesprochen hat, der ich aber dennoch folge. Es ist mein Wunsch, ihn noch einmal live spielen zu hören. Carrington mag mir keine Chance geben, aber vielleicht ist Mr. Will Brown genau der Musiker, der beweisen kann, was ich meine und wieso ich weiterhin an meinen Durchbruch glaube. Blöd nur, dass ich nicht weiß, wo und wann er hier spielt, also hilft nur eines: losziehen und mich auf mein Gespür verlassen!

Musik hört man hier überall, ob nun aus altmodischen Ghettoblastern, aus den kleinen Radios der Schachspieler, die sich unendlich viel Zeit für den nächsten Zug lassen, oder von den vielen Straßenmusikern, die sich im ganzen Park verteilt haben und die Hintergrundbeschallung liefern. Viel zu lange war ich nicht mehr hier, und wieder gewinnt der Park mich für sich durch seine Schönheit, das rege Treiben und den märchenhaften Ausblick durch die Baumkronen auf die großen Gebäude des Greenwich Village. Je weiter ich in den Park hineinlaufe, desto entspannter werden ich und meine Gedanken. Last und Müdigkeit lassen nach, die Schritte fallen mir leichter. Ohne solche Orte mitten in der Stadt würde New York nicht funktionieren, sondern an der Schnelligkeit und Hektik zugrunde gehen. Wie sollten die Menschen sonst durchatmen? Niemals würde ich um einen Park herumlaufen, um an mein Ziel zu kommen. Immer wähle ich den Weg quer hindurch, und Tage wie heute erinnern mich daran, wieso ich das tue.

Die Menschen, die hier auf Bänken, an Tischen oder an Brunnen sitzen und ihre Füße in das kalte Nass halten, haben alle ein Lächeln im Gesicht, genießen den Tag und wissen gar nicht so recht, warum es ihnen so gutgeht.

Plötzlich höre ich es, spüre es auf meinem ganzen Körper: eine Gitarre! Akkorde, die gewöhnlich sein mögen, aber auf eine ganz andere Art und Weise vorgetragen werden. Kurz bleibe ich stehen, drehe den Kopf in die Richtung, aus der die Musik kommt, und weiß genau, dass ich mich nicht irre. Mit schnellen Schritten laufe ich weiter, sondiere die Gegend wie ein Navy Seal im Einsatz und erspähe schließlich einen jungen Mann, der mit einer Gitarre im Arm dasteht, mit geschlossenen Augen singt und tatsächlich einen umgedrehten Hut vor sich auf dem Boden liegen hat. Selbst aus der Entfernung erkenne ich ihn, wenn auch eher an seiner Stimme als an seinem Aussehen – Will Brown.

Er trägt ein rot-blau kariertes Hemd, enge Jeans und Turnschuhe, seine braunen Haare stehen in alle möglichen Richtungen ab, die Finger tanzen wieder über die Saiten, als er den Beatles-Klassiker »Come Together« voller Hingabe in einer eigenen Interpretation spielt.

Sonntag ist mein freier Tag, deswegen habe ich das kleine rote Notizbuch nicht in die Handtasche gepackt, aber das brauche ich heute nicht. Diesen Anblick werde ich nicht vergessen. Langsam komme ich näher, während ich befürchte, er könnte sich wie eine Fata Morgana in Luft auflösen. Doch er bemerkt mich nicht, singt weiter. Seine rauhe Stimme bricht an den richtigen Stellen, klingt wie schon im *Tuned* voller Sehnsucht nach einem Gefühl, das nur er zu kennen scheint. Mein Blick fällt auf den Hut, der mit einigen Münzen und wenigen Scheinen gefüllt ist, sowie auf den Stapel mit CDs, die er für nur acht Dollar zum Kauf anbietet. Zwei junge Frauen neben mir machen kurze Videos mit ihren Handys.

»Er ist so süß!«

»Laut Facebook ist er Single.«

Moment. Facebook? Meine Recherche hat ergeben, dass er keine Seite dort hat. Und Harry zufolge kommt niemand an *seiner* Grace vorbei. Das klingt für mich nicht gerade nach Single. Ich rücke etwas näher an die beiden Frauen heran und lächele sie an, belausche ihr Gespräch.

»Ich würde ihn nicht von der Bettkante stoßen.«

»Bist du verrückt? Welche Frau würde das schon tun?«

Kurzes Gelächter, in das ich einsteige, um ihre Aufmerksamkeit zu bekommen, was mir auch gelingt.

»Hi, sorry, ich habe nur gehört, dass ihr über seine Facebook-Seite gesprochen habt?«

Kurz mustern sie mich. Sie checken wohl, ob ich ihnen gefährlich werden könnte, dann erst zeigt mir jede ein Lächeln, was allerdings eher eine Waffendemonstration ist.

»Das ist *Busking Brown*. Den kennt hier doch jeder.«

Die jüngere der beiden sieht mich brüskiert an, als ich mich offensichtlich als Nicht-Fan ohne Fachwissen oute.

Natürlich! Er hat einen Künstlernamen. Darauf hätte ich auch alleine kommen können. »Das wusste ich nicht. Ich bin neu hier.«

»Hinten anstellen!«

Das zweite Mädchen faucht mir diesen Befehl entgegen, als hätte ich mich an der Fleischtheke vorgedrängelt.

Es nervt mich ein bisschen, dass sie glauben, ich wäre auf diese Art und Weise an ihm interessiert. Das Klischee sollte sich seit dem Film *Almost Famous* mit Kate Hudson erledigt haben, oder nicht?

»Keine Sorge, ich nehme ihn euch nicht weg.«

Damit trete ich wieder ein paar Schritte zurück.

Aber eine CD werde ich mir kaufen, damit ich seine Stimme und seine Songs mit nach Hause nehmen kann. Will spielt die letzten Akkorde aus und öffnet erst dann wieder die Augen. Der Applaus der Zuhörer – zusätzlich zu den beiden jungen Frauen und mir sind auch noch ein paar andere Parkgänger stehen geblieben –, die sich um ihn versammelt haben, scheint ihn zu überraschen, denn er lächelt schüchtern und bedankt sich artig bei allen, die ihm ein bisschen Geld in den Hut werfen. Die beiden Frauen neben mir machen nur ihre Fotos, bitten um ein Selfie und schmiegen sich dabei viel zu sehr an ihn. Dann gehen sie, ohne Geld im Hut zu hinterlassen.

Ich bleibe im Hintergrund und beobachte. Zu viele Dinge an dieser kurzen Szene stören mich. Seit wann sind Selfies mit Musikern interessanter, als eine CD zu kaufen? Jetzt erst trifft Wills Blick auf mich, sofort zeichnet sich ein Lächeln auf seinen Lippen ab.

»Sarah!«

Er erkennt mich. Wieso freut mich das so?

»Hi!«

Ich winke ungelenk und gehe auf ihn zu, unsicher, wie und ob wir uns begrüßen sollen. Die Gitarre bleibt zum Glück im Weg, und so winkt er nur zurück. Merkwürdig und unangenehm, jedoch auch gleichzeitig sehr kribbelnd. Die Frage, wie sich eine Umarmung von ihm anfühlt, bleibt weiter unbeantwortet.

»Ich dachte, ich schaue einfach mal vorbei.«

Es soll locker und gelassen klingen, als wäre ich wirklich nur durch Zufall durch diesen Park marschiert oder hätte hier in der Nähe irgendwas zu tun gehabt und wäre nicht absichtlich hierhergekommen. Plötzlich überfällt mich ein komisches Gefühl. Was, wenn das gar keine Einladung war und ich zu viel zwischen den Zeilen gelesen habe? Gut möglich, dass es nur eine belanglose Information gewesen ist und das jetzt zu einer weiteren Blamage an diesem Wochenende führt. Ich laufe wahrlich zur Bestform auf.

»Ich habe schon geglaubt, du kommst nicht mehr.«

Wills Worte reißen mich aus meinen wirren Gedanken. Oha. Doch eine Einladung? Die folgende Pause zwischen uns beiden ist so lange, dass ich spüre, wie sich Worte in meinem Mund formen und bestimmt nur eine weitere Peinlichkeit aussprechen, deswegen bücke ich mich schnell und greife nach der obersten CD auf dem Stapel.

»Ich nehme eine.«

Bevor ich nach dem Geldbeutel in meiner Handtasche greifen kann, winkt er ab.

»Ist geschenkt.«

»Was? Nein! Ich möchte sie bezahlen.«

»Musst du nicht. Sieh es als ein kleines Dankeschön.«

»Wofür?«

»Fürs Zuhören. Für die netten Worte zu meinem Song.«

»Man bekommt also Geschenke für Ehrlichkeit?«

Wills Mundwinkel zucken zu einem Millisekundenlächeln. Während er nickt, wird er wieder ernst, fast so, als dürfte er nicht zugeben, dass es ihn freut.

»Ja, Ma'am. Ehrlichkeit wird belohnt.«

»Okay, ich mache dir ein Angebot. Wenn du hier fertig bist, lade ich dich auf einen Kaffee oder ein Bier ein. Deal?«

Er zögert.

Verdammt!

Dann nickt er schließlich und lächelt so, dass den Groupie-Frauen hinter mir ein leises Seufzen entfährt. Ich kann es ihnen nicht verübeln.

»Deal. Aber ich spiele noch ein paar Songs.«

Will sieht zu seinem Hut, der bei weitem nicht so gut gefüllt ist, wie er sein sollte, und zuckt entschuldigend mit den Schultern, aber das kommt mir gerade recht. Wenn es nach mir geht, könnte ich ihm stundenlang zuhören.

»Kein Problem. Ich suche mir irgendwo einen Sitzplatz.«

Ich deute vage über meine Schulter.

»Hast du einen Musikwunsch?«

Den habe ich tatsächlich.

»*Growing Pains*.«

Will zieht eine Augenbraue nach oben, und ich weiß, dass er meinem Wunsch nicht Folge leisten wird, was okay ist. Dennoch gibt es keinen Song, den ich lieber von ihm hören möchte, als diesen.

»Ich spiele hier hauptsächlich Coversongs.«

»Dann bitte ›Purple Rain‹.«

Es ist der erste Song, der mir einfällt und den ich mir in seiner Interpretation sehr gut vorstellen kann. Will nickt und beginnt seine Gitarre zu stimmen. Etwas weiter entfernt nehme ich auf einer Mauer Platz und schaue mir seine CD etwas genauer an. Sie beinhaltet fünf Songs, alle von ihm. Das Cover an sich ist sehr schlicht gehalten, schwarz mit einer gezeichneten Gitarre und dem Schriftzug *Busking Brown* in der Mitte. Mir gefällt der Look total gut. Das ist kein Vergleich zur CD der Frozen Eyeballs, wobei ich mich wegen der Erinnerung daran kurz schütteln muss. Wie gerne würde ich sie mir jetzt sofort anhören, aber dem technischen Fortschritt sei Dank, habe ich natürlich keinen Discman bei mir. Zu Hause wartet zum Glück ein CD-Player, den ich oft für die EPs unbekannter Musiker benutze. Ein aufgeregtes Kribbeln in meiner Magengegend macht sich breit, wenn ich daran denke, mir zu Hause seine Songs anhören zu können. Es sind die kleinen Freuden des Lebens, die mir dieses Gefühl vermitteln.

Will spielt ein paar Akkorde, um warm zu werden, dann verändert sich die Melodie. Ich erkenne den Song sofort: Prince hat mit diesem Lied der Musikwelt einen Nachlass für die Ewigkeit geschenkt, und Will Brown spielt diesen Welthit in seiner ganz eigenen, sehr ruhigen und wunderschönen Version. Ich habe »Purple Rain« noch nie so gehört. Die Sonnenbrille auf meiner Nase gibt mir den Schutz, den ich brauche, um Will unverhohlen beobachten zu können: seine geschlossenen Augen, das leichte Kopfnicken, das Tippen seines Fußes und die Sehnen am Unterarm, immer wenn er den Griff wechselt. Dieser Mann ist ein Gesamtkunstwerk, wenn er Musik macht. Er braucht keine Lightshow, keine halbnackten Tänzerinnen oder ein halbes Orchester. Ihm reichen eine Gitarre, seine Stimme und ein Park, um die Menschen zu erreichen.

Immer mehr Leute bleiben stehen, lassen die Gespräche für die Dauer des Songs ruhen und ihre Gedanken los. Will, das steht außer Frage, hat das besondere Etwas, das ihn von all den anderen Musikern hier unterscheidet. Er singt die Songs nicht nach, er verwandelt sie in seine. Mit jedem Akkord macht er uns ein Geschenk, das wir zwar nicht greifen, aber dennoch mit nach Hause nehmen können. Ob er sich dieser Superpower bewusst ist?

Schon nach den ersten paar Takten habe ich die Aufnahmefunktion auf meinem Handy eingeschaltet, damit ich zu Hause weiß, was es ist, das Will besonders macht.

Was hatte ich für ein Glück, ihn im *Tuned* entdeckt zu haben. Vor allem, wenn man bedenkt, dass er schon eine ganze Weile

Musik macht. Ich wette, wenn er diese CD an ein Plattenlabel schicken würde, wäre ihm der große Deal sicher.

Kaum ist der Song vorbei, applaudieren die Leute wieder, diesmal etwas lauter und begeisterter, was mich freut. Auch Geldscheine flattern diesmal zahlreich in seinen Hut, und eine CD wird von einem jungen Mann und dessen Freundin gekauft. Will wirft mir einen kurzen Blick zu, fast so, als wolle er sichergehen, dass ich noch immer da bin. Bin ich! Und ich könnte mir auch nicht vorstellen, jetzt irgendwo anders zu sein. Wieder sammelt sich eine kleine Gruppe junger Zuhörer um ihn und bittet um Selfies, sie lassen sich die CDs signieren und machen fleißig Fotos. Er scheint hier zumindest eine kleine Berühmtheit zu sein. Umso weniger verstehe ich, wieso er nicht alleine in einem Club auftreten will.

Nachdem auch der letzte Fan glücklich weitergezogen ist, packt er seine Einnahmen in den Geldbeutel, setzt sich den Hut auf und schnallt sich die Gitarre auf den Rücken. Ein Blick zu mir ist mein Stichwort, meinen Platz in der sicheren Entfernung zu verlassen.

»War es das schon?«

»Zeit für eine Pause und einen Kaffee. Danach spiele ich gerne einige Zugaben. Aber Gerüchte besagen, du lädst mich ein.«

Das klingt so frech charmant, dass ich nur nicken kann. Wieso stehen manchen Menschen Hüte so gut? Will sieht kein bisschen verkleidet oder albern aus: Er steht da, in seinem schlichten Outfit, inklusive Hut und den Händen in den Hosentaschen – und ich weiß, warum die Mädchen vorhin so angetan von ihm waren. Will ist attraktiv, kein Zweifel, nur eben nicht auf die aufdringliche Art und Weise. Er scheint sich dessen auch nicht bewusst zu sein, was ihn nur noch interessanter macht. Aber es ist nicht nur das. In seiner Gegenwart fühle ich mich einfach wohl. Ich habe das Gefühl, einfach ich selbst sein zu dürfen. Das passiert mir nicht oft, schon gar nicht nach so kurzer Zeit.

»Die Gerüchte sind wahr. Hast du einen Locationwunsch?«

Er muss keine Sekunde nachdenken, bevor er eine Idee hat.

»Kennst du das *Stumptown?* Ist hier in der Nähe. Großartiger Kaffee und Tees, falls du deinen britischen Tag erwischt hast.«

»Klingt perfekt.«

»Dann hole ich schnell mein Fahrrad.«

Wieso überrascht es mich gar nicht, dass Will der Typ »Radfahrer in der Stadt« ist? Es passt zu ihm, seinem Look und seiner Art, bevorzugt unbemerkt durch das Leben zu kommen. An einer Laterne steht ein altes Rennrad, das mit einem schweren Schloss angebunden ist. Das Rad könnte direkt aus den achtziger Jahren hier gelandet sein, als hätte Marty McFly es auf seinem Trip hier für Will geparkt. Es sieht mitgenommen und gebraucht aus, vermutlich hat er den Drahtesel schon eine Weile. Ob Grace auch Fahrrad fährt? Kopfschüttelnd vertreibe ich diesen Gedanken, denn immerhin ist er gerade mit mir hier.

Music in You

Wir laufen nebeneinander her. Will schiebt sein Rad und sieht nicht zu mir, fast so, als müsse er sich auf den Weg vor uns konzentrieren, obwohl uns die anderen Passanten von ganz alleine ausweichen.

»Also, Will ... Hast du diese CD in einem Tonstudio aufgenommen?«

Er lacht kurz auf und schüttelt den Kopf.

»Nein, nur zu Hause an meinem Laptop. Manchmal muss das reichen, was man hat.«

»Wem sagst du das.«

Da ist er, der kurze Seitenblick zu mir, das Lächeln. Schon fühle ich mich mit ihm verbunden, weil wir beide wissen, wie es ist, etwas mit Leidenschaft zu tun.

»Dein Blog scheint ziemlich beliebt.«

Ein Kompliment, das er hoffentlich auch so meint, und nicht nur macht, weil er sich gezwungen sieht, irgendwas Nettes über meine Arbeit sagen zu müssen.

»Nun, ich habe mir eine gute Leserschaft erarbeitet. Aber für den großen Durchbruch bin ich wohl nicht Mainstream genug.«

»Das kenne ich. Vielleicht sollte ich ein paar *One-Direction*-Songs einstudieren?«

»In deiner Interpretation hätten sie bestimmt noch mehr Charme.«

»Danke.«

Doch ansehen kann er mich nicht, während er sich bedankt. Dabei sollte Will an Komplimente inzwischen wirklich gewöhnt sein, immerhin haben ihn die Zuhörer gerade mit Begeisterung überschüttet, und die verliebten Blicke der Damenwelt müssten ihn doch wissen lassen, wie gut er ankommt.

»Du hast ja auch schon eine ordentliche Fanbase.«

»Manche kommen tatsächlich ganz gerne wieder vorbei.«

»Hast du dir schon Gedanken über mein Angebot machen können?«

»Du meinst den Gig?«

»Habe ich sonst noch ein Angebot gemacht?«

Wir verlassen den Park und bleiben an der Straße stehen. Will sieht zu mir, seine Lippen bilden ein geheimnisvolles Lächeln, dessen Ursprung mir verborgen bleibt, weil er nur den Kopf schüttelt und mich mit einem Fragezeichen im Gesicht zurücklässt.

»Ich denke, ich bin noch nicht so weit.«

»Aber du trittst doch auch im Park auf.«

»Klar …«

Er schweigt erneut. Ich hasse es, wenn er mir so knappe Antworten gibt und nicht weiterspricht. Am liebsten würde ich ihn schütteln und um mehrsilbige Antworten bitten.

»Wo ist da der Unterschied?«

»Die Leute sind ja nicht wegen mir im Park. Ich bin nur zufällig auch dort. Wenn sie wollen, bleiben sie stehen. Wenn es ihnen nicht gefällt, gehen sie weiter. Ich habe nichts zu verlieren.«

»Und das wäre im Club anders?«

»Allerdings.«

Wir überqueren die Straße, während ich über seine Worte nachdenke. Da ich nicht weiß, wo das Café seiner Wahl liegt, folge ich ihm in die nächste Straße und weiche dabei Geschäftsleuten im Wochenendmodus aus. Inständig hoffe ich, dass Will die Unterhaltung irgendwann wieder aufnehmen wird und mich aufklärt. Aber stattdessen bevorzugt er, ein kleines Mysterium zu bleiben.

Erst nach einigen Blocks wendet er sich wieder an mich.

»Gleich da vorne.«

Er deutet auf die grünen Fensterläden in einem roten Backsteingebäude an der Straßenecke. *Stumptown Coffee Roasters* steht in hellen Lettern über der ebenfalls grünen Eingangstür, vor der sich einige Leute mit Kaffeebechern in der Hand unterhalten. Das Café scheint gut besucht, einige der Männer grüßen Will, der sein Fahrrad wieder an eine Laterne kettet und dann zu mir rübersieht.

»Ich bin öfter hier.«

»Das habe ich mir schon gedacht.«

Er scheint hier ebenso bekannt wie ich in meinem Viertel. Komisch, ich weiß nichts über Will, und doch habe ich das Gefühl, ihn zu kennen. All das nur, weil ich etwas in seinen Song interpretiere, was er weder bestätigt noch abgestritten hat.

Im Inneren ist an der Glasfront ein Tisch frei, den wir uns sofort schnappen. Jetzt endlich hoffe ich, eine vernünftige Unterhaltung mit ihm führen zu können.

Bevor er sich zu mir setzt, bestellt er an der Theke für sich einen Espresso und für mich einen Tee, den er mir empfiehlt.

»Mir gefällt deine Sicht auf die Musik, Sarah.«

Er rührt in seinem Espresso, während er das sagt.

»Danke.«

»Ich habe mir alle Beiträge durchgelesen.«

Nun sieht er mich an.

»Alle?«

Das wären fast über dreihundert, er kann unmöglich wirklich alle im Archiv gelandeten Artikel meiner Musikbesessenheit gelesen haben. Das würde niemand tun.

»Was soll ich sagen … Dein Schreibstil ist sehr fesselnd, und ich hatte viel Zeit …« Er nimmt einen Schluck Kaffee, bevor er leiser weiterspricht: »… während ich auf deine Antwort gewartet habe.«

»Im Ernst?«

»Na ja, ich dachte, dass ich dich irgendwie abgeschreckt habe.«

»Nein!«

Na toll, jetzt habe ich seine knappen Antworten übernommen, weil sie leichter fallen als eine große Erklärung, warum ich gestern zu busy war und seine Mail total vergessen habe.

»Okay.«

Gott, wäre das hier ein Date, würde es vermutlich als abschreckendes Beispiel in jedem Ratgeber für gut geführte Rendezvous vorkommen. Ein Glück bietet mein Tee genug Möglichkeiten, um die nun entstehende Gesprächspause gekonnt zu überspielen. Und mir ordentlich die Zunge zu verbrennen. *Was mache ich hier eigentlich?* Will studiert das Muster auf dem alten Holztisch vor uns und beschäftigt sich mit den Gebrauchsspuren mehr als mit mir. Gerade als ich mir eine plausible Ausrede zurechtlege, um gehen zu können, suchen seine Augen meine.

»Habe ich also nicht?«

»Mich abgeschreckt? Nein, Will. Wirklich nicht. Ich war nur … Ich habe gestern meinen Job verloren.«

»Oh.«

»Danach war alles irgendwie *anders*.«

Wieso kriege ich die Worte »Charlie«, »Hotdog« und »Fast-Kuss« nicht über die Lippen, wenn ich ihn ansehe?

Will lässt nicht locker.

»Und jetzt?«

Eine gute Frage.

»Keine Ahnung.«

»Vielleicht ist das deine Chance?«

»Arbeitslos auf der Straße zu leben, weil ich meine Miete nicht mehr bezahlen kann?«

»Das zu tun, was du schon immer tun wolltest.«

»Genau bei dem Versuch bin ich ja auf die Nase gefallen. Habe mich bei Carrington erst danebenbenommen und dann auch noch blamiert.«

»Carrington Music Inc.?«

»Genau da.«

»Ist vielleicht nicht dein Stil?«

Autsch! Manche Wahrheiten kennt man und will sie dennoch nicht hören, schon gar nicht laut ausgesprochen.

»Schönen Dank.«

Meine Stimme klingt so bitter, wie Wills Espresso ohne Süßstoff schmecken dürfte. Ich verschränke die Arme und will am liebsten nur noch weg. Es war ein Fehler hierherzukommen. Was habe ich mir erhofft? Eine musikalische Affäre mit einem Songwriter?

»Nein, so sollte das nicht rüberkommen. Ich meine, Carrington Inc. mag eine große Nummer sein, aber die meisten Bands dort sind austauschbar. Zusammengecastete Musiker, die neue Frisuren und Klamotten bekommen, um Songs zu spielen, die sie nicht selbst schreiben. Oder mögen. Klingt nicht nach dir.«

Ist es möglich, dass er mich zwischen den Zeilen meiner Blog-Beiträge so durchschaut hat? Denn was er sagt, macht Sinn.

»Mag schon sein.«

Er zuckt nur mit den Schultern und sieht wieder in seine Tasse mit der schwarzen Flüssigkeit, als könne er in seinem Kaffee die Zukunft ablesen.

»Ich wollte eigentlich nur sagen, dass du zu gut für die bist.«

Könnte er mir nur einmal in die Augen schauen, wenn er so was sagt? Einfach nur, damit ich sehen kann, ob er es ernst meint? Doch den Gefallen tut er mir natürlich auch jetzt nicht.

»Danke.«

»Nicht dafür.«

»Darf ich deine CD auf meinem Blog vorstellen?«

Kurz sieht er mich einfach nur an. Fast könnte man meinen, dass ich ihn um eine Spenderniere gebeten hätte. Will ist *anders*. So *anders*, dass Becca ihn mit keinem bekannten Schauspieler vergleichen könnte. Aber gleichzeitig so *anders*, dass er auf mich wie das Licht auf die Motte wirkt. Ich will mehr über ihn erfahren, Zeit mit ihm und seiner Musik verbringen und die Welt durch seine Songs hören. Ist das zu viel verlangt?

Schließlich nickt er langsam.

»Okay. Unter einer Bedingung …«

Wieso knüpfen Kerle solche Dinge immer gleich an Bedingungen, als würde man einen Vertrag eingehen, von dem die freie Welt abhängt?

»Hm?«

»Du bist ehrlich. Schonungslos und absolut. Keine netten Worte, wo sie nicht angebracht sind.«

»Selbstverständlich.«

Er nickt, wirkt zufrieden und schafft es sogar, mir ein Lächeln zu schenken, das länger als schätzungsweise vier Sekunden dauert. Jetzt bleibt es sogar ausgebreitet auf seinen Lippen, während er sich entspannt zurücklehnt.

»Vielleicht könntest du mir helfen, Sarah.«

Ein Wunder geschieht: William Brown sieht mir für die Länge eines ganzen Satzes in die Augen. Zugegeben, für die Länge eines ziemlich kurzen Satzes, aber immerhin hält er die ganze Zeit Augenkontakt. Daran könnte ich mich gewöhnen.

»Wobei genau?«

Jetzt beugt er sich etwas weiter zum Tisch, was ich als stumme Aufforderung auffasse, es ihm gleichzutun – und so kommen wir uns näher, obwohl noch immer die gesamte Tischplatte zwischen uns ist. Wie stellt er das an? Mich zu berühren, ohne mich anzufassen? Sein Blick trifft Stellen, an die Hände nicht gelangen, und ich schlucke hart, weil mir bewusst wird, dass ich ihm auf eine merkwürdige Art und Weise ausgeliefert bin.

»Seit Monaten drehe ich mich im Kreis. Kein Song will funktionieren. Ich wiederhole mich und spiele öde Melodien, singe Worthülsen. Ich möchte versuchen, besser zu werden.«

»Wie soll ich da helfen?«

»Du bist …«

Doch Will spricht nicht weiter, sieht mich nur an. Wenn ich es nicht besser wüsste, würde ich sagen, seine Gesichtsfarbe tendiert gerade deutlich in Richtung Rot.

»Du bist eben anders.«

Kann ein Kompliment sein, muss es aber nicht. Männer sagen selten über Frauen wie Alessandra Ambrosio, dass sie anders wären. Aus Wills Mund klingt es allerdings wie das höchste Kompliment, zu dem er fähig ist.

»Du bist besonders.«

Ich muss genau hinhören, um die Worte überhaupt zu hören, denn Will spricht so leise, dass sie von den Geräuschen um uns herum fast verschluckt werden. Ein einfacher Satz, mit dem er mitten in mein Gefühlschaos trifft, was ich mir aber nicht anmerken lassen will. Mit großer Mühe verleihe ich meiner Stimme einen lässigen Unterton, als ich antworte.

»Was ist mit deinen Bandkollegen? Können die dir nicht besser helfen? So als Musiker.«

»Du hast uns spielen gehört, oder?«

»Allerdings.«

Er sieht so aus, als wolle er sich dafür entschuldigen.

»Wir sind keine Band. Wir sind ein Haufen Musiker in einer Truppe, in der jeder etwas anderes will. Die Jungs sind okay, aber wir sind nicht gerade Oasis.«

»Du magst Oasis?«

»Hast du ihre ersten Alben nicht gehört? Die sind Weltklasse!«

»Ich weiß. Ich kenne nur niemanden, der heute überhaupt noch Oasis hört.«

»Das meine ich, Sarah. Genau deswegen. Du kennst diese Art von Songs, und du hörst hin. Dein Blog macht deutlich, was Musik für dich bedeutet. Vielleicht könnten wir ja mal einen Song zusammen schreiben. Ich habe ein paar Ideen, aber mir fehlen die richtigen Worte.«

Es tut so gut, das zu hören. Klar, es ist kein Job, für den ich Kohle kassiere, aber das könnte *die* Chance sein, etwas zu tun, von dem ich immer geträumt habe. Ich muss mir nur einen Ruck geben. Dann könnte ich in Zukunft noch öfter mit Will Brown zusammen in Cafés sitzen und über Musik reden. Das klingt so verlockend, dass meine Gedanken sich plötzlich selbständig machen und durch verschiedene Szenarien in meinem Kopf tanzen. Bilder und Momente, die mich mit Will und seiner Gitarre in Parks zeigen, wie wir Songs schreiben und lachen. Dabei sieht er mir sogar in die Augen. Während ich noch in einem Tagtraum verweile, macht sich mein Mund selbständig und spricht Worte aus, die unüberlegt sind und mich mit einem Rauschgefühl versorgen.

»Okay. Ich kann es ja mal versuchen.«

Mein Magen wird bei der Vorstellung, vielleicht mal bei der Entstehung eines Songs dabei zu sein, wenn auch nur ganz weit im Hintergrund, von Schmetterlingen attackiert. Ein Gefühl, das gerne noch etwas bleiben darf.

»Lennon und McCartney.«

Es rutscht mir in der Euphorie nur so raus und hängt jetzt im Raum zwischen uns, zu spät, um es als Gag zu verkaufen. Will grinst. Und zum ersten Mal, seit ich ihn getroffen habe, wirkt er entspannt und locker. Als dürfte ich ihn endlich so erleben, wie er wirklich ist. Ein Privileg, das ich gerne annehme. Zu meiner Erleichterung wirkt auch Will glücklich.

»Besser als Liam und Noel Gallagher.«

The Musician

Dieser Tag wird immer besser!

Wir sitzen da, weiter über den Tisch gebeugt und sehen einander grinsend an. Wie oft trifft man Menschen, bei denen es einfach »klick« macht? Er ist es, der als Erster wegsieht, weil unser Blickkontakt mit jeder verstreichenden Sekunde inniger wird, als würden wir uns nicht einfach nur ansehen, sondern umarmen.

»Entschuldige mich einen Moment.«

Damit steht er auf und lässt mir die Chance, meine Gedanken zu sortieren. Am liebsten würde ich Becca anrufen, aber die würde dann sofort ein »Was-bisher-geschah« verlangen. Nein, dieses Treffen hier bleibt erst einmal mein kleines Geheimnis. Ein Schatz, an dem nur ich mich ergötzen kann, nämlich immer dann, wenn das Leben fies ist und ich mich in dieser Stadt winzig fühle. Das Klingeln meines Telefons reißt mich aus dem Tagtraum, in dem ich zusammen mit Will in einem Studio sitze und den neuen, genialen Hit aufnehme, den wir zusammen geschrieben haben.

»Hawks?«

»Hi, Sarah, ich bin's.«

Die Männerstimme erkenne ich sofort. Ich sehe mich um, als könnte Charlie, der am anderen Ende der Leitung ist, mich entweder sehen oder würde gleich durch die Tür kommen. Was totaler Unsinn ist. Wieso fühle ich mich dann trotzdem ertappt?

»Charlie. Hi.«

»Störe ich gerade?«

»Nein. Gar nicht.« *Doch, irgendwie schon.*

»Ich wollte mich nur mal schnell melden, bevor morgen der Arbeitswahnsinn wieder losgeht.«

»Das freut mich.«

»Bist du denn noch gut nach Hause gekommen?«

»Du hast mich bis zur Haustür gebracht.«

»Du wohnst im dritten Stock. Wer weiß, was unterwegs passiert ist.«

Ich kann das Lächeln in seiner Stimme hören und lehne mich zurück in meinen Stuhl.

»Alle Treppen wurden heil überstanden und oben wartete Becca. Du siehst, ich bin gut in meiner Wohnung angekommen. Und du?«

»Zu meiner Schande muss ich gestehen, dass ich ein Taxi und nicht die Subway nach Hause genommen habe.«

»Es sei dir verziehen.«

»Also, was machst du gerade? Lust auf einen Kaffee irgendwo in der Sonne?«

Verdammt! Noch ein Kaffee und ich werde die nächsten zwei Nächte sicher nicht schlafen. Außerdem möchte ich Will nicht einfach so sitzenlassen.

»Ähm, ich bin gerade unterwegs mit …«

Will Brown. Sag es einfach: ein Musiker, den du magst und dessen Werdegang du beobachten willst.

Doch irgendwie weiß ich noch nicht genau, wie ich die beiden Männer in meinem Kopf, oder Sprachgebrauch, zusammenbringen soll.

»… einem Kollegen.«

»Okay. Ich bin heute Nachmittag leider mit meiner Familie verplant.«

»Mist.«

Charlie scheint in einem Kalender zu blättern, denn ich höre, wie Papier raschelt.

»Okay, pass auf, wir sehen uns kommende Woche. Ich muss arbeiten, aber das kriegen wir hin.«

»Klingt gut. Ich habe ja jetzt relativ viel Freizeit.«

»Dann plane ich dich fest ein.«

Die Tür zu den Toiletten, die ich fest im Blick behalte, öffnet sich, und Will kommt heraus. Sofort wird der Griff um mein Handy etwas verkrampfter.

»Okay, ja, klingt gut. Ich freu mich. Bis dann.«

Eine klassische Einleitung für einen Abschied beim Telefonat, hoffentlich kann Charlie diesen Hint deuten. Doch bevor ich es schaffe, aufzulegen, fällt ihm noch was ein.

»Sarah?«

»Hm?«

Unsinnigerweise werde ich nervös. Will kommt immer näher. Ich will nicht, dass Charlie weiß, mit wem ich hier bin.

»Ich hatte wirklich einen zauberhaften Abend mit dir.«

Die Nervosität ist weg, ersetzt durch die Erinnerungen an Charlies Lächeln und die Wärme seiner Stimme, ergänzt durch Bilder von ihm im Anzug, wie wir in der Subway so dicht voreinander standen. Sofort muss ich lächeln.

»Das wollte ich nur noch mal sagen.«

»Danke.«

»Wir sehen uns, Miss Hawks.«

Und bevor ich noch etwas erwidern kann, legt er auf. Damit erwischt er den perfekten Moment, denn Will lässt sich gerade wieder auf den Stuhl mir gegenüber fallen.

»Alles okay?«

»Alles bestens.«

»Gute Nachrichten?«

Er deutet auf das Handy, das ich fest in meiner Hand halte und verknallt ansehe.

»Ich denke schon.«

»Von einem … Freund?«

Es ist die Art, wie er die Frage ausspricht, die mich wissen lässt, dass er mehr erfragen will als nur die Information, mit wem ich gerade telefoniert habe.

»Charlie.«

Ha! Ich habe es gesagt, und es hat auch gar nicht weh getan.

Will sieht mich aufmerksam an. Das Lächeln wirkt wie festgetackert auf seinem Gesicht – was ich mir aber bestimmt nur einbilde.

»So wie du strahlst, scheint er ein ganz besonderer Freund zu sein.«

Ich nicke und bemerke, wie Wills Lächeln sich verändert. Ich kann erkennen, wie er ernsthaft versucht, sich mit mir zu freuen. Dabei sieht er so süß aus, dass ich kurz gewillt bin, ein Foto von ihm zu machen, damit ich mich an diesen Will-Moment erinnern kann. Seine warmen braunen Augen leuchten charmant, und ich ahne, dass es an unserem Gespräch vorhin liegen könnte. So verrückt dieser Tag auch ist, er ist gespickt mit kleinen Highlights, die in Erinnerung bleiben werden. Daran ist auch Will nicht ganz unschuldig.

Nun nimmt er die gleiche Position wie vor meinem Telefonat ein, als hätte es nie eine Unterbrechung des Gesprächs gegeben.

»Also, Lennon, wann hast du Zeit für ein bisschen Songwriting?«

Für solche Sätze möchte ich ihn am liebsten umarmen. Nerdtalk unter Musikfreaks – wenn man mich fragt, eine gnadenlos unterschätzte Freizeitbeschäftigung.

»Ich bin die ganze Woche über frei. Dann suche ich mir einen Job.«

»Kennst du *Tobey's Vinyl Heaven?*«

»Nein.«

»Ist ein kleiner Plattenladen in Brooklyn. Ich bin da ziemlich oft und helfe aus. Vielleicht willst du mal vorbeikommen?«

»Du hattest mich bei ›Plattenladen‹.«

»Ist das ein Ja?«

»Das ist ein hundertprozentiges Ja.«

Er schnappt sich eine Papierserviette vom Nachbartisch, zückt einen Kugelschreiber aus der Brusttasche seines Hemdes und kritzelt eine Adresse drauf.

»Außer montags und an den Wochenenden bin ich immer da.«

»Immer?«

Er wiegt kurz den Kopf, als müsse er einen geistigen Kalender durchschauen.

»Immer dann, wenn ich eine Pause brauche.«

»Du gehst arbeiten, wenn du eine Pause brauchst?«

»Zwischen alten Platten rumhängen ist für mich keine Arbeit.«

Damit reicht er mir die Serviette, die ich sofort annehme, bevor er es sich anders überlegen kann. Dabei streift mein Finger seinen – und sofort schießt ein Gitarrenakkord wie bei einem Live-Gig von Eric Clapton durch mein Inneres. Will hält meinem Blick diesmal stand. Ich werde das Gefühl nicht los, dass er es auch gespürt hat. Meine Stimme klingt fremd in meinen Ohren, viel zu leise und schüchtern.

»Ich werde dich finden.«

Der Weg zurück nach Hause kommt mir unendlich lang vor, als hätte sich New York nur so aus Spaß vergrößert, um mich zu ärgern. Selten war ich so nervös auf meinem Heimweg. Bisher habe ich es immer genossen, die Straßen entlangzuschlendern, eine Subway zu nehmen, einfach irgendwo auszusteigen, nur weil mir danach war, etwas mehr von dieser Stadt zu erkunden. Jetzt sitze ich ungeduldig in der Bahn, starre auf meine Uhr und sehne mich meiner Station entgegen. Der Abschied von Will kam zu schnell. Wir waren noch mitten in einer musikalischen Unterhaltung, bei der wir ein paar Ideen zu Songs ausgetauscht haben. Jetzt spiele ich allein mit seiner CD in der Hand und möchte ihn nachwirkend am liebsten erwürgen, weil er die Songs nicht irgendwo online hat, wo ich sie per

Handy kaufen und sofort hören könnte. Nein, er ist so Old School, er wählt das Medium CD und zwingt mich jetzt dazu, zu warten.

Die Stufen aus der Subway-Station nehme ich zum ersten Mal so hastig, als würde ich einen wichtigen Termin verpassen. Fast könnte man meinen, ich gehöre zur Wall Street, wo die großen Deals abgeschlossen werden, und nicht ins Knights, wo ein verstaubter CD-Player auf seinen Einsatz wartet.

Nach wenigen Minuten erreiche ich das Knights und meine Wohnung, in der es jetzt schon viel zu heiß ist. Durch das geöffnete Fenster kriecht noch mehr Hitze ins Innere, aber ich nehme nichts mehr wahr außer diesem aufgeregten Gefühl, das ich immer dann spüre, wenn ich eine neue CD oder eine Schallplatte erworben habe. Diesmal mischt sich ein Gefühl der »Musikpanik« dazu. Gut möglich, dass ich dieses Gefühl erfunden habe, und vielleicht bin ich auch der einzige Mensch, der daran leidet, aber es ist mindestens so real wie Sodbrennen. Ich verlange einen Eintrag im Wörterbuch!

»Musikpanik«
Bedeutung:
Wenn man sich total auf eine bestimmte Musik freut, allerdings hohe Erwartungen daran hat und die Panik vor einer potenziellen Enttäuschung enorm ist.
Herkunft:
Entsprungen in Sarah Hawks verrücktem Gehirn.
Beispiel:
»Ich habe Will Browns CD geschenkt bekommen und kann es nicht abwarten, sie zu hören. Obwohl ich an Musikpanik leide.«

Fünf Songs warten auf mich! Fünf Songs, durch die ich Will Brown (meinen zukünftigen Songwriting-Partner) besser kennenlernen will. Im Schneidersitz nehme ich auf meinem Bett Platz, fische meine Kopfhörer aus der Schublade des Schreibtisches und stecke sie in den Player, bevor ich auf *Play* drücke und kurz der Stille lausche, bevor die ersten Akkorde erklingen.

Der erste Song heißt »Would you follow me?« und ist eine erfrischend schnelle Nummer, die ich Will gar nicht zugetraut hätte. Es erinnert mich an die frühen Songs der Beatles.

Tell me, would you follow me?
It's our life, let's start today,
I'll take you, where you wanna be.
Just you and me, let's run away.

I'll show you all of the universe.
That's our life, let's not rehearse.
It's our universal fate.
That's our life, don't hesitate.
Tell me, would you follow me?

Obwohl ich weiß, dass er den Song nicht explizit für mich singt, will ich sofort meine Sachen packen, losfahren und mir von ihm das Universum zeigen lassen.

Manche Worte, gesungen oder nur geschrieben, lösen etwas in uns aus: Sie sprechen uns zur richtigen Zeit an und stoßen einen an, Dinge zu tun, aufzubrechen, loszulegen! Wills Stimme, rauh und gut gelaunt, versetzt mich sofort in Reiselaune und weckt eine Wanderlust, die ich zu lange nicht mehr gespürt habe. Mein Kopf nickt im Takt, und meine Finger trommeln auf meinen Oberschenkeln mit. Der perfekte Opener für die EP! Das muss man ihm lassen, er hat die seltene Gabe, Melodien zu schreiben, die sich einem sofort ins Ohr spielen und dort hartnäckig überwintern. Natürlich bin ich nicht ganz objektiv, aber wenn man so viele Songs gehört hat wie ich, dann erhört man einen Ohrwurm schon von weitem.

Lächelnd greife ich nach meinem roten Notizblock und schreibe schnell alles auf, was ich beim Hören dieses und der folgenden Songs empfinde. Manchmal verändern sich Gefühle beim mehrmaligen Hören von Liedern, aber ich will immer das erste einfangen. Damit ich später weiß, wie sich Liebe auf den ersten Ton angefühlt hat.

Will hat eine ganz besondere Art, über Themen zu singen. Er nennt das Kind nie beim Namen, man weiß nie, ob es ein Liebeskummersong oder eine vertonte Liebeserklärung ist. Er lässt dem Song so viel Raum für Interpretation, dass jeder Hörer seine eigene Geschichte heraushören kann. Das macht echte Hits aus.

Das Gefühl, ihm für diesen Tag und diese Songs danken zu müssen, wächst mit jedem Ton. Ich muss ihm einfach eine Mail schreiben, ich kann nicht anders. Auch wenn er all mein Lob wieder runterspielen und seine musikalische Genialität abstreiten wird: Er muss es hören! Oder lesen.

Lieber Will,
du wolltest meine ehrliche und schonungslose Wahrheit zu deiner CD, und die kriegst du jetzt.
Du bist einfach fantastisch!
Keine Ahnung, wieso du meine Hilfe willst, denn du brauchst sie sicher nicht. In mir hast du aber auf jeden Fall einen neuen begeisterten Fan gefunden. Ab sofort werde ich öfter im Washington Square Park vorbeischauen, selbst wenn du nur die Fahrstuhlmusik vom Bloomingdale's spielen solltest.
Und danke für den Tee.
Liebe Grüße,
Sarah

Der Versuch scheitert, möglichst seriös und abgeklärt zu klingen, weil mein Herz die Geschwindigkeit meiner Finger beim Tippen vorgibt. Mein Puls ist rasend schnell, obwohl gerade eine ruhige Nummer der CD abgespielt wird. Bevor ich es mir anders überlegen kann, sende ich die Nachricht ab und suche dann eilig bei Facebook nach dem Profil von *Busking Brown,* das ich sofort finde.

Er hat knapp zehntausend Likes. Das ist ordentlich, aber sicher nicht genug, wenn man sein Talent bedenkt. Die Bilder, die auf der Seite zu finden sind, haben Fans hochgeladen. Sie zeigen ihn an verschiedenen Orten im Park, immer mit der Gitarre, immer mit dem Hut vor sich. Einige der Fans schreiben begeistert über die Songs, wie sehr sie seine Musik lieben, andere, überwiegend weibliche Fans, entladen ihre Begeisterung über sein Aussehen, seine sexy Stimme und machen mutige Vorschläge für ein Date.

Will selbst antwortet wenig und wenn, dann gewohnt einsilbig. Alle Einträge von ihm sind musikbezogen, was mich nicht wundert. Über den Mann Will erfahre ich hier nichts. Auch nichts über Grace, die mysteriöse Frau, die er im Hintergrund versteckt hält und heute mit keinem Wort erwähnt hat. Was vollkommen okay ist, denn er interessiert mich ausschließlich als Musiker.

Zu gerne würde ich jetzt Charlie ein bisschen stalken, aber leider weiß ich über ihn noch weniger. Zumindest nicht ausreichend, um eine vernünftige Suche bei Facebook oder Twitter starten zu können. Eine Tatsache, die ich dringend ändern muss. Einen kurzen Augenblick lang stelle ich mir die beiden im gleichen Raum vor: Charlie in seinem Kellneranzug, von einer Party kommend – und Will in seinem Hemd und dem Hut. So unterschiedlich sind sie gar nicht, wenn ich ehrlich bin. Optisch sind beide auf jeden Fall absolute Hauptgewinne, da würden mir Wills Fangirls bestimmt zustimmen. Doch während Charlie lässig und charmant ist, kommt mir Will wie das Kreuzworträtsel der New York Times vor, das ich nie ohne Hilfe lösen kann. Gerade, wenn man denkt, ihn etwas besser verstanden zu haben, sagt er etwas, das einen wieder auf Start zurückwirft. Egal, das gehört zu seinem Musikercharme. Ich hätte ihn fragen sollen, ob er gerne Hotdogs isst.

Den Rest des Tages verbringe ich damit, alles über Will rauszufinden, was mir das World Wide Web verrät. Tatsächlich haben schon einige kleine Zeitschriften kurze Artikel über ihn geschrieben. Bei SoundCloud finde ich Songs, die er vermutlich mit seinem Handy aufgenommen hat und die schon über drei Jahre online sind. Ich habe unterschätzt, wie groß seine Fanschar ist. In verschiedenen Gruppen bei Facebook wird besprochen, wo er als Nächstes spielt, um wie viel Uhr man sich dort treffen will und welchen Song sich die Fans von ihm wünschen. Wie kann es sein, dass ich ihn nicht schon viel früher entdeckt habe? Was für ein lausiger Musicscout ich doch wäre. Mit einem Hotdog von Oscar, Wills CD und meinem Stück Himmel verbringe ich schließlich den Abend ganz für mich alleine. Zur Abwechslung werde ich sogar von Becca vernachlässigt. Gut möglich, dass dieses Wochenende der oft beschriebenen Perfektion ziemlich nahegekommen ist. Und es gibt wirklich Schlimmeres, als einen Job zu verlieren, der einen ohnehin nicht glücklich gemacht hat.

Als die ersten Sterne aufblitzen, schlafe ich zu den Klängen von Wills Stimme ein.

Business Woman

Mein Wecker klingelt selten vor neun Uhr, wenn ich keinen bestimmten Termin habe. Deswegen blinzele ich ungläubig gegen das Sonnenlicht und versuche, die Uhrzeit auf dem Wecker zu entziffern. Doch das schrille Läuten gehört gar nicht zu ihm, sondern zu meinem Telefon. Nicht mal zu meinem Handy, nein, es meldet sich mein Haustelefon. Das ist noch ein grobes, altmodisches gelbes Ding mit Wählscheibe, das auf dem kleinen Schreibtisch an der Wand in der Ecke steht und mir gerade so vorkommt, als hätte ich es auf einem anderen Kontinent zurückgelassen. Morgens erscheint mir meine Wohnung immer besonders groß. Ich kann nicht einfach nur die Hand ausstrecken, nein, ich muss das Bett verlassen – und das um kurz nach halb acht! Wenn das jetzt wieder ein schwer atmender Mann ist, der perverses Zeug in den Hörer haucht, ziehe ich sofort den Stecker aus der Dose.

»Hawks?«

Dabei klingt meine Stimme so schlaftrunken, wie ich mich fühle. Außerdem ist deutlich hörbar, dass ich weder eine Zahnbürste benutzt noch einen Kaffee getrunken habe.

»Guten Morgen, Miss Hawks. Mein Name ist Heather Coleman.«

»Guten Morgen.«

Ich kenne keine Heather Coleman. Am liebsten würde ich sie fragen, ob sie eigentlich weiß, wie früh es ist und wie unverschämt, wenn man eine junge Frau aus ihrem verdienten – und sehr nötigen – Schönheitsschlaf reißt.

»Ich rufe im Auftrag von Mr. Carrington an.«

BOOM!

Wer braucht Kaffee, wenn ein Name genügt, um mit einem Mal hellwach zu sein! Sofort richte ich mich auf und versuche vergeblich, eine Art von Ordnung in meine rebellierenden Haare zu bringen. Nicht dass Carrington mich sehen könnte, aber ich spüre dennoch seinen prüfenden Blick auf mir.

»Ja?«

»Mr. Carrington würde Sie gerne treffen.«

Ach was!?

»Mich?«

»Ja. Er hat sich Ihre Bewerbung noch einmal angesehen und würde gerne mit Ihnen über einen Job sprechen.«

Okay, okay, alles klar. Hahaha! Toller Traum, liebes Gehirn. Fühlt sich richtig echt an.

In weniger als vier Sekunden werde ich aufwachen, liege noch immer im Bett und verfluche mein Wunschdenken für solche Träume.

»Passt Ihnen heute gegen vierzehn Uhr?«

Doch Heather Coleman spricht unbeirrt weiter, als hätte sie nicht bemerkt, dass dieses Gespräch als Traum aufgeflogen ist.

»Ähm …«

»Wir könnten Ihnen sonst auch noch morgen zum Lunch einen Termin anbieten.«

»Nein, nein. Heute passt ganz wunderbar.«

Ich zwicke mich so fest ich kann in den Unterarm und unterdrücke einen Schmerzensschrei, als ich bemerke, dass dieser überaus reale »Traum« genau das nicht ist: ein Traum. Ich stehe wirklich und wahrhaftig in meinem Schlafshirt in meiner Wohnung, halte *wirklich* mein Telefon in der Hand und spreche *wirklich* mit Carringtons Assistentin.

Oh! Mein!! Gott!!!

»Großartig. Sie haben die Adresse des Büros, nehme ich an?«

»Ja.«

»Melden Sie sich bitte am Empfang, ich lasse Sie dann abholen.«

»Perfekt.«

»Einen schönen Tag noch, Miss Hawks.«

Heather Coleman – ja, ich habe das Bedürfnis, sie immer bei ihrem vollen Namen zu nennen – hat diese Mischung aus Freundlichkeit und Bestimmtheit in ihrer Stimme, mit der sie mir auf höfliche Art und Weise klarmacht, dass das Telefonat nun beendet ist, was sie auch prompt durch das Auflegen verdeutlicht. Ich starre auf den Hörer in meiner Hand, der sich noch immer nicht in Luft aufgelöst hat. Mein Blick wandert zu meinem Bett, wo man noch immer die Spuren meines Körpers im Bett sehen kann. Auch sonst sieht alles aus wie immer. Wie zum Henker konnte das passieren? Ja, ich habe meine Bewerbung auf der Party zurückgelassen, aber Mr. Carrington klang doch in seiner Absage zu deutlich, als dass er seine Meinung noch ändern würde. Es ist definitiv zu früh für mein Gehirn. Noch kann ich solche Infos nicht verarbeiten. Ich brauche einen Assistenten!

Ohne weiter nachzudenken, schnappe ich mir meine Schlüssel, stürme aus meiner Wohnung, hetze die Treppen nach oben und klopfe wie von Sinnen gegen die Tür, hinter der Becca vermutlich mit Schlafmaske liegt und die letzte halbe Stunde bis um neun Uhr schlummern wollte.

»Mach die Tür auf! Ich weiß, dass du da drinnen bist!«

»Sarah?«

»Nein, die Queen auf der Suche nach einer Urlaubsvertretung. Mach schon auf!«

Schritte sind zu hören, dann werden ihre vier Türschlösser entriegelt, und schließlich kann ich ihr zerknittertes Gesicht sehen. Die Schlafmaske hat sie sich ins Haar geschoben, die Make-up-Spuren der letzten Nacht sind noch sichtbar und ihre Augen winzig kleine Schlitze. Man stelle sich uns mit einem richtigen Job mit festen Arbeitszeiten vor. Wir wären verloren.

»Was ist denn los?«

»Carrington! Er hat mich zu einem Vorstellungsgespräch eingeladen!«

Ausgesprochen klingt es genauso schräg wie eben noch in meinem Kopf. Beccas Augen werden größer, ihr Mund klappt auf, und dann passiert genau das, was ich erwartet und befürchtet habe: Sie fällt mir um den Hals und drückt mich fest an sich. Ganz kurz bin ich mir nicht sicher, ob wir uns unserem Alter entsprechend benehmen, aber wen interessiert das schon?

»Ich wusste es! Ich wusste es! Ich wusste es!«

Wenn sie mich noch lange in dieser Umarmung festhält, hat sie allen Sauerstoff aus meinen Lungen gepresst.

»Er kann gar nicht anders! Du bist zu gut.«

Das wäre eine mögliche Erklärung. Vielleicht hat er aber auch einen leichten Schlaganfall erlitten und weiß nicht mehr so recht, was er sagt und tut?

»Wann ist der Termin?«

»Heute! Um vierzehn Uhr. Ziemlich kurzfristig.«

»Allerdings. Aber kein Problem. Du hast diesmal schließlich den Trumpf in der Hand.«

»Hast du die Situation gerade in vier Sekunden analysiert?«

»Jemand muss es ja tun.«

Damit lässt sie mich los und checkt mein momentanes Aussehen.

»Du stehst noch unter Schock. Ist normal. Aber jetzt kommen wir zu deinem Trumpf.«

»Da bin ich mal gespannt.«

»Sie wollen dich!«

»Ach ja? Megatrumpf.«

»Im Ernst! Bisher hast du dich für diese Chance zum kompletten Vollidioten gemacht.«

»Hey …«

»Nein, das ist okay. Es hat sich nämlich ausgezahlt. Ha!«

»Es ist nur ein Gespräch.«

»Ja, aber das ist genau die Chance, die wir brauchen. Du hast Eindruck hinterlassen. Jetzt schnappst du dir deinen Traumjob!«

Sie hält mir die Hand entgegen, in der Erwartung eines High Five, aber mir dämmert erst jetzt so richtig, dass sie recht haben könnte. Womöglich hat sich der ganze Zirkus doch ausgezahlt: meine Blamage, mein Auftritt, der verrückte Plan. Mr. Carrington hat also noch mal über mich nachgedacht, und jetzt gilt es, ihn, abseits jeder Verrücktheit, zu überzeugen. Becca nickt entschlossen, knallt die Tür zu, greift nach meiner Hand und zieht mich den Flur entlang zu den Treppen.

»Ich weiß auch schon, was du anziehen wirst …«

Deswegen brauche ich Becca. Während sie sich Sorgen um mein Outfit und meine Frisur macht, kann ich mich in aller Ruhe um das kümmern, was mich wirklich nervös macht: Was zum Henker soll ich sagen?

»Hi, mein Name ist Sarah Hawks. Ich soll mich hier melden, Mr. Carrington erwartet mich.«

Große Gebäude machen mir für gewöhnlich keine Angst. Sie tun mir nichts, fallen mich nicht hinterrücks an oder klauen meine Geldbörse. Doch jetzt merke ich, wie einschüchternd sie sein können. Ich musste bereits durch zwei Metalldetektoren und einen Security-Check laufen und bin erst beim Empfang angekommen. Hier sitzen perfekt gestylte Männer und Frauen hinter massiven Steintresen, die sehr freundlich lächeln, wenn man eine Frage oder ein Anliegen hat. Ich erwische gerade den jungen Mann mit dem strahlendsten Lächeln, das ich jemals gesehen habe. Der Typ hat so viel Gel in den Haaren, dass ich mich frage, ob sie ihm nicht abbrechen, wenn er sich unachtsam durch diese Kunstinstallation einer Frisur fährt.

»Miss Hawks, Mrs. Coleman wird Sie gleich abholen. Sie erhalten einen Besucherausweis, den Sie beim Verlassen des Gebäudes bitte vorne bei meiner Kollegin wieder abgeben.«

Ist das hier eine Plattenfirma oder das geheime Hauptquartier der CIA? Er reicht mir einen eingeschweißten Ausweis mit Clip, den ich an die Brusttasche meiner weißen Bluse mit Schwalbendruck klemme. Dann sehe ich mich unauffällig um. Hier ist die Security bewaffnet und sieht ziemlich grimmig aus. Man merkt schnell, dass es nicht das Leben ist, das ich sonst gewohnt bin. Der Security-Mann im *Tuned* heißt Daniel und hat Pfefferspray für den Notfall in der Tasche. Die Pistole im Halfter dieser uniformierten Security Guard wirkt verdammt echt, und ich will mir gar nicht ausmalen, was passieren muss, damit er danach greift. Schnell gebe ich mir große Mühe, sehr harmlos und unschuldig zu wirken. Nicht dass ich in meinen weißen Converse, der schwarzen Jeans, die ich übrigens vorhin auf dem Küchentisch gebügelt habe, und der Bluse besonders bedrohlich aussehe. Aber nach meinem Party-Ausrutscher bin ich in der Firma bestimmt so bekannt wie Kim Kardashian auf Snapchat.

Nach nur wenigen Minuten kommt eine große blonde Frau auf mich zu. Alleine das Klacken ihrer Highheels auf dem polierten Boden klingt einschüchternd. Sie lächelt freundlich, aber kühl und streckt schon zwei Meter, bevor sie mich erreicht, die Hand nach mir aus.

»Miss Hawks. Wie schön, dass Sie es einrichten konnten.«

Genau, weil ich auch sonst so viel um die Ohren hatte.

»Kein Problem.«

Sie drückt meine Hand kurz und fest. Dann nimmt sie mich mit in Richtung Fahrstuhl und nickt einem weiteren Security-Mann kurz zu. Ich deute auf meinen Besucherausweis, damit er ja nicht denkt, ich würde mich illegal hier aufhalten. Im Fahrstuhl, der uns mit doppelter Warpgeschwindigkeit nach oben schießt, halte ich mich an meinem kleinen Lederrucksack fest, der bereits durchsucht und als ungefährlich eingestuft wurde.

»Mr. Carringtons Büro ist im dreiundvierzigsten Stock. Er erwartet Sie bereits.«

Das klingt wie eine Szene aus *Shades of Grey*, wobei mir sofort Carringtons graue Haare einfallen. Sogleich muss ich über meinen kleinen Witz grinsen, während Mrs. Coleman mir einen musternden Blick zuwirft. Neben ihr wirke ich klein, obwohl ich für eine Frau aus unserer Familie ziemlich groß gewachsen bin. Sie hat sich allerdings auch diese zehn Zentimeter Highheels untergeschnallt.

»Mir gefällt Ihr Styling, wenn ich das sagen darf.«

Kurz wird ihr Lächeln authentisch, und ich erkenne eine Frau, nicht viel älter als ich, die mich gerade um die Bequemlichkeit meines Outfits beneidet.

»Danke schön.«

Bevor es zu herzlich werden könnte, nickt sie knapp und sieht zur sich öffnenden Fahrstuhltür, durch die sie hindurchschreitet, während ich normal gehe. Ich muss wohl noch einiges lernen, wenn ich hierher passen will.

Der Gang ist lang, kühl und schick, wenn ein Gang überhaupt schick sein kann. Es ist alles so anders als in den Gängen im Knights, wo überall noch irgendwo etwas rumsteht: Möbel und Dinge, die von den Mietern abgestoßen werden wollen, hier ein Karton mit Büchern, dort eine Zeitung vom letzten Jahr. Das Klacken der Highheels wird in meinen Ohren bei jedem Schritt lauter, und ich bin froh, lautlos auf meinen Gummisohlen neben Mrs. Coleman herzulaufen.

»Hier wären wir. Möchten Sie Kaffee oder ein Wasser?«

»Wasser wäre super.«

»Ich bringe es sofort.«

Wieder ein einstudiertes Lächeln. Dann schiebt sie die Tür auf und deutet an, dass ich eintreten soll. Schnell hole ich noch mal tief

Luft und denke an Beccas Worte, die mich wie ein Mantra bis hierher begleitet haben: »Diesmal will er dich!«

Nach zwei Schritten bleibe ich stehen – und wünsche mir etwas zum Festhalten. Der Mann, der neben dem Schreibtisch lehnt, ist nicht *der* Mr. Carrington, den ich erwartet habe. Ich erkenne ihn natürlich sofort! Und wenn mein Gehirn mir jetzt keinen Streich spielt, ist er auch sehr real. Er trägt einen schwarzen Anzug, eine schwarze, schmale Krawatte und ein entschuldigendes Lächeln.

»Hi, Sarah.«

Auch seine Stimme klingt noch so wie in meiner Erinnerung.

»Hi.«

»Entschuldige, dass ich dich mit der Einladung so überfallen habe.«

»Hm-hm.«

»Aber ich dachte, so schlagen wir zwei Fliegen mit einer Klappe.«

»Hm-hm.«

Wann kommt die Erklärung für diese ganze Geschichte, die noch immer keinen Sinn macht? Was er sicherlich von meinem Gesicht ablesen kann.

»Möchtest du dich setzen?«

»Hm-hm.«

Vielleicht möchte ich auch erst mal wissen, was hier passiert. Er kommt auf mich zu und deutet auf einen der beiden Sessel, die in respektvollem Abstand zum Schreibtisch stehen, doch ich fühle meine Beine noch nicht. Er bemerkt meinen fragenden Blick, zu dem sich jetzt eine ordentliche Portion Wut mischt, und zuckt mit den Schultern. Und zum ersten Mal, seit ich den Raum betreten habe, erinnert er wieder an den Mann, den ich auf den Straßen New Yorks kennengelernt und fast geküsst hätte.

»Es tut mir leid. Ich wusste nicht, wie ich es erklären soll.«

»Du arbeitest hier?«

Er schüttelt den Kopf, macht den letzten Schritt auf mich zu und reicht mir seine Hand.

»Charles William Fitzgerald Carrington der Dritte. Oder wie nur du und meine Grams mich nennen: Charlie.«

Das darf nicht wahr sein! Das ist ein schlechter Scherz!

»Ich habe ja versucht, es dir zu sagen, aber … irgendwie kam immer was dazwischen.«

»Du bist Carringtons Sohn.«

»Ja.«

Statt seine Hand anzunehmen, verschränke ich die Arme vor der Brust und mache deutlich klar, dass ich stinksauer bin. Und zwar auf ihn. Nur mit viel Mühe schaffe ich es, meine Stimme normal und nicht so aufgebracht klingen zu lassen, wie ich mich gerade fühle.

»Du bist also gar kein Kellner.«

»Nein.«

»Du arbeitest hier nicht. Die Leute arbeiten hier … für dich.«

»Irgendwie … ja … für Charles Carrington junior.«

»Und das alles wolltest du mir sagen, aber es kam immer etwas dazwischen.«

Meine Stimme verrät die Enttäuschung über sein Verhalten.

»Richtig.«

»Aha! Na, wenn das so ist. Was kam denn immer dazwischen?«

»Ace, dieser Harry-Typ, Becca …«

»Als ich dich auf dem Balkon angesprochen habe, war keiner von ihnen da. Ich hielt dich für einen Kellner.«

»Ein Smoking unter vielen. Da kann das schon mal passieren.«

»Du hast mich angelogen.«

»Ich habe dir nur nicht widersprochen.«

Dabei zuckt er erneut mit den Schultern und versucht sich an einem Lächeln, das aber nicht bei mir zieht, was er bemerkt und aufgibt. Er kann es drehen, wie er will, er hat mich angelogen.

»Du bist sauer. Okay. Das kann ich verstehen.«

»Wie rücksichtsvoll von dir.«

»Sarah …«

Charlie sieht mich einen Moment an, kommt dann noch weiter auf mich zu und lächelt entschuldigend. Er sieht so aus wie am Samstag: der Dreitagebart, die Frisur, die stechend grünen Augen. Trotzdem kommt er mir heute vor wie ein anderer Mann.

»Weil ich genau wusste, dass du mir dann keine Chance geben würdest.«

Eine verdammt gute Erklärung. So lächerlich einfach. So wahr.

»Sarah, ich habe deinen Auftritt vor meinem Vater beobachtet, da musste ich dich einfach kennenlernen. Solange ich denken kann, hat niemand so mit ihm gesprochen. Du hattest sofort meinen Respekt. Aber deine Meinung über meinen alten Herrn war nicht die beste. Wie gut hätten also meine Chancen gestanden, wenn ich mich mit dem Namen Carrington vorgestellt hätte?«

»Schwindend gering.«

»Die Kellner-Nummer war meine Rettung. Entschuldige bitte.«

»*Diese* Überraschung ist dir zumindest gelungen.«

»Ich wollte dich nicht anlügen.«

Das glaube ich ihm sogar, ändert aber nichts daran, dass ich sauer bin. Auf ihn und auf mich, weil ich mich von seinem Lächeln so habe ablenken lassen, dass ich nicht von alleine darauf gekommen bin. Gut, er mag seinem Vater nicht zum Verwechseln ähnlich sehen – Gott sei Dank! Aber der Name? Seine guten Manieren? Das ganze Gerede über New York und die Subway. Ich gebe wirklich einen miesen Sherlock Holmes ab.

»Wieso dann die Einladung?«

»Ich wollte dich wiedersehen.«

»Du lässt mich also nur hierherkommen, weil du mich sehen willst?«

»Nein.«

Erneut deutet er auf einen der Sessel und geht zurück zum Schreibtisch, wo er in seinem Bürostuhl Platz nimmt und nach einer kleinen Mappe greift, die vor ihm liegt. Ich erkenne sie sofort als meine Bewerbungsmappe und nähere mich mit zittrigen Schritten dem Sessel, der mir jetzt sehr gelegen kommt.

»Ich habe Ihre Bewerbung erhalten, Miss Hawks.«

Jetzt sieht er gar nicht mehr aus wie *mein* Charlie. Ihn mir mit einem Ketchup-Fleck auf dem Hemd vorzustellen ist nun fast unmöglich, auch der Hotdog passt gar nicht zu ihm. Sein Blick ist ernst und konzentriert, er lässt ihn über meine Bewerbung gleiten, während er mit dem Finger auf das dunkle Holz seines massiven Schreibtisches trommelt, der so groß ist wie mein Bett zu Hause. Doch ich lasse mich davon nicht einschüchtern. Hinter all dieser Fassade steckt schließlich noch immer der Mann, der noch nie Subway gefahren ist und seine Hotdog-Jungfräulichkeit durch mich verloren hat.

»Das freut mich.«

»Sehr beeindruckend.«

»Danke.«

»Allerdings habe ich ein paar Fragen.«

Ich habe solche Gespräche schon hundertmal mit Becca durchgespielt, und wenn ich eines sicher weiß, dann ist es das: *Sie* wäre ein harter Verhandlungspartner. Sie hat die Rolle perfekt gespielt, also bin ich bestens vorbereitet. Egal, welche Fragen Charlie auch haben mag, ich bin bereit!

»Dann hoffe ich, diese beantworten zu können.«

»Warum haben Sie das Studium abgebrochen?«

Er sieht zu mir. Vielleicht erwartet Mr. Carrington junior aka Charlie jetzt Unsicherheit, doch so leicht bringt er mich nicht aus der Spur.

»Nun, ich war nach einigen Semestern der Meinung, dass ich den theoretischen Teil verstanden hätte und es Zeit für die Praxis wäre. Leider konnten mir die Vorlesungen und Prüfungen nicht vermitteln, wie es in der echten Welt zugeht. Ich habe mich daher entschieden, das Studium frühzeitig zu beenden, um Erfahrungen in der Realität des Journalismus zu sammeln.«

»Bereuen Sie diese Entscheidung?«

»Nein.«

Wenn er mich noch lange so ansieht, muss er ein Fenster öffnen, denn es ist erstaunlich warm in diesem Raum geworden. Egal, wie groß der Abstand zwischen uns beiden im Moment sein mag, unsere Blicke sind verbunden wie in einer innigen Umarmung. Das Büro um uns verschwimmt unscharf im Hintergrund.

»Wieso haben Sie Ihre Bewerbung ausgerechnet an uns geschickt?«

»Weil ich mich mit nichts anderem als dem Besten zufriedengeben wollte.«

Das Grübchen an seiner Wange verrät meinen Volltreffer und macht klar, dass ich auf dieses Gespräch bestens vorbereitet bin. Mit einer lässigen Handbewegung schlägt Charlie – Verzeihung, Mr. Carrington junior – die Mappe wieder zu, stützt die Ellbogen auf den Tisch und beugt sich etwas zu mir.

»Mein Vater ist nicht gerade besonders gut auf Sie zu sprechen.«

»Das kann ich mir denken.«

»Die Entscheidung, Sie einzustellen, ist ein Risiko.«

»That's the risk your dreams require. The chance you take. The choice you make.«

Kurz zögert Charlie, unsicher, wie er reagieren soll. Er denkt nach, das ist deutlich, doch er will sich nicht eingestehen, dass er das Zitat nicht kennt. Schließlich gibt er nach, lehnt sich zurück in den Stuhl und zuckt mit den Schultern.

»Ich komme nicht auf den Song.«

»›Heart's Desire‹. Rosemary Clooney.«

»Verdammt! Ein Klassiker, ich wusste es.«

»Wusstest du nicht!«

»Doch, ich hatte die Melodie im Kopf.«

Er fängt an, die korrekte Melodie zu diesem Song zu summen, trommelt den Takt auf der Tischkante mit und grinst mich breit an, als ich in den Refrain mit einsteige und mutig mitsinge.

Hinter uns wird die Tür geöffnet, und Mrs. Coleman betritt den Raum. Ob sie in Anbetracht dieser musikalischen Darbietung irritiert ist, weiß ich nicht, denn sie lässt sich nichts anmerken. Charlie sieht ihr Auftauchen auch nicht als einen Grund, mit der Melodie aufzuhören. Ganz im Gegenteil, er summt fleißig weiter, als die Coleman mein Wasser auf dem kleinen Beistelltisch neben meinem Sessel abstellt und mich höflich anlächelt.

»Heather, wie gut, dass du hier bist. Ich habe eine Frage an dich.«

Er nennt sie beim Vornamen!?

»Wie kann ich helfen?«

»Du erinnerst dich an den Blog von Miss Hawks?«

»Natürlich.«

Er hat mit ihr über mich und meinen Blog gesprochen. Und er nennt sie beim Vornamen. Heather hat eine gute Figur, ein schönes Lächeln, tolle Augen und ist Tag für Tag mit Charlie zusammen. Die idealen Voraussetzungen für eine Affäre.

»Ich würde sie gerne als neuen Scout bei uns einstellen, wie du weißt. Was meinst du?«

Fragt er hier gerade allen Ernstes seine Assistentin um Rat?

»Ich habe schon einmal gesagt, dass wir frischen Wind brauchen. Miss Hawks wäre die perfekte Ergänzung für die Firma.«

»Danke, Heather.«

Sie nickt, lächelt mich kurz an und verlässt dann das Büro, wobei mir das Klacken ihrer Schuhe nicht mehr so einschüchternd vorkommt. Charlie wartet, bis sie die Tür hinter sich geschlossen hat, und sieht dann wieder zu mir.

»Ich würde dir wirklich gerne einen Job als Musicscout bei uns in der Firma anbieten.«

Ein Satz, der mein ganzes Leben verändern könnte! Bevor ich etwas sage, gehe ich ihn im Geiste noch mal durch, nur um sicherzugehen, dass ich ihn auch wirklich nicht missverstanden habe.

»Ich habe mich als Musikjournalistin bei euch beworben. Als Scout habe ich keinerlei Erfahrung.«

»Nun, wenn ich ganz ehrlich sein darf … als Journalistin auch nicht.«

Wenn er solche Dinge sagt, in diesem schicken Büro, in diesem Teil der Stadt, dann kommt er mir wie ein abgebrühter Geschäftsmann vor.

»Du hast ein gutes Gespür für Musik und wärst genau das, was wir suchen.«

Noch immer etwas verunsichert von seinen Worten, nicke ich vorsichtig.

»Mein Vater wird darauf warten, dass du scheiterst.«

»Wie ermutigend.«

»Ich hingegen glaube an dich.«

Sagt er das nun als Charlie oder als Mr. Carrington junior? Egal, er glaubt an mich.

»Bist du bereit, es meinem Vater zu beweisen?«

»Ja!«

Keine Sekunde muss oder will ich länger darüber nachdenken. Zu lange habe ich auf eine Chance wie diese hier gewartet, und wenn Charlie an mich glaubt, dann werde ich mich richtig reinknien. Er soll diese Entscheidung nicht bereuen.

»Wenn das so ist. Herzlich willkommen bei Carrington Music Inc., Miss Hawks.«

»Das ist dein Ernst?«

»Absolut! Heather hat schon den Vertrag aufgesetzt, wir können ihn gerne zusammen durchgehen. Dann kannst du morgen anfangen.«

»Morgen?«

»Nun, wenn ich mich richtig entsinne, stehen Sie dem Arbeitsmarkt zur Verfügung.«

»Charlie …«

»Hm?«

»Wieso das alles?«

Müsste er nicht wissen, dass ich auch so noch mal mit ihm ausgehen würde? Meine Signale gestern Nacht waren sehr deutlich. Doch er sieht mich ernst an, als wüsste er nicht so recht, was ich meine.

»Deine Bewerbung hat mich überzeugt.«

»Du musst mir keinen Job anbieten, nur weil …«

»Stopp, Sarah! Darum geht es hier nicht. Ich glaube, du wärst die richtige Person für diese Stelle. Das ist eine rein wirtschaftliche Entscheidung.«

Er klingt dabei so geschäftsmäßig, dass ich versucht bin, ihm zu glauben.

»Du machst das also nicht, um mich rumzukriegen?«

Er steht auf und kommt mit intensivem Blick um den Schreibtisch herum, und ich spüre meinen beschleunigten Herzschlag, genieße es, von ihm so angesehen zu werden.

»Das habe ich nicht nötig. Dafür habe ich meinen Charme.«

Sein Augenzwinkern gepaart mit seinem Lächeln lassen meine Knie weich werden. »Wenn du den Job annimmst, bedeutet das allerdings, dass wir uns jetzt öfter sehen.«

»Damit kann ich leben.«

Er reicht mir erneut die Hand, diesmal nehme ich sie an und lasse mir von ihm auf die Füße helfen. Mit einem sanften Ruck zieht er mich näher an sich, seine andere Hand legt sich auf meinen Rücken.

»So nahe werden wir uns hier wohl nicht mehr kommen.«

»Wie schade.«

»Deswegen sollten wir uns dringend auch regelmäßig außerhalb der Bürozeit treffen.«

»Unbedingt.«

Kein Zweifel, diese Situation ist hier in seinem Büro unangebracht, aber vielleicht macht genau das den Reiz aus. Wie gerne würde ich ihn küssen.

»Darf ich dich heute Abend zum Essen einladen?«

Ich kann seinen Atem auf meinen Lippen spüren und nicke nur, weil mein Sprachzentrum sich eine Pause nimmt, während ich mich auf kaum etwas anderes konzentrieren kann, als seinen Körper an meinem und seine Hand auf meinem Rücken zu fühlen.

»Passt dir acht Uhr?«

Wieder nicke ich stumm. Charlies Lippen verziehen sich zu einem Lächeln.

»Ich hole dich ab.«

Wieso redet er noch immer? Kann er mich bitte einfach küssen! Keine Ahnung, wie lange ich noch an mich halten kann. In Zeitlupe lehnt er sich zu mir runter, und augenblicklich reagiert mein Körper auf diese winzige Bewegung. Doch zu meiner Enttäuschung plaziert er seine Lippen nur auf meiner Wange, wenn auch viel zu nah an meinem Mundwinkel.

»Du solltest Hosen tragen.«

Er flüstert die Worte gegen meine Wange, und kurz dreht sich die Welt.

»Wie bitte?«

»Keinen Rock. Zur Sicherheit.«

Damit lässt er mich los, seine Augen funkeln voller Vorfreude. Ich hoffe, meine Beine sind noch immer mit dem Rest meines Körpers verbunden, denn ich spüre nichts mehr.

»Mrs. Coleman wird Ihnen jetzt Ihr Büro zeigen.«

Top of the World

Das Büro ist nicht annähernd so groß wie Charlies. Es ist auch nicht im selben Stockwerk, was der Aussicht über die City aber keinen Abbruch tut. Heather, sie hat mir im Fahrstuhl das Du angeboten, erklärt mir alles Nötige. Nebenbei verspüre ich das Bedürfnis mitzuschreiben, weil ich heute Abend sicher alles schon wieder vergessen haben werde. In meiner Tasche befindet sich mein Exemplar des unterschriebenen Vertrags. Nachdem mir alles auf den ersten Blick verständlich und gut vorkam, habe ich ohne weiter nachzudenken einfach unterschrieben. Wenn man eine solche Chance bekommt, zögert man nicht. Vor allem nicht in New York.

»Wir haben einen Sandwich-Jungen, der mittags mit seinem Wagen vorbeikommt, falls dir mal nicht nach der Kantine ist. Aber lass die Finger von dem Thunfischsandwich.«

»Okay. Das merke ich mir.«

»Du bekommst die Telefonliste im Laufe der Woche. Die neuesten Tapes kommen für gewöhnlich immer mittwochs, also hast du genug Zeit, dich durch alles zu hören. Wenn du irgendwelche Fragen hast, wende dich an Jim, er kümmert sich um die Neuen.«

Ich nicke, auch wenn ich nicht weiß, welcher der Männer, die sie mir auf dem Weg hierher vorgestellt hat, Jim war. So langsam frage ich mich, ob das hier nicht eine Nummer zu groß für mich ist. Doch Heather lächelt mich aufmunternd an.

»Keine Sorge, am Anfang haben wir alle so geschaut. Aber du scheinst ja beim Chef mächtig Eindruck hinterlassen zu haben.«

»Wirklich?«

»Er hat mir auf der Geburtstagsparty seines Vaters deine Bewerbung zur Aufbewahrung gegeben. Ich sollte sie ihm ins Büro bringen lassen.«

»Auf der Party schon?«

Heather nickt.

Ihr Lächeln verändert sich nur minimal, und ich bin mir noch nicht sicher, ob ich das mag.

»Das macht er sicher nicht für jede.«

Egal, was Charlie sagt, wie sehr er von meinem Blog und den Texten dort begeistert ist, eines ist jetzt schon klar: Gerüchte in der Firma hinter meinem Rücken sind mir sicher. Dabei hatten Charlie und ich das wohl harmloseste Fast-Date der Geschichte, was mir hier aber sicher niemand abkaufen wird.

»Willst du dich noch alleine umsehen? Ich muss leider zurück in mein Stockwerk.«

»Kein Problem, ich bleibe wirklich gerne noch ein wenig und finde alleine raus.«

Obwohl mir hier alles sehr verwirrend und labyrinthartig vorkommt, weiß ich zumindest, wo die Fahrstühle sind. Von da aus ist es nun wirklich leicht, wieder nach unten zu kommen.

»Wir sehen uns dann morgen. Willkommen im Team, Sarah.«

Jetzt ist ihr Lächeln wieder freundlich, auch wenn ich beschließe, ihr nicht sofort zu vertrauen. Frauen können schrecklich gemein sein.

Irgendwie befürchte ich, hier keinen so leichten Einstand zu haben. Erst als die Tür hinter Heather ins Schloss fällt, atme ich wieder ein. Das hier ist so absurd großartig, dass ich sofort mein Handy aus der Tasche fische und Beccas Nummer wähle. Sie wird sowieso auf meinen Anruf warten, und so klingelt es keine zweimal.

»Und? Wie ist es gelaufen?«

»Hier spricht Sarah Hawks, Musicscout bei Carrington Music Inc. Yeah!«

Beccas Jubelschrei ist so laut, dass ihn sicher auch die Kollegen im Büro nebenan hören und ich schnell das Handy vom Ohr halte.

»Aber was ist aus dem Journalistenjob geworden?«

»Carrington sieht mich eher als Scout, wie es scheint.«

»Ich wusste es! Du hast ihn umgehauen. Dieser arrogante, alte Sack!«

»Witzig, dass du es ansprichst. Aber so alt ist er gar nicht.«

»Siebzig ist alt.«

»Charlie.«

»Hä?«

»Charlie ist Charles Carrington junior.«

Becca stellt offenbar das Atmen ein, denn ich höre rein gar nichts mehr. Das Gefühl kenne ich, mir ging es nicht anders.

»Hallo?«

»Nicht … dein … Ernst.«

»Ich wusste es auch nicht.«

»Okay! Das ist natürlich … Wow! Ähm … ja …«

»Ich weiß, es ist total verrückt und schräg. Hey, ich erzähle dir nachher alles ausführlich.«

»Wow!«

»Ich weiß.«

»Wow!!«

»Becca!«

»Sorry, es ist nur einfach … Wow!!!«

»Ist es falsch, den Job anzunehmen?«

»Hast du ein eigenes Büro?«

»Ja.«

»Darfst du trotzdem mit ihm schlafen?«

»Becca!«

»Im Ernst, das musst du unbedingt klären. Die sexuelle Spannung zwischen euch wäre sonst unerträglich, und du wärst total unausgeglichen und unglücklich.«

»Er holt mich heute Abend zu einem Date ab.«

»Also darfst du mit ihm schlafen! Dann ist es sicher nicht falsch.«

»Deine Prioritäten müssen wir noch mal überdenken, Becca. Auf jeden Fall stehe ich gerade in meinem Büro am Fenster und kann über die ganze Stadt schauen. Der Central Park ist keine fünf Minuten entfernt!«

»Ach, Sarah, du hast das so verdient. Ich bin stolz auf dich.«

Das wäre ich auch gerne. Wäre da nicht dieses blöde Gefühl, dass sich ausbreiten will, wenn ich an Charlie und seinen Blick denke, als ich durch die Tür gekommen bin. Die Umarmung zum Abschied, der halbe Kuss …

»Sarah.«

»Ich bin noch dran.«

»Hör auf, so laut zu denken, das hört man bis nach Brooklyn. Genieße den Moment!«

»Okay.«

»Bring Pizza mit, ja? Wir müssen deinen neuen Job feiern.«

O ja, das müssen wir! Ich verabschiede mich von Becca, trete in die Mitte des Raums und lasse noch ein letztes Mal meinen Blick durch mein Büro schweifen: Es ist größer als mein Schlafzimmer. Der Schreibtisch ist aufgeräumt, nur einige Kugelschreiber, Bleistifte und ein schwarzes Telefon, das aussieht, als käme es aus der Zukunft, sind zu sehen. Dazu steht ein ergonomischer Bürostuhl bereit, auf dem Sideboard befinden sich alle möglichen Geräte zum Abspielen von CDs, ein iPod, ein Schallplattenspieler, ein Kassettendeck und eine Fernbedienung in der Größe eines iPads. Der persönliche Touch fehlt noch, aber das kann ich mit ein paar Postern, Fotos und eigenen Gegenständen leicht ändern. Endlich schleicht sich das Lächeln auf meine Lippen, auf das ich die ganze Zeit gewartet habe. Ich nehme auf dem Bürostuhl Platz, sehe mich um und drehe mich zum Fenster, das bis zum Boden reicht und sich nur kippen, aber nicht öffnet lässt. Es mag an der Sicht von hier oben oder an dem Gefühl liegen, über all dem Stress da unten in den Straßenschluchten zu thronen … Jetzt gerade komme ich mir größer vor, als meine absatzlosen Turnschuhe erahnen lassen.

Sarah Hawks, keine gescheiterte Existenz in New York!

Alle Jeans, die sich in meinem Besitz befinden, liegen vor uns auf dem Bett. Der linke Stapel ist eher Freizeitlook, der rechte hingegen versammelt die Exemplare, die in Frage kommen. Becca lehnt am Schreibtisch, futtert Weingummi und sieht kritisch auf die schwarze Skinny Jeans hinunter, die ich mit einer cremefarbenen Bluse kombiniert habe, die fast durchsichtig ist und nach einem schwarzen BH verlangen würde.

»Dazu deine Turnschuhe, das sagt aus: ›Hey, das ist voll casual mit uns beiden. Ich erwarte nichts, bin aber trotzdem sexy genug, damit du nur an das eine denken wirst.‹«

»Becca …«

»Was denn? Klamotten sprechen eben zu mir.«

»Daran hege ich keinen Zweifel, aber ich brauche etwas mehr Ernsthaftigkeit. Jetzt ist es ein echtes Date. Mit Charlie.«

Becca beißt in eine Lakritzstange und sieht versonnen in Richtung Decke.

»Mr. Charles Carrington junior.«

Seit ich mit heißer Pizza nach Hause gekommen bin, hat sie immer wieder seinen vollen Namen gesagt, und oft folgte dem noch ein »Wow!«. Inzwischen habe ich mich daran gewöhnt und ignoriere sie geflissentlich.

»Einfach nur Charlie.«

»Deinem Chef!«

»Du hattest doch auch eine Affäre mit deinem Chef.«

»Das war etwas ganz anderes.«

»Ach ja? Chef – Angestellte. Wo ist der Unterschied?«

Becca verdreht die Augen und lässt sich neben dem Stapel mit aussortierten Jeans auf mein Bett fallen.

»Erstens: Die Firma war nicht eines der größten Musiklabels im Land, sondern mein Chef war Inhaber eines Theaters in Little Italy mit gerade mal fünfzig Plätzen.«

»Noch sehe ich keinen bemerkenswerten Unterschied.«

»Zweitens: Es war eine Affäre.«

»Ja, und?«

Sie wedelt mit der angebissenen Lakritzstange vor meinem Gesicht herum. »Bei dir sind Gefühle im Spiel.«

Verdammt! Verdammt!! Verdammt!!! »Unsinn!«

Was für ein lachhafter Versuch, diese Tatsache abzustreiten. Becca sieht mich jetzt liebevoll an und greift nach meiner Hand, um mich zu sich auf das Bett zu ziehen.

»Es ist okay, einen Typen zu mögen, weißt du?«

»Ach was …«

»Und es ist erst recht okay, wenn er aussieht wie Charles Carrington junior.«

Ein kurzer vernichtender Seitenblick.

»Okay, Charlie. Dougie mag Narben hinterlassen haben, aber Charlie kann ganz anders sein.«

»Mein Kopf weiß das.«

»Dein Herz wird es lernen.«

Sie greift hinter mir nach dem perfekten Outfit und legt es mir auf den Schoß.

»Da du heute Abend keinen Rock anziehen darfst …«

Sie grinst dabei anzüglich – und ich kann nur den Kopf schütteln. Noch immer habe ich nicht verstanden, wieso ich mich heute nicht in einem schönen Kleid oder Rock präsentieren darf.

»Du findest das auch schräg, oder?«

»Er wird schon seine Gründe haben. Ich wette, er würde dir sonst sofort an die Wäsche wollen.«

»Als ob er das bei Jeans nicht auch könnte.«

»Hauptsache, du genießt den Abend. Dein Leben nimmt Fahrt auf, du hast in einen anderen Gang geschaltet, und was auch immer Carrington mit dir vorhat, ab sofort werden deine Dates so verlaufen. Vorbei ist die Zeit mit einer lächerlichen Pizza auf dem Bett, nur mit deiner nervigen Freundin aus dem Stock über dir.«

»Ich habe nur einen neuen Job, kein neues Leben.«

»Nenn es, wie auch immer du willst, aber jetzt musst du dich umziehen, wenn du deinen Prince Charming mit dem perfekten Look begegnen willst.«

Bis Charlie mich abholen will, dauert es noch über eine Stunde, aber Becca kennt mich und weiß nur zu genau, dass es ein Unternehmen epischen Ausmaßes ist, bis ich meine Haare in eine datetaugliche Frisur gebändigt habe. Gemeinsam planen wir das Date-Outfit so exakt wie einen Schlachtplan und gehen alle möglichen und unmöglichen Varianten durch. Im Hintergrund läuft – inzwischen zum wiederholten Male – Wills EP, die ich schon mitsingen kann.

Becca stöbert gerade durch meine kleine Schmuckkiste, in der ich alle meine Herzensstücke sammele, als sie mir einen irritierten Blick zuwirft, weil ich den Refrain des Songs aus vollem Hals mitsinge. Ich kann nichts dafür, es ist mein Lieblingslied geworden, weil Will es mit kratziger Stimme singt und im Refrain seine Enttäuschung fast herausschreit. Ich stimme ein:

Can we kiss, can we love, can we hide?
You told me, how much you cared.
Now I know all the words, you just lied.
Can't even look me in the eyes, you are scared.

Das folgende Luftgitarrensolo, das ich sonst hinlege, erspare ich ihr aus Sicherheitsgründen lieber.

»Welche Band ist das?«

Inzwischen kenne ich sie gut genug, um zu wissen, dass diese Frage nur der Beginn eines Verhörs ist. Es klingt viel zu harmlos für Becca. Sie ahnt etwas und will jetzt von mir die ganze Wahrheit hören.

»Ist ein Songwriter, den ich im Park entdeckt habe.«

Becca fischt eine schlichte silberne Kette aus der Kiste, an der eine kleine Schwalbe hängt, und reicht sie mir.

»Die hier passt perfekt zur Bluse.«

»Danke.«

»Und wie heißt dieser Musiker?«

»Busking Brown ist sein Künstlername.«

Ich kann nur hoffen, dass ich so emotionslos klinge, wie ich es geplant habe. Sie durchschaut mich mit nur einem Blick, das weiß ich, aber ich gebe mir dennoch Mühe, mich auf das Schmuckstück in meinen Händen und nicht auf die singende Stimme im Hintergrund zu konzentrieren.

»Brown … Brown. Hm, ein irrer Zufall, nicht wahr?«

»Zufall?«

»Brown! Wie Will Brown.«

»Ach so. Ja. Das ist Will.«

»Ach was, wirklich?«

Becca kann ihre Augenbraue überdurchschnittlich weit nach oben ziehen. Das fasziniert mich immer wieder und liefert häufig einen Grund zur Sorge, denn an der Höhenstellung der Augenbraue kann man ablesen, wie interessiert sie an einem Gesprächsthema ist. Jetzt würde sie auf einer Skala bis zehn leicht eine solide acht erreichen.

»Du hast ihn also getroffen?«

»Das war tatsächlich Zufall. Er hat mich angeschrieben … dann habe ich ihn im Park besucht.«

»Hast du nicht!«

»Ich wollte ihn spielen hören. Dann habe ich die CD mitgenommen.«

»Findest du nicht auch, dass sich die Zufälle in deinem Leben gerade echt häufen?«

»Na ja, ich wollte ja mehr über ihn erfahren.«

»Weil?«

Ich hebe den Zeigefinger in die Luft, als wollte ich testen, von wo der Wind kommt, dabei deute ich einfach nur ins Nichts. Becca versteht nicht.

»Hörst du das nicht?«

Wir schweigen, lauschen Wills Gesang, der mir ein Lächeln ins Gesicht zaubert und Beccas Fuß zum Wippen bringt – was dieser nicht mal so richtig bewusst wird.

»Nicht schlecht.«

»Ziemlich gut sogar.«

Sie nickt.

»Ja okay, verdammt gut! Die Stimme hat was.«

»Eben! Und jetzt, da ich Musicscout bin …«

Beccas Lächeln wächst an, weil sie meinen Plan versteht und ich sie dadurch von Will als Mann ablenken kann. Uff, noch mal Glück gehabt.

»Du raffiniertes kleines Ding.«

»Das aus deinem Munde? Danke!«

»Du machst also Karriere und schläfst mit deinem Chef. Man sollte Bücher über dich schreiben.«

Mein Kopfschütteln ignoriert sie und reicht mir noch zwei kleine Ohrstecker, die ihrer Meinung nach den Look komplettieren.

»Zieh dich um, sonst kommst du zu spät zum Date mit … Charlie.«

Mit den von ihr ausgewählten Kleidungsstücken mache ich mich auf den Weg ins Bad, wo ich mich umziehe, vor dem Spiegel schminke und schließlich mit offenen, wilden Haaren nach einer gefühlten Ewigkeit wieder herauskomme.

»Süße! Wenn er dir so nicht trotz Jeans an die Wäsche will, würde ich ihn zum Arzt schicken!«

»Ich deute das als ein Gut-siehst-du-aus ...«

Tatsächlich gefalle ich mir in dem Look, der meine Vorzüge unterstreicht und nicht zu sexy für ein zwangloses Date – Schrägstrich – Abendessen ist. Außerdem fällt die Bluse so geschickt, dass auch noch ein Nachtisch drin ist, wenn ich will.

»Carrington wird Augen machen!«

Sie reicht mir meine schwarze Ledertasche mit dem langen Umhängegurt, die wir zusammen auf dem Flohmarkt in Queens gekauft haben, und lächelt verschwörerisch.

»Falls es richtig gut läuft ... in der Tasche findest du alles, was du brauchst. Kondome, Zahnbürste, Zahnpasta. Und ich habe mir erlaubt, einen frischen Slip einzupacken. Falls du bei ihm in seinem Penthouse übernachtest.«

Obwohl ich es bezweifele, dass Charlie in einem Penthouse wohnt, muss ich zugeben, dass Becca wirklich an alles gedacht hat.

»Du bist die Beste.«

Bevor sie auf das ehrlich gemeinte Kompliment antworten kann, höre ich durch das geöffnete Fenster ein Hupen von der Straße. Ein Blick auf die Uhr lässt mich erahnen, wer der Urheber dieses Geräusches sein könnte.

»Er klingelt nicht?«

»Scheinbar nicht.«

Becca ist schneller als ich und eilt zum Fenster, um einen Blick nach unten zu werfen.

»Ist es Charlie?«

»O mein Gott!«

»Was?«

»Zum Glück hast du keinen Rock an!«

Hastig schiebe ich mich an ihr vorbei, um mir selbst ein Bild von Charlies Anblick machen zu können. Sofort spüre ich einen kurzen Strom aus Begeisterung, Angst und Aufregung durch meinen Körper schießen. Charlie trägt schwarze Jeans, ein schlichtes graues Shirt, dazu eine schwarze Lederjacke – und steht neben einem Motorrad, das so aussieht, als könnte man damit irgendwelche illegalen Straßenrennen gewinnen.

»Erzähl du mir noch mal, dass ich nicht von hier oben erkennen kann, das er heiß ist.«

Becca starrt noch immer zu Charlie runter, der uns inzwischen entdeckt und gewunken hat. Ich winke zurück, noch immer angetan von dem, was ich sehe.

»Bleib nicht wach und warte auf mich. Könnte spät werden.«

Motorcycle Drive By

Charlie reicht mir einen schwarz-roten Jethelm und lächelt mich unschuldig an, als ich die wenigen Stufen vom Haus zu ihm hingehe. Er sieht aus der Nähe noch besser aus als von da oben. Kein Vergleich zu dem seriösen Geschäftsmann im Büro einige Stunden zuvor. Diese entspanntere Version von ihm gefällt mir viel besser, und, ich gebe es zu, das Motorrad steht ihm.

»Hi.«

»Ein Motorrad, hm?«

»Nicht besonders geeignet für einen Rock.«

Entweder kann er meine Gedanken lesen oder durchschaut mich einfach viel zu schnell, während er seinen Blick über meinen Körper gleiten lässt.

»Du sieht wunderschön aus.«

Solche Komplimente machen nicht gerade die Männer, die ich sonst so auf Motorrädern durch die Stadt fahren sehe. Die brüllen mir für gewöhnlich eher irgendwas über meinem ach so knackigen Hintern zu. Lächelnd nehme ich den Helm an und bin mir nicht sicher, ob das eine so gute Idee ist. Charlie grinst nur frech zu mir.

»Trau dich, deine Haare werden danach bestimmt immer noch rebellieren.«

Gespielt empört verpasse ich ihm einen Schlag gegen die Schulter.

»Diese Locken sind rein zufällig absolute Freigeister, ja?«

»Das sieht man. Los, komm schon, fahren wir ein bisschen spazieren.«

Mit einer lässigen Bewegung schwingt er sich auf das schwere, mattschwarze Motorrad der Marke BMW, das mir alleine beim Betrachten zittrige Knie beschert und garantiert ein kleines Vermögen gekostet hat.

»Du hast doch nicht etwa Angst?«

»Nun, ich muss gestehen, dass ich sehr an meinem Leben hänge.«

»Vertraust du mir etwa nicht?«

»Dir schon. Aber es gibt verdammt viele Autofahrer in der Stadt, die den Führerschein durch ein Rubbellos gewonnen haben.«

Charlie muss kurz lachen, greift dann nach meiner Hand und zieht mich langsam zu sich.

»Ich verspreche dir, dass ich dich heil wieder zu Hause absetzen werde. Ich halte mich sogar an die Geschwindigkeitsbegrenzungen.«

»Tust du das denn sonst nicht?«

»Es wäre besser für deine Nervosität, wenn ich diese Frage nicht beantworte. Los, trau dich!«

Seine Hand, die meine noch immer umschlossen hält, gibt mir die Art von Sicherheit, die ich mir im Moment wünsche. Traue ich ihm genug, um mich durch die Nacht fahren zu lassen?

»Sarah, ich bin für dich in eine Subway gestiegen. Ich habe für dich einen Straßen-Hotdog gegessen. Und ich habe mich für dich gegen meinen Vater durchgesetzt. Vertrau mir und steig auf!«

»Okay. Ich vertraue dir, Charles Carrington junior.«

Damit setze ich mir den Helm auf, mit dem ich hundertprozentig bescheuert aussehe, steige auf die Maschine und schlinge meine Arme um Charlies Oberkörper.

»Alles okay?«

Ich nicke, lehne meine Wange an seine Schulter und spüre, wie er die Maschine startet, die sofort unter uns vibriert. Instinktiv klammere ich mich fester an Charlie.

»Gut festhalten!«

Das wird eine leichte Übung, denn diese Fahrt erlaubt es – nein!, verlangt es sogar von mir –, mich an ihn zu schmiegen, mich an ihm festzuhalten und seinen Duft einzuatmen. Langsam rollen wir die Straße entlang. Ich spüre den sanften Fahrtwind im Gesicht und lehne mich gemeinsam mit Charlie in die Kurve, als hätte ich noch nie etwas anderes getan. Doch kaum lassen wir diesen Teil der Stadt hinter uns, gibt Charlie Gas, und das Adrenalin rauscht durch meinen Körper. Ich untersage es meinen Augen, sich zu schließen, und sehe zu, wie wir an Autos, Häusern und Menschen am Straßenrand vorbeiziehen. Jedes Mal, wenn Charlie in einen höheren Gang schaltet, klopft mein Herz aufgeregter. Mein Körper wird an seinen gepresst, und ich komme ihm so viel näher, als ich gedacht hätte. Jetzt steuert er auf die Brücke zu, aber ich habe keine Ahnung, wohin er mich entführen will. Stattdessen verlasse ich mich darauf, dass es ein Highlight wird, weil sich ein Mann wie Charlie nicht mit etwas Geringerem zufriedengibt.

Eine halbe Stunde später funkeln uns die Stadtlichter entgegen, der Wind zerrt an meiner Kleidung, während Charlie den Kopf ein bisschen zu mir dreht.

»Wir sind gleich da.«

Seine Worte werden vom Fahrtwind zu mir nach hinten getragen, und ich nicke erleichtert. So genau weiß ich nicht, wo wir sind, aber ich glaube zu wissen, wohin er uns gebracht hat. Das Motorrad kommt schließlich zum Stillstand, und Charlie nimmt seinen Helm ab. In der Ferne erkenne ich die Lichter der Fähren, die von hier starten und bis nach Staten Island schippern, sehe die Spiegelungen der Lichter auf der Wasseroberfläche und atme tief durch. Es gibt einige Orte, da riecht New York nicht nach Großstadt. Dieser hier ist einer davon. Charlie reicht mir, noch immer sitzend, seinen Arm, während ich schließlich vom Motorrad steige und meine Locken wieder in die Freiheit entlasse. Da sehe ich sein zufriedenes Lächeln, als er die Überraschung in meinem Gesicht erkennt.

»Ich dachte, es wird Zeit, dich daran zu erinnern, dass die Stadt eigentlich eine Insel ist.«

Er steigt ebenfalls vom Motorrad, legt einfach beide Helme auf den Sitz seiner Maschine, zieht den Zündschlüssel ab und reicht mir erneut seinen Arm, den ich dankend annehme und mich einhake.

»Es ist ruhig hier.«

»Deswegen komme ich jeden Morgen hierher.«

Er deutet nach rechts, und da ist der Ort, von dem er mir schon erzählt hat: der Battery Park.

»Wenn es zu laut wird, hilft das Laufen. Und ich wollte dir ein bisschen *mein* New York zeigen.«

Genau deswegen hatte ich angenommen, wir würden in ein viel zu teures, total angesagtes Restaurant in der Stadt gehen, wo man überhaupt nur mit einem bekannten Nachnamen einen Tisch bekommt. Dort hätte ich mich schrecklich fehl am Platz gefühlt. Doch jetzt gehen wir an der Südspitze Manhattans entlang auf einen der ältesten Parks der Stadt zu – und ich fühle mich entspannt. Auch wenn mein von der Fahrt noch immer beschleunigter Herzschlag etwas anderes behaupten will.

Charlie lächelt versonnen, als er den Blick durch die Gegend streifen lässt.

»Ich bin hier, so oft ich kann. Vermutlich ist es mein liebster Ort in ganz New York.«

»Es ist schön hier.«

Wenn auch wirklich nicht das, was ich von ihm erwartet habe. Charlie hat mich also – schon wieder! – überrascht.

»Komm, ich möchte dir was zeigen.«

Er greift nach meiner Hand und zieht mich einfach mit sich. Obwohl es schon so spät ist, sind noch immer einige Leute unterwegs, wenn auch die meisten Menschen unter der Woche viel zu beschäftigt sind, um noch eine Runde im Park zu drehen. Ich werde das Gefühl nicht los, dass ich morgen früh diesen Ausflug bereuen werde, wenn das Klingeln des Weckers mich viel zu früh aus den Federn scheucht.

Charlie geht so schnell, dass ich Schwierigkeiten habe, ihm zu folgen.

»Ich dachte, du hast sicher Hunger. Wenn wir von einem Ende der Stadt bis zum anderen fahren müssen, könnte das zu lange dauern.«

Hunger habe ich allerdings, da die Pizza von heute Nachmittag viel zu lange zurückliegt. Außerdem habe ich davon nur zwei Stückchen gegessen. Ich wollte ja in diese Jeans passen.

»Deswegen …«

Wir biegen um eine Kurve, und Charlie bleibt stehen, deutet auf die Szene vor uns und dreht sich grinsend zu mir um.

»… dachte ich, hole ich das Restaurant zu uns.«

Sprachlos sehe ich von ihm zu Oscar, der winkend neben seinem Hotdog-Wagen lehnt, der jetzt mit einer kleinen Lichterkette verziert ist.

»Ich wusste, dass ich dich mit Hummer oder Austern nicht begeistern kann.« Charlie genießt einen weiteren Triumph des heutigen Abends, denn diese Überraschung ist ihm mehr als gelungen. »Deswegen habe ich das herbringen lassen.«

»Was …?«

»Oscar! Das sind doch deine liebsten Hotdogs.«

Kurz mischt sich etwas Zweifel in sein Gesicht und seine Stimme, doch ich nicke noch immer etwas perplex.

»Das sind sie, aber wie …«

»Nichts, was ein Lastwagen und ein gutes Zeitmanagement nicht regeln könnten. Komm, lass uns essen.«

Wieder greift er nach meiner Hand und drückt sie kurz, als wolle er wissen, ob alles okay ist.

Das ist es! Mehr als nur okay. Ich bin begeistert und überrascht und … einfach sprachlos. Das kommt nicht besonders oft vor. Oscar grinst mich breit an, weil ihm offensichtlich klar ist, was hier gerade passiert. Der Mann neben mir hat dieses Date wirklich geplant, sich etwas einfallen lassen und den ganzen Aufwand auf sich genommen.

»Zweimal mit allem, Oscar.« Charlie bestellt so, als hätte er noch nie etwas anderes gemacht. »Und diesmal brauche ich eine extra Serviette.«

Sogleich nickt Oscar und beginnt damit, die Hotdogs vorzubereiten.

»Danke, Charlie. Das ist wirklich süß von dir.«

»Das ist meine Art, um Entschuldigung zu bitten.«

Der Blick aus seinen klaren Augen macht deutlich, dass er es auch so meint.

Dabei habe ich ihm nach dem ersten Schock schon längst verziehen.

»Ich weiß, dass es nicht richtig war, denn meistens öffnet mein Name mir alle Türen. Aber ich wusste, dass es bei dir anders wäre. Vermutlich wäre er ein Grund für ein Sicherheitsschloss an deiner Tür. Ich wollte einfach eine faire Chance bei dir.«

Er sieht mich einfach nur an, bis ich langsam nicke und sage: »Die hast du.«

Jetzt wird sein Lächeln breiter, und seine Körperhaltung entspannt sich.

»Ich werde mich anstrengen, es nicht zu vermasseln.«

Wenn er solche Dinge sagt, fällt es mir schwer, ihn nicht einfach zu küssen!

»Zweimal Hotdogs. Und Servietten.« Oscar unterbricht meine Gedanken, reicht uns, nicht ohne freches Grinsen, das Abendessen und stellt zwei Dosen Cola auf den Hotdog-Wagen vor uns. »Leider habe ich nichts anderes zu trinken.«

Charlie sieht zu mir, doch bevor es ihm unangenehm werden könnte, greife ich nach einer der Dosen und schenke ihm ein entspanntes Lächeln.

»Ist für mich völlig in Ordnung. Wir müssen uns beim zweiten Date ja noch steigern können.«

»Zweites Date klingt gut.«

»Ich finde ja, das hier ist schon richtig gut.«

»Und es wird noch besser.«

Er nickt den kleinen Gehweg entlang.

»Ich habe uns da drüben eine Bank reserviert.«

Wir verabschieden uns von Oscar und schlendern die Promenade entlang. Während wir den besten Hotdog der Stadt essen, genieße ich den Ausblick. Manchmal bin ich so vernarrt in diese Stadt, dass ich verpasse, mal wegzusehen. Von hier aus kann man die Statue of Liberty sehen, doch darum geht es nicht. Es ist mehr das Wasser und der Blick weg von der Hektik der Stadt.

»Hier läufst du also jeden Morgen, ja?«

»Vielleicht willst du mich ja mal begleiten?«

Fast muss ich lachen, denn Charlie scheint es ernst zu meinen.

»Beim Joggen?«

»Du kannst auch dein Fahrrad mitnehmen.«

»Ich habe gar kein Fahrrad. Und du willst sicher keine weiteren Informationen über meine Kondition. Die ist nämlich nicht vorhanden.«

»Daran kann man arbeiten.«

»Charlie, ich breche dir ungern das Herz, aber ich werde in diesem Leben nicht mehr sportlich.«

»Deine Figur behauptet etwas anderes.«

»Gute Gene und schlechte Ernährung, die mein Körper dankbarerweise ignoriert.«

Der Hotdog in meiner Hand ist Beweisstück genug für meine Behauptung. Charlie nickt und gibt auf.

»Wir sehen uns ja jetzt im Büro.«

»Erinnere mich nicht daran. Ich bin jetzt schon nervös.«

»Sei ganz du selbst, dann werden die Kollegen dich lieben. Solange du deine Leidenschaft für die Musik jeden Tag mitbringst, kann nichts schiefgehen.«

Er klingt so überzeugt, dass ich beschließe, es ihm einfach zu glauben. Außerdem möchte ich heute nicht über die Arbeit reden. Dafür werden wir noch ausreichend Zeit finden.

»Warum der Battery Park?«

»Weil ich gerne laufe.«

»Es gibt viele Parks.«

Charlie entscheidet sich gegen eine Antwort und beißt lieber in seinen Hotdog. Dabei schmiert er sich ordentlich Soße an die Wangen und entlockt mir ein leises Lachen.

»Hm?«

»Du hast da Soße.«

»Wo?«

»Ziemlich zentral im ganzen Gesicht.«

Schnell greift er nach seiner Serviette, weil er diesen Makel beheben will, doch er hat keine Ahnung, wie gut es ihm eigentlich steht. Es hilft mir, daran zu glauben, dass Charlie trotz all unserer Unterschiede und Gegensätze wirklich ein Mann ist, in den ich mich verlieben könnte. In den ich mich vielleicht sogar schon langsam verliebe. Mit etwas Mühe gelingt es ihm, den kosmetischen Schaden zu beheben, doch ich grinse noch immer zufrieden.

»Also Sarah, ich habe einiges über dich erfahren. Dein Motivationsschreiben in der Bewerbung war sehr … leidenschaftlich.«

»Ich deute das als Kompliment.«

»Das ist es auch. Aber ich würde noch immer gerne mehr über dich erfahren.«

»Noch mehr?«

Wir erreichen eine Parkbank mit Blick auf den Hudson River

und nehmen Platz. Charlie lehnt sich entspannt zurück, sieht vom Hafen zu mir.

»Du darfst die Worte ›Musik‹, ›New York‹ und ›Becca‹ nicht benutzen.«

»Das ist gemein!«

»Eine Herausforderung.«

»Okay. Ich trinke zu viel Kaffee, bin süchtig nach Fast Food und sollte eigentlich ein Junge werden.«

»Ernsthaft?«

»Meine Eltern waren ziemlich überrascht.«

»Nun, ich bin ausgesprochen froh, dass du kein Junge bist.«

»Danke. Sie hatten sogar schon einen Namen. Sarah war eine Notlösung.«

»Jetzt bin ich neugierig.«

Ich richte mich etwas auf, nehme eine Pose ein und beobachte Charlies Reaktion genau.

»Vor dir sitzt ein geplanter Roger.«

»Roger?«

Charlie verzieht das Gesicht, weil meine Optik und der Name so gar nicht zusammenpassen wollen. Auch ich schüttele noch immer den Kopf, wenn ich daran denke.

»Mein Vater ist ein großer Prince-Fan.«

»Rogers Nelson.«

»Aka Prince.«

»Ich verstehe.«

»Sarah hieß meine Großmutter.«

»Nun, ich muss gestehen, Sarah finde ich einen wunderschönen Namen.«

Es fällt mir leicht, solche Dinge aus Charlies Mund zu glauben. Seine Komplimente wirken nicht einstudiert, nicht geplant. Es mag auch die Art und Weise sein, wie er mich ansieht, wie sein Blick mein Gesicht streichelt, wenn er so etwas sagt.

»Okay, du bist dran. Erzähl mir was über den Charlie, den ich noch nicht kenne.«

»Den gibt es nicht.«

»Wie bitte?«

»Es gibt nur einen ›Charlie‹. Und den kennst nur du.«

»Ich verstehe nicht.«

Charlies Kiefer wirkt auf einmal angespannt, als würde er etwas zerkauen müssen, das ziemlich zäh und fest ist. Die Leichtigkeit ist verschwunden, sein Blick wird ernst.

»Für die Angestellten bin ich Mr. Carrington. Vielleicht mal Charles, aber sicher nie ›Charlie‹. Und für meinen Dad bin ich ›Chuck‹ und bleibe es.«

»Er nennt dich Chuck?«

»Schon immer. Als ich klein war, habe ich beim Baseball immer seine strenge Stimme gehört: *Chuck, du musst stärker schlagen!* Oder: *Chuck, du musst schneller rennen!* Oder: *Chuck, du musst dieses und jenes …*«

Die Imitation seines Vaters hat er ziemlich gut drauf, denn sofort muss ich an die tiefe Stimme denken, die mir auf der Party deutlich gemacht hat, dass ich nicht gut genug bin. Eine leichte Gänsehaut breitet sich über meine Arme aus.

»Chuck, das klingt für mich noch immer wie die Aufforderung, einem Befehl zu gehorchen.«

Das Gespräch droht uns zu entgleiten, ebenso wie Charlie, der den Hotdog zur Seite gelegt und die Arme verschränkt hat. Sanft lege ich meine Hand an seine Wange, denke nicht darüber nach, streiche behutsam mit dem Daumen über seine Haut. Er schließt die Augen und atmet tief durch.

Ich lehne mich etwas weiter an ihn und spüre, wie sein Körper sich wieder entspannt, wie er einen Arm um meine Schulter legt und mich sanft das letzte Stück an sich zieht. Es fühlt sich verdammt gut an, Charlie so nah zu sein, weit weg von all dem Irrsinn der Stadt. Langsam hebe ich meinen Kopf, um ihn ansehen zu können. Er hat die Augen wieder geöffnet und blickt zu mir herunter, ein sanftes Lächeln umspielt seine Lippen.

»Verrate mir etwas über dich, ohne die Worte ›Vater‹, ›Firma‹ und ›Chuck‹ zu benutzen.«

Meine Stimme ist nur ein leises Flüstern, weil nur er die Worte hören soll. Charlie streicht mir eine verirrte Haarsträhne aus dem Gesicht.

»Ich würde gerne mal mit einem Motorrad durch Südamerika fahren.«

»Wieso machst du es dann nicht?«

»Um das zu erklären, müsste ich mindestens zwei der drei verbotenen Worte benutzen.«

Sein Lächeln ist so verdammt sexy, dass ich mich frage, wie man Tag für Tag mit ihm arbeiten und sich dabei nicht immer mehr verlieben soll.

»Okay, dann erzähle mir etwas anderes über dich.«

»Ich mag dich, Sarah.«

Sofort spüre ich eine Wärme, die sich in meinem Körper ausbreitet, mich einhüllt und davonträgt, obwohl ich mich keinen Zentimeter bewege.

»Ich kann nichts dafür. Du warst plötzlich da, und ich konnte nicht mehr wegsehen. Ich mag dich sogar sehr.«

Charlie lässt seinen Zeigefinger über meine Wange gleiten. Wo er mich berührt, hinterlässt er ein Kribbeln.

»Das trifft sich gut, ich mag dich nämlich auch sehr, Charlie.«

Seit ich Charlie getroffen habe, ist alles irgendwie aufregender geworden. Mein Leben hat eine Wendung genommen, auf die ich so lange gewartet habe. Die leisen Zweifel verbanne ich in die hinterste Ecke meines Gehirns, konzentriere mich stattdessen endlich auf das, worauf es wirklich ankommt: auf das gute Gefühl in meinem Inneren. Es spielt keine Rolle, wie andere ihn sehen, bei welchem Namen sie ihn nennen, für mich ist er einfach nur Charlie, der lächelt, wenn er mich ansieht. Er beugt sich weiter zu mir, und mein Herz klopft hektisch gegen meine Rippen, weil es genau weiß, was jetzt passieren wird, hat es doch viel zu lange darauf gewartet.

Seine Lippen fühlen sich weich an, seine Küsse schmecken würzig und nach mehr. Sie lösen ein Gefühl von Vermissen und Begierde aus, das ich viel zu lange nicht mehr gespürt habe und jetzt in vollen Zügen genieße. Als unser Kuss inniger wird, verschwimmt alles um uns herum und verliert an Bedeutung, weil ich nur noch ihn wahrnehme. Seine Lippen, seine Hände, die mich weiter zu ihm ziehen, mich festhalten und mir die Sicherheit geben, nach der ich mich sehne. Es fühlt sich gut an, wenn man loslassen kann, weil man weiß, dass jemand da ist, der einen hält oder auffängt.

Keine Ahnung, wie lange wir da sitzen und uns küssen. Aber Zeit spielt ohnehin keine Rolle mehr. Nur zögernd lösen wir uns voneinander, keiner will aufhören, doch ich befürchte, wir könnten eine Grenze überschreiten, die man an öffentlichen Plätzen in New York besser nicht überschreiten sollte.

»Ich muss dir was beichten …«

Wenn er jetzt mit dem Geständnis einer Langzeitfreundin um die Ecke kommt!

»… das wollte ich schon auf dem Balkon bei der Party machen.«

»Dann hättest du das tun sollen.«

»Nicht bei einer Frau wie dir, Sarah. Ich wollte es richtig machen. Mit Stil.«

Natürlich. Charlie ist nicht der Typ, der mich auf dem Balkon einfach so küssen würde. Für ihn muss man die richtige Stimmung, das richtige Licht und das richtige Setting wählen.

»Nun, *mission accomplished*.«

»Ich hoffe nicht, du erwartest das jetzt bei jedem Kuss.«

»Ach! Jetzt, wo du das Mädchen hast, lehnst du dich zurück, ja?«

Kaum habe ich es ausgesprochen, wird mir bewusst, was ich gesagt habe. Charlie versucht, ein breites Lächeln zu unterdrücken, doch es gelingt ihm nicht besonders gut.

»Genau das war der Plan.«

Zu meiner Enttäuschung wirft er einen Blick auf die Uhr, was das Ende dieses Dates bedeuten könnte. Dabei sind wir doch gerade erst angekommen.

»Dein erster Arbeitstag beginnt morgen um acht Uhr.«

»Ich weiß.«

»Du solltest pünktlich sein.«

»Sollte ich.«

»Ich sollte dich nach Hause fahren.«

»Solltest du.«

Doch keiner von uns macht Anstalten zu gehen. Charlie sucht nach einer Ausrede, warum wir uns noch nicht trennen müssen, das kann ich sehen. Und dann beugt er sich zu mir runter, streift seine Lippen sanft über meine.

»Ich könnte dir auch noch meine Wohnung zeigen.«

»Könntest du.«

Er küsst sanft meine Wange.

»Ich wohne hier in der Nähe.«

»Ich würde *wahnsinnig* gerne deine Wohnung sehen.«

»Ich würde dir *wahnsinnig* gerne meine Wohnung zeigen.«

Room with a View

»Du hast das also wörtlich gemeint, mit in der Nähe wohnen.« Ich sehe aus dem großen Fenster über den Hudson River, den ich von hier aus perfekt im Blick habe. Auf dem Weg hierher habe ich mich die ganze Zeit gefragt, wo Charlie wohl wohnt. Und vor allem: wie?

Doch statt mich in die Upper East Side zu fahren, hat es nur bis Tribeca gedauert. Sicher, hier finden sich tolle Immobilien, die meisten davon für mich unbezahlbar, aber wenn man sich Charlie und seine Herkunft vor Augen führt, dann wundert es einen doch. Und auch wenn die Wohnung mir unglaublich groß vorkommt, sie ist ganz anders, als ich sie mir vorgestellt habe: keine Designermöbel, kein Möbelkatalog-Look und auch kein kühler Glas-Metall-Einrichtungsstil.

»Die Wohnung war günstig, ich musste zuschlagen.«

Natürlich weiß ich, dass »günstig« in unseren Welten eine andere Bedeutung hat. Es fällt mir schwer zu glauben, dass Charlie eine Wohnung nur deswegen als Domizil auswählt, weil sie bezahlbar ist. Er könnte jede Wohnung und gleich das dazugehörige Haus kaufen, doch er hat sich für diese hier entschieden, in einem Viertel, in dem ich mir den Carrington-Clan auch nicht so recht vorstellen kann. Ungläubig sehe ich mich weiter um und bemerke, dass ich mich hier von der ersten Sekunde an wohl fühle. Die Couch sieht durchgesessen aus und zeigt, dass er es sich liebend gerne darauf gemütlich macht. Die Kissen laden einen für lange Filmabende ein, der Couchtisch trägt zahlreiche Gebrauchsspuren, vor allem Kaffee- und Wachsflecken, wie stolze Narben. Eine große Pflanze in einem groben Tontopf steht neben dem gekippten Fenster, das die Geräusche der nächtlichen Großstadt ins Innere lässt. In der offenen Küche könnte man für zehn Mann kochen, der Kühlschrank ist im Retrolook gehalten, seine Tür mit zahllosen kleinen Magneten übersät, aus denen man Sätze bilden kann. Die Kaffeemaschine ist natürlich ein Vollautomat, der alle Milchschaumträume wahr werden lässt.

Doch es ist das Regal im Wohnzimmer, das mich magisch anzieht: Schallplatten, wohin man auch sieht, in ihrer Mitte ein Plattenspieler, darüber ein großes gerahmtes Schwarzweißfoto von den Beatles auf der Bühne. Ein Schrein ganz nach meinem Geschmack! Charlie zieht seine Lederjacke aus und folgt meinem Blick.

»Ich wusste, dass du den schönen Ausblick dafür ignorierst.«

Das Grinsen in seiner Stimme ist nicht zu überhören, aber wenn er mich inzwischen auch nur ein bisschen kennt, weiß er auch, dass ich nicht einfach daran vorbeigehen kann.

»Beeindruckende Sammlung.«

»Danke.«

»Ich nehme an, es schadet nicht, den Namen ›Carrington‹ zu erwähnen, wenn du die ein oder andere Platte willst.«

»Ehrlich gesagt, habe ich die meisten nicht gehört.«

Autsch!

»Sie werden mir geschenkt und passen gut dahin.«

Überrascht drehe ich mich zu ihm um und hoffe, noch die verspätete Pointe zu diesem schlechten Scherz zu bekommen, doch Charlie zuckt nur etwas gelangweilt mit den Schultern.

»Das sind echte Schätze!«

»Ich weiß. Aber ich verbringe den ganzen Tag in der Musikwelt. Nach Feierabend brauche ich es nicht auch noch.«

»Klar.«

Verstehe ich ja irgendwie. Für mich ist Musik nur eben keine Arbeit, sondern unabdingbar. Würde Charlie nicht so verdammt sexy dastehen, würde ich mich vielleicht in eine Grundsatzdiskussion über die Notwendigkeit von Musik verzetteln. Doch wenn ich ihn ansehe, lösen sich all meine Argumente, Erklärungen und Überzeugungen in Luft auf, wie Nebel an einem hellen Herbstmorgen.

»Habe ich dich mit meinem schlechten Einrichtungsgeschmack abgeschreckt?«

»Ich liebe diese Wohnung.«

Dabei habe ich bei weitem noch nicht alles gesehen. Wer weiß, was sich hinter den drei Türen versteckt, die von dem großen Wohn-Koch-Bereich abgehen und die ich natürlich auch noch sehen will. Allerdings kann ich mir nicht vorstellen, dass Charlie mich von jetzt an noch enttäuschen kann. Er lächelt, lehnt noch immer am Küchentresen und mustert mich, wie ich in der Mitte seines Wohnzimmers stehe.

»Ich muss gestehen, an diesen Anblick könnte ich mich gewöhnen.«

Worte, die mir früher Angst gemacht haben, indem sie dafür gesorgt haben, dass ich eine fadenscheinige Ausrede erfunden und sofort die Flucht ergriffen habe. Jetzt breitet sich stattdessen ein Gefühl der Entspannung in mir aus. An Charlies Anblick regelmäßig in meinem Leben könnte ich mich auch gewöhnen. Er kommt mit langsamen Schritten auf mich zu, lässt seinen Blick über meinen Körper wandern, über Stellen, an denen ich inständig hoffe, auch von seinen Händen berührt zu werden. Direkt vor mir bleibt er stehen, sieht zu mir runter, und ich spüre, wie sich meine Knie in eine geleeartige Masse verwandeln.

»Darf ich dir noch die anderen Räume zeigen?«

Er streift mit seinen Lippen über meine, ein Trick, der funktioniert und meine sämtlichen rationalen Gedanken abrupt unterbricht.

»Wenn du einen dieser schrägen Playrooms hast, solltest du ihn überspringen.«

Ich kann sein Lächeln auf meinen Lippen spüren, eine Tatsache, die es nur schwerer macht, mich zu konzentrieren.

»Wirklich? Ich glaube, mein Flipperautomat könnte dich begeistern.«

Langsam wandert seine Hand unter meine Bluse auf meinen Rücken, wo seine Fingerspitzen zärtlich über meine Haut streichen und sie augenblicklich in Flammen setzt. Um nichts Dummes zu sagen, küsse ich ihn. Damit zeige ich ihm auch, dass er alles richtig macht und auf keinen Fall damit aufhören soll. Weil ich meinen Beinen nicht mehr vertraue, lege ich die Arme um seinen Nacken, halte mich an ihm fest. Ohne den Kuss zu unterbrechen, führt Charlie mich über den Flur zu der Tür, hinter der sich also sein Schlafzimmer und inzwischen die Spielwiese meiner Fantasie befindet, und löst sich nur widerwillig schwer atmend von mir. Mein Herz schlägt schnell, mein Puls rast, und meine Lippen wollen die seinigen sofort zurück. Mit einer lässigen Bewegung öffnet er die Tür und grinst, weil er genau weiß, dass mich diesmal der Einrichtungsstil kein bisschen interessiert.

»Wie du siehst, ist auch dieses Zimmer sehr schlicht gehalten …«

Meinen Versuch, das Gespräch durch einen Kuss zu unterbrechen, wehrt Charlie geschickt ab, greift nach meinen Handgelenken und zieht mich sanft ins Innere. Das große Bett in der Mitte sieht frisch bezogen aus, doch das wird alles zur Nebensache, denn ich spüre nur noch seine Hände.

»Es ist ziemlich groß für mich alleine, ich weiß …«

»Charlie, ich brauche keine Hausführung.«

Wieder versuche ich, ihn zu küssen, diesmal lässt er es zu.

»Was brauchst du dann?«

Der Griff um meine Handgelenke löst sich, dadurch gewinne ich meine volle Bewegungsfreiheit wieder. Ich kann seinen Atem auf meinen Lippen spüren und das Lodern in seinen Augen sehen. Langsam schiebe ich meine Hände unter sein Shirt, streiche über seinen Bauch nach oben und spüre, wie sich sein Brustkorb unter meinen Händen schnell hebt und senkt. Ein freches Grinsen kann ich mir nicht verkneifen.

»Ich brauche nur dich.«

Mehr muss Charlie nicht hören, denn er zieht sich das Shirt über den Kopf und ermöglicht mir den Anblick seines nackten Oberkörpers, der deutlich zeigt, dass er Sport treibt. Durchtrainiert, aber nicht einschüchternd. Mir gefällt, was ich sehe, und Charlie weiß das nur zu genau. Er legt die Hände auf meine Hüften und zieht mich wieder zu sich, damit ich da weitermachen kann, wo ich aufgehört habe. Meine Küsse arbeiten sich von seiner Brust über seinen Hals zurück zu seinen Lippen. Charlies Hände knöpfen hastig meine Bluse auf und finden erneut die Haut, nach der er sich gesehnt hat und die er nun sanft streichelt, bevor er mich auch von dem BH befreit. Erregung schießt durch meinen Körper bei der Vorstellung, dass er meine Brüste berühren wird. Er sieht zu mir runter, sein Blick ist eine Mischung aus Verlangen und Sanftheit, die mir Sicherheit gibt. Es ist eine Weile her, dass ich mich nackt in den Armen eines Mannes befunden habe. Charlies Hand streift über meinen Arm, seine Lippen finden mein Ohr.

»Du bist wunderschön …«

Als wäre seine Stimme nicht schon erregend genug, lässt er seine Handfläche über meine Brustwarze gleiten und entlockt mir ein leises Stöhnen, das von seinen Lippen verschluckt wird. Ich schmiege meinen Körper näher an seinen, will mehr von seiner Haut auf meiner spüren, greife nach der Gürtelschnalle seiner Jeans und mache mich daran zu schaffen, was sich mangels ausreichender Konzentration als schwieriger als erwartet herausstellt. Charlie stellt sich beim Öffnen meiner Jeans deutlich besser an.

»Jetzt wünsche ich mir fast, du hättest doch einen Rock getragen.«

Das Grinsen in seiner Stimme ist deutlich, während ich seine Worte wie durch eine Art Nebel höre. Einige meiner Sinne haben sich verabschiedet und dem Fühlen die absolute Kontrolle überlassen. Kein Wunder also, dass ich nur noch seine Berührungen wahrnehme, wie er mich auf das Bett hebt, mich aus der Jeans befreit und sie achtlos auf den Boden wirft – dahin, wo seine Hose ihr Gesellschaft leistet. Jede Sekunde, in der er mich nicht berührt, ist verschwendete Zeit, als würde mein Körper sich in seiner Anwesenheit verändern, Charlies Nähe suchen und sich nach ständiger Berührung sehnen. Und fast so, als könne er es spüren, kommt er zu mir auf das Bett, streichelt und küsst jeden Zentimeter meiner Haut, zieht mir den Slip aus und gibt mir genau das, was ich mir sehnlichst wünsche. Dabei ist er so souverän, als würden wir hier nicht das erste Mal nackt zusammen sein, sondern als würde er mich unendlich gut kennen und genau wissen, wo ich berührt werden möchte. Mein Körper sendet die Signale, die Charlie perfekt deutet. Ja, ich fühle mich sicher, ja, ich genieße es, und ja, ich vertraue ihm. All die Anspannung und Gedanken der letzten Zeit fallen von mir ab, je mehr ich mich Charlie öffne und ihn Dinge mit mir machen lasse, die mich selbst überraschen. Immer wieder hält er den Blickkontakt, stellt stumm die Frage, ob es okay ist. Jedes Mal bekommt er die gleiche Antwort, denn mein leises Stöhnen führt ihn, lässt ihn wissen, wie gut er ist, wie sicher ich mich in seinen Armen fühle, als er in mich eindringt und ich mich an seine Schulter klammere, weil ich ihn noch näher spüren will.

»Du fühlst dich so verdammt gut an, Sarah …«

Als würden seine Bewegungen nicht ausreichen, um mich näher und näher an einen Abgrund der Lust zu führen, tut seine atemlose Stimme ihr Übriges. Zu wissen, dass er unter meinen Küssen und Berührungen ebenfalls reagiert, steigert meine Erregung. Ich spüre, wie sich seine Muskeln in Erwartung unter meinen Händen anspannen und sein Stöhnen lauter, seine Küsse leidenschaftlicher werden. Das klare Grün seiner Augen funkelt mich an, als wir uns unserer Lust vollkommen hingeben und gemeinsam loslassen, fallen, uns aneinander festhalten.

Kurz dreht sich alles sehr schnell.

Der Raum …

Mit mir …

Charlie!

Mein ganzes Leben befindet sich in einer Zentrifuge, die erst mit meiner sich langsam beruhigenden Atmung zum Stillstand kommt.

Charlies Kopf lehnt halb auf meiner Schulter, seine Hände halten meine noch immer fest, und sein Herzschlag trommelt durch seine Brust gegen meine. Er sieht zu mir, und erst jetzt lässt er mich los, streicht mir eine Haarsträhne aus dem Gesicht, die sich sofort wieder selbständig macht und zurück in meine Stirn rutscht.

»Vergiss es, meine Haare machen, was sie wollen.«

Charlie studiert mein Gesicht, als wollte er es sich genau einprägen.

»So wie du.«

Das höre ich nicht zum ersten Mal, aber jetzt klingt es wie ein Kompliment und nicht wie ein Vorwurf. Ich weiß nicht so recht, wie ich darauf reagieren soll, reiße meinen Blick von Charlies Augen los und sehe mich in der matten Dunkelheit um.

»Übrigens, ein sehr schönes Zimmer.«

»Mit dir nackt in meinem Bett hat es definitiv ein Upgrade erhalten.«

»Spinner!«

Doch statt mir zu widersprechen, küsst er mich überraschend und zärtlich. Dann nimmt er mein Gesicht sanft in seine Hände.

»Du tust mir gut, Sarah. Ich möchte, dass du bleibst.«

»Über Nacht?«

Ich hatte zwar nicht damit gerechnet, dass er mich gleich wieder nach Hause schickt. Dennoch wundert es mich.

»In meinem Leben.«

Wow … wow!

Liebes Sprachzentrum, melde dich zurück, bevor diese Stille peinlich und unangenehm wird. Doch alle Worte, die als Antwort in Frage kämen, sind mit einem Mal verschwunden. Charlie bleibt ernst, sein Lächeln ist entspannt, obwohl ich noch immer nichts gesagt habe.

»Fangen wir damit an, dass du bis morgen früh bleibst. Ich schulde dir nämlich noch Pancakes.«

Charlie will mich in seinem Leben.

Hör auf zu tanzen, albernes Herz! Konzentriere dich auf deine dir vorbestimmte Aufgabe und versorge mich mit Blut. Aber hör endlich auf zu tanzen, denn unsere Körper sind noch immer so sehr ineinander verschlungen, dass er meinen Herzschlag ohne Zweifel spüren kann.

»Ich bleibe sehr gerne.«

Meine Antwort zaubert Charlies Grübchen zum Vorschein. Er küsst mich erneut, bevor ich meinen Kopf an seine Schulter lehne und zum ersten Mal die Augen schließe. Doch auch dort sehe ich sein Lächeln und seine Augen.

Das hier ist ein perfekter Moment. Zumindest fast.

»Hast du Musik da?«

Doch Charlie ist bereits eingeschlafen.

When Are We Waking Up?

»Wo zum Henker bist du?«

Beccas Stimme ist viel zu laut und zu wach für diese Uhrzeit. Schnell halte ich das Handy, dessen Klingeln mich gerade aus dem süßen Schlaf gerissen hat, von meinem Ohr weg. Immerhin geht die Sonne da draußen gerade erst langsam auf. Ich blinzele in die Dunkelheit des Zimmers, dessen Umrisse mir fremd vorkommen. Sofort holen mich die Erinnerungen von gestern Nacht ein: Charlie und das Motorrad, das Date im Park, Oscars Hotdogs, sein Angebot, noch mit zu ihm zu kommen. Dann Charlie und ich.

Mein Lächeln wird exponentiell zu jeder Erinnerung größer.

»Ich bin noch bei ihm.«

Gott, meine Stimme klingt nicht einfach nur schlaftrunken, sie klingt jetzt auch noch sextrunken.

»Das Date war also ein voller Erfolg?«

»Absolut.«

Der Blick auf die vereinsamte Bettseite neben mir wirkt zwar ernüchternd, aber ich spüre keine Panik in mir aufkeimen. Charlie geht morgens joggen, so viel weiß ich nun auch schon, außerdem klärt mich das Post-it auf dem Kissen neben mir über den weiteren Ablauf des Morgens auf. Charlies Handschrift ist klar und leserlich:

Frühstück wartet in der Küche auf dich.
Sollten wir uns verpassen, sehen wir uns im Büro.

Ich freue mich!
C.

»Kriege ich mehr Details?«

Becca bringt sich mit dieser Frage zurück in mein Gedächtnis, denn ich bin bereits wieder mit dem Erinnerungsexpress auf dem Weg zur letzten Nacht. Charlies Küsse, seine Berührungen, seine Bewegungen, sein Blick, der mich nicht losgelassen hat.

»Später. Ich muss ins Büro.«

»Okay. Denk daran, du hast alles in der Handtasche.«

»Ich weiß. Danke dafür.«

»Ach, ich hatte da so ein Gefühl …«

Beccas »Gefühle« lassen sie nur äußerst selten im Stich.

»Komm ja nicht zu spät an deinem ersten Tag.«

»Mache ich nicht.«

»Ich wünsche dir einen guten Einstieg. Wir sehen uns dann heute Abend?«

»Bis dann!«

Kaum habe ich aufgelegt, blicke ich mich etwas genauer im Zimmer um. Gestern Nacht hatte ich andere Dinge im Sinn, als mir die Einrichtung genauer anzusehen. Ich schlage die Decke zur Seite und sammele meine Kleidungsstücke auf. Auch sein Schlafzimmer sieht aus, als hätte er es selbst eingerichtet. Da sind Bücher in einem leicht schrägen Buchregal, ein Kleiderschrank, an den ich mich nicht traue, ein Nachtkästchen auf seiner Seite, und nur da, auf dem eine Brille und ein Buch über das »Leben im Moment« liegen. Ja, das passt alles zu ihm, und es gefällt mir minütlich mehr.

Nach einer kurzen Dusche fühle ich mich frisch für den Tag, der viel zu früh angefangen hat. An diese Uhrzeit muss ich mich wirklich erst noch gewöhnen, allerdings breitet sich die Aufregung, gleich in mein eigenes Büro gehen zu dürfen, wie ein Bienenschwarm in meinem Magen aus. Mit nassen Haaren komme ich in die Küche, die noch immer verlassen ist, da Charlie wohl noch seine Runde läuft. Dort finde ich einen Teller mit Pancakes auf dem Tresen. Eine Kaffeetasse, eine kleine Flasche Ahornsirup und eine Schüssel Himbeeren stehen daneben. Wieder garniert mit einem Post-it, wieder ist es dieselbe Schrift.

Lass es dir schmecken.
Xx,
C.

Es mag wie eine Schnitzeljagd wirken, aber ich mag die kleinen Notizen, die er mir hinterlassen hat. Zugegeben, es fühlt sich alles noch neu und etwas fremd an. Immerhin bin ich alleine in seiner Wohnung und habe unter seiner Wasserfalldusche in seinem perfekt ausgestatteten Bad gestanden. Jetzt esse ich alleine an seiner Frühstückstheke, die er für mich gedeckt hat, denn Charlie hat seine Pancakes so sehr angeteased, dass ich jetzt wissen will, ob er übertrieben hat.

Hat er nicht! Sie schmecken hervorragend, sind locker und fluffig, wie ich sie liebe. Die Himbeeren müssen frisch sein, und nach einem kurzen, heftigen Kampf mit der Kaffeemaschine habe ich auch noch mein persönliches Lebenselixier in einer dampfenden Tasse. Wäre Charlie bei mir, wäre dieser Morgen meine Definition von Perfektion. In knapp einer halben Stunde sollte ich mich auf den Weg ins Büro machen. Obwohl es gestern spät geworden ist, fühle ich mich ausgeschlafen und fit.

Der Schlüssel im Schloss lässt mich aufsehen und meine Haut aufgeregt kribbeln. *Ist es eigentlich schon zu spät für einen Quickie vor der Arbeit?*

»Chuck? Bist du da?«

Mein Herz setzt einige Schläge aus, und ich frage mich allen Ernstes kurz, ob ich zu einer Flucht aus dem Fenster oder einem

Versteckversuch unter dem Bett ansetzen soll. Doch egal, wie sich mein Gehirn entschieden hätte, es ist zu spät, denn nur Sekunden später folgt der tiefen Stimme die Person dazu.

Charlie Carrington. Nur eben der Senior. Wir sehen uns an, unsicher, was wir sagen sollen, und deutlich überrascht, weil wir beide jemand anderen erwartet haben. Sein Vater hat einen Schlüssel zu seiner Wohnung? Ist das nicht ein bisschen unpassend?

»Miss Hawks … wenn ich mich nicht irre.«

Dabei lässt er keinen Zweifel daran, dass er sich sehr selten irrt. Ich nicke, spüre dabei die Hitze in meinen Wangen und weiß genau, dass ich schrecklich verräterisch aussehe mit den nassen Haaren und der Kaffeetasse seines Sohnes in der Hand.

»Mr. Carrington …«

Er gewinnt die Contenance vor mir, kommt mit bestimmten Schritten auf mich zu und reicht mir seine Hand, die ich annehme, nachdem ich mir kurz die Ahornsirupreste an meiner Jeans abgewischt habe.

»Ich gestehe, es überrascht mich, Sie hier anzutreffen.«

»Mein Bürotag beginnt erst um acht Uhr. Ich werde pünktlich sein, Sir.«

Er lächelt milde, als hätte ich ihn missverstanden.

»Daran hege ich keinen Zweifel, Miss Hawks. Ich bezog es eher auf die Tatsache, dass Sie in der Wohnung meines Sohnes sind.«

»Charlie ist joggen.«

Auch wenn er mich nicht angreift oder mir Dinge unterstellt, habe ich das dringende Bedürfnis, mich zu verteidigen. Carrington nickt, er sieht sich in der Wohnung um, als würde er kontrollieren wollen, ob noch alle Wertgegenstände an ihrem angestammten Platz sind. »Wie immer.«

»Kann ich Ihnen vielleicht einen Kaffee bringen?« *Verdammt!* Klassische Übersprungshandlung. Ich war eben doch zu lange Kellnerin, um es abzustreiten. Carrington sieht mich überrascht an, nickt schließlich und nimmt auf einem der Barhocker Platz. Hastig versuche ich mein Glück ein zweites Mal mit dieser Hightech-Maschine, mit der ich weder Frieden noch Freundschaft geschlossen habe. *Bitte, lass jetzt alles gutgehen!*

»Gehe ich recht in der Annahme, dass Sie hier übernachtet haben?«

Als ob eine Lüge auf diese Frage nicht sofort als solche auffliegen würde, denn alle Indizien sprechen gegen mich.

»Ja, Sir.«

Man stelle sich das ungünstigste Timing für ein Treffen mit dem Vater des neuen Freundes vor, multipliziere das mit dem dümmsten Moment, um seinen neuen Chef zu enttäuschen – und addiere dann noch nasse, sehr wilde Locken dazu. Dann kommt man meiner Situation jetzt verdammt nahe.

»Nun, Sie scheinen wirklich Eindruck bei meinem Sohn hinterlassen zu haben.«

»Danke.«

Zumindest nehme ich an, es handelt sich dabei um ein Kompliment. Bei Carrington senior kann man sich da bestimmt nie wirklich sicher sein.

»Milch und Zucker?«

»Schwarz.«

Das klingt allerdings wie ein Befehl, nicht nach einer einfachen Antwort auf eine Frage. Mit zittrigen Knien bringe ich ihm die Tasse und setze zu einem charmanten Lächeln an. *Kill them with kindness.*

»Bitte schön.«

»Danke!«

Ein unauffälliger Blick auf die Uhr, zusammen mit der Hoffnung, dass Charlie gleich durch die Tür kommt und mich aus diesem Alptraum erlöst.

»Sagen Sie mal, Sarah, wie genau stellen Sie sich das Ganze hier eigentlich vor?«

Oha! Ich bin mal wieder von Miss Hawks zu Sarah degradiert worden. Daran sollte ich mich besser schnell gewöhnen.

»Was genau meinen Sie?«

»Eine Affäre mit dem Junior-Chef. Das wird in der Firma nicht lange unbemerkt bleiben, meinen Sie nicht? Die Leute werden reden und rätseln, was die wahren Beweggründe für Ihre Einstellung waren.«

»Nun, ehrlich gesagt, ich halte das hier zunächst einmal nicht für eine Affäre. Und die Einstellgründe dürften meine Bewerbung und mein unermüdliches Engagement in Sachen Musik sein.«

Etwas hoch gegriffen, wenn man bedenkt, dass Charlie und ich keine Zeit hatten, um unseren Beziehungsstatus zu definieren. Würde er sich allerdings so viel Mühe geben, wenn er mich einfach nur ins Bett hätte kriegen wollen? Carrington beobachtet mich genau und gibt mir so die Chance, meine Aussage zu revidieren. Doch ich bleibe dabei – und bei dem Lächeln, das sich auf meinem Gesicht wie festgefroren anfühlt.

»Sie kommen mir wie eine sehr naive junge Frau vor.«

Er mag mich nicht, das habe ich verstanden. Immerhin kann ich ihm das nicht mal verübeln, doch jetzt geht er etwas zu weit. Mag ja sein, dass ich in seinen Augen eine Loserin bin, aber kein Geld der Welt gibt ihm das Recht, so mit mir zu reden. Und das schon zum wiederholten Male.

»Wirklich? Das wundert mich, weil Sie mich doch kaum kennen.«

»Ach Sarah, nehmen Sie es doch nicht gleich persönlich. Es ist nur eine Tatsache.«

Natürlich will er mich provozieren, das ist offensichtlich. Aber ich kann ihn nicht unkommentiert mit solchen Sprüchen davonkommen lassen. Diesmal nicht! »Annahme.«

»Wie bitte?« Er wirkt ernsthaft irritiert.

»Nun, eine Tatsache ist etwas, das man beweisen kann. Eine Annahme hingegen ist der Sachverhalt, dass jemand nur glaubt, etwas sei der Fall. Sie nehmen an, ich wäre naiv. Deswegen ist es noch lange keine Tatsache.«

Mein Lächeln verliert an Freundlichkeit und passt sich stattdessen der kühlen Stimmung im Raum an. Während meiner kurzen Studienzeit habe ich auch zwei Seminare Jura belegt. Das meiste davon habe ich erfolgreich verdrängt, aber was hängengeblieben ist, sind solche Dinge: wie man sein Gegenüber beleidigt, ohne dass es zu offensichtlich ist. Carrington nickt zumindest minimalst beeindruckt und nimmt einen weiteren Schluck seines bitteren schwarzen Kaffees, bevor er wieder zu mir sieht.

»Mein Sohn hält große Stücke auf Sie.«

»Das weiß ich.«

»Ich hoffe sehr, Sie enttäuschen ihn nicht.«

Autsch, Volltreffer! Er will mich verunsichern, den Druck erhöhen. Es gelingt ihm, aber das lasse ich ihn nicht wissen.

»Werde ich nicht.«

Da ich nicht weiß, wie lange meine Fassade halten wird beziehungsweise wann Charlie wieder nach Hause kommt, beschließe ich, einen geschäftigen Blick auf die Uhr zu werfen und zu gehen.

»Sie entschuldigen mich sicher. Ich muss zur Arbeit.«

Erst als ich die Tür hinter mir ins Schloss gezogen habe und tief durchatme, spüre ich die Tränen, die sich in meinen Augen gesammelt haben.

Hard Working Woman

Der Einstieg in meinen ersten Arbeitstag bei Carrington Music Inc. war, gelinde gesagt, kein Hit. Meine Haare waren auf dem ganzen Weg von Charlies Wohnung zum Büro noch erzürnt darüber, dass ich ihnen weder Kur noch Bürste gegönnt habe. Das Make-up musste ich während einer sehr rasanten Subway-Fahrt auftragen, deshalb ist es mir nicht so gelungen wie erhofft. Hinzu kam das Gespräch mit Charlies Dad, das ich den ganzen Tag über nicht verarbeiten konnte. Zu allem Überfluss befanden sich in meiner ersten Kiste mit nicht angefragten Musik-Tapes ausschließlich Musiker, die den Sound eines bereits erfolgreichen Musikers ihrer Wahl imitieren wollten. Daran ist grundsätzlich nichts verkehrt, nur wusste ich irgendwann nicht mehr, welches Tape zu welchem Künstler gehörte.

Gerade erklärt mir Jim Bozansky, wie ich mich am besten durch die Tapes arbeite. Er ist ein kleiner Typ, freundlich und stets lächelnd mit hellbraunen Haaren, der mich nicht so behandelt, als wäre ich die Neue.

»Gibt es eine Vorlage für die Absagen?«

Jim wirkt so irritiert, als hätte ich nach einem geheimen Schacht in Richtung Nimmerland gefragt.

»Welche Absagen?«

»Die an die Musiker, die wir nicht annehmen können. Da gibt es doch oft so Standard-Formulierungen.«

Jim sieht mich mitfühlend an. Habe ich gerade die Diagnose einer unheilbaren Krankheit bekommen und es nicht bemerkt?

»Sarah, niemand kriegt eine Absage. Wozu auch?«

»Damit sie wissen, was aus ihren Träumen wird.«

Jim hat ein schiefes Grinsen, das ihn wie einen frechen Jungen wirken lässt.

»Du bist schwer in Ordnung, Sarah. Aber für so was haben wir hier keine Zeit.«

»Oh … okay.«

»Mach dir keine Gedanken, du lernst schnell, wie der Hase hier läuft. Solche Dinge treiben sie dir schnell aus.«

Das soll bestimmt total motivierend klingen, weswegen ich eifrig nicke und mir vornehme, mir genau »solche Dinge« niemals von irgendwem austreiben zu lassen.

Es war dann aber die Mittagspause, die ich als Katastrophen-Highlight dieses Tages verbucht habe. Ich wurde von meinen neuen Kollegen nämlich gänzlich ignoriert. Ich habe mich damit getröstet, dass das vielleicht mein Glück war, denn es gibt so viele Gesichter und Namen zu merken. Unmöglich, dass jeder weiß, wer der andere ist.

Die einzigen mir bekannten Personen außer Charlie waren Jim und Heather, und von ihnen war weit und breit keine Spur zu sehen. So endete ich alleine an einem Tisch, der ohne Zweifel der Loser-Tisch der Firma ist. Zumindest hatte ich ein bisschen meine Ruhe, bis ich die Gespräche an den Nebentischen mitgekriegt habe.

Sie alle liefen ungefähr so:

»Hast du schon gehört, dass der Chef wieder eine Neue hat?«

»Junior oder senior?«

Unpassendes Gelächter.

»Ich habe gehört, er hatte mal was mit diesem deutschen Model.«

»Das habe ich auch gelesen, aber die ist doch jetzt mit dem einen Schauspieler küssend am Strand gesehen worden.«

»Spielt eigentlich keine Rolle, wen er diesmal im Bett hat. Lange bleibt sie da ohnehin nicht.«

Noch unpassenderes Gelächter.

»Er könnte ja gerne mal eine Affäre mit mir anfangen. Ich wette, der weiß, wie es geht.«

Das wäre dann mein Stichwort gewesen, um mich umzudrehen und ihnen mitzuteilen, dass der Sex mit Charlie tatsächlich verdammt gut war, und ja, dass er auch sehr genau weiß, was er tun muss, damit eine Frau auf ihre Kosten kommt. Stattdessen war mir der Appetit vergangen, und ich musste an mich halten, um mich nicht auf der Toilette zu übergeben. Mit fast dreißig hatte ich angenommen, die Highschool-Erfahrungen würden hinter mir liegen, aber das scheint sich in jedem Alter zu wiederholen.

Charlie habe ich, wie sollte es auch anders sein, den ganzen Tag nicht gesehen. Er hat sich nicht gemeldet. Kein Anruf, keine Nachricht, kein Lebenszeichen. Klar, im Büro wollten wir ein bisschen Abstand einhalten, um die Gerüchteküche nicht unnötigerweise noch weiter anzufeuern. Merkwürdig fand ich es dennoch. Ehrlich gesagt, beunruhigte es mich nach der Mittagspause sogar. Hatte Charlie das bekommen, was er wollte? Guten Sex, eine heiße Nacht? Würde ich jetzt auf einer anscheinend langen Liste der Ex-Freundinnen landen? Oder hatte er seinen Vater heute Morgen noch getroffen? Was hat dieser ihm erzählt? Wieso konnte er nicht einfach eine kurze Nachricht schicken, ich habe ja keine Blumen verlangt, die mein Büro in einen Tropenwald verwandelt hätten. Aber eine kurze Nachricht?

Das war also eine weitere Lektion in meinem neuen Job: Habe keine Erwartungen!

Auch als ich nach Feierabend das Gebäude verlasse, ist von Charlie noch immer nichts zu sehen. Ohne vernünftige Ausrede, mal in seinem Stockwerk vorbeizuschauen, macht es keinen Sinn, an seine Tür zu klopfen. Ich hasse dieses Gefühl, nach einem richtig guten Date warten zu müssen. Jetzt weiß ich wieder, warum ich solchen Verabredungen so lange und so erfolgreich aus dem Weg gegangen bin. In dem Moment, wo es etwas Ernstes werden könnte, hängen viel zu viel Hoffnungen und Erwartungen an der Sache. Vielleicht muss ich einfach nur etwas entspannter werden.

Beccas Aufmunterungsversuche funktionieren und lenken mich von den fiesen Gedanken ab, die sich wie ein TV-Recap mit den Worten »Was bisher geschah …« immer und immer wieder mit den gleichen Szenen beschäftigen. Erste Arbeitstage, so sagt Becca, sind nie gut, und wären sie es, würde sie ihnen nicht trauen. Wir einigen uns also darauf, dass es ab jetzt jeden Tag etwas besser laufen wird, bis ich »den ganzen Laden rocke«. Ihre Worte, nicht meine. Dennoch strenge ich mich an, ihren Optimismus wie ein Mantra stumm in meinem Kopf zu wiederholen: *Alles wird gut …*

Und das wird es tatsächlich, weil Charlie sich mit einer kurzen Nachricht meldet:

Hi Sarah,
sorry für den sehr chaotischen Tag. Ich saß nur in Meetings und kam kaum zum Luftholen. Hoffe, sie waren alle nett zu dir. Du fehlst hier neben mir. Das Kissen riecht nur noch ein bisschen nach dir. Das müssen wir auffrischen!
Freue mich auf morgen.
Xx,
Charlie

Auch wenn ich mir gewünscht hätte, noch mal seine Stimme zu hören, lächele ich doch erleichtert mein Handydisplay an und sage mir wieder Beccas Worte vor: *Alles wird gut …*

Er spricht seinen Vater nicht an. Vielleicht haben sie sich heute Morgen gar nicht mehr gesehen. *Ich* werde ganz sicher nicht von dieser peinlichen und unangenehmen Situation sprechen. Jetzt will ich nämlich nur noch den Tag hinter mir lassen und entscheide mich dafür, das am besten mit Wills Songs zu tun.

Tatsächlich, sobald ich seine Stimme und seine für ihn so typische Melodie höre, sehe ich wieder nach oben zu meinem Stück Himmel und weiß, dass mein Leben vielleicht ein paar Schlaglöcher aufweist, ich aber trotzdem eine verdammt glückliche Frau bin: Sarah Hawks, Musicscout.

Doch auch die nächsten Wochen bringen keine nennenswerte Steigerung. Ich ertappe mich dabei, wie ich an einem weiteren Dienstagmorgen im Fahrstuhl – schon wieder – mein neues Mantra vor mich hin murmele, während die anderen Frauen in ihren schicken und schrecklich teuer aussehenden Edelklamotten über die neuen Entwicklungen der Musikbranche sprechen. Mein »Alles wird gut, halte durch« passt so gar nicht zu den übrigen Gesprächen im Fahrstuhl. Etwa die über Instagram-Posts von Justin Bieber und wie sich ein weiteres Date mit Selena Gomez auf die Verkaufszahlen seines neuesten Albums auswirken würde. Jedes Foto, jeden noch so kurzen Snap bei Snapchat kann man für eine Promotion nutzen. Man plant ein möglichst spontan wirkendes Foto von einem Künstler, der bei CMI unter Vertrag steht, mit einem Model, das man extra dafür engagiert hat, um die Publicity zum Tourstart zu nutzen. Was man im Fahrstuhl alles lernt! Das ist wirklich beeindruckend. Und ich habe gedacht, es ginge darum, wer den nächsten Ohrwurm findet. Nur noch drei Stockwerke, dann darf ich mich wieder in mein Büro verkriechen, wo ich die meiste Zeit in Ruhe gelassen werde und mich dem widmen kann, wofür man mich eingestellt hat: Musik hören.

Doch dann öffnet sich die Fahrstuhltür, und Charlie tritt zu uns. Er sieht unverschämt gut aus, so wie immer. Wegen seiner zahlreichen Meetings habe ich ihn bis heute im Büro nicht zu Gesicht bekommen. Nur zweimal hatten wir kurze und dann zumeist sehr erotische Nächte an den Wochenenden. Immer bin ich zu ihm in seine Wohnung gekommen, wo wir erst zusammen gegessen und dann über meine Erfahrungen im Büro gesprochen haben – wobei Charlie jedes Mal betonte, wie gut ich mich machen würde und wie stolz er auf mich sei. Das zu hören tat gut, doch das wahre Highlight war ohne Frage das, was dann folgte. Wenn wir wie ausgehungert übereinander hergefallen sind, nachdem wir uns viel zu lange zusammenreißen mussten. Ich hätte gerne mehr Zeit, auch tagsüber, mit ihm verbracht, doch sein Vater hat ihn jede freie Minute in Beschlag genommen. Ihn jetzt zu sehen, in diesem dunkelblauen Anzug, mit dem charmanten Lächeln und diesen klaren grünen Augen, zaubert mir ein verliebtes Lächeln ins Gesicht. Kurz muss ich mich daran erinnern, dass noch andere Personen im Fahrstuhl sind und ich ihn deshalb nicht einfach so umarmen oder gar küssen darf. Er nickt allen lächelnd zu.

»Ladys …«

Tatsächlich ist er der einzige Mann zwischen uns *Ladys,* was ihm zu gefallen scheint. Sein Blick streift mich nur kurz, kein Anzeichen dafür, dass er mich erkannt hat oder es ihn freut, mich zu sehen. Mein Herz sinkt eine Etage tiefer, wo es von einer großen Portion Enttäuschung aufgefangen wird. Mir bleibt nur der Blick auf seinen Hinterkopf, diesen perfekten Nacken und die breiten Schultern. Direkt vor mir steht eine großgewachsene, dunkelhaarige Schönheit, die eine junge Frau neben ihr anstupst, sich leicht zu ihr rüberbeugt und ihr kaum hörbar die folgenden Worte zuflüstert:

»Schau dir den Hintern an …«

Beide werfen einen prüfenden Blick auf Charlies Gesäß, das ich bereits mehrmals – zuletzt Sonntagmorgen – nackt und in voller Pracht bewundern durfte. Der Gedanke führt automatisch zu einem breiten Lächeln. Es sollte keine Rolle spielen, wie sie über ihn sprechen oder welche Fantasien sein Anblick auslöst, denn die Realität gehört mir. Auch wenn das hier niemand weiß.

Komisch, dass gerade diese Tatsache mir nun ein unangenehmes Gefühl im Magen bereiten will. Und zu dumm, dass meine Etage schon erreicht ist und ich mich an den Frauen, die mich wohl erst jetzt bemerken, sowie Charlie vorbeizwängen muss. Kurz werfe ich ihm einen Blick zu, nur um zu sehen, ob er reagiert.

Was er tut!

Sein Lächeln erinnert mich an sein Gesicht in unserer ersten Nacht in seiner Wohnung. Natürlich hat er mich auch danach noch angelächelt, aber so strahlend ist es mir nur an unserem ersten Date aufgefallen.

Schon fallen mir die folgenden Schritte um einiges leichter. Und mit einem Mal fühle ich mich in meinen Jeans und dem leichten Top attraktiver als die *Ladys* im Fahrstuhl in ihren sündhaft teuren Designerklamotten.

Doch leider bleibt diese Begegnung mit Charlie an diesem Morgen das einzige Highlight meines Tages. Weder die Kiste voller Musik noch das Mittagessen steigern meine Laune. Das Essen an sich gibt keinen Grund für eine Beschwerde, denn es ist immer hervorragend und absolut gesund, aber ich habe bisher einfach keinen Anschluss gefunden. Heute bin ich besonders mutig und frage eine Gruppe Frauen, ob ich mich zu ihnen setzen kann. Sie nicken, auch wenn sie sich nicht besonders begeistert zeigen. Ihre Namen habe ich nach zwei Minuten schon wieder vergessen. Dem Gesichtsausdruck nach zu urteilen, machen sie sich ebenfalls nicht die Mühe, sich meinen Namen zu merken – oder mich überhaupt in ihre Gespräche einzubinden. Trotzdem ist es eine minimale Steigerung, da ich zumindest nicht mehr wie die komplette Loserin einsam am Tisch hinten links sitze.

Ich kaue gerade lustlos meinen Salat mit einer ordentlichen Ansammlung verschiedener Nüsse und einem leichten Limonen-Irgendwas-Dressing, als sich die rothaarige Frau neben mir überraschend an mich wendet.

»Sophie, hast du schon von dem Gerücht gehört? Carrington will sein Independence-Label wieder aktivieren …«

Mit »Sophie« meint sie mich. Aber ich erspare ihr die Blamage, sie vor den anderen zu verbessern, und schüttele mit einem Mund voller Salatblätter den Kopf. Ehrlich gesagt, wusste ich nicht mal, dass es ein solches Label jemals gab. Wie peinlich! Die Rothaarige fährt fort, ohne auf meine Antwort zu warten.

»Das wäre lächerlich. Idiotisch. Eine Verschwendung von Millionen …«

Gleich Millionen? Ich schlucke, bedacht darauf, mich nicht zu verschlucken, bevor ich betont unschuldig von einem perfekt geschminkten Augenpaar zum nächsten sehe.

»Wäre das denn so eine schlechte Idee?«

Meine Worte führen schlagartig zu hysterischem Gelächter, als hätte ich den Witz des Jahrhunderts gerissen und keine ernstgemeinte Frage gestellt. Mir persönlich gefällt die Idee nämlich gut. Schnell mache ich mir eine geistige Notiz für eine Nachmittagsrecherche. Um welches Label handelt es sich da wohl? Und wieso habe ich nichts davon gewusst? Eine Wissenslücke, die ich dringend stopfen muss.

»Wir sind mit jedem Künstler in den *Billboard Charts* vertreten, wozu also auf die Nebenschauplätze ausweichen?«

»Weil Geschmäcker verschieden sind.«

Wieder lachen sie nicht über einen Witz, sondern über meine Sichtweise. Ich beschließe, ihnen nicht noch mehr Lachfalten zu schenken, und esse stumm weiter, doch mein Gehirn fühlt sich nun zu Höchstleistungen angespornt. Wenn ein Label wie CMI wirklich in den Independence-Bereich exponieren würde … das wäre ein Traum! Noch bevor das letzte Salatblatt verspeist oder die Stunde Pause vorbei ist, entschuldige ich mich und gehe mit schnellen Schritten freiwillig zurück an meinen Arbeitsplatz, an dem ich mich jetzt nicht mehr ganz so fremd fühle.

Da es bei Carrington Inc. feste Mittagszeiten gibt, sind die Flure wie ausgestorben. Ich reiße die Tür zu meinem Büro auf – und bleibe im nächsten Moment wie angewurzelt stehen.

»Hi.«

Charlie sitzt auf meinem Bürostuhl und grinst mich frech an. Kurz vergesse ich seinen Anzug und sehe ihn wieder in dem legeren Look bei ihm zu Hause, wenn wir eng umschlungen auf der Couch knutschen – weit weg von diesem Büro. *Mein Charlie.*

»Hi!« Natürlich klingt meine Stimme viel zu begeistert, nicht halb so cool wie geplant. Aber er hat mir nun mal gefehlt. Charlie wirft einen Blick auf die schwere Silberuhr an seinem Handgelenk und zieht die Augenbrauen zusammen.

»Du bist zwanzig Minuten zu früh aus der Pause wieder da.«

»Ich nehme meinen Job eben sehr ernst.«

Er deutet auf die drei Stapel CDs, die ich liebevoll auf meinem Schreibtisch aufgebaut habe, und nickt anerkennend.

»Das kann ich sehen. Ich glaube, du bist der erste Scout, der sich wirklich durch die ganzen Dinger hört.«

»Dafür werde ich schließlich bezahlt.«

Er nickt nur und erhebt sich aus meinem Stuhl, was mein Herz offensichtlich kurz aus dem Takt bringt, denn ich höre das Blut in meinen Ohren rauschen. Langsam kommt er um den Tisch herum auf mich zu, denn ich bewege mich nach wie vor keinen Zentimeter. Meine Beine sind starr, meine Füße schwer wie Blei, und trotzdem surrt und summt es überall in meinem Körper. Direkt vor mir bleibt er stehen, sein Lächeln unverschämt sexy.

»Ich hatte Sehnsucht nach dir …«

Er beugt sich zu mir und küsst mich direkt auf den Mund, ich schlinge meine Arme um seinen Nacken, den ich im Fahrstuhl noch aus der Ferne betrachten musste. Charlies Körper an meinem fühlt sich verdammt gut an und weckt Erinnerungen an unser letztes Zusammensein, das für meinen Geschmack schon viel zu lange her ist. Er scheint mich wirklich vermisst zu haben, denn seine Küsse sind nicht so zurückhaltend, wie ich es erwartet habe. Im Büro, das habe ich heute im Aufzug mehr als deutlich verstanden, sind wir kein Paar, deswegen habe ich nicht damit gerechnet, dass er mich hier so überrascht. Seine Hand schiebt sich seitlich unter mein Top und streichelt meine Haut, was ein brennendes Verlangen an den Stellen hinterlässt, an denen er mich berührt, und zu noch leidenschaftlicheren Küssen führt. Es ist unfair, dass er meine Haut, ich aber nicht seine spüren darf. Natürlich ist dieser Ort der falsche für einen Quickie, aber wenn er nicht bald aufhört, kann ich für nichts mehr garantieren. Hastig schiebe ich ihn von mir, bevor die Verbindung zum Gehirn gekappt wird und ich nur noch meinem Herz folge. Schwer atmend sieht er mich an.

»Mieses Timing, Mr. Carrington!«

»Warum? Wenn ich will, könnte ich alle Mitarbeiter einfach nach Hause schicken und überall dort mit dir Sex haben, wo ich will.«

»Das klingt verlockend, aber …«

»Okay, ich mache dir ein Angebot. Du kommst heute Abend zu mir. Ich habe ein Dinner mit meinem Dad, aber danach …«

Sein Blick streift meine Brüste.

»… könnten wir da weitermachen, wo wir gerade aufgehört haben.«

»Dein Glück, ich habe heute noch nichts vor.«

»Ausgezeichnet!«

»Ich habe dich das noch nie gefragt, aber hat dein Dad irgendwas wegen mir erwähnt?«

Charlie zieht eine Augenbraue nach oben und schüttelt den Kopf. Das hatte ich mir gedacht, Carrington senior hat unser kurzes Treffen von damals natürlich nie erwähnt. Wieso auch? In seinen Augen bin ich wohl nur eine vorübergehende Laune seines Sohnes.

Er ärgert ihn bestimmt, dass ich nach unserem Disput überhaupt angefangen habe.

»Hätte er das denn tun sollen?«

»Nein. Ich dachte nur …, fange ich an und denke: … *weil er mich damals in deiner Wohnung erwischt hat und mir sehr deutlich gemacht hat, dass ich es mir da besser nicht gemütlich machen sollte.* Stattdessen entscheide ich mich für einen schnellen Themenwechsel.

»Sag mal, was ist an den Gerüchten von eurem Independence-Label dran?«

»Das spricht sich aber schnell rum.«

»Es wurde beim Mittagessen erwähnt.«

»Du hast also Kontakte geknüpft?«

Das scheint ihn zu freuen, was mich fast ein bisschen rührt. Weil Charlie so offensichtlich will, dass es mir hier in der Firma gefällt, bringe ich es nicht über das Herz, ihm die Wahrheit zu sagen. Außerdem ist es für ein abschließendes Urteil noch zu früh.

»Ja. Die *Ladys* sind total nett …« *Sie können sich nur meinen Namen nicht merken.*

Charlie lächelt glücklich.

»Ich wusste, dass du sie verzaubern wirst, Sarah.«

Damit beugt er sich zu mir und drückt mir einen sanften Kuss auf die Stirn. Einen kurzen Moment bleiben wir genau in dieser Position stehen und genießen diesen gemeinsamen Augenblick, den wir uns inmitten allem Offiziellen gestohlen haben.

Das Klopfen an der Tür reißt uns zurück in die Realität, in der Charlie binnen eines Herzschlags vier Schritte von mir entfernt steht und mich mit einem höchst professionellen Blick ansieht.

»Herein!«

Meine Stimme klingt noch nicht so gefasst, wie ich es mir gewünscht habe, allerdings dürfte außer meinen vom Küssen geröteten Lippen nichts verraten, was hier eben noch vor sich ging. Jim betritt mit einem großen Karton im Arm mein Büro und setzt, sobald er Charlie erkannt hat, zu einem breiten Lächeln an. Auch seine Körperhaltung verändert sich in Anwesenheit seines Chefs.

»Mr. Carrington, Sir. Guten Tag.«

»Jim …«

Die Kühle in seiner Stimme überrascht mich, so kenne ich Charlie nicht.

»Miss Hawks, hier sind die neuen Tapes für Sie.«

»Danke, Jim.«

Er stellt den Karton neben die vier CD-Stapel und lächelt begeistert, als würde er seinen Job lieben und ihn Tag für Tag mit ebendieser Freude ausüben. Er nickt uns zu und verlässt dann das Büro. Charlie verdreht die Augen, sobald wir wieder alleine sind.

»Was für ein Idiot!«

»Wer? Jim?«

»Ja.«

»Wieso? Er scheint einen guten Job zu machen.«

Und er ist nett zu mir, was ein großer Bonus in meinen Augen ist.

»Sarah, er trägt Kartons und hilft aus.«

Mit einem Mal kommt mir Charlie so unglaublich arrogant und fremd vor, dass ich unsicher lächle, in der Hoffnung, er würde nur einen albernen Scherz machen.

»Ich könnte einen Affen dressieren, um diesen Job auszuüben. Wenn ich bloß mehr Zeit hätte …«

Autsch!

»Nun, Jim musst du nicht dressieren. Er macht seine Arbeit auch so gut.«

»Mag sein. Vor allem aber ist er ein großes Tratschmaul. Hoffentlich kann er diesmal seine Klappe halten. Ich habe keine Lust, dass er überall rumerzählt, dass ich in deinem Büro war.«

Doppel-Autsch!

»Wäre dir das denn so unangenehm?«

»Ja.«

Ladys und Gentlemen, wir erhöhen auf ein Triple-Autsch!

Sofort verschränke ich die Arme vor der Brust und blicke demonstrativ auf den neuen Karton voller Musikträume.

»Ich muss zurück an die Arbeit …«

Mit festen Schritten gehe ich zurück zu meinem Schreibtisch, lasse Charlie stehen und erkläre so das Gespräch für beendet.

»Sarah.«

»… sonst ersetzt du mich womöglich noch durch einen dressierten Affen.«

»Sarah, Jim ist mein Angestellter. Nicht mein Freund.«

»Höflichkeit und Respekt kann man auch Angestellten entgegenbringen.«

»Das tue ich. Ich will nur nicht, dass sich die ganze Belegschaft das Maul über uns zerreißt.«

»Und wenn schon?«

Das tun sie nämlich schon längst. Zwar wissen sie immer noch nicht genau, mit *wem* er nun gerade wieder eine Affäre hat, aber es wird nicht mehr lange dauern, bis sie auf mich kommen. Dann spielt das alles sowieso keine Rolle mehr.

»Hör mal, es war schwer genug, meinen Vater davon zu überzeugen, dich einzustellen. Wir brauchen in der Firma keine Gerüchte über unser Privatleben.«

Die Art und Weise, wie er mit mir und über mich spricht, gefällt mir gar nicht. Jetzt erinnert er mich so sehr an seinen Dad, dass mir fast schlecht wird. Muss ich mich daran etwa gewöhnen? An den privaten Charlie *und* den Geschäftsmann Charles Carrington junior – die so gar nichts miteinander zu tun haben. Sein Blick ist nun deutlich kühler, auch wenn er sich an einem versöhnlichen Lächeln versucht.

»Ich habe verstanden.« Auch aus meiner Stimme ist die Wärme fast gänzlich verschwunden.

»Gut.«

Ein Wort, das mich wie eine Ohrfeige trifft.

Die Härte seines Ausdrucks begleitet mich bis zum Feierabend, als ich endlich dieses unterkühlte Glasgebäude verlassen kann und zurück in die Abendhitze der Stadt trete. Nichts wie nach Hause!

Jetzt sitze ich in der Subway, starre aus dem Fenster und denke noch einmal an unser Gespräch sowie den anschließenden knappen und ziemlich ungelenken Abschied, der sich komisch angefühlt hat. Charlie und ich haben uns nur noch kurz zugenickt – kein Kuss, keine Berührung mehr. Von da an war ich zu keinem vernünftigen Gedanken mehr fähig. Sogar der Versuch, nicht mehr an ihn zu denken, scheiterte grandios. Charlie wird zu meinem Eisbär.

Denken Sie jetzt nicht an einen Eisbär!

Ja genau, sofort denkt man an einen flauschigen Eisbär. Seit Stunden denke ich nur noch an Charlie. Dabei wollte ich nie so eine Frau werden. Eine, die jedes Wort, jede Geste ihres Freundes immer wieder durchgeht und sich auf nichts anders mehr konzentrieren kann.

Ich brauche dringend eine Ablenkung, doch leider funktioniert gerade nicht mal mehr die Musik, die laut über die Kopfhörer in meine Ohren schallt. Das Klingeln meines Handys unterbricht jäh den Song und reißt mich aus meiner Gedankenwelt. Für Letzteres bin ich sogar dankbar.

Natürlich zischt eine Sternschnuppenhoffnung durch meinen Kopf … Doch es ist nicht Charlies Nummer, die auf meinem Display erscheint, also bekomme ich jetzt auch keine Entschuldigung für sein merkwürdiges Verhalten. Trotzdem bemerke ich das Lächeln, als ich das Gespräch annehme. *Endlich!*

»Hey!«

»Hey …«

Dann folgt Stille, die nichts mit einem potenziellen Funkloch in der Subway zu tun hat. Das ist so typisch für Will. Was für eine lässige Begrüßung, wenn man bedenkt, dass wir uns seit dem Treffen im *Café Stumptown* nicht gehört oder gar gesehen haben. Oft hatte ich schon eine Mail an ihn getippt, kam mir dann aber blöd vor, sie abzuschicken. Als wäre ich doch nur ein weiteres Fangirl, das seine Aufmerksamkeit wollte. Vielleicht hatte ich auch gehofft, er würde sich zuerst bei mir melden, um an einem Song zu arbeiten. Oder auch nur, weil er mich wiedersehen wollte.

Freue ich mich jetzt zu sehr, endlich wieder seine Stimme zu hören?

»Was machst du gerade?«

Eine ausformulierte Frage, das ist immerhin eine Steigerung.

»Ich bin auf dem Heimweg.«

»Verstehe.«

Mein Stimme klingt viel zu gereizt, dabei hat mein durch den Stress angestauter Frust rein gar nichts mit ihm zu tun.

»Bitte sag mir, dass du nicht nur anrufst, weil ich noch keine ausformulierte Kritik zu deiner EP gepostet habe?«

»Nein.«

Erleichterung durchströmt meinen Körper. Das habe ich nämlich nicht vergessen. Es fällt mir nur schwer, Worte zu finden, die seiner Musik angemessen sind. Vor allem, wenn meine Gedanken – wie in den letzten drei Wochen eigentlich fast immer – nur um meinen neuen Job und neuen Freund gekreist sind.

»Weswegen dann?«

Er scheint zu zögern. Ich höre Musik im Hintergrund, das Fluchen eines Jungen und einen dumpfen Schlag.

»Bist du zu müde für einen Besuch im Plattenladen?«

»Bist du denn noch dort?«

»Wir haben bis zweiundzwanzig Uhr geöffnet.«

Will beherrscht es wie kein anderer, Fragen zu beantworten, ohne dass er sie beantwortet. Er sagt nicht, ich solle doch zu ihm kommen, er sagt nicht, er würde dort auf mich warten oder sich gar freuen, mich zu sehen. Wenn ich ehrlich bin, habe ich gerade keine große Lust auf ein neues Spiel mit dem Titel »Rate, welche versteckten Signale dir der Tag wirklich senden will«. Meine Beine tun weh, meine Augen brennen, und ich hätte nichts gegen eine kleine Pause. Vielleicht Claires Muffins und Beccas Zuspruch, bevor ich heute Abend zu Charlie fahre. Oder, das ist auch eine verlockende Vorstellung, einfach nur meine Ruhe.

»Ich hatte einen langen Tag …«

Weiter komme ich nicht, denn Will unterbricht mich.

»Ich würde mich wirklich freuen, wenn du vorbeikommst.«

Das nimmt mir den Wind aus den Segeln und schleudert mich zeitgleich zurück in die Position, eine Entscheidung treffen zu müssen. Keine Sekunde vergeht, da höre ich mich schon sagen:

»Okay.«

»Okay?«

»Ich bin unterwegs.«

»Ich warte.«

Das ist alles. An einem Tag wie heute reicht mir das, um wieder gute Laune zu haben.

Music to Watch Boys To

Tobey's Vinyl Heaven erinnert auf den ersten Blick an einen Plattenladen aus den achtziger Jahren, der wie durch ein kleines Wunder die digitale Revolution der Musikindustrie überlebt hat. Der kleine Laden am Eck zweier wenig befahrener Straßen hat ein großes rotes Schild über dem Eingang, auf dem in neongelben Lettern der Name geschrieben steht. Im Schaufenster, das hinter einem grobmaschigen Gitter liegt, hängen vergilbte Poster alter Musiklegenden, die heute bestimmt kaum noch ein Jugendlicher kennt. Keine Ahnung, wer noch hierherkommt und in den vielen Plastikkisten nach einem wertvollen Schmuckstück sucht. Vorsichtig betrete ich den Laden durch die Glastür, was durch eine kleine Glocke über mir angekündigt wird. Im Hintergrund läuft Michael Jacksons »Off the Wall«, und eine mir bekannte Stimme ertönt aus dem Raum hinter dem roten Vorhang.

»Bin gleich da! Schauen Sie sich schon mal um.«

Wills Aufforderung werde ich Folge leisten, denn immerhin fühle ich mich hier sofort wie zu Hause. Es riecht etwas stickig, nach Plastik, alten Kartons und zu wenig geöffneten Fenstern, vor allem aber riecht es nach Musik. Links finden sich unzählige CDs, die nach Genre und Musiker getrennt sind. Keine Chance also, die Bee Gees neben Justin Bieber zu finden. Rechts stecken die Schallplatten in verschieden großen Plastikboxen, vergilbten Covern, eingerissenen Plastikhüllen, alles lieblos abgegebene Vinylscheiben, deren wahrer Wert dem ehemaligen Besitzer nicht bewusst war.

Hinten in der Ecke steht ein altes *Arcade Game,* das mit den atemberaubenden 3-D-Grafiken der handelsüblichen Spielkonsolen nicht im Entferntesten mithalten kann. Dennoch tummeln sich zwei Jugendliche davor, die begeistert gegen *Space Invaders* kämpfen. Neben ihnen lehnen kleine bunte Plastikskateboards und Rucksäcke, in denen sich wohl ihre Hausaufgaben befinden, um die sie sich eigentlich kümmern sollten. Angezogen von den Platten, blättere ich durch eine Kiste, in der alte Scheiben von Van Morrison neben denen von Van Halen stehen. Bei diesem Anblick fühle ich mich wie ein Kind im Süßigkeitenladen!

»Hey …«

Wills Stimme ist nun direkt hinter mir. Zum ersten Mal an diesem Tag – um ehrlich zu sein, seit meinem ersten Arbeitstag bei CMI – fühle ich mich nicht gestresst. Er tritt neben mich, reicht mir eine hellblaue Tasse, an der bereits einige Keramikstücke abgesplittert sind und die mit duftendem Tee gefüllt ist. Will schaut auf die Kiste vor mir.

»Du klangst am Telefon etwas geknickt. Ich dachte … Tee?«

Lächelnd nehme ich die Tasse an und werfe ihm einen flüchtigen Seitenblick zu, weil ich verhindern will, dass er meine begeisterte Überraschung in voller Blüte sieht.

»Danke.«

So albern es klingen mag, diese kleine Geste ist heute unbezahlbar. Natürlich kann man nicht alle Sorgen oder jeden Stress mit einer Tasse Tee beenden, aber zumindest hilft es mir hier und jetzt, dieses blöde Gefühl abzuschütteln, dass man die ganze Zeit über versagt hat. Will nickt nur stumm und sieht anerkennend auf das Album *The Velvet Underground* aus dem Jahr 1969 zwischen meinen Fingern.

»Gute Wahl.«

»Zufallstreffer.«

»Eines meiner Lieblingslieder ist da drauf.«

Schnell nehme ich einen Schluck Tee. Hauptsächlich, um Zeit zu gewinnen, bevor ich mich zu ihm drehe und ihn endlich richtig ansehe. Empfangen werde ich von einem sanften Lächeln und muss mir auf die Innenseite meiner Wange beißen, um es ihm gleichzutun. Wills Anblick, eine Tasse Tee und dieser Plattenladen, das alles wirkt wie eine Antistresskur. Er trägt ein blau-weiß gestreiftes T-Shirt, blaue Jeans und dunkle Chucks. Seine Haare sind unordentlich, was aber wohl zu seinem Standardlook gehört; allerdings ist der leichte Dreitagebart wohl heute Morgen dem Rasierer zum Opfer gefallen. Das lässt ihn etwas jünger und frecher wirken, was ihm richtig gut steht. Um ihn nicht weiter anzustarren, besinne ich mich auf unser Gespräch.

»Welches ist es denn?«

Statt zu antworten, greift Will nach der Platte. Während er dabei meine Hand streift, ignoriere ich das Gefühl, hier etwas Verbotenes zu tun. Das kurze Kribbeln liegt bestimmt an meiner Müdigkeit und dem kleinen Koffeinschock, den ich mir auf dem Weg von der Subway-Station zum Laden in Form eines schnellen Espressos eingefangen habe. Will nickt in Richtung Kasse. Ich folge ihm, werfe einen Blick zu den Jungs in der Ecke, die noch immer völlig in ihrem Gamingrausch versunken sind. Will grinst, als er sie ebenfalls kurz dabei beobachtet.

»Ben und Steve, die sind immer hier. Versuchen, den Highscore zu knacken.«

»Sind sie dabei erfolgreich?«

»Der ist seit fünf Jahren unerreicht.«

Er führt mich am kleinen Tresen mit der Kasse vorbei zu einer Tür mit einem großen Glasfenster, die zu einem winzigen Raum gehört, nicht größer als eine Umkleidekabine. Im Inneren steht ein Plattenspieler, die Wände sind mit rotem Filz bezogen. Dort hängen wieder Poster von Musikern, deren Frisuren das Jahrzehnt ihres größten Hits verraten. Will öffnet die Tür und lässt mich zuerst eintreten. Es ist enger, als ich angenommen habe. Doch erst als Will die Tür hinter sich schließt, wird mir bewusst, dass diese Box nicht für zwei Personen gedacht ist. Einen kurzen Moment sehen wir uns an. Wir stehen dabei so dicht voreinander, dass es unmöglich ist, nicht die Wärme des anderen zu spüren.

Will riecht nach einem frischen Aftershave, das mich sofort an den Ozean denken lässt, seine braunen Augen sehen mich unsicher an. Auf der linken Wange hat er eine kleine Narbe, die mich neugierig darauf macht, mehr über ihn zu erfahren. Sein Blick wandert über mein Gesicht und bleibt kurz an meinen Lippen hängen, bevor er sich zu mir beugt, worauf mein Herz sekundenlang den Betrieb einstellt. Seine Hand streift meinen Arm, eine beiläufige Bewegung. Dennoch schubst sie mich an den Rand eines Gefühlschaos, in dem ich mich verzweifelt an Charlies Küsse vorhin in meinem Büro klammere. Will legt seinen Arm um meine Hüfte, zieht mich ein bisschen zu sich … und alle Alarmsirenen, die in meinem Kopf losheulen, übergehe ich, weil ein anderes Gefühl in meinem Magen stärker ist.

Seine Stimme erklingt, so wie im *Tuned*, als ich sie zum ersten Mal gehört habe, nur viel näher und intensiver, viel zu nah an meinem Ohr.

»*That's the story of my life.*«

Die Gänsehaut nimmt mich blitzschnell ein, mein Atem wird schneller, kurz schließe ich die Augen und blende alles aus, was hier in dieser engen Music Booth nichts zu suchen hat.

Kein Job.

Kein Streit mit Charlie.

Kein Charlie.

Keine Grace.

Es ist wie ein kleines Paralleluniversum, in dem es nur Will, mich und die Musik gibt. Als ich die Augen öffne, sieht er mich noch immer mit dieser Mischung aus Melancholie und Hoffnung an.

Doch statt mich zu küssen, beugt er sich weiter zum Plattenspieler, der hinter mir steht. Fast will ich erleichtert aufatmen, wäre da nicht die plötzliche Enttäuschung, die jetzt noch verwirrender auf mich wirkt als die Tatsache, dass ich nicht an Charlie denke.

Will legt die Platte auf den Teller, hebt den metallischen Arm sachte auf das Vinyl und lauscht dem Kratzen, das zu einem echten Musikgenuss dieser Art dazugehört. Hoffentlich kann man meinem Gesicht das Gedankenkarussell nicht ansehen, denn ich befürchte ohnehin schon, dass das laute Trommeln meines Herzens mich verrät. Die ersten Takte des Songs ertönen. Wills Lippen, die übrigens noch immer sehr nah sind, formen ein wunderschönes Lächeln. Sobald Lou Reeds typische Stimme ertönt, weiß ich ganz genau, dass ich *That's The Story Of My Life* nie wieder hören werden kann, ohne dabei an Will, den Duft seines Aftershaves, die Enge dieser Kabine und dieses Lächeln zu denken.

Um mich nicht weiter anzustarren, sieht Will betont weg, als würde er die Struktur der Wand hinter mir auswendig lernen wollen. Und obwohl alles in mir schreit, dass ich wegsehen sollte, kann ich nur auf die kleine Narbe auf seiner Wange starren. Bevor ich dem Impuls nachgeben kann, sein Gesicht zu berühren, reiße auch ich meinen Blick los und starre auf das Poster hinter ihm. Ich muss nicht erst zu ihm schauen, um zu wissen, dass er mich jetzt wieder ansieht und mein Gesicht ebenso studiert wie ich vor wenigen Augenblicken noch seines. Ich nehme etwas umständlich einen Schluck Tee, einfach nur, damit ich eine Beschäftigung habe, während wir dem Lied lauschen und angestrengt so tun, als würden wir einander nicht ansehen. Und dann tun wir es doch. Wir sehen uns an, ohne Peinlichkeit, sondern bewusst. Ich beobachte seine Augen, wie er dem Song lauscht, wie er für die Dauer des Gesangs den Blickkontakt hält und mir erlaubt, ihn aus dieser Nähe zu betrachten. Wir lassen die Schutzmauern verschwinden und öffnen uns für die Dauer des Liedes den durchdringenden Blicken des anderen.

Es spielt keine Rolle mehr, dass er sich die letzten Wochen nicht gemeldet hat, meine Befürchtungen, doch nicht mit ihm zusammen ein paar Songs zu schreiben, in seiner Nähe Musik zu erleben, sind in diesem Augenblick irrelevant. Jetzt fühle ich mich verwundbar und sicher zugleich. Der Stress der letzten Zeit, der heutige Streit mit Charlie und die Gerüchte in der Kantine zeigen ihre Spuren, als mir Tränen in die Augen steigen und ich spüre, wie müde ich bin.

Ständig in Bewegung und dem Alltag einen Schritt voraus zu sein, sich dabei nie anmerken lassen, wie erschöpft man eigentlich ist, das kostet Kraft. Niemand gibt das zu, auch wenn wir uns alle so fühlen. Jetzt gebe ich das in der Gesprächsstille alles vor mir selbst zu – und schäme mich nicht. Will schiebt seine Hand sanft in meine und drückt sie kurz. Im Moment ist das mehr wert als eine Umarmung. Unsere Schultern berühren sich, und ich lehne mich etwas stärker gegen ihn, was ihn nicht stört. Ganz im Gegenteil, er beugt sich etwas zu mir herunter.

»Eines Tages will ich so einen Song schreiben. Über meine eigene Geschichte.«

Seine Augen verraten, wie groß dieser Wunsch ist.

»Ich würde sie mir anhören. Deine Geschichte …«

Wills Mundwinkel zucken zu einem Blitzlächeln, das einen Volltreffer in meinem Inneren landet.

»Vielleicht hilfst du mir, sie zu schreiben?«

»Gerne.«

Was, wenn hier drinnen die Zeit kurz stehenbleibt? Wenn Ben und Steve draußen weiter ihr Computerspiel zocken, wir uns in dieser Musikkabine aber für die Dauer des Liedes eine Auszeit von der Welt gönnen? Die Realität spielt sich hinter der Tür ab. Hier drin darf man fühlen, denken und sagen, was man sich sonst verkneift. Weil hier alles sicher ist und unter uns bleibt.

»Ich hatte einen beschissenen Arbeitstag. Na ja, um ehrlich zu sein, hatte ich viele beschissene Arbeitstage.«

Ohne darüber nachzudenken, habe ich die Chance genutzt und gesagt, was ich mir die ganze Zeit schönreden wollte. Heute lief einfach gar nichts rund – noch weniger als sonst –, und ich darf deswegen enttäuscht sein.

Will nickt, als wüsste er nur zu gut, was ich meine.

»Hilft der Tee?«

»Ja.«

»Freut mich.«

Die Wahrheit ist aber, dass nicht nur der Tee hilft. Will tut es. Seine Anwesenheit. Sein Lächeln. Die Art, wie er mich versteht. Das ist es, was hilft. Gerade nach dem heutigen Enttäuschungsmarathon.

»Morgen wird es besser.«

»Glaubst du?«

»Ich weiß es.«

»Sehen wir uns morgen?«

Mit meiner Frage endet der Song – und damit auch unsere gemeinsame Zeit in dieser Kabine. Will sieht kurz zum Plattenspieler und überlegt vielleicht, ob er noch ein weiteres Lied abspielen soll. Doch der Moment ist vorbei, das wissen wir beide.

»Das hoffe ich.«

Der Plattenarm hebt sich mit einem kurzen Knacken vom Vinyl. Die Realität hat uns wieder.

The Stars Are Out Tonight

Nach einer kurzen Dusche und der Kurzfassung meines Tages via WhatsApp an Becca sitze ich nun auf meinem Bett und überlege, was ich Charlie sagen soll, wenn wir uns nachher sehen. Die Wahrheit über sein Verhalten und wie sehr mir das alles zu denken gegeben hat? Oder soll ich lieber die entspannte Freundin spielen, die das alles nicht so ernst nimmt und schon längst vergessen hat?

Charlie wollte sich melden, sobald er frei wäre und wir uns endlich weit weg von der Arbeit sehen könnten. Da ich nicht weiß, wie lange die Wartezeit bis zu unserem Treffen sein wird, mache ich es mir mit einem Stück Ein-Dollar-Pizza und meinem Laptop bequem und beginne mit der Recherche, zu der ich im Büro nicht mehr gekommen bin.

Carrington Independence Inc., kurz CII genannt, war ein Plattenlabel, das früher unbekannten Musikern ein größeres Publikum beschert hat. Zusammen mit dem Radiosender Independent Tunes wurden Songs abseits der großen Stationen und TV-Sender gespielt, sozusagen für Liebhaber der Underdogs, die von den sich ständig wiederholenden Hits im herkömmlichen Radio übersättigt waren.

Ich finde heraus, dass das Label die ersten fünf Jahre erfolgreich lief, bis das Internet seinen großen Durchbruch hatte und die meisten Musiker ihre Songs selbst online stellten. Als Justin Bieber schließlich bei YouTube entdeckt und von Usher unter Vertrag genommen wurde, war das Ende von CII beschlossene Sache. In einem Interview mit der New York Times wird Carrington senior folgendermaßen zitiert: »Ich schließe nicht aus, dass wir das Label wieder aktivieren, sollte es ein Publikum für solche Musiker geben. Im Moment wäre es verschwendetes Geld.«

Natürlich, es geht mal wieder ums Geld. Dabei ist ein Publikum auf jeden Fall vorhanden. Wie sonst sollte man sich die ausverkauften Konzerte der Bands erklären, die zwar den großen Labels unbekannt sind, die sich aber online bereits eine große Fangemeinde erkämpft haben?

Sofort muss ich an Will und seine selbstproduzierte EP denken. Man stelle sich nur mal vor: Busking Brown bekäme die Chance, seine Songs im Radio zu Gehör zu bringen und auf diese Weise noch mehr Menschen zu erreichen.

Will hat ein ganz anderes Verständnis von Musik, das habe ich heute wieder bemerkt. Die Art, wie er Musik hört, was er dabei empfindet, alles stand ihm deutlich ins Gesicht geschrieben: das aufgeregte Leuchten in den Augen, das Lächeln. Sofort muss ich an den Song aus der Musikkabine denken. Er war viel zu kurz, die Lyrics viel zu nichtssagend. Auch die Musik war nicht unbedingt das, was ich eine weltverändernde Melodie nennen würde. Trotzdem geht mir der Song nicht mehr aus dem Kopf! Solche Stücke werden kaum noch gespielt oder produziert. Wäre so etwas nicht *die* Chance, für Carrington mit CII ein verlorenes Musikterrain zurückzuerobern? Um nicht weiter nachdenken zu müssen, logge ich mich auf meinem Blog ein und schaue mir einige Kommentare an, die in der Zwischenzeit dazugekommen sind, lasse sie aber vorerst noch unkommentiert, weil ein anderes Gefühl stärker ist: Ich muss einen neuen Artikel erstellen.

Wenn Musik mehr ist als nur Musik ...

Ein neues Kapitel in meinem Leben hat jetzt angefangen. Voller Stolz kann ich sagen, dass ich endlich einen Job in der Musikindustrie habe, auf den ich so lange warten und hinarbeiten musste. Am ersten Arbeitstag bin ich noch mit einem Glücksgefühl aufgewacht und habe irgendwie erwartet, genau dieses Gefühl Tag für Tag bei mir zu tragen. Nun, dem war nicht so. Aber wie heißt es so schön: Der Anfang ist immer schwer.

Meine Finger fliegen nur so über die Tastatur und helfen mir dabei, die letzten Tage für die Leserschaft da draußen festzuhalten. Doch nach nur wenigen Sätzen breche ich ab, schaue auf den blinkenden Cursor und frage mich, wieso ich über das schreibe, was mich heute runtergezogen und frustriert hat. Schnell markiere ich den Text und lösche ihn herzlos. Dann atme ich tief durch.

Ein Song überfällt uns manchmal aus dem Nichts. Er setzt für immer einen Erinnerungsstein in unserem Leben und ist daraus fortan nicht mehr wegzudenken. Das passiert öfter, als wir annehmen. Wie sonst sollten wir uns das Phänomen erklären, dass wir auch Jahre nach dem Hype um einen Song noch immer dessen Text mitsingen können? Heute ist mir das wieder passiert. In der Intimität einer Musikkabine in einem kleinen Plattenladen in meiner Stadt. Auch wenn ich weiß, dass der Song für die Welt gewöhnlich sein mag, hat er eine Kerbe in meine Erinnerung geschlagen, die ich sicher auch in einigen Jahren noch spüren werde. Dabei lag das nicht einfach nur an der Musik, sondern an allem, *was* die Musik mit mir gemacht hat. Es war ein besonderer Moment. Solche Augenblicke verdienen einen unvergesslichen Soundtrack, einen Song, den wir im Radio sonst einfach weiterdrücken, weil er es nie auf unsere Lieblings-Playlist geschafft hätte, und der jetzt trotzdem diesen überraschenden Triumph feiert.
Niemals werde ich fortan auch nur einen Takt hören können, ohne an Früchtetee zu denken. Nie mehr werde ich Lou Reeds

Stimme singen hören können, ohne dabei an eine kleine Narbe auf der Wange zu denken oder ein ganz bestimmtes Lächeln vor meinem inneren Auge zu sehen. Musik ist eben so viel mehr als nur Musik. Sie weckt Erinnerungen, lässt uns Gerüche wahrnehmen, die es nur noch in unserem Kopf gibt. Musik löst ein Gefühl aus, das wir für immer mit diesem einen Moment verbinden. Nachdem mein Tag, an den ich so viel Erwartungen hatte, heute so bescheiden verlaufen ist, hat er sich zum Abschied versöhnlich gezeigt, alles dank eines Songs.

Danke für den Tee, das Lied und das Happy End des Tages.

Für alle, die sich jetzt fragen, um welchen Lou-Reed-Song es sich handelt: Sorry, diesmal behalte ich ihn für mich ganz alleine.

Stay tuned.

Sarah

Ich weiß, dass Will diesen Beitrag lesen und verstehen wird. Er und nur er alleine weiß, wovon ich spreche und wieso es mir wichtig ist, dass ich das alles einmal gesagt habe. Vielleicht konnte ich ihm nicht sagen, dass er wieder mein Tageshighlight geworden ist, aber zumindest weiß er jetzt, wie schön ich unser kurzes Treffen fand.

Kaum habe ich auf *Veröffentlichen* gedrückt, klingelt auch schon mein Handy. Als ich Charlies Nummer erkenne, zieht sich mein Magen zusammen.

»Hi.« Meine Stimme klingt kühler, als ich es vorhatte.

»Hi, Sarah. Ich muss mich entschuldigen.«

Charlie klingt ernst, fast bedrückt. Mein leichter Ärger über sein Verhalten im Büro will sich sofort verflüchtigen.

»Es tut mir so leid, dass du neulich Morgen meinen Vater erwischt hast.«

Ach, Charles senior hat es ihm also beim gemütlichen Abendessen – ausgerechnet heute – doch noch erzählt. Weil ich nicht vor

Schreck einen Rückzieher gemacht habe und noch immer da bin. Vermutlich kurz vor dem Dessert, um es seinem Sohn so richtig zu vermiesen. Trotzdem will ich meiner Nur-kein-Drama-Strategie treu bleiben. »Halb so wild.«

»Nein. Es tut mir leid, egal, was er gesagt hat. Er ist und bleibt ein Idiot!«

»Dein Vater war gar nicht so schlimm.«

War er, ich will es mir nur nicht anmerken lassen.

»Sarah …«

»Nein, wirklich.«

Stille. Vermutlich lauscht er meiner Atmung, um über die Entfernung von Tribeca bis zum Knights Building messen zu können, ob ich ihn anlüge oder nicht.

»Ich nehme an, es wird Zeit für eine weitere Entschuldigung. Diesmal nicht für meinen Vater. Tut mir leid, dass ich mich im Büro so benommen habe.«

Hörbares Aufatmen! Wusste ich doch, dass es nicht der Charlie war, den ich bisher kennengelernt habe. So ist er einfach nicht. Doch seine Worte gegen Jim, und irgendwie auch gegen mich, haben ihre Spuren hinterlassen. Spuren, die er jetzt wegküssen soll.

»Verzeihst du mir?«

»Schon vergessen.« *Zumindest so gut wie.*

»Ich befürchte allerdings, wir müssen unser Date verschieben. Mein Dad will mich noch nicht gehen lassen.«

Schnell sehe ich auf die Uhr, es ist schon kurz vor neun Uhr. Verdammt! Typisch für den alten Herrn. Als könnte er es riechen, dass wir noch ein Date hatten.

»Okay.« Es gelingt mir nicht, die Enttäuschung angemessen zu verbergen.

»Tut mir leid, Sarah. Aber wir holen das nach. Nur du und ich. Okay?«

»Sicher. Ich bin ohnehin sehr müde.«

»Willst du mir trotzdem kurz erzählen, wie dein restlicher Tag noch war?«

»Gut.« Ein Wort, eine Lüge.

»Das freut mich. Ich weiß, aller Anfang ist schwer. Aber du hast die Eingewöhnungsphase fast hinter dir.«

Noch habe ich nicht das Gefühl, irgendeine Phase bald überstanden zu haben. »Sehen wir uns morgen Abend?«

»Ich habe ein Meeting in Boston und weiß nicht, wann ich wieder in der Stadt bin.«

»Schon wieder Boston?«

Warum bin ich nur so enttäuscht. Ich habe ja mitbekommen, dass er als Chef ständig unterwegs ist. Wie naiv von mir, zu erwarten, dass er wegen eines ausgemachten Dates mit mir einen spontan reingerutschten Termin absagen oder verschieben würde. Das alles ist aber auch kein Grund zur Panik, es kommen noch andere Abende. Und am Wochenende werde ich ihn wieder sehen. Bis dahin ist es nicht mehr weit.

Als hätte Charlie meine Gedanken gespürt, versucht er mich aufzumuntern.

»Diese Woche ist es ziemlich stressig. Aber vielleicht können wir am Wochenende wieder was unternehmen?«

»Sehr gerne.«

Ich will noch nicht auflegen, doch die Stille nach meiner Zusage deutet darauf hin, dass Charlie nicht frei sprechen kann. Sein Vater lungert bestimmt irgendwo im Hintergrund herum und erlauscht jedes Wort. Ich höre gedämpft, wie eine Tür geschlossen wird.

»Sarah?«

»Hier.«

»Es tut gut, meinen Tag mit deiner Stimme zu beenden.«

Mit diesem Satz erwischt er mich völlig unvorbereitet. Darauf habe ich keine Antwort, keinen flotten Spruch, dafür bin ich zu überrascht und sprachlos. Ich halte die Luft an.

»Und eine Sache noch, Sarah.«

»Hm?«

»Hör nicht auf das, was mein Vater gesagt hat.«

Seine Stimme hat eine Ernsthaftigkeit angenommen, die ich noch nicht sehr oft gehört habe. Obwohl er mich nicht sehen kann, nicke ich erst, bevor ich antworte.

»Okay.«

»Ach ja, und lass weiter die Finger vom Thunfischsandwich!«

Bevor ich etwas erwidern kann, hat er aufgelegt und mich mit einem Lächeln zurückgelassen. Charles Carrington junior, warum bist du so verdammt charmant.

Nachdem auch ich aufgelegt habe, bemerke ich einen neuen Kommentar auf meinem Blog in Form eines kleinen orangen Punktes. Noch bevor ich ihn anklicke, weiß ich, wer der Kommentator ist. Und ich behalte recht! Mein Herz wechselt in den Schleudergang.

Gern geschehen.
Danke dir für den Moment hinter der Glastür mit Lou.
Bis morgen.
Will

O … nein. O nein! Verdammt! Herz, reiß dich zusammen! Du kannst nicht den gleichen Sambarhythmus hinlegen wie eben schon bei Charlie! Das ist unfair und verwirrend! Das gehört sich nicht!

Ausgerechnet jetzt summt mein Unterbewusstsein die Melodie des Songs von »The Velvet Underground«. Ich höre Lou Reeds Stimme, während ich gleichzeitig Wills Blick auf mir spüre und hastig eine Antwort schreibe, allerdings an sein Handy.

Sarah Hawks: Hoffe, es war okay, diesen Moment mit der Welt zu teilen. Vielleicht kommt er mir jetzt etwas realer vor. Und sag mal: Kennst du eine gute Playlist gegen das nervige Geschwätz der Kollegen im Fahrstuhl? Liebe Grüße, Sarah

Vielleicht antwortet er erst morgen oder gar nicht, aber gerade habe ich so viel im Kopf, dass ich mich sicher noch nicht ins Bett legen und schlafen kann – oder will.

Zu viel ist heute passiert und zu gerne würde ich jetzt eben auf dem Dach des Knights sitzen, über die Welt und alles reden, Musik hören und wissen, dass dieser Weg der richtige ist und alles gut wird.

Das »Pling!« meines Handys lässt mich zumindest auf einen Chatpartner hoffen.

Will Brown: Ich habe die beste Playlist für solche Momente. Würde sie ja mit dir teilen, aber dann müsste ich dich anschließend töten. Es freut mich, wenn der Song für dich eine bleibende Erinnerung hinterlassen hat. Will

Sarah Hawks: Du beherrschst einen Cliffhanger aber auch ziemlich gut. Jetzt will ich diese Playlist unbedingt hören!

Will Brown: Vielleicht mache ich für dich eine kleine Ausnahme. Unter einer Bedingung.

Sarah Hawks: Die da wäre?

Will Brown: Ich will dabei sein, wenn du sie dir anhörst.

Sarah Hawks: Und wenn ich nicht so lange warten kann?

Will Brown: Dann ruf mich an.

Sarah Hawks: Jetzt?

Will Brown: Immer.

Ich starre auf das einfache Wort, das eine riesige Verlockung und zugleich eine fette Warnung ist. Wenn ich mich daran gewöhne, Will in meinem Leben zu haben, wird es schwer, wenn er es irgendwann mal nicht mehr ist. An Menschen wie Will Brown gewöhnt man sich viel zu schnell. Trotzdem spricht jetzt nichts gegen ein Telefonat mit einem Freund über Musik.

Ich drücke auf den kleinen grünen Hörer und lausche dem Klingeln am anderen Ende.

»Hallo?«

»Hi!«

»Du gehst das Risiko eines Mordes ein.«

»Ich vertraue einfach darauf, dass dein Musikgeschmack das alles wert ist.«

Will lacht leise am anderen Ende der Leitung. »Okay. Ich schicke dir einen Link zu einer Playlist bei Spotify, die ich aus guten Gründen für mich behalten habe.«

»Das klingt gefährlich.«

»Nur, wenn es an die Öffentlichkeit gelangt.«

Das Pling meines Mailprogramms kündigt erneut eine Nachricht an. Ich klicke so hastig darauf, dass ich fast den Hörer fallen lasse. Warum bin ich eigentlich so nervös? Es ist nur Musik.

Aber sie kommt von Will.

Und genau das ist das Problem!

Der Link in der Mail führt mich zu einer Liste mit über zwanzig Songs, die alle gute Laune versprechen – nicht unbedingt das, was ich von Will erwartet hätte.

»Jay Z?«

»Manchmal muss das sein.«

»Du magst also Hip-Hop?«

»An schlechten Tagen.«

Ich klicke mich weiter durch die Interpreten und ihre Songs, bis ich bei einem Namen innehalte und meinen Augen nicht trauen will.

»David Hasselhoff?«

»Don't hassle the Hoff!«

»Will Brown, das darf nicht dein Ernst sein.«

»Jeder hat doch diesen einen Song, bei dem er mitsingen muss, auch wenn er es nicht sollte.«

»Ich bin schockiert!«

»Nobody's perfect.«

»Das muss ich jetzt erst mal verdauen …«

Trotzdem klicke ich auf den Song und lausche der Stimme des berühmtesten TV-Bademeisters, bis Will am andere Ende inbrünstig den Refrain mitsingt und mir dadurch ein Lachen entlockt, das man vermutlich bis zu Becca nach oben hören kann. Vor allem bei geöffnetem Fenster, durch das ich die etwas abgekühlte Luft in meine Wohnung lasse.

»Ich wette, du wirst an mich denken, wenn der Song irgendwo läuft.«

»Bestimmt!«

»Das ist gut.«

Stille.

Verdammt! Nein. Nein!

»Sarah?«

»Hm?«

Doch dann sagt er nichts weiter, sondern hört nur durch das Telefon die Songs mit, die ich anspiele. Und auf ganz eigenartige Art und Weise fühlt es sich so an, als wäre er doch hier bei mir. Ich mache es mir etwas bequemer in meinem Bett und lege mich in die Kissen, damit ich einen Blick auf mein Stück Himmel werfen kann.

»Das nächste Mal sollten wir das von Angesicht zu Angesicht machen. Dann kann ich deine Reaktion auf die Songs auch sehen.« Wills Stimme unterbricht einen ruhigeren Song.

»Du bist herzlich eingeladen. Wir haben eine Dachterrasse.«

Das ist genau genommen nicht korrekt, denn außer ein paar Kisten, auf denen man sitzen kann, und vier Kerzen ist es nur ein weiteres Dach eines New Yorker Hochhauses und der Aufenthalt dort bestimmt illegal.

»Klingt verlockend. Unter freiem Himmel schreibt es sich gut, habe ich gehört.«

»Wusstest du, dass ich ein Stück Himmel besitze?« Keine Ahnung, wieso ich ihm das erzähle.

»Ach, wirklich?«

»Wenn ich jetzt hochsehe, kann ich ihn erkennen.«

»Ist er denn schön?«

»Der Himmel?«

»Hm-ja.«

»Vielleicht zeige ich ihn dir mal.«

»Es wäre mir eine Ehre.«

Nicht mal Becca habe ich davon erzählt, weil ich nicht weiß, ob sie versteht, was ich meine. Bei Will fühle ich mich mit solchen Eigenheiten verstanden, als würde er mich niemals auslachen. Ich habe mich nicht geirrt.

Wir lauschen noch zwei weiteren Songs schweigend und gemeinsam atmend, dann setze ich mich widerwillig wieder auf.

»Ich sollte schlafen. Morgen habe ich einen langen Tag vor mir.«

Lang wird er nur deswegen, weil bei CMI die Zeit langsamer vergeht als sonst wo.

»Dann wünsche ich dir eine gute Nacht.«

»Schreibst du denn jetzt noch einen Song?«

»Nein. Ich muss mich unbedingt um Grace kümmern.«

Das ist ein Schlag in die Magengrube. Eigentlich ist es doch nichts weiter als eine Information aus seinem Leben, aber ich spüre, wie mein Mund trocken wird, und ich verstumme, weil mir keine geistreiche Erwiderung einfällt.

»Hörst du die Playlist morgen im Fahrstuhl?« Will scheint mein Schweigen nicht aufgefallen zu sein.

Das werde ich, denke ich, auch wenn ich jetzt erst mal die Bilder von Will beim Sex mit einer heißen Blondine, die seine Freundin ist, aus meinem Kopf vertreiben muss.

»Versprochen.«

»Gute Nacht, Sarah.«

»Gute Nacht, Will.«

Doch es vergehen bestimmt noch zehn Sekunden gemeinsamen Musiklauschens, bevor wir auflegen und uns gegenseitig in die Nacht entlassen.

Und genau da wird ein mir inzwischen wohlvertrauter Song angespielt: *That's The Story Of My Life.*

Like a Drum

Mit meinen großen, weichen Kopfhörern auf den Ohren stehe ich im Fahrstuhl, höre Wills Playlist und wippe, abgeschirmt von den Gesprächen um mich herum, zum Beat des neuesten Justin-Timberlake-Songs. Das Lächeln auf meinem Gesicht muss riesig und für die anderen Fahrgäste absolut unerklärlich sein. Das ist mit Abstand der beste Einstieg in meinen Büroalltag, den ich bisher hatte. Zwar bemerke ich die Blicke, die mir zugeworfen werden, doch heute stören sie mich nicht. Ich bin nur zufällig im gleichen Fahrstuhl, denn mein Kopf ist ganz woanders, begleitet von einer mitreißenden Musik.

Fast hätte ich meine Etage verpasst! Eilig schiebe ich mich an allen vorbei, ignoriere die genervten Kommentare, die sie in meine Richtung feuern, die sowieso an meinen Kopfhörern und Mr. Timberlakes Stimme abprallen. Zum Abschied schenke ich ihnen ein breites Grinsen und ein Schulterzucken, weil ich mir meine Laune von denen und allen anderen nicht mehr ruinieren lasse. Will Brown sei Dank!

Tänzelnd gehe ich den Flur zu meinem Büro entlang und ernte auch hier wieder irritierte Blicke, die ich lächelnd abwehre. Schon merkwürdig, dass man ausgerechnet bei einer Firma mit Musiklabel schräg angesehen wird, wenn man Musik hört und dabei auch noch Spaß hat.

Auf meinem Schreibtisch erwartet mich eine Überraschung: ein kleiner Plastikaffe. Er sitzt auf einer Kiste und drischt ununterbrochen, ja fast schon panisch auf seine Trommel ein, als wäre er nur dafür dressiert worden. Daneben liegt ein Umschlag mit meinem Namen darauf. Die Handschrift kenne ich inzwischen. Langsam lege ich die Kopfhörer ab, bringe Justin damit zum Verstummen und ziehe die Karte heraus, auf deren Vorderseite steht:

Ich habe die ganze Nacht damit verbracht, ihn zu dressieren.

Als ich sie umdrehe, lese ich weiter:

Entschuldige, dass ich manchmal ein Idiot bin. Muss das Carrington-Gen sein. Verzeih mir, ich gelobe Besserung.
Du fehlst mir!
X.x.
C.

Der Affe trommelt weiter, bis ich ihn endlich erlöse und den Ausschaltknopf finde. Sofort hält er inne und wirkt dabei fast erleichtert. Trotzdem lasse ich mich mit einem Lächeln auf meinen Bürostuhl sinken und streiche mit meinem Finger über die getrocknete Tinte auf der Karte. Charlies Worte von unserem ersten Treffen fallen mir wieder ein: *Denk daran, sei vorsichtig, was du dir wünschst. Die Stadt könnte es dir nämlich geben.*

Wie recht er damit doch hat …

Baby, you're my life,
you cut me like a knife.
I need you at my side.
And I will make you my bride.

Mein Kopf knallt auf die Holzplatte meines Tisches. Hektisch drücke ich die Pausetaste auf der Fernbedienung der Stereoanlage. Das darf doch nicht wahr sein! Es ist die dritte CD, die ich heute höre, auf der ein Rapper das Wort »life« mit »knife« kontert und damit leider nicht an Eminem, sondern an Vanilla Ice erinnert. Vor mir steht der dritte Kaffee, ja okay, der vierte, wenn man den auf dem Weg ins Büro heute Morgen mitzählt, und gerade glaube ich, es wäre dringend nötig, mir eine kleine Minibar mit alkoholischen Getränken zuzulegen, wenn ich das ganze Album eines Künstlers mit dem bedeutungsvollen Namen »MC Womanizer« ertragen soll.

Das Memo, das mich heute Morgen neben dem trommelnden Affen auf meinem Schreibtisch erwartet hat, erinnert mich an ein Meeting am Freitag, an dem endlich auch ich teilnehmen darf. Die Schonfrist für uns Frischlinge ist also offiziell vorbei.

Aufregung macht sich in mir breit, denn endlich wird es ernst! Es wird erwartet, dass auch die neuen Mitarbeiter (also ich) mindestens zwei neue Künstler vorstellen sollen. Das gilt für alle Scouts. Doch die freudige Aufregung weicht nach einem Blick zu der großen Kiste, in der sich noch mindestens vierzig CDs befinden und auf meine Prüfung warten, einer leisen Panik. Ich muss zwei Künstler finden, die ich mit gutem Gewissen vorstellen kann, und wenn das Niveau der Tapes nicht schnell steigt, werde ich am Freitag mit leeren Händen dastehen. Das würde ich gerne verhindern, denn mein Name hat bis dahin – dank Jim – garantiert die Runde gemacht und bekommt dann endlich ein Gesicht für die mittäglichen Lästerrunden der Kantine. Mein Welpenschutz wird vorbei und die Anonymität der großen Kantine aufgehoben sein.

Dann kann ich mich nicht länger unauffällig und von den kritischen Blicken meiner Kollegen unbemerkt durch das Gebäude bewegen. Dann bin ich Sarah Hawks, die Neue, die mit dem Chef schläft *und* einen gewissen *MC Womanizer* in ihrem ersten Scout-Meeting als neuen Shooting Star vorstellen will. Das muss ich unbedingt verhindern – zumindest den letzten Teil.

Kurz bin ich versucht, wieder auf *Play* zu drücken, aber noch einen weiteren schlechten Reim auf einen billig produzierten Beat kann ich mir vor der Mittagspause nicht antun. Die Uhr an der Wand tickt zögernd vor sich hin, als hätte sie keine Eile, die Stunden des Tages runterzuzählen. Noch knapp zehn Minuten, dann muss ich mir den nächsten Klatsch und Tratsch antun.

Mein Handy rettet mich vor dem törichten Versuch, eine neue CD mit schlechtem Cover aus der Box zu fischen. Eigentlich stelle ich den Signalton während der Arbeitszeit auf lautlos, doch heute habe ich es vergessen. *Zum Glück!*

Will Brown ruft an.

»Hallo?« Keine Ahnung, warum ich so tue, als hätte ich die Nummer nicht in meinem Handy gespeichert und gestern mit ihm telefonisch quasi im Bett gekuschelt.

»Hey … Störe ich?«

Er scheint mich durchschaut zu haben, denn er stellt sich nicht vor, nimmt wohl an, seine Stimme wäre so einprägsam, dass ich sie sofort erkennen würde. Was, ehrlich gesagt, auch stimmt. Schon nach seinem »Hey« habe ich gute Laune.

»Nein!« *Du rettest mich sogar, Will Brown – der sich nicht mehr vorstellen muss!*

»Hast du Hunger?«

Von der Beantwortung dieser Frage hängt deine Laune für den Rest des Tages ab. Also entscheide weise, Sarah! »Und wie!«

»Soll ich dich abholen?«

Wills Stimme klingt nicht gerade aufgeregt, in keinster Weise so, als würde er nägelkauend meine Antwort erwarten. Eher so, als hätte er eine Stunde Zeit und wollte sie nicht alleine verbringen. Ich hingegen suche einen Notausgang aus der Mittagspause hier im Haus. Es wäre mir allerdings lieber, wenn Will nicht wüsste, wo ich arbeite. Zumindest im Moment.

»Lass uns doch irgendwo treffen.«

»Klar, wo soll ich hinkommen?«

Gedanklich fahre ich den Stadtplan New Yorks ab, auf der Suche nach einem Laden, wo wir schnell was essen können, der aber nicht zu weit weg vom Büro ist. Laufnähe wäre optimal. Gleichzeitig sollte er aber weit genug weg sein, damit ich neugierigen Blicken entkomme.

»Zum *Shake Shack*. Okay?«

Es ist der erste Burger-Laden, der mir in den Sinn kommt. Allein schon beim Gedanken an die saftigen Fleischpaddies läuft mir das Wasser im Munde zusammen.

»Klingt perfekt.«

»Nehmen wir den in der 3rd Avenue.«

»Deal! Wäre in zehn Minuten dort.«

»Perfekt!«

War die Vorstellung meiner Mittagspause vorhin noch die von einer grausigen Stunde, die es irgendwie zu überstehen gilt, so klingt sie jetzt verlockend. Immerhin steht nirgends in meinem Vertrag geschrieben, dass ich nicht das klimatisierte Gebäude verlassen darf, um im Freien meine Pause zu verbringen. Schnell greife ich nach meiner Handtasche, wechsle zur Sicherheit die CD, damit ich nachher nicht vom holprigen Gerappe von MC Womanizer empfangen werde, und eile zur Tür. Wer hätte gedacht, dass ich nach der kurzen Zeit schon so froh sein würde, hier wieder rauszukommen?

Will lehnt in der Nähe des *Shake Shack*, eine dunkle Ray-Ban-Sonnenbrille auf der Nase. Sonst ist sein Outfit eher schlicht: ein weißes Shirt, hellblaue Jeans, die er bis zu den Knöcheln hochgekrempelt hat, und dazu simple schwarze Laufschuhe. Auf Socken hat er verzichtet. Wieder trägt er seinen Hut, seine Gitarre lehnt neben ihm an der Wand. Ich würde ihm alleine für diesen Anblick Geld hinwerfen, aber er ist nicht als Straßenmusiker unterwegs, kein Busking Brown, stattdessen einfach nur Will. Kaum hat er mich in der

Masse der Freiluftgänger entdeckt, winkt er lässig und lächelt. Ja, ganz richtig: Will Brown lächelt, weil er mich sieht.

»Schick.«

Sein Blick wandert über mein Outfit, das ich heute Morgen nicht als Lunch-Look, sondern für das Büro gewählt habe. Anders als die meisten meiner neuen Kollegen trage ich wie immer kein Kostüm oder einen Blazer, sondern schmal geschnittene schwarze Jeans. Fast könnte man den Eindruck bekommen, ich würde nichts anderes mehr tragen, und ein luftig geschnittenes T-Shirt mit einem schlichten goldenen Brustmotiv, dazu Ballerinas. Meine Haare wurden in einen strengen Zopf gepfercht – worüber sie sehr unglücklich sind. Sogar das Make-up habe ich im Fahrstuhl schnell aufgefrischt. Nicht für Will.

Für mich.

Ganz sicher nicht für Will.

»Danke.«

Wieder eine dieser Begrüßungen ohne Umarmung oder Händeschütteln. Weil bei uns Worte ausreichen. Wir sind uns bei einem gemeinsamen Telefonat in meinem Bett und einem Song in der Musikkabine näher gekommen, als ich zugeben will, obwohl er mich noch nicht einmal umarmt hat. Er stößt sich lässig von der Wand ab, und wir laufen nebeneinander zum Eingang des Ladens, der im Inneren um einiges kühler ist, was an einem so heißen Tag wie heute erfrischend wirkt.

»Du arbeitest also hier in der Nähe?«

Da die Schlange zur Bestelltheke lang ist, werden wir in eine Unterhaltung gezwungen, die ich möglichst schnell vom Thema Arbeitsplatz weglenken muss.

»Ja … Und was treibt dich in diese Ecke der Stadt?«

»Ich habe meinem Baby hier neue Saiten aufziehen lassen.«

Er nickt Richtung Gitarre, die wie ein dritter Teilnehmer des Treffens zwischen uns steht. Kurz schießt der hoffnungsvolle

Gedanke durch meinen Kopf, dass es gar keine geheimnisvolle Freundin namens Grace gibt, sondern es nur seine Gitarre ist. Doch wie albern wäre es, das jetzt zu fragen? Eine Peinlichkeit, die ich mir ersparen will.

»Jetzt muss ich sie nur noch einspielen, dann ziehe ich nachher in den Park.«

Oh! Wie verlockend klingt die Vorstellung, ihn wieder spielen zu hören ... Stattdessen werde ich von schlechten Raps und noch schlechteren Reimen gequält.

»Weißt du schon, was du nimmst?«

Ich folge seinem Blick zur Speisekarte und will mich dabei nicht als Fast-Food-Junkie outen, der die Speisekarte mehr oder weniger auswendig kennt.

»Ich denke, es wird der Burger mit Käse.«

»Single oder Double?«

Überrascht sehe ich zu ihm, sein freches Grinsen verrät ihn also auch als Wiederholungstäter in diesem Laden.

»Spricht da etwa der Fachmann?«

»Nun, Musik ist nicht alles im Leben.«

»Das hätte ich nicht von dir erwartet.«

Ein schlichtes Schulterzucken.

»Du weißt eine Menge nicht über mich.«

Aber nur, weil du mir nicht mehr über dich erzählst!

»Ich weiß, dass du ein großartiger Songwriter bist.«

»Danke für die Blumen.«

»Ich weiß, wie du dein Geld verdienst.«

»Kein großes Geheimnis.«

»Ich weiß, dass du ein guter Bassist bist.«

»Harry und die Jungs sehen noch Verbesserungsbedarf.«

»Und ich weiß, dass Busking Brown im Netz von ganzen Scharen weiblicher Fans geliebt wird.«

»Ach ja?«

»Recherche …«

»Nun, dann weißt du mehr, als ich angenommen habe.«

»Ich würde dennoch gerne mehr über dich erfahren, Will Brown.«

Ein bisschen fühle ich mich an unser Gespräch in dem Café nach seinem Auftritt im Park erinnert. Will scheint das nicht zu stören.

»Was willst du wissen?«

Wo anfangen? Meine Liste unbeantworteter Fragen ist scheinbar endlos, doch eine schießt mir als erste durch den Kopf, noch bevor ich lange überlegen kann.

»Wo kommst du her?«

»Florida.«

»Wirklich?«

Klingt das zu überrascht? Will lacht leise, als wir einen kleinen Schritt in der Schlange nach vorne machen.

»Warum so schockiert?«

»Keine Ahnung. Du siehst nur nicht wie der typische Beach Boy aus, das ist alles. Wo genau?«

»Cocoa Beach.«

»Wow!«

»Meine Brüder erfüllen deine Klischeevorstellung besser. Sind echte Wasserratten. Einer von ihnen, Dave, hätte bei den Profis mitsurfen können. Der andere, Mick, ist Rettungsschwimmer.«

»Und Will?«

»Will … saß im Schatten und hat auf Dads Ukulele Songs gespielt.«

»Wieso New York?«

»Weil es weit genug von Florida entfernt ist. Aber nicht so weit, dass ich es nicht besuchen kann, wenn es mir fehlt.«

»Nun ja, es liegt auch nicht gerade um die Ecke.«

»Aber es ist eine schöne Strecke für einen Roadtrip …«

Das kann ich mir sofort vorstellen: Will, mit seiner Gitarre und einem Auto, wie er zuerst durch New Jersey, Pennsylvania und Maryland fährt, dann durch die Südstaaten Virginia, North Carolina, South Carolina und Georgia, immer an der Atlantikküste entlang, bis in seine Heimat Florida; dabei schreibt er Songs, hält nur dort an, wo es ihm gerade gefällt, und braucht sich auch keine Gedanken um Zeitdruck oder Termine zu machen. Das ist zumindest der Will, wie ich ihn sehe, weit weg von Surfbrettern und Sonnenmilch.

Will unterbricht mein geistiges Durchblättern eines fiktiven Fotoalbums voller Will-Bilder. »… außerdem hast du recht, Sarah. Ich passe nicht nach Florida.«

»Ich kenne das Gefühl. Ich habe nie wirklich nach Chicago gepasst.«

»Chicago wusste ich immerhin schon.«

»Nicht besonders aufregend, hm.«

»Meine Recherche über dich war leider um einiges ergebnisärmer.«

Endlich sind wir dran und können unsere Bestellung abgeben, was mir etwas mehr Zeit gibt, um die Tatsache zu verarbeiten, dass Will ebenfalls Nachforschungen zu meiner Person angestellt hat. Social Media sei Dank sind wir alle mehr und mehr zu gläsernen Personen geworden. Liken wir einen Tweet, einen Status bei Facebook oder ein Video bei YouTube, haben wir damit für immer Spuren unseres Geschmacks im Internet hinterlassen. Doch außer meinem öffentlichen Musikblog halte ich meine Profile geschlossen, nur zugänglich für mich, meine Familie und meine Freunde. Deswegen bin ich gespannt, was Will in Erfahrung gebracht hat.

»Also, was weißt du schon über mich?«

Will bezahlt, sehr zu meiner Überraschung, für uns beide und sieht dann wieder zu mir.

»Mal sehen … Du bist ein Musik-Junkie. Du hast einen guten Geschmack, was Lieblingssongs angeht. Du trinkst zu viel Kaffee, deswegen immer wieder der Versuch, dich mit Tee etwas zu entkoffeinisieren.«

»Wie rücksichtsvoll von dir, auf meine Gesundheit achten zu wollen.«

Er nimmt das überladene Tablett mit saftigen Burgern, knusprigen French Fries, zwei großen Getränken und ausreichend Servietten, während ich nach seiner Gitarre greife, was er geschehen lässt. Dann machen wir uns auf, Platz an einem der wenigen freien Holztische für zwei zu finden.

»Du hast eine Vorliebe für den Zwinker-Smilie und magst Prince.«

»Beeindruckend.«

Wir nehmen einander gegenüber an einem Tisch im hintersten Eck Platz.

»Du lächelst bei bestimmten Akkorden mehr als bei anderen. Deine Augen leuchten, wenn ein Gitarrensolo folgt. Du summst jede Melodie mit, auch wenn du sie noch nicht gut kennst.«

Okay … Jetzt starre ich ihn nur noch an. Doch Will schnappt sich wie nebenbei eine Pommes, tunkt sie komplett in den kleinen Topf mit Ketchup und sieht wieder zu mir.

»Dein Lieblings-Beatle ist George Harrison. Ach ja, wenn du wütend oder aufgeregt bist, verdrehst du Buchstaben.«

Ich habe nicht die geringste Ahnung, woher er all das über mich weiß, weil wir noch nie so tiefgehende Gespräche geführt haben.

»Wow!«

»Du trommelst den Takt eines Songs mit deinem Zeigefinger mit, wenn du glaubst, dass niemand hinsieht.«

Jetzt beugt er sich etwas weiter über den Tisch zu mir, während sein Lächeln nicht mehr so breit, sondern fast schüchtern und unsicher ist.

»Und du magst meine Musik. Weil du wirklich hinhörst.«

Männer wie Will sind selten. Es ist, als würde man eine Muschel aufbrechen und eine dieser Perlen finden, die man in den Jahren davor immer nur für ein Gerücht, eine Phantasievorstellung oder einfach eine Lüge gehalten hat. Doch dann findet man sie doch, vielleicht gerade dann, wenn man sie nicht einmal gesucht hat.

»Woher weißt du das alles?«

Eine gute Erklärung wäre ein Privatdetektiv. Oder hat er mich anderweitig beschatten lassen? Doch Will zuckt wieder nur mit den Schultern, greift nach einer weiteren Pommes und schiebt mir meine Burger-Box zu.

»Du bist nicht ganz so schwer zu entziffern, wie du wohl angenommen hast.«

»Offensichtlich bist du echt gut im Entziffern!«

»Mag sein …«

Er nimmt einen großen Schluck Cola aus dem Strohhalm und sieht mich so unschuldig an, als wüsste er nicht, warum mich das so überrascht. Tut es aber. Will redet für gewöhnlich nicht viel, aber die wenigen Worte, die er sagt, schreibt oder singt, haben so viel Bedeutung für mich wie manch ein Romanmanuskript.

»Du überraschst mich.«

»Wieso? Ich bin sicher nicht der einzige Mann, der dir das sagt.«

Komisch. Das mag sogar stimmen, denn ich würde Charlie unrecht tun, wenn ich jetzt behaupte, er würde mich nicht kennen oder hinschauen, wenn wir zusammen sind. Nur leider sind wir das so selten. Stattdessen ist er in Sitzungen und heute Abend in Boston. Ändert nichts daran, dass er mich kennt. Ein schlechtes Gewissen schleicht sich ein, wenn ich daran denke, dass er jetzt irgendwo im Büro sitzt, sein Mittagessen zwischen Meetings und Telefonkonferenzen einnimmt – und ich hier mit Will sitze. Ausgerechnet mit Will.

»Das stimmt. Ich hätte es bei dir einfach nicht erwartet.«

»Warum?«

»Weil du nicht viel redest.«

»Vielleicht … weil ich lieber zuhöre?«

»Das ist mir jetzt auch klar.«

»Es waren einfach nur Kleinigkeiten, die mir aufgefallen sind. An dir. In deinen Artikeln.«

»So oft haben wir uns doch gar nicht gesehen.«

»Man muss sich nicht oft begegnen, um das zu sehen.«

»Muss man nicht?«

»Nein, man muss nur genau genug hinschauen.«

Das sitzt! Es bedeutet nämlich, dass er bei mir eben genau genug hingesehen und mich dann so gut in Worten zusammengefasst hat, dass ich nicht weiß, wie ich damit umgehen soll. Viele dieser Dinge wüsste nicht mal Becca, obwohl sie viel Zeit mit mir verbringt, manchmal zu viel. Ich kenne sie seit meinem ersten Tag in New York, aber ob ihr diese Kleinigkeiten wirklich aufgefallen sind?

»The things I see …«

Die Worte wollte ich gar nicht laut aussprechen, aber sie überfallen mich so überraschend, dass sie mir einfach über die Lippen rutschen. Will sieht mich fragend an, aber ich habe keine echte Erklärung für das, was mir gerade einfällt. In meinem Kopf entsteht wohl gerade ein Songtext.

»Things I see, when I am with you.«

Will versteht. Er schiebt das Tablett mit meinem unangerührten Essen zur Seite, greift in seine Gesäßtasche und zieht ein kleines schwarzes Notizbuch hervor, in dem ein Bleistift steckt. Er schreibt die Worte sofort auf und sieht dann gespannt zu mir, als würde er auf eine Fortsetzung warten.

»Weiter?«

»You make me see the world anew.«

Will kritzelt weiter hektisch die Worte aufs Papier. Scheinbar vertraut er mir vollkommen, dabei habe ich in meinem ganzen Leben noch nie einen Song geschrieben. Ich gehöre auf die andere

Seite der Bühne: dorthin, wo ich mit den Groupies einen Kampf um den besten Blick auf die Musiker bestehen muss. Doch jetzt sitze ich mit Will am Tisch und texte Lyrics zu einem Song, den er hoffentlich mit einer passenden Melodie versehen wird. Immer mehr Worte formen sich zu einer kleinen Geschichte, die irgendwann vielleicht mal von Wills Stimme gesungen wird. Eine Story, die jetzt rauswill:

»It's the little things, that make me smile.
I miss the way you sang with me.
When I think of you, it's been a while.
Remember all those times together at the sea.«

Will hört plötzlich auf zu schreiben, umklammert den Bleistift in seiner Hand und sieht langsam zu mir hoch. Irgendwas in seinem Blick ist anders, traurig, verletzt, als hätte ich einen wunden Punkt getroffen, ohne es zu wissen.

»Hast du etwas dagegen, wenn wir das Zeug hier einpacken lassen?«

Nur wenig später sitzen wir am äußersten Rand des Central Parks, weil Will, wie ich lerne, nur in Parks Musik schreiben kann, und haben das Essen in braunen Papiertüten vor uns im Gras liegen. Will hat die Gitarre auf dem Schoß und spielt mit geschlossenen Augen eine Melodie, die sich immer wieder verändert. Während er sie spielt, balanciere ich sein Notizbuch und mein Getränk auf dem Knie. Kurz stelle ich mir vor, wie McCartney und Lennon früher wohl Songs geschrieben haben, und frage mich, ob dabei auch Burger und der Central Park eine Rolle gespielt haben. Es fällt mir allerdings sehr schwer, mir einen MC Womanizer bei einer solchen Songwriting-Session vorzustellen. Er sucht seine Reime bestimmt im Internet oder …

»Ich hab sie!«

Will schlägt die Augen auf und sieht mich euphorisch an. Es mag für Außenstehende schwer erklärbar sein, aber in diesem Augenblick trommelt mein Herz wie verrückt, meine Finger kribbeln, und mein Körper scheint unter Strom zu stehen, so aufregend finde ich die Vorstellung, hier dabei sein zu dürfen. Sofort lässt Will wieder die Finger über die Saiten tanzen, und eine Melodie entsteht, die mir eine Gänsehaut verpasst und Tränen in die Augen zaubert, ohne dass ich so recht weiß, wieso. Sie ist nicht traurig, nicht mal ein bisschen, aber sie weckt Gefühle in mir, die ich viel zu lange nicht mehr gespürt habe.

Will wirft einen Blick in das geöffnete Notizbuch und singt leise den Text, den wir im *Shake Shack* gefunden und mit uns hierhergenommen haben, in der Hoffnung, dass er im Grünen besser atmen kann. Wie ein guter Wein, der auch erst mal an die frische Luft muss, bevor er ordentlich schmeckt.

Wills Stimme ist leise, nur ich scheine sie hören zu können. Er hält den Kopf schräg, damit er die Worte lesen kann, und singt dann zur Musik. Wenn ich wirklich ein Musicscout bin und mir einbilde, in meinem, zugegeben sehr neuen, Beruf auch nur ansatzweise gut zu sein, dann schleife ich Will jetzt sofort zu Carrington Music Inc. und zwinge alle, ihm zuzuhören. Denn hier entsteht ohne Zweifel ein Hit! Und ich bin so nah am künstlerischen Schöpfungsprozess dran, wie ich es mir niemals hätte träumen lassen.

Schnell zücke ich mein Handy und drücke die Aufnahmetaste, weil ich diesen Moment gerne einfangen möchte. Nur für mich, damit ich später noch genau weiß, wie es sich angefühlt hat. Will sieht zu mir, ein sanftes Lächeln auf den Lippen, ein Leuchten in den Augen. Deshalb fällt mir das Wegsehen unendlich schwer, vor allem, weil er meine Zeilen singt. An den Stellen, wo wir noch keinen Text haben, murmelt er unverständliche Dinge, vielleicht mal ein Wort, aber alles in allem nimmt der Song Gestalt an. Ich schreibe verwirrende Wortfolgen auf, die allein für sich keinen Sinn machen, aber vielleicht später im Song ein Ganzes formen. Es ist dieses neue Gefühl, wie auf einer ultrahocherhitzten Wolke zu sitzen, eine Energie, welche uns die Zeit und alles um uns herum vergessen lässt. Es gibt nur noch Will und mich, verbunden durch die Klänge seiner Gitarre. Und diesen Song, der eine Geschichte erzählt, die nicht meine ist und die sich dennoch so anfühlt.

Erst das nervtötende und völlig stimmungsruinierende Klingeln meines Handys reißt uns von besagter Wolke. Mein Herz bleibt kurz stehen, als ich eine fremde und doch vertraute Nummer auf dem Display erkenne.

Fuck! Verfluchter Mist!

Mein Blick schnellt zu meiner Uhr. Ich bin schon fünfzehn Minuten zu lang in meiner Pause. Und habe es nicht einmal bemerkt! Will sieht mich auffordernd an, als würde er erwarten, dass ich das nervige Klingeln endlich beende, doch ich kann nicht.

»Ich muss los!«

»Was? Jetzt?«

»Ja! Ich bin spät dran.«

»Dann kommst du eben später …«

Ihm scheint mein Problem nicht bewusst zu sein, aber er arbeitet ja auch nicht bei Carrington Music Inc., dem wohl humorlosesten Laden der amerikanischen Firmengeschichte. Hastig stehe ich auf und schütte dabei mein Getränk unbeabsichtigt über seine Jeans, was mir vor Augen führt, wie nah wir zusammensaßen. Er steht ebenfalls auf und greift nach meiner Hand, die noch immer das klingelnde iPhone umklammert hält.

»Sarah …«

»Nein, ich muss los!«

»Was ist mit dem Song?«

»Wir machen ihn irgendwann fertig.«

Ich kann die Enttäuschung in Wills Augen sehen, noch bevor ich sie in seiner Stimme höre.

»Irgendwann?«

»Tut mir leid.«

Obwohl ich so gerne hierbleiben möchte, im Park, beim Song (und vor allem bei ihm), mache ich mich los und hetze zurück in mein neues Leben, das die Erfüllung meiner geheimsten Wünsche sein sollte und mir gerade wie eine tonnenschwere Last vorkommt.

Den ganzen Weg zurück renne ich, ohne auf die Leute um mich herum zu achten, denn ich schubse achtlos alles aus der Bahn, was mir nicht schnell genug geht oder mir in die Quere kommt. So ein Verhalten habe ich noch nie an den Tag gelegt, und ich gefalle mir dabei nicht besonders. Endlich stürze ich fast durch die große Glastür ins klimatisierte Innere des CMI-Bürogebäudes, wedele hektisch mit meinem Ausweis in Richtung Colin, dem freundlichsten und größten Security Guard, renne zu den Aufzügen und überlege mir auf dem Weg nach oben eine plausible Ausrede, die zum Beispiel mich, meine Hilfsbereitschaft und, sagen wir mal, eine Katze auf dem Baum oder ältere Menschen in Not beinhalten könnte …

»Miss Hawks? Da sind Sie ja endlich!«

Die Stimme von Charles Carrington senior empfängt mich auf dem Flur, noch bevor ich einen Schritt in mein Büro setzen oder mich mit meinem Deo aus der Schublade irgendwie auffrischen konnte. Er mustert mich so eindringlich, wie er es immer tut, stets auf der Suche nach einem Makel.

»Verzeihen Sie bitte, Mr. Carrington, ich …«

»Glauben Sie etwa, dass Sie mit meinem Sohn schlafen, gibt Ihnen auch das Recht, hier zu erscheinen, wann immer es Ihnen passt?«

Dabei gibt er sich keine Mühe, leise zu sprechen. Ganz im Gegenteil, es scheint ihm ein besonderes Anliegen zu sein, möglichst viele Angestellte über mein Verhältnis zu Charlie zu informieren. Meine Wangen glühen, nicht aus Scham, sondern weil sich eine brodelnde Wut in mir ausbreitet.

»Nein, Sir.«

»Dann haben Sie sicher eine bessere Ausrede?«

Am liebsten würde ich ihm sagen, dass ich mit einem echten Musiker zusammen an einem Song gearbeitet habe, was den großen Unternehmer aber wohl kaum beeindrucken würde. Stattdessen stehe ich wie ein Schulmädchen vor ihm und breche unter seinem strengen Blick fast zusammen.

»Nein, Sir.«

»Sie haben einfach die Sonne im Park genossen, nehme ich an.« Er deutet auf die Grasflecken auf meinen Jeans.

Ich muss mich zusammenreißen, um nicht frech zu werden, denn es gefällt mir überhaupt nicht, *wie* er mit mir spricht. Schließlich macht immer noch der Ton die Musik, unabhängig davon, dass ich tatsächlich zu spät bin.

»Nein, Sir.«

»Sondern?«

Die Leute auf dem Flur gehen langsamer, lassen die Türen offen und führen ihre Unterhaltungen um einiges leiser. Alle hören mit Sicherheit etwas genauer hin – jetzt, da der Seniorchef höchstpersönlich die Bombe hat platzen lassen. Ja, ich schlafe mit Charlie. Auch wenn wir uns nicht genug sehen, um von einer waschechten Beziehung sprechen zu können – aber für mich ist es sicher keine Affäre. Aber deswegen bin ich nicht hier, deswegen habe ich nicht diesen Job. Und das werde ich beweisen, wenn man mich lässt.

Fieberhaft überlege ich, was ich Mr. Carrington antworten soll. Was klingt nicht zu unverschämt, damit es mich nicht diesen Job kosten könnte?

»Ich habe mich mit einem Musiker getroffen.«

Er zieht die Augenbraue nach oben und tut so überrascht, als hätte ich ihm gerade verraten, wer nächstes Jahr die *World Series* gewinnt.

»Wirklich? Hat man Sie ohne mein Wissen befördert?«

»Nein, Sir …«

Inzwischen kostet es mich sehr viel Kraft, normal zu klingen. Meine Hände sind zu Fäusten geballt, mein Kiefer ist angespannt. Dieser Mann hält sich offensichtlich für total überlegen, weil es ihm gelungen ist, ein Musik-Imperium aufzubauen. Ehre, wem Ehre gebührt. Aber warum vergessen so viele erfolgreiche Personen, wie man mit Menschen anständig umgeht?

»Dann treffen Sie sich bitte in Ihrer Freizeit mit Musikern. Hier machen Sie die Arbeit, für die Sie auch bezahlt werden!«

»Ja, Sir.«

»Gut. Ich behalte Sie im Auge.«

Dabei deutet er kurz auf mich, als hätte ich im Laufe des Gesprächs vergessen, um wen es geht.

»Am Freitag erwarte ich einen anständigen Vorschlag von Ihnen. Gerade von *Ihnen,* Sarah.«

Kurzes Schweigen, damit mich seine Worte auch wirklich mit voller Wucht treffen. Und das tun sie! Ich taumele innerlich ein bisschen. Dann erscheint unvermittelt ein versöhnliches Lächeln auf seinem Gesicht, das mich in Sicherheit wiegen soll.

»Sie wollen Chuck doch nicht enttäuschen.«

Wieder diese Karte. Seine Angriffe werden immer vorhersehbarer – es ist aber nicht so, dass mir diese Tatsache irgendwie weiterhelfen würde.

»Worauf warten Sie noch?« Carrington senior macht einen Schritt zur Seite und deutet auf die Tür zu meinem Büro. Bevor er noch etwas sagen kann, das wieder nur meine Erniedrigung zum Ziel hat, trete ich so schnell wie möglich in mein Büro und lehne mich von innen gegen die Tür. *Verdammte Scheiße!*

Independence Day

Im Fahrstuhl habe ich mich noch richtig mies gefühlt, doch sobald ich das verglaste Gebäude verlasse und tief einatme, kehren alle Gedanken zurück, die dieser Bürokoloss abgeschirmt hat. Fast wie eine feste Rüstung blockt der Wolkenkratzer jeden Gedanken an Will ab, als gäbe es dort kein Durchkommen für ihn und die Erinnerungen an unsere gemeinsame Zeit mit dem Versuch, einen Song zu schreiben, und dem Lächeln auf unseren Gesichter. Umso heftiger fallen sie jetzt über mich her, kriechen zurück in mein Bewusstsein und belagern alle Zellen, die erleichtert aufatmen wollen. Trotzdem habe ich das Gefühl, ich muss mich bei ihm für meine überstürzte Flucht entschuldigen. Es war nicht besonders nett, ihn einfach so zurückzulassen.

Auf dem Heimweg höre ich die Playlist, die Will mir vorgestern Abend geschickt hat, und blende den Rest der Welt für diesen kleinen Moment mit all ihren Geräuschen, Problemen und Menschen aus. Jetzt gibt es nur den Feierabend, mich und diese Songs.

Und siehe da, die Musiktherapie scheint zu wirken, denn ich steige mit einem Lächeln die Stufen aus der Subway nach oben und gehe mit leichteren Schritten auf das Knights zu. Doch was ich da sehe, passt nicht in das gewohnte Bild. Zuerst ist da das Motorrad, das auf dem Gehweg steht, als wäre das sein angestammter Platz. Und dann sitzt da ein Mann auf den Stufen, den ich dort sonst auch wirklich nicht erwartet hätte. Sobald er mich sieht, steht er auf.

»Hi.«

Charlie.

Er trägt Jeans und ein schwarzes Hemd, das ihm verdammt gut steht. Seine Haare sind ziemlich verwuschelt, und seine Augen wirken müde.

»Was machst du hier?«

»Ich wollte dich sehen.«

»Ich dachte, du wärst in Boston.«

»Da war ich.«

»Wieso bist du nicht mehr dort?«

Er macht einen Schritt auf mich zu, und ich spüre, wie mein Herzschlag an Geschwindigkeit zulegt. Immer wenn Charlie den Abstand zwischen unseren Körpern verringert, wird in meinem Inneren eine Adrenalinrakete gezündet.

»Weil ich dich sehen wollte.«

Mein Kopf verarbeitet noch immer seine Worte, als seine Hand nach meiner greift und diese Berührung von einem kurzen, aber heftigen, stromschlagähnlichen Gefühl begleitet wird.

»Ich wollte mich entschuldigen.«

»Wofür?«

»Für das Absagen unseres Dates. Und für das Verhalten meines Vaters dir gegenüber.«

»Dafür hast du dich schon entschuldigt.«

Oder hat er inzwischen auch schon von der heutigen Standpauke erfahren?

»Du warst in meiner Wohnung. Gerade dort hat er kein Recht, so mit dir umzugehen.«

Puh! Er weiß noch nichts von heute.

»Du hättest auch einfach anrufen können.«

»Nein. Ich wollte dich sehen und mich entschuldigen. Ich hatte eine miese Zeit in Boston. Mein Vater macht mir das Leben gerade nicht leichter. Und dir auch nicht.«

Das kann ich so unterschreiben. Carrington senior scheint sich genau das zur Lebensaufgabe gemacht zu haben.

»Es tut mir leid, dass er dich so auf dem Kieker hat. Glaub mir, das hat nichts mit dir zu tun.«

»Er ist der Chef.«

»Das ist keine Ausrede, seine Wut auf mich an dir auszulassen.«

Langsam zieht er mich etwas näher an sich, und mit jedem Zentimeter, den wir uns näher kommen, fühle ich mich leichter.

»Er sagt dumme Dinge, die er nicht so meint.«

»Es waren eine ganze Menge dummer Dinge.«

»Ich weiß.«

»Was, wenn er sie doch so gemeint hat?«

»Hat er nicht.«

Ich lasse Charlie nicht aus den Augen, sondern beobachte ihn genau, in der Hoffnung, die Ehrlichkeit hinter seinen Worten zu finden. Keine Ahnung, wieso er das schlechte Verhalten seines Vaters zu erklären versucht, aber es spricht für ihn. Das wird er nie zugeben – doch ich werde das Gefühl nicht los, dass sein alter Herr ihm nicht so gleichgültig ist, wie er vorgibt.

»Okay.«

»Bei manchen Männern unserer Familie kommt das Arschloch-Gen stärker durch als bei anderen.«

»Ich will dich einfach nicht enttäuschen und meinen Job gut machen.«

»Du enttäuschst mich nicht.«

»Ich strenge mich an.«

»Sarah, sei einfach du selbst.«

Das bin ich immer. Nur fällt es mir im Büro schwerer. Charlie streicht sanft mit dem Daumen über meine Wange und lächelt mich an.

»Vergessen wir den Job doch für eine kleine Weile …«

»Das klingt nach einem guten Plan.«

»Ich komme nämlich mit Geschenken.«

»Und das den ganzen Weg aus Boston?«

Er legt die Arme um mich, und ich lehne mich in seine Umarmung, atme seinen Duft ein und schließe die Augen. Der Tag heute war alles andere als einfach für mich. Jetzt hier zu stehen ist ein ziemlich versöhnliches Ende. Charlies Umarmungen fühlen sich immer gut an.

»Sieh es als Entschuldigung der Familie Carrington.«

»Ist es wieder ein dressiertes Tier?«

»Nein. Viel besser.«

»Besser als ein trommelnder Affe?«

Er dreht uns etwas weiter in Richtung der Stufen des Gebäudes, und ich öffne die Augen wieder. Mein Blick fällt auf einen Pizzakarton und eine Papiertüte, aus der ein grüner Flaschenhals ragt.

»Die beste Pizza, die du je gegessen hast. Und ich weiß, dass du die Expertin in Sachen fettiges Essen bist, deswegen nur das Beste von *Pippa & Paul*.«

Ich schiebe Charlie ein bisschen von mir, um ihn besser ansehen zu können.

»Du bist zweihundertzwanzig Meilen zurück nach New York geflogen, weil du dich im Namen deines Vaters mit Pizza entschuldigen wolltest?«

Kurz erkenne ich einen Schatten der Unsicherheit in seinen Augen – und das passiert bei Charlie fast nie. Die meiste Zeit ist er selbstsicher und weiß genau, wie er auf andere wirkt. Jetzt zögert er zum ersten Mal.

»Ja.«

Statt etwas zu erwidern, nehme ich sein Gesicht in meine Hände und küsse ihn und konzentriere mich nur auf uns, wie er seine Arme erneut um mich legt und mich fest an sich zieht.

»Du weißt wirklich, wie man das Herz einer Frau erobert, Mr. Carrington.«

Die Käsefäden ziehen sich von meinem Mund bis zu dem Pizzastück, das Charlie in seiner Hand hält und lachend beobachtet, wie ich versuche, möglichst viel vom Belag zu erwischen. Wir sitzen nackt auf meinem Bett, essen Pizza und trinken Rotwein aus meinen Gläsern mit den Gesichtern der Beatles drauf. Sosehr ich Pizza liebe, und das tue ich, war es doch unmöglich, Charlie zu widerstehen. Kaum war die Tür hinter uns geschlossen, sind wir übereinander hergefallen, als hätten wir uns monatelang nicht gesehen, auch wenn die kurze Zeit der Trennung für meinen Geschmack lang genug war und die Sehnsucht nach seiner Haut mit jeder Sekunde größer wurde. Jetzt ist es draußen dunkel, das Fenster geöffnet und Charlie noch immer in meinem Bett.

»Habe ich zu viel versprochen?«

Kopfschüttelnd kaue ich die wohl tatsächlich beste Pizza, die ich je gegessen habe.

»Reden wir noch über die Pizza, oder …?«

Ich lasse meinen Blick über seinen Oberkörper wandern, und sofort sind die noch frischen Erinnerungen an das Gefühl seiner Haut auf meiner da. Grinsend reicht er mir mein Glas mit dem Konterfei von George Harrison, Charlie hat sich für Ringo entschieden. Ich mag, was ich sehe. Die Haare noch unordentlicher, das entspannte Lächeln, er in meiner Wohnung, weit weg von Carrington Music und all den Menschen, die alle eine Meinung zu ihm und uns haben. Ich küsse sanft seine Schulter.

»Die ganze Welt sollte von dieser Pizza erfahren.«

Charlie nickt.

»Ich kann den Bestellzettel unten ans Schwarze Brett heften.«

»Wie dir vielleicht aufgefallen ist, haben wir kein Schwarzes Brett.«

»Nein? Ich dachte, das gehört in jedes Haus. Du weißt schon: *Habe Regal abzugeben*. Oder: *Katze entlaufen*. Oder: *Wer gießt meine Blumen während meines Urlaubs*.«

»Es ist niedlich, wie du dir das Leben hier vorstellst.«

»Ich habe mein Wissen aus TV-Serien.«

»Nun, leider haben wir so was nicht. Wir müssen uns Nachrichten unter der Tür durchschieben.«

»Vielleicht habe ich auch nur die falschen Serien geschaut.«

Ich lehne mich an ihn.

»Übrigens, ich bin froh, dass dein Vater ein Arsch war.«

»Ach was?«

»Sonst wärst du jetzt nicht hier.«

Und ich fühle mich wohl, wenn Charlie hier bei mir ist. Dann machen meine Gedanken keine komischen Dinge, und meine Gefühle tanzen nicht so durcheinander, vergessen die von mir vorgegebene Choreografie nicht mehr und konzentrieren sich auf ihn. Und weil es mir wichtig ist, dass er das weiß, sage ich es ihm.

»Und weißt du, ich habe dich gerne hier.«

»Ich bin gerne bei dir, Sarah.« Mit dem Daumen wischt er mir etwas Tomatensoße von der Lippe. »Es ist leichter bei dir.«

Verständnislos sehe ich ihn an, bis er mit den Schultern zuckt und weiterspricht. »Bei dir muss ich nicht nachdenken, was ich sage. Muss keine Rolle spielen.«

»Das musst du auch bei anderen nicht.«

»Du verstehst das nicht …«

Die Leichtigkeit aus seiner Stimme ist verschwunden, sein Kiefer spannt sich an, und er bricht ab, als wäre das Sprechen eine Kraftanstrengung. Er will meinem Blick ausweichen, doch das lasse ich nicht zu, greife nach seinem Kinn und zwinge ihn sanft, wieder zu mir zu sehen.

»Dann erklär es mir.«

»Ich bin immer der, der ich gerade sein muss. Der gute Sohn, der strenge Chef, der knallharte Geschäftsmann. Es sind Rollen, die andere für mich ausgesucht haben und die ich erfülle.«

Dabei klingt er nicht so, als wäre er damit zufrieden oder gar ansatzweise glücklich.

»Versteh mich nicht falsch, ich will kein Mitleid. Natürlich weiß ich, wie privilegiert mein Leben ist. Ich habe alles, was ich mir wünschen kann.«

Wenn man bedenkt, dass eine Wohnung wie seine in Tribeca schon als Rebellion gilt, hat er sicherlich recht mit dem, was er sagt. Glücklich sieht dennoch anders aus, und ich weiß genau, was er meint. Kein Geld der Welt kann einem Glück kaufen, das findet man nur in den kleinen Dingen. In ebendiesen Dingen, die ihm anscheinend fehlen.

»Ich wünschte mir einfach, meine Augen würden ebenso leuchten wie deine, wenn es um Musik geht. Aber das scheint nicht meine Rolle zu sein. «

»Welche Rolle wäre dir denn lieber?«

»Ich hätte einfach gerne etwas Eigenes. Etwas, das nicht mein Vater überwacht.«

»Eine eigene Firma?«

Er schüttelt entschlossen den Kopf.

»Undenkbar.«

»Aber du musst doch nicht den Weg gehen, den dein Vater für dich ausgesucht hat.«

»Mein ganzes Leben hat er für mich ausgesucht. Ich kann nicht einfach ausbrechen. Zu viele Menschen wären vor den Kopf gestoßen. Er will, dass ich so werde wie er. Sein Erbe weiterführe.«

»Du bist nicht wie er.«

Auch wenn Jim und die anderen das ohne Zweifel nicht so sehen, weiß ich genau, dass er eine andere Seite hat. Doch ich sage es nicht, sondern sehe ihn nur an.

Charlie lehnt sich gegen das Kissen nach hinten und könnte von dort aus mein Stück Himmel sehen – wenn er wüsste, dass es so was gibt. Doch stattdessen hält er meinen Blick.

»Du hast mich als Charlie kennengelernt. Für die anderen bin ich nur Charles Carrington junior. Ein Abziehbild meines Vaters.«

»Du willst das alles gar nicht, oder?«

Langsam sieht er sich in meinem Zimmer um, das ich so offensichtlich musikverliebt eingerichtet habe, dass es auf andere Menschen manchmal etwas verstörend wirken kann.

»Für dich ist Musik alles, nicht wahr, Sarah?«

»Musik ist mir wichtig, ja.«

Alles andere wäre eine Lüge, und das weiß Charlie nur zu genau. Trotzdem werde ich das Gefühl nicht los, dass er meine Leidenschaft nicht nachvollziehen kann. Jetzt sieht er wieder zu mir, und ich erkenne eine Traurigkeit in seinem Blick, die er diesmal nicht verstecken könnte, selbst wenn er es versuchen würde. Was er aber nicht tut.

»Bei uns zu Hause ging es immer um Musik. Mein Vater hat über nichts anderes gesprochen. Ständig waren die großen Namen der Branche zu Besuch. Aber weißt du, was am traurigsten war? Es lief nie Musik bei uns.«

Wollte ich ihn eben noch – bei dem Gedanken daran, dass er schon als Kind all die großen Künstler kennenlernen durfte – um ein solches Leben beneiden, mischt sich jetzt eine ordentliche Portion Mitleid dazu.

»Musik ist für mich ein Geschäft, keine Leidenschaft.«

»Das lässt sich ändern.«

»Es ist mir in den letzten Jahren nicht gelungen. Und dann tauchst du auf …«

Sein Blick streichelt mich an den Stellen, an denen er mich vorhin noch geküsst hat.

»… und stellst alles auf den Kopf. Plötzlich will ich glauben, dass Musik mehr ist. Ich höre sogar hin, was die Stadt so sagt.«

Sofort denke ich an unser erstes Treffen, das mir mit einem Mal so weit weg vorkommt, als wäre es vor Monaten und nicht erst Wochen gewesen. Charlie, der echte New Yorker, den eine kleine Hassliebe zu seiner Stadt verbindet und der noch nie einen Straßen-Hotdog gegessen hat.

»Das ist ein Anfang.« Ich versuche, die Stimmung zu heben, indem ich ihm frech zuzwinkere.

»Ich würde gerne Musik so lieben können, wie du es tust.«

»*Challenge accepted.*«

»Nur wie soll das gehen?«

Die Idee mag verrückt sein, vielleicht sogar richtig bescheuert, aber ich muss sie aussprechen, damit es nicht ungesagt bleibt und Charlie vielleicht nie etwas in seinem Leben ändert.

»Was ist mit Carrington Independence?«

»Was soll damit sein?«

»Dein Vater denkt, es wäre Geldverschwendung. Aber wie siehst du das?«

Charlie sieht auf den Pizzarand in seiner Hand.

»Das hat er mich noch nie gefragt.«

Wieso überrascht mich das jetzt ganz und gar nicht? Carrington denkt eben anders: Wozu eine Meinung einholen, wenn man schon eine eigene hat?

»Vielleicht wäre es deine Möglichkeit, die Musik zu entdecken, die dir gefällt und die du lieben wirst. Abseits der großen Namen. Für Menschen wie dich.«

»Menschen wie mich?«

»Menschen, die sich erst noch in Musik verlieben müssen.«

Charlies Gesicht verändert sich minimal, der eben noch verzweifelte Ausdruck wird von einer Denkerfalte zwischen seinen Augenbrauen ersetzt.

»Das würde meinem Vater nicht gefallen.«

Seine Stimme klingt bitter und kühl, sein Körper wirkt angespannt, und ich greife nach seiner Hand.

»Vielleicht solltest du einfach einmal mit ihm reden.«

»Mit meinem Vater redet man nicht. Er redet, du hörst zu.«

Es klingt nicht so, als hätte er es nicht schon versucht. Doch Charlie ist kein Mann, der sich schnell einschüchtern lässt, so viel habe ich inzwischen gelernt. Jetzt sieht er wieder zu mir, eines der Grübchen verrät ihn.

»Das Independence-Label würde ihn richtig wütend machen.«

»Darauf wette ich.«

»Es wäre Geldverschwendung.«

»Zum Scheitern verurteilt.«

»Stell dir sein Gesicht vor, wenn es funktioniert.«

Dieser Gedanke gefällt mir zu gut. Carringtons Blick, wenn er sich eingestehen muss, dass sein Sohn eine geniale Idee hatte.

»Mit dir an meiner Seite könnte das hinhauen.«

Hoffnung pumpt aufgeregt durch meinen Körper, als die Worte langsam durchsickern und ich verstehe, was er zwischen den Zeilen gesagt hat.

»Was?«

»Na ja, ich bräuchte einen erstklassigen Scout. Einen, der sich nicht zu schade ist, auf Konzerte zu gehen und Musiker zu finden. Jemand, der dort hingeht, wo die echten Menschen sind. Jemand, der hinhört und Musik liebt.«

Jetzt dreht mein Herz wohl endgültig durch. Das Rauschen in meinen Ohren versucht, Charlies Worte zu übertönen. Doch das lasse ich nicht zu.

»Jemanden wie dich.«

»Wie bitte?«

»Wenn ich diese Idee vorstelle, wird keiner der jetzigen Scouts Interesse haben.«

»Ich melde mich freiwillig.«

»Ich verlasse mich auf dich.«

»Das kannst du. Zu hundert Prozent!«

»Nun denn, Miss Hawks. Am Freitag beim Meeting werde ich dieses Konzept vorstellen.«

Es fühlt sich aufregend an, Charlie dabei zuzusehen, wie er sein Leben in die Hand nimmt und seinen eigenen Weg gehen will. Ein kleines bisschen bin ich stolz, weil ich so nah dran sein darf. Quasi einen Ausblick aus der ersten Reihe habe. Ich kuschele mich etwas näher an ihn, suche meinen Platz in dieser Umarmung.

»Wer hätte gedacht, dass mein Leben sich so sehr auf den Kopf stellt, nur weil ich dir in die Subway gefolgt bin.«

»Willkommen im Wunderland!«

Best Fake Smile

Der Abschied am nächsten Morgen fällt viel zu kurz aus, ist dafür aber umso intensiver. Becca macht große Augen, als sie Charlie und mich vor dem Haus an seinem Motorrad beim Küssen erwischt. Woher sie gerade kommt, will ich lieber nicht fragen, also stelle ich die beiden endlich offiziell vor.

»Becca, das ist Charlie.«

»Ich weiß.«

Sie reicht ihm breit grinsend die Hand und wirft mir einen interessierten Blick zu, der nur allzu deutlich macht, dass bald eine ausführliche Beschreibung der letzten Nacht erwartet wird.

Es ist viel zu lange her, dass Becca und ich einen unserer Mädelsabende hatten. Sie fehlt mir, und ihre Nachrichten auf meiner Mailbox lassen mich wissen, dass sie mich ebenfalls vermisst. Zwischen den Zeilen ist auch ihre Sorge über mein Wohlergehen überdeutlich zu hören. Sie findet, ich habe mich verändert, auch wenn sie betont, dass sie das nicht zwingend negativ meint, fällt es ihr eben auf, dass sich meine Prioritäten verschoben haben. Ich wünsche mir wieder mehr Zeit mit ihr – ohne Lebens-Updates auf den Mailboxen des jeweils anderen. Jetzt haben wir zumindest die Chance, uns in Sachen Charlie aka mein Chef auf den neuesten Stand zu bringen – wenn auch nur flüchtig.

Becca mustert ihn genau, gibt sich keine Mühe, das zu verheimlichen, und lächelt ihn strahlend an.

»Ich habe schon viel über dich gehört!«

Ich spüre, wie sich meine Wangen rötlich färben, als Charlie mir einen fragenden Blick zuwirft. »Ach ja?«

»Allerdings.«

»Hat sie auch vom Arschloch-Gen erzählt?«

Spätestens jetzt würde ich ihre Unterhaltung am liebsten unterbrechen.

»Du meinst deinen Vater? Ja. Von dir sprach sie in höchsten Tönen.«

»Becca …«

Doch sie winkt nur ab, als wäre ich noch nicht an der Reihe zu sprechen. Ihr Blick wird ernst, während sie sich wieder Charlie zuwendet und ihn weniger freundlich anlächelt. Jetzt erinnert sie eher an ein Krokodil, das sich Beute ausgesucht hat.

»Hör mal, Charlie, Sarah ist einer der besten Musikfreaks, die ich kenne. Und wenn ihr sie da unten in Manhattan nicht anständig behandelt, dann kriegt ihr Ärger.«

Charlie nickt und hält ihrem Blick stand.

»Danke für die Warnung.«

»Kannst du gerne auch an den Träger des A-Gens in eurer Familie weitergeben.«

»Ich werde ihm ein Memo dieser Unterhaltung zukommen lassen.«

Wie in einem Western stehen sie sich gegenüber. Keiner sagt mehr etwas, das Blickduell dauert noch einige Sekunden, dann setzt meine beste Freundin, die ich jetzt gerne umarmen möchte, zu einem Musical-Lächeln-für-die-letzte-Reihe an und schlägt Charlie freundschaftlich auf die Schulter.

»Spitze! Dann will ich euch Turteltauben nicht länger stören …«

Sie drückt mir einen Kuss auf die Wange und nutzt die Gelegenheit, um mir ins Ohr zu flüstern:

»Der Typ ist ein Jackpot.«

Dann winkt sie uns zu und verschwindet eilig die Treppen nach oben ins Haus.

Charlie sieht ihr mit einer Mischung aus Respekt und Verwunderung hinterher.

»Das ist also Becca …«

»… und zwar in Höchstform.«

»Es ist nicht verwunderlich.«

»Was genau?«

Sein Blick wandert zu mir.

»Dass alle deine Freunde mir Prügel androhen, sollte ich dir weh tun.«

Ich muss an Ace denken, der ihm auf seine Art klargemacht hat, dass er mir besser nicht das Herz bricht. Und jetzt auch noch Becca. Fast muss ich lächeln.

»Du bist eben etwas Besonderes.« Damit küsst er mich und schwingt sich auf sein Motorrad, noch bevor ich etwas erwidern kann.

Charlie muss zurück nach Boston und ich ins Büro, auch wenn mir vor einem potenziellen Treffen mit Carrington senior graust. Eine kleine Weile sehe ich dem Motorrad hinterher, denke über Charlies Worte nach und habe das Gefühl, dass heute ein guter Tag wird. Mein Lächeln verliere ich weder in der Subway, die mich nach Manhattan schaukelt, noch im Fahrstuhl zwischen all den neugierigen Blicken der Kollegen.

In meinem Büro hat sich nichts verändert. Und dennoch wirkt es heute anders, mehr wie ein Ort, an dem ich mich wohl fühle. Ich werde mir die Kartons voll mit fremden Hoffnungen auch heute vornehmen, aber vielleicht kommt bald andere Musik hinzu.

Independence.

Unabhängigkeit.

Der Gedanke gefällt mir immer mehr!

Am Ende des Tages habe ich wirklich alles gehört, was die Musikgenres dieser Welt hergeben. Manche Songs klangen sogar so, als wären sie von einem anderen Planeten, aber außer zwei Musikerinnen, die einen ziemlich originalen und deshalb genialen Sound haben, hat mich nichts umgehauen oder mir wenigstens das Gefühl gegeben, ich könnte damit in das Freitagsmeeting gehen und Carrington überzeugen. Denn, und da mache ich mir gar nichts vor, er wird mir keine faire Chance geben. Das habe ich inzwischen verstanden. Für ihn bin ich nicht so gut, wie Charlie mich sieht, und habe diesen Job nicht verdient. Für ihn bin ich nur hier, weil Charlie Spaß mit mir hat. Inzwischen weiß wohl auch die ganze Etage, dass ich mit dem Juniorchef schlafe und somit in die Kategorie Sugar-Baby falle: Sarah Hawks, die sich einen reichen, einflussreichen Typen angelt und dann ihren Traumjob hat.

Zum letzten Mal an diesem Tag sehe ich auf die Kartons mit CDs und habe das Gefühl, dass man mit dem Wort »Traumjob« vorsichtig sein sollte. Wenn ich jammere, wie gemein das Leben zu mir ist, weil ich endlich das machen darf, was ich schon immer tun wollte, wird mir das bei meinen Freunden nur ein Kopfschütteln einbringen. Dann bin ich eine undankbare Schlampe, die meckert, weil ihr Traum in Erfüllung gegangen ist. Niemand hat gesagt, dass es einfach wird.

Das schüchterne Klopfen an der Tür lenkt meine Vorstellungskraft ab, die sich gerade intensiv mit einer schrecklichen Version des Meetings am Freitag beschäftigt.

»Herein!«

Jim schiebt seinen Kopf durch den Türspalt und schenkt mir ein freundliches Lächeln.

»Hi, Sarah. Na?«

»Hi.«

Mir ist zwar nicht nach Smalltalk, aber Jim muss meine matte Begrüßung als Aufforderung aufgefasst haben, denn er kommt ins Büro und schließt leise die Tür hinter sich. Sein Blick ist voller Mitgefühl, und ich frage mich, was ich schon wieder verpasst habe.

»Ich habe gehört, was zwischen dir und Carrington gestern passiert ist.«

Ich nicke nur abwartend, weil ich nicht weiß, welchen Carrington er meint und was er von mir hören will. Hat man Charlie und mich vor dem Knights gesehen?

»Er hat kein Recht, dich so fertigzumachen.«

Puh! Durchatmen …

»Er ist mein Chef. Ich war zu spät.«

»Trotzdem … Er ist ein Arsch.«

Den letzten Teil flüstert er so leise, dass ich es von seinen Lippen ablesen muss. Klar, niemand hier würde das offen und in hörbarer Lautstärke in diesem Bürogebäude sagen.

»Und sind wir doch mal ehrlich. Wer kann es dir verübeln?«

Sein Lächeln wächst, bis es breit und strahlend ist. So langsam dämmert mir, über was er spricht. Charlie und mich. »Carrington junior ist ein echter Glücksgriff!«

Bitte nicht!

»Und dann noch dieses Büro …« Er deutet auf den Schreibtisch, die Anlage und das große Fenster hinter meinem Rücken, als wäre alles eine Art heiliger Schrein, dem man gefälligst ausgiebig huldigen sollte. »Ich würde auch gerne mal die Aussicht genießen dürfen.«

Die Aussicht habe ich schon lange nicht mehr bewundert, weil ich meistens mit dem Rücken zum Fenster sitze.

»Du bist jederzeit willkommen.«

Jim tritt lächelnd näher und lehnt sich an den Schreibtisch, dabei fällt sein Blick auf den trommelnden Affen, den Charlie mir geschenkt hat und der seit unserer ersten Begegnung nicht mehr in Aktion war.

»Nettes Haustier.«

»Das war ein Geschenk.«

»Ich dachte schon, es ist dein *spirit animal.*«

Wir lachen beide kurz. Während wir den erstarrten Plastikaffen betrachten, entspanne ich mich. Ich mag Jim. Bei ihm muss ich mich nicht so sehr verstellen, er nimmt mich einfach so, wie ich bin.

»Lust auf einen Feierabend-Drink?«

Klar, er will noch mehr Details über meine Affäre mit Charlie, mein Sexleben, meinen Aufstieg zu diesem Büro, und das möglichst nicht ganz nüchtern. Müde schüttele ich den Kopf.

»Ich kann nicht. Muss noch arbeiten.«

Das ist nicht mal gelogen. Wenn ich an die ungehörten CDs denke, weiß ich nicht, wie ich das alles schaffen soll. Jim sieht mich irritiert an.

»Du hast schon lange Feierabend.«

Wie um alles in der Welt konnte der Tag so an mir vorbeiziehen? Ein Blick auf die Uhr bestätigt seine Aussage.

»Ich bin noch nicht fertig.«

»Doch, in fünfzehn Minuten machen sie den Laden zu. Egal, ob du fertig bist.«

»Dann lege ich eben Überstunden hin.«

Das macht hoffentlich zumindest beim alten Carrington ein bisschen Eindruck und beweist meine Hingabe an den Job, den ich liebend gerne behalten möchte.

»Sicher nicht hier. Das Gebäude wird nämlich nach acht zum absoluten Bunker. Du musst schon Tom Cruise in *Mission Impossible* sein, um dann noch hier rein- oder rauszukommen.«

Großartig! Wirklich großartig! Wir sehen beide zu den CDs, während Jim mit den Schultern zuckt, als wisse er zu genau, wie ich mich fühle.

»Komm schon. Wenigstens einen Drink?«

Der Tag, der ohne Zwischenfälle ziemlich gut verlaufen ist, verdient einen After-Work-Drink. Was habe ich schon zu verlieren?

The Little Things

Einige Drinks später halte ich die laute Musik kaum noch aus. Sie hat mich schon nach dem Betreten dieses coolen Clubs zum Schreien gezwungen, damit Jim und die vier Frauen, die uns auf den einen Drink begleitet haben, mich auch verstehen können. Vielleicht klingt meine Stimme deswegen so merkwürdig. Es könnte natürlich auch am leichten Lallen liegen, das jedes meiner Worte begleitet, wann immer ich eine Frage beantworte. Denn inzwischen scheine ich so was wie der Star dieser kleinen Party zu sein. Alle sind freundlich, nett und bemüht, mit mir ins Gespräch zu kommen. Niemand nennt mich mehr »Sophie«, alle wissen genau, wie ich heiße und wo mein Büro liegt. Als hätte ich von einem Tag auf den anderen ein Upgrade erhalten. Alles nur, weil der Chef meine Beziehung zu seinem Sohn ausplaudern musste … *wollte.*

Ich weiß, dass sie nur deswegen an mir interessiert sind, und ich gebe mir große Mühe, nicht über Charlie und mich zu sprechen. Stattdessen lenke ich das Gespräch geschickt auf Musik, auch wenn es mir mit jedem Drink etwas schwerer fällt, der Konversation zu folgen. Die anderen reden von Musikern und darüber, welche Single floppen und welche die Spitzenplazierung erobern wird, welches Model es auf welchen Rapper abgesehen hat, welche erfolgreiche Sängerin mit diesem sexy englischen Schauspieler anbandelt, um ihre Verkäufe in Großbritannien voranzutreiben, und so weiter und so weiter. Jedes Mal, wenn jemand Charlie oder seinen Vater beleidigt, nehme ich einen Schluck und spiele ein Trinkspiel mit mir selbst. Irgendwann dreht sich deshalb mein Kopf mit all den neuen Informationen viel zu schnell. Die laute Musik, die grellen Lichter und die lachenden Gesichter tragen nicht gerade dazu bei, das Karussell zu beenden.

Plötzlich tauchen Jims Augen sehr nahe vor meinen auf.

»Geht es dir nicht gut?«

Sein Atem riecht nach Alkohol, sein Blick ist glasig, und ich erkenne mich in seinen geweiteten Pupillen. Wann ist das hier zu einem Trinkgelage geworden?

»Mir ist ein bisschen schlecht …«

»Sollen wir an die frische Luft?«

Nickend hake ich mich bei ihm ein und bin dankbar, dass er als Art menschlicher Bulldozer den Weg durch die feiernde Menschenmenge für uns frei macht. So viel habe ich sicher nicht getrunken, oder? Die Cocktails hier sind okay, aber kein Vergleich zu Aces Drinks, in denen offensichtlich auch die Mischung etwas besser zu mir passt. Mir fehlt das *Tuned*, in dem ich seit meinem Arbeitsantritt bei CMI nicht mehr war.

Die frische Luft hilft etwas beim Klären meines Kopfes. Jim und ich setzen uns auf die grobe Holzbank neben dem Eingang.

»Wenn du kotzen musst, gib mir eine kurze Warnung, ja?«

»Ich muss nicht kotzen.« *Ich bin einfach nur betrunken.*

»Gut. Vielleicht hätten wir vorher was essen sollen, so als Grundlage.«

Jim grinst mich frech an. Langsam verstehe ich, dass er das hier wohl öfter macht und ich noch einiges lernen muss, wenn ich mit den Kollegen mithalten möchte. Ich lehne meinen Kopf an seine Schulter, weil er sich zu schwer anfühlt.

»Warst du mit dem Chef eigentlich schon mal aus? So ein richtiges Date?«

Gute Frage. War ich das?

»Nicht in so einem Schuppen.«

Jim schnaubt verächtlich. Ich spüre Falten auf meiner Stirn, direkt dort, wo sich nun hämmernde Kopfschmerzen ausbreiten. Langsam schließe ich meine Augen, weil es zu viel Kraft kostet, sie offen zu halten.

»Natürlich nicht. Er gibt sich doch nicht mit uns Normalsterblichen ab.«

Er tut Charlie unrecht.

»Woher willst du das wissen?«

»Na, weil er ein *Carrington* ist.«

Diesmal spricht er den Namen nicht ehrfürchtig, sondern abwertend aus, als wäre diese Familie mit einem Makel behaftet, der ihn anwidern würde.

»Wir waren zusammen in meinem Lieblingsclub. Das *Tuned* in Williamsburg. Live-Musik, gute Drinks …«

»Das kann ich mir kaum vorstellen.«

»Er ist nicht so, wie du denkst. Charlie ist ganz anders als sein Vater.«

»Charlie?«

Jim klingt amüsiert.

»Ja. Charlie.«

»Nun, für uns ist er genauso wie sein Vater.«

Ich muss an den dressierten Affen auf meinem Schreibtisch und Charlies Worte denken. Was, wenn Jim recht hat?

»Ihr kennt ihn nur nicht.«

»Nun, nicht jeder von uns kann mit ihm ins Bett steigen, um seine sanfte Seite kennenzulernen, Sarah.«

Mühsam öffne ich die Augen und sehe zu Jim, der bitter auf die Straße vor uns starrt. Ich weiß, dass er es nicht so meint, aber gerade komme ich mir sehr billig vor.

»Nennst du mich ein Flittchen?«

»Nein.«

Schnell sieht er zu mir. Sofort weiß ich, dass er es ehrlich meint, doch seine Worte haben Spuren hinterlassen, die auch morgen noch schmerzen werden.

»Ich denke nur, er ist dir wohlgesonnen, weil du eben mit ihm schläfst. Der Rest von uns ist für Carrington nicht mehr als ein Haufen austauschbarer Roboter, die er rumscheuchen kann, wie es ihm gefällt.«

»Das ist nicht wahr.«

Doch schon während ich es ausspreche, schmecke ich den Zweifel, den die Worte auf meiner Zunge hinterlassen.

»Vielleicht hast du recht und kennst ihn wirklich anders, als wir es tun.«

Obwohl Jim weder Charlie noch mich angegriffen hat, verspüre ich den Drang, mich zu erklären.

»Er ist witzig und auf dem Boden geblieben. Seine Wohnung ist total bodenständig eingerichtet. Als wir uns kennengelernt haben, wusste ich nicht mal, wer er ist!«

Jim sieht mich ungläubig an, doch ich nicke so heftig, dass mir dabei ganz schwindlig wird.

»Er ist mit mir zum ersten Mal in seinem Leben Subway gefahren!«

»Das kann ich mir leider auch nicht vorstellen. Er hat einen Privatjet und einen Fahrer. Wozu die Subway nehmen?«

Ich weiß, dass er heute Morgen mit dem Privatjet zurück nach Boston geflogen ist, aber das macht ihn doch noch nicht zu einem schlechten Menschen, oder?

»Er fährt Motorrad – ohne Fahrer!«

»Das passt nicht zu ihm.«

»Das denkst du, weil du ihn eben nicht kennst!«

Verteidige ich ihn – oder mich? Jim legt den Arm um mich und drückt mich kurz sanft an sich, als wäre das alles gar nicht so sehr meine Schuld.

»Sarah, ich arbeite seit knapp fünf Jahren in dem Laden. Alles, was ich mache, ist CDs, USB-Sticks und Tapes sortieren. Immer und immer wieder habe ich meine Bewerbung für die internen Stellen als Scout eingereicht. Immer wurde ich vertröstet.«

Er atmet schwer aus, und plötzlich ist mir doch übel.

»Ich glaube, er mag mich einfach nicht. Ich werde bis ans Ende meines Lebens Kartons schleppen, anstatt das zu tun, was ich wirklich tun will.«

Mein Magen zieht sich zusammen. Das Büro, in dem ich sitze, habe ich bekommen, weil Charlie und ich …

Nein! Unsinn! Quatsch!

Er hat sich die Bewerbung schon viel früher angesehen.

Jim sieht zu mir, streicht mir eine Haarsträhne aus dem Gesicht und lächelt traurig.

»Jetzt hast du den Job.«

»Er war eigentlich nur intern ausgeschrieben, oder?«

Doch das muss er gar nicht bestätigen. Ich kenne die Antwort, bevor Jim nickt und mir damit ein Loch in den Magen reißt. Ich habe einen Job bekommen, auf den ich gar kein Anrecht habe! Einen Job, der nie öffentlich ausgeschrieben wurde und nur firmenintern hätte vergeben werden sollen. Wieso habe ich ihn bekommen? Kalter Schweiß bildet sich auf meiner Stirn, und meine Hände fühlen sich eiskalt an. Der Trommelwirbel in meinem Schädel scheint seit einer gefühlten Ewigkeit ein besonderes Ereignis anzukündigen. Mein Magen pulsiert schmerzhaft. Die Frage, die ich ignoriert habe, obwohl sie seit meinem Vorstellungsgespräch immer in meinem Hinterkopf gelauert hat, ist wieder da – lauter denn je: Warum habe ich diesen Job *wirklich* bekommen?

Weil ich so gut bin und alle überzeugt habe? Oder doch, weil Charlie mich mag? Mir ist mit einem Mal todschlecht.

»Weißt du, manchmal wünschte ich mir irgendwie, ich hätte Brüste und wäre Carringtons Typ.«

Das letzte Mal habe ich gekotzt, als ich sechzehn war und zu viel von einem ziemlich fiesen Trash-Can-Punsch getrunken habe. Doch jetzt spüre ich den ätzenden Vorgeschmack und schiebe Jim hastig von mir. Er scheint zu verstehen und bringt seine weißen Turnschuhe in Sicherheit, bevor ich mich auf diesen Gehweg hier in New York übergebe. Und das nicht wegen des Alkohols.

»Hier ist die Mailbox von … Charles Carrington … Bitte hinterlassen Sie eine Nachricht nach dem Signalton.«

Es klingt merkwürdig, ihn selbst seinen Vor- und Nachnamen sagen zu hören. Statt seiner Stimme inklusive der Freude darüber, dass ich ihn anrufe, bekomme ich nur das Band und eine begrenzte Sprechzeit. Ich will nicht lallend einen peinlichen Hilferuf hinterlassen, deswegen lege ich schnell auf und hoffe, dass er nie von diesem Ausflug erfahren wird. Außerdem ist Charlie noch immer in Boston und damit definitiv zu weit weg, um mich aus dieser Toilette zu retten.

Da Becca heute Abend wieder einen Auftritt mit *Chitty Chitty Bang Bang* in einem ausverkauften Theater hat, will ich auch ihr keine betrunkene Nachricht hinterlassen. Also wähle ich eine weitere Nummer und lehne meine Stirn an die kühlen Kacheln der Damentoilette des Clubs, vor dessen Tür Jim auf mich wartet.

»Sarah?«

Ist es zu spät für einen spontanen Anruf? Ich habe gar nicht auf die Uhr geschaut.

»Hi, Will …«

Das klang ziemlich wackelig. Ich sehe in den Spiegel neben mir und erkenne eine blasse und verschmierte Sarah, die mir bestenfalls aus der Entfernung ähnlich sieht.

»Alles okay?«

Nein. Gar nichts ist okay. Und ich fühle mich schrecklich.

Ohne nachzudenken, sage ich das, was ich schon gestern hätte klären sollen.

»Es tut mir leid, dass ich dich habe sitzenlassen.«

Stille. Gut, das ist sicher nicht der beste Einstieg in dieses Telefonat, aber wie heißt es so schön? *In vino veritas*. In Gin Tonic offensichtlich auch.

»Okay …«

»Ich weiß gerade nicht so recht, wo ich hingehöre, und alles dreht sich. Weißt du, ich liebe es, mit dir in Parks zu sitzen, dir zuzuhören, Songs zu schreiben, auch wenn ich keine Ahnung habe, wie das wirklich geht, und mit dir zu reden … Aber dann gibt es da auch Charlie, den ich mag. Ich mag ihn sehr …«

»Sarah, bist du betrunken?«

»Ja.«

Und verdammt verwirrt. Meine Augen brennen, und ich spüre die Tränen, die sich unaufhaltsam einen Weg nach draußen bahnen wollen. Vollkommen egal, wie lange ich schweige, Will wird nicht auflegen. Mir bleibt nichts anderes übrig, als weiterzusprechen, obwohl meine Gedanken noch lange nicht sortiert sind.

»Weißt du … Ich glaube, ich habe das alles gar nicht verdient.«

»Wovon redest du?«

»Den Job. Den habe ich nur, weil ich mit Charlie schlafe.«

»Wo steckst du?«

»In einem Club, der Remixe von MC Hammer spielt. Kannst du dir das vorstellen?«

»Du solltest da so schnell wie möglich verschwinden.«

Sollte ich. Blöd nur, dass sich meine Beine wie die Extremitäten von Würfelquallen anfühlen und mich bestimmt nicht sicher nach Hause bringen können.

»Witzig, dass du das ansprichst …«

Es ist nicht zwingend das, was ich wirklich sagen will, aber es ist zumindest ein Anfang.

»Sag mir, wo du bist. Ich bin unterwegs!«

Ach, Will Brown, du wunderbarer Mensch. »Danke.«

Dann rollt die erste Träne über meine Wange.

Dreißig Minuten, mehr Tränen, drei Gesichtswäschen und einen Kaugummi später stehe ich wieder auf der Straße, in Jims Umarmung, weil sie sich sicherer anfühlt als meine eigenen Beine. Außerdem hat er darauf bestanden, mit mir zu warten und sich meinen Retter in der Not, Will Brown, mal genauer anzusehen. Ein Wagen kommt vor uns zum Stehen, und Will steigt aus. Ich sehe ihn durch die letzten Tränen nur unscharf, aber ich erkenne ihn sofort in seinen Jeans, dem schlichten weißen Shirt und den Turnschuhen.

Er sieht mich mit einer Mischung aus Mitleid und Enttäuschung an: so wie ich dastehe, in den Armen eines fremden Mannes und mit verschmiertem Make-up.

Sicher bin ich oft genug ähnlich derangiert am Morgen nach einem Konzert aufgewacht, aber selten war ich so betrunken, und nie habe ich mich so leer gefühlt wie jetzt. Jim geleitet mich zu Will, wie ein Vater die Braut an den Bräutigam übergibt, und lächelt mich dann aufmunternd an. »Wir sehen uns morgen im Büro.«

Noch will ich gar nicht an den morgigen Tag denken, an das gnadenlose Klingeln des Weckers, der nicht aufhören wird, bis ich endlich nachgebe und aufstehe. Müde rutsche ich auf den Beifahrersitz und überlege mir, was ich sagen soll, wenn Will gleich ins Auto einsteigt. Doch die Zeit ist zu kurz. Mir fällt nichts ein, kein Wort, keine vernünftige Erklärung.

»Wohin?«

Seine Frage klingt kühl.

»Knights Building.«

Will nickt und fährt mich stumm durch New York, stellt keine weiteren Fragen, schaltet auch nicht das Radio ein, sondern lässt mir die Stille im Inneren des Wagens, während Straßenlichter über uns hinwegfliegen und mein Kopf an der Scheibe ruht. In zwei Kurven kämpfe ich wieder mit meinem Magen und den kreisenden Gedanken im Kopf, doch wir schaffen es ohne »zwischenzeitliche Übergabe« zu mir nach Hause.

Im Eingang des Knights hat sich etwas verändert. Nur eine Kleinigkeit, und wahrscheinlich fällt das außer mir niemandem auf. Ein Schwarzes Brett hängt an der Wand neben den Briefkästen, frisch angebracht und mit zahlreichen bunten Pinnnadeln ausgestattet. Eine Lieferservicespeisekarte hängt vereinsamt dran.

Pippa & Paul Pizza.

Ich will lächeln, aber ich kann nicht. Stattdessen spüre ich Wills Arme, die mir dabei helfen, möglichst unbeschadet die Treppen nach oben in mein Stockwerk zu schaffen. Dabei versuchen wir, nicht zu laut zu sein. Er hat mir übrigens immer noch keine Frage zum Abend gestellt. Also bin ich es, die an der Tür zu meiner Wohnung den berühmtesten Satz des Abends sagt.

»Kommst du mit rein?«

Vielleicht frage ich das, weil ich weiß, dass ein Mensch wie Will nicht nein sagt, wenn es einer Frau schlechtgeht. Die ganze Fahrt über habe ich das Weinen verhindert. Nicht wegen irgendwelcher Schmerzen, sondern weil ich mich schäme und das nicht einmal aussprechen kann. Natürlich nickt er. Und nun ist Will Brown zum ersten Mal in meinem kleinen Apartment und sieht sich um, während ich einfach nur froh bin, aufs Bett fallen zu können. Will lässt sich beim Betrachten Zeit, studiert die Poster an der Wand, die Schallplatten, jedes Detail – nur nicht mich, wie ich zusammengerollt auf dem Bett liege und hoffe, dass alles morgen nur noch eine schlechte Erinnerung ist.

»Kann ich dir was bringen?«

»Nein …«

»Einen Tee vielleicht?«

Obwohl ich am liebsten heulen will, spüre ich ein Lächeln auf den Lippen, als ich vorsichtig den Kopf schüttle und meinen Mut für einen Blick ins Wills Augen zusammennehme.

»Sicher? Tee hilft immer.«

»Ich habe keinen Tee im Haus.«

»Das sollten wir ändern.«

Er steht nun direkt neben dem Bett und beobachtet mich in meinem jämmerlichen Zustand. Ich muss wie eine schlecht bezahlte Diva wirken, denn nicht mal ich verstehe, was gerade in mir passiert.

»War ein aufregender Abend heute?«

»Ich wollte nur auf einen Drink mit.«

»So fangen doch die besten Partys an.«

»Diese war nicht besonders gut.«

Ich drehe mich ein bisschen weiter in seine Richtung und klopfe auf die Bettdecke neben mir. Das Zögern kann ich sehen, seinen inneren Kampf, ob er nicht einfach doch wieder verschwinden sollte. Doch er nimmt Platz.

»Dieser Typ vor dem Club …«

»Jim.«

»… ist also nicht Charlie?«

»Nein.«

»Okay.«

»Jim ist ein Kollege.«

»Und Charlie?«

»Ist mein Boss.«

Will nickt langsam und ist sichtbar bemüht, aus meinen Antworten ein Gesamtbild zu basteln, das vermutlich selbst dann noch keinen Sinn ergibt.

»Wobei das nicht stimmt.«

»Weil er dein Freund ist.«

»Weil *Charles* mein Boss ist.«

»Du verwirrst mich, Sarah.«

»Ich weiß.«

Denn Will kann ja nicht wissen, dass Charlie nur bei mir *Charlie* ist und dass nur ich ihn so kennenlernen durfte.

»Du hast viele Männer in deinem Leben.«

Dabei blickt er mich nicht an, ich hingegen kann nicht mehr wegsehen. Wills Profil im Dunkeln der Wohnung ist jetzt mein Anker geworden, denn der Raum hat aufgehört, sich zu drehen. So wie immer, wenn er bei mir ist. Langsam strecke ich meine Finger etwas weiter aus und berühre seine Hand – nur eine winzige Berührung, doch ich meine spüren zu können, wie seine Haut kribbelt.

»Danke, dass du da bist.«

Er nickt und sieht auf unsere Hände, die sich berühren, fast nebenbei, als würden wir es nicht bemerken. Aber ich spüre nur noch das Kribbeln.

»Immer.«

Das ist wahr. In letzter Zeit war Will immer da. Ob durch seine Musik, seine Anwesenheit oder einfach in meinen Gedanken. Seit dem Tag, an dem ich ihn getroffen habe, ist Will auf eine sehr merkwürdige Art und Weise ein fester Bestandteil meines Lebens geworden.

»Willst du mein Stück Himmel sehen?«

Morgen werde ich das hier auf den Alkohol schieben, darauf, dass ich nicht ganz bei mir war, und zwar so lange, bis ich es auch selbst glaube. Denn natürlich weiß ich genau, dass ich das sage, weil ich es will. Will lächelt ein bisschen. Zum ersten Mal heute Abend.

»Klar.«

Ich rolle mich ans Fenster, bedacht darauf, meinen Kopf nicht zu schnell zu bewegen, und deute ihm an, dass er sich neben mich legen müsse. Das Bett ist nicht besonders groß, wenn beispielsweise Becca und ich es teilen, wird es schnell sehr intim. Will zögert wieder, die Namen »Charlie« und »Charles« gehen ihm bestimmt durch den Kopf, so wie auch mir. Doch dann legt er sich zu mir, berührt mich dadurch an verschiedenen Stellen und liegt mit seinem Gesicht nah an meinem. Ein Glück, dass Jim mir vorhin einen seiner Kaugummis gegeben hat. Nur mit viel Mühe reiße ich meinen Blick von ihm los und deute aus dem Fenster nach oben.

»Da oben … der kleine Streifen Nachthimmel.«

Keine Ahnung, wieso ich flüstere. Vielleicht, weil es bisher mein Geheimnis war. Will dreht seinen Kopf noch etwas weiter, streift mit seiner Wange meine und folgt meiner Hand, die leicht zitternd zu den Sternen deutet.

»Schicker Ausschnitt.«

»Manchmal sieht man Sterne.«

»Beeindruckend.«

Sollte er lügen, macht er das verdammt überzeugend. »Ich habe noch niemandem davon erzählt.«

Langsam sehe ich wieder zu ihm und hoffe, dass er mich nicht auslacht. Heute Morgen noch lag Charlie hier, doch ihm konnte ich davon nicht erzählen. Während ich in Wills Augen blicke, spüre ich mein Herz wie verrückt schlagen. Will liegt noch näher bei mir, als ich angenommen hatte, unsere Lippen sind nur wenige Zentimeter voneinander entfernt. Wir sind uns wieder so nah wie in der Musikkabine.

»Keine Sorge, dein Geheimnis ist bei mir sicher aufgehoben.«

Dabei verhakt er unsere Finger ineinander und drückt kurz meine Hand.

Wenn ich in Wills Nähe bin, fühle ich mich frei, leicht und bin mehr ich selbst als sonst irgendwo. Jetzt, da wir uns so nahe sind, fühle ich mich wie in einer eigenen kleinen Welt, in der alles andere keine Rolle mehr spielt.

»Ich habe übrigens ein bisschen am Song weitergeschrieben …« Will spricht ebenfalls leise und lässt mich dabei keine Sekunde aus den Augen. Ich weiß gar nicht, ob wir überhaupt noch reden müssen, denn gerade habe ich das Gefühl, unsere Körper würden verschlüsselte Morsesignale austauschen, die nur sie verstehen, unbemerkt von der Welt um uns rum.

»Willst du ihn hören?«

Als ob er auf diese Frage wirklich eine Antwort brauchen würde. Für meinen aktuellen Zustand nicke ich etwas zu heftig, was ich sofort bereue, weil das Trommeln in meinem Kopf wieder losgeht. Will zieht sein Handy aus der Hosentasche und legt es auf die kleine freie Stelle des Bettes, die noch zwischen uns ist. Er sucht in seinem Musikarchiv nach dem richtigen Song und gibt mir dadurch die Chance, sein Gesicht erneut aus der Nähe zu betrachten.

Je öfter ich ihn sehe, desto faszinierender finde ich ihn: seine Augen und die Gedanken, die ich darin ablesen kann; sein Lächeln, mal frech und jugendlich, mal melancholisch und verletzlich; seine Stimme, mal rauh, mal leise. Will ist wie ein guter Song, der niemals enden soll.

»Ich muss an der Melodie noch etwas feilen, einige Akkorde gingen daneben. Es ist noch nicht die Endversion, weil ich …«

Bevor er weiterreden kann, lege ich ihm den Zeigefinger auf die Lippen, was bei ihm zu einem kurzen Zucken führt, und bringe ihn damit zum Schweigen.

»Spiel ihn mir einfach vor.«

Will rührt sich keinen Millimeter, als hätte er Angst vor seiner nächsten Bewegung, sondern sieht mich nur an. Ich frage mich, wie die Lippen, die ich unter meiner Fingerkuppe spüre, sich wohl auf meinen Lippen anfühlen würden. Aber sofort verbiete ich mir diesen Gedanken und konzentriere mich auf die Musik, die nun mit leisen Gitarrenklängen beginnt.

It's the little things, that make me smile.
Your hair, your laughter and your style.
The time we spend, just you and me
the way you drink your cup of tea.

The things I see, when I am with you.
Forget it all, the trouble of the world.
You make me see myself anew.
You seem to know me, no words told.

You told me all the things you love.
Even your secret sky above.
I promise they are save with me,
maybe this song can make you see.

It's the little things, that make me smile.
The time we spend, just you and me.
Just you and me.

All those things, we talk about,
the dreams, the music and the doubt.
The things you want to see and touch,
your smile, your eyes, they tell so much.
It's you and me.
Just you and me.

Noch bevor die letzten Akkorde verstummt sind, weiß ich, dass ab jetzt nichts mehr so sein wird wie zuvor. Natürlich könnte ich mir einreden, es sei einfach nur ein Song. Ein wunderschöner Song. Doch so betrunken bin ich nicht – es ist so viel mehr: die Melodie und seine Stimme mit dem Gefühl, das er in jedes gesungene Wort legt. Die ganze Zeit über hat er mich angesehen, auf eine Reaktion gewartet. Doch mein Körper fühlt sich wie gelähmt an. Kein Muskel reagiert mehr, keine Bewegung ist möglich, und das, obwohl in meinem Inneren gerade ein Gefühlstornado wütet. Alles wird durcheinandergewirbelt, jedes Teilchen, jede Faser, einfach alles.

Der Song ist vorbei.

Das Gefühl jedoch bleibt.

Die Stille hat sich den Raum zurückerobert. Ich kann einfach noch nicht sprechen. Will zuckt mit den Schultern, wobei es offensichtlich ist, wie viel Kraft es ihn kostet, zu einem Lächeln anzusetzen. Jetzt kann er mir auch nicht mehr in die Augen sehen.

»Wie gesagt, der Song ist noch nicht fertig. Ich muss noch einiges ändern.«

Er tastet nach seinem Handy und setzt sich auf, bringt damit den nötigen Abstand zwischen unsere Körper, der sich für Freunde wie uns gehört.

Freunde …

»Gut, okay. Du bist heil zu Hause angekommen. Es geht dir den Umständen entsprechend gut, dann werde ich also nicht mehr gebraucht. Mein Job ist getan.«

Bevor ich etwas sagen kann, steht er auf und sieht sich um. Alles nur ein Verhalten, um Blickkontakt mit mir zu vermeiden.

»Schöne Wohnung übrigens.«

»Will …«

»Ich muss los. Harry wird seinen Wagen bald vermissen.«

Wusste ich doch, dass mir das Auto irgendwie bekannt vorkam!

»Er hat dir seinen Wagen geliehen?«

»Nicht direkt. Sagen wir, ich weiß, wo er die Schlüssel aufbewahrt. Deswegen muss ich zurück, bevor er was merkt.«

Jetzt setze auch ich mich auf, und ich habe das Gefühl, nicht mehr betrunken zu sein. Mein Leben dreht sich aus ganz anderen Gründen.

»Du hast seinen Wagen gestohlen?«

»Nur vorübergehend. Ich bringe ihn ja zurück.«

»Wieso?«

Will lacht leise, und endlich sieht er wieder zu mir, wobei ich sehen kann, wie seine Augen verdächtig schimmern.

»Weil du mich darum gebeten hast.«

»Du hättest ablehnen können.«

»Klar. Natürlich. Hätte ich machen können. Aber …« Er bricht ab, obwohl ich unbedingt hören will, was er zu sagen hat. Also stehe ich auf und gehe zu ihm.

»Will …«

»Ich mag dich, Sarah. Du bist so …« Er sucht nach einem passenden Adjektiv, das mich ausreichend beschreibt. Das scheint gar nicht so einfach zu sein.

»Du bist verrückt, du bist die erste Frau seit langem, für die ich einen Song schreiben wollte. Seit dem Gig im *Tuned* muss ich an dich denken. Was du gesagt oder wie du mich angesehen hast. Dein Blog, deine Worte, dein Lächeln.«

Die Worte kommen plötzlich so schnell über seine Lippen, als würde Will befürchten, sie sonst nie auszusprechen. Dabei kommt er einen Schritt auf mich zu, was ihn unendliche Überwindung kosten muss, denn jeder Muskel seines Körpers wirkt angespannt.

»Und was ist mit Grace?«

»Grace ist meine Gitarre.«

Also doch! Was auch sonst? Hatte ich wirklich geglaubt, dass es sich bei Grace um eine geheime Freundin handelt? Nein, ich wollte es glauben. Denn war es nicht so viel leichter, Will nur als Freund zu sehen, wenn seine Liebe einer Frau und nicht einer Gitarre gegolten hätte? Das hat ihn für mich sicher gemacht, obwohl sich mein Herz in seiner Nähe immer schon danebenbenommen hat.

»Falls es nicht offensichtlich genug war … Der Song ist für dich!«

Mein Kopf ist leer, mein Verstand definitiv im Feierabend-Modus. Nur mein Herz pocht wie von Sinnen.

»Ich weiß, dass du zu diesem Charlie zurückgehen wirst, weil er dein Freund ist und all das …«

Ich kann darauf nicht antworten, weil meine Gefühle gerade nicht auf mich hören wollen.

»Aber jetzt habe ich es gesagt. Das, was ich empfinde, wenn wir zusammen sind. Was ich denke, wenn ich dich ansehe. Und vielleicht bin ich irgendwann nur eine Erinnerung. Der Typ mit der Gitarre, den du mal im Park hast spielen hören. Aber Songs bleiben.«

Wie recht er hat!

»Ich hoffe, dieser bleibt, denn er ist nur für dich.«

Endlich kann ich wieder sprechen, fast zu schnell purzeln meine Worte nun aus meinem Mund.

»Warum hast du das alles nicht früher gesagt?«

»Weil ich nicht besonders gut bin mit solchen Sachen.«

»Du hast diesen Song geschrieben.«

»Das ist etwas anderes.«

»Ist es nicht. Du hast diese Worte gefunden. Für mich …«

Als würden meine Sätze ihn zu mir ziehen, kommt er immer weiter zu mir, bis er direkt vor mir steht. Ich kann die Wärme seines Körpers spüren, und diese Nähe alleine reicht aus, um die Erinnerung an das Gefühl unserer ineinander verhakten Finger zu wecken.

»Gefällt er dir?«

Wie kann er daran überhaupt einen Zweifel haben? Wie kann irgendjemand auf der Welt diesen Song nicht lieben?

»Er ist wunderbar.«

Will nickt, vielleicht ein bisschen erleichtert, aber noch immer angespannt. Er atmet tief durch und sieht mich an.

»Ich sollte gehen.«

Sollte er.

Müsste er.

Wäre vernünftig und richtig.

Doch statt sich von mir wegzubewegen, greift er sanft nach meinem Gesicht, beugt sich zu mir runter und küsst mich. Einfach so, obwohl wir beide wissen, dass das nicht geht und wir das besser nicht tun sollten.

Will küsst so, wie er singt: mit seinem ganzen Gefühl. Dieser Kuss schmeckt nach unterdrückter Leidenschaft, die sich endlich einen Weg nach draußen gebahnt hat und die nun auf mich überspringt. Ja, ich küsse ihn zurück. Ja, ich lasse diesen gestohlenen Moment zu, weit weg von der Realität.

Doch so plötzlich, wie er mich geküsst hat, beendet er es auch wieder, stolpert fast hastig zurück und sieht mich traurig an. Jetzt bleibt nicht nur sein Song, so viel steht fest.

»Könntest du das hier morgen, wenn du wieder nüchtern bist, vielleicht vergessen?«

Das kann und darf er nicht von mir verlangen. Das ist unfair. Ich schüttele, ebenfalls traurig lächelnd, den Kopf. »Nein.«

Kurz erscheint ein Lächeln auch auf seinem Gesicht.

»Gute Nacht, Sarah.«

»Gute Nacht, Will.«

Drunk in the Morning

Der nächste Morgen kommt viel zu früh. Deshalb verlängere ich die Nacht spontan etwas. Nur um fünf Minuten. Vielleicht auch zehn. Na gut, um dreißig Minuten. Das Klingeln des Weckers klingt so viel lauter als an den Tagen zuvor. Ein Blick auf die Uhr lässt mich wissen, warum er so dringlich klingt. Es ist schon wieder viel zu spät! Selbst wenn ich die Subway noch erwischen sollte, werde ich es kaum pünktlich ins Büro schaffen können. Und jetzt raten wir mal, wen diese Tatsache ganz besonders freuen wird.

Es mag dieser Gedanke sein, der mich in Lichtgeschwindigkeit die Morgentoilette erledigen lässt. Da spielt es mir jetzt in die Karten, dass ich gestern in voller Montur eingeschlafen bin – ich erspare mir die Qual der Wahl am Kleiderschrank und sprinte genau so direkt zur Subway, die ihren Weg nach Manhattan schaukelt und mich auf diese Weise daran erinnert, wieso ich auf das Frühstück verzichtet habe.

Einen Coffee to go später und knapp zwanzig Minuten zu spät schlage ich endlich sonnenbebrillt auf meiner Etage auf, wo mich äußerst interessierte Blicke empfangen. Die Erinnerung an den Abend mit meinen Kollegen hält sich in Grenzen, was nicht nur am Alkoholkonsum liegen dürfte, sondern vor allem an dem, was danach passiert ist.

An Will …

Am Song …

Am Kuss!

Das Lächeln ist viel zu vital für den restlichen Zustand meines Körpers, aber ich kann es nicht verhindern.

»Da hat aber jemand gute Laune.«

Eine junge Frau, ich glaube, ihr Name ist Melanie, lehnt im Türrahmen ihres Büros und grinst mich an, während ich an ihr vorbeilaufe. Bisher hat sie mich immer ignoriert. Aber auch ich habe sie vermieden und mich in der Mittagspause nie an ihren Tisch gesetzt, weil sie diese besondere Ausstrahlung eines Alpha-Weibchens hat.

»Das muss am Kaffee liegen.«

»Nicht etwa an Mr. Carrington junior. Ah, Verzeihung … an Charlie?«

War ja klar! Willkommen auf dem Highschool-Niveau des Arbeitslebens. Die Neuigkeiten von gestern Abend haben also schon die Runde gemacht! Solche Kommentare werden wohl noch öfters folgen, doch ich habe vor, sie weitestgehend zu ignorieren. Melanie sieht mich an und mustert mich genau.

»Hattest du dieselben Sachen nicht schon gestern an?«

Schweigend stürme ich an ihr vorbei und stoße mit einer ordentlichen Portion Frust die Tür zu meinem Büro auf – und bin heilfroh, hier nicht noch eine weitere Überraschung vorzufinden. Nur das hektische Blinken meines Telefons lässt erahnen, dass mich schon einige Menschen erreichen wollten. Heute kommt mir das Büro gar nicht mehr so wunderbar vor. Ganz im Gegenteil, es fühlt sich fremd an, als wäre es gar nicht meines, als hätte ich hier in den Wochen meiner Arbeit keine Spuren hinterlassen.

Aha, fünf Anrufe in Abwesenheit: zwei von Jim, einer von Heather Coleman, zwei von Charlies Handynummer. Ich entscheide mich dafür, zuerst ihn zurückzurufen.

»Sarah?«

Er klingt alarmiert, ich musste es nur zweimal klingeln lassen.

»Hi, Charlie.«

»Alles okay?«

»Ja. Alles bestens.«

Das ist eine große fette Lüge, die er hoffentlich nicht heraushören kann.

»Du hattest mich gestern sehr spät angerufen.«

»Ach so, das. Ja, ich wollte nur … reden.«

»Ich war schon im Hotel und habe geschlafen.«

Das hätte ich wohl auch besser machen sollen.

»Wir waren gestern noch aus. Ein paar Kollegen und ich.«

»Lief es gut?«

»Ja.«

»Sehr gut. Ich muss mir also keine Sorgen machen?«

»Nein.«

Wenn er das nicht muss, wieso wächst der Kloß in meinem Hals dann auf die Größe eines Kürbisses an? Meine Augen brennen, und mein Herz tut weh. Falls ich jetzt einen Infarkt erleide, hoffe ich auf ein schnelles Ende.

»Ich melde mich, sobald ich wieder in New York bin, aber das wird spät.«

»Bist du beim Meeting morgen dabei?«

»Aber sicher. Das wird großartig.«

Seine Worte in Gottes Ohr.

»Bis dann, Sarah.«

Es wäre alles so viel leichter, wenn mich gestern Will nicht geküsst hätte. Die Details dieses Kusses sind viel zu präsent in meinem Kopf. Fast meine ich seine Lippen noch immer auf meinen spüren zu können. Wieso ist das Leben manchmal so unberechenbar? Jahrelang passiert in meinem Leben so gut wie nichts, es dümpelt vor sich hin, und mit einem Schlag stellt es sich auf den Kopf, vollführt die verrücktesten Yoga-Stellungen und erwartet eine Dankesnote von mir, weil ich mir das doch heimlich alles gewünscht habe.

Nur eine Anleitung zu dieser Veränderung, die wurde natürlich nicht mitgeliefert. Erschöpft lasse ich mich in meinen Bürostuhl sinken und schließe kurz die Augen. Doch die Erholung dauert keine fünf Sekunden, dann zwingt mich ein Klopfen an der Tür zurück in die Pflicht.

»Herein.«

Es ist Jim, der zögernd zu mir reinsieht und nicht viel frischer wirkt als ich. Die gestrige Nacht ist also auch an ihm nicht spurlos vorbeigegangen.

»Guten Morgen.«

»Hi.«

»Ich wollte nur mal nach dir sehen.«

»Mir geht es gut.«

Meine Stimme verpackt die Lüge erfolgreich, die Tränen in meinen Augen blinzele ich geschickt weg. Jim hat ein mieses Timing, denn gerade will ich hier niemanden sehen – gerade ihn nicht.

»Tut mir leid, dass der Abend nicht so gut gelaufen ist.«

Das klingt ehrlich, auch wenn ich Zweifel daran habe. Ich entscheide mich für ein Lächeln, das aber möglichst beschäftigt wirken soll. Mir steht der Sinn gerade nicht nach Gesellschaft, denn meine Gedanken an Will verlangen meine volle Aufmerksamkeit.

»Ich wollte dich nur warnen. Carrington hat mitgekriegt, dass du zu spät bist.«

»Danke.«

Es wundert mich nicht, dass der seine Spürhunde vor meiner Bürotür plaziert hat. Jeder Fehler, jede Unachtsamkeit meinerseits kommt auf mein persönliches Strafkonto, damit er mir am Ende des Monats die Tür zeigen kann.

»Sollen wir heute zusammen Mittagspause machen?«

Mein Reflex ist eine Zusage, aber ich weiß, dass ich ihm nicht trauen darf. Entschlossen schüttele ich den Kopf.

»Lasse ich ausfallen. Muss noch arbeiten.«

»Verstehe. Guten Eindruck machen und so.«

»Genau.«

»Ich bin mir sicher, du findest einen Weg, *Charlie* um den Finger zu wickeln.«

Mit einem Augenzwinkern ist er verschwunden, während ich mit einer wachsenden Wut im Bauch in einem Büro zurückbleibe, die nicht mir, sondern jemandem wie Jim gelten sollte. Ist Jim wirklich auf meiner Seite? Er weiß, dass ihm dieser Job zusteht und nicht mir. Es ist nur eine Frage der Zeit, bis er mir in den Rücken fallen wird. Falls er das nicht sogar schon getan hat. Sofort taucht Melanies fieses Grinsen vor meinem inneren Auge auf. Nur Jim weiß, dass Charles Carrington III. Charlie für mich ist.

Um nicht weiter an Jim, Melanie oder weitere potenzielle Gerüchte über mich zu denken, werfe ich einen Blick zu den neuen Kartons voller Musikvorschläge. Morgen ist es so weit. Das Meeting. Wenn ich nicht plötzlich die musikalische Nadel im Heuhaufen finde, werde ich mich völlig blamieren und Carrington einen Grund geben, mich weiter zu diskreditieren.

Den Rest des Vormittags verbringe ich mit Kopfhörern und mittelmäßiger Musik auf den Ohren. Bisher hatte ich immer angenommen, dass Musik meine große Liebe wäre. Mein ganzes Leben habe ich mich damit beschäftigt und geglaubt, nur mit ihr zusammen glücklich werden zu können. Jetzt sitze ich hier, höre einen Song nach dem anderen und stoße an die Grenzen meiner Liebe. Niemals hatte ich das für möglich gehalten. Irgendwo in diesen Kisten muss doch ein Künstler versteckt sein, der es wert ist, entdeckt und gefördert zu werden, und der mich damit rettet.

Während der Rest der Belegschaft mittags in der Kantine Gerüchte austauscht, ausbaut und verschönert, verstecke ich mich in meinem Büro mit Musik, die mich quält. Auch der Versuch des Sandwich-Jungen, mir ein Thunfischsandwich und ungewollte Magenprobleme aufzuschwatzen, scheitert. Ich kann nichts essen, solange meine Gedanken so heftig Karussell fahren.

Aus einem alten Bauchgefühl heraus klicke ich auf meinen Blog, logge mich ein und scrolle durch einige meiner alten Beiträge. Sofort verspüre ich ein Kribbeln und muss lächeln. Wenn ich das so lese, weiß ich wieder, weswegen ich die Musik und alles, was dazugehört, liebe. Ich liebe Konzerte, ich liebe Platten- und Musikläden, Straßenmusiker und Soundtracks. Das ist es, was Carrington Independence ausmachen könnte. Charlie sollte das hier lesen. Bevor ich weiß, wie mir geschieht, machen sich meine Finger selbständig.

Never forget, where you're coming from ...

Gerade erleiden meine große Liebe und ich eine kleine Krise. Das liegt vor allem daran, dass sie sich zum ersten Mal seit Jahren von einer anderen Seite zeigt. Bisher war die Musik für mich eine große Leidenschaft, die Generationen verbindet und Erinnerungen aus fremden Leben wecken kann. Jetzt weiß ich, dass sie auch ein reines Geschäft ist. Ich durfte hinter die Kulissen blicken und habe verstanden, dass es um viel mehr geht als »nur« um gute Musik. Noch verschließe ich die Augen vor dieser Wahrheit, nämlich, dass sich nicht immer die besten Stimmen oder die beste Melodie durchsetzt, sondern das, was gerade die breiteste Masse erreicht und deshalb am meisten Geld bringt. Das ist nicht verkehrt, denn es funktioniert ja immer wieder, aber es wirkt auf mich, die naive Musikliebhaberin mit den großen Träumen, auch so ernüchternd wie eine kalte Dusche nach einem Konzert-Hangover.

Vielleicht wollte ich das alles niemals sehen. Vielleicht musste ich es aus nächster Nähe sehen, um zu verstehen, wie wichtig es ist, sich genau diesen naiven Teil zu behalten. Die Liebe, die Leidenschaft, die Romantik, die Hoffnung, die mich von Anfang an umgetrieben haben und die ich mir nicht nehmen lassen will. Und wer weiß, vielleicht muss es ja jemanden wie mich hinter der Front geben, damit ich den Rest davon überzeugen kann, dass es sich lohnt, ab und zu auch einfach auf das Herz und den Bauch zu hören. Deswegen glaube ich, dass meine Liebe und ich auch in Zukunft Hand in Hand gehen werden, voller naiver Gefühlsausbrüche und Glücksmomente. Man muss sich durch das Gestrüpp der Industrie kämpfen, um auf der anderen Seite Herzenslieder zu entdecken.

Unterm Strich ist Musik nämlich genau das: eine Herzenssache.

Stay tuned.

Sarah

»Sarah Hawks! Bist du das?«

Aces Stimme klingt so überrascht, als hätte er mich Monate oder Jahre nicht mehr gesehen und als wäre ich in den letzten Wochen fast eine Fremde für ihn gewesen.

Auch wenn er übertreibt und sich höchst theatralisch an die Brust greift, kann auch ich mich dem Gefühl von »endlich nach Hause kommen« nicht so recht entziehen. Wie in einer Zeitkapsel ist hier alles noch so wie bei meinem letzten Besuch. Das mag zwar keine Ewigkeit her sein, aber für meine Verhältnisse war die Abstinenz viel zu lange.

Jetzt bemerke ich, wie sehr mir das *Tuned* gefehlt hat: Ace in seinem Hemd mit der Fliege und den Tattoos an den Unterarmen hinter der Bar zu entdecken, zaubert ein heimisches Gefühl in meine Brust. Als er sich über den Tresen hievt, um mich mit einer festen Umarmung an sich zu drücken, fühle ich mich fast ein bisschen schlecht, weil ich so lange nicht hier gewesen bin.

»Wir haben schon dein Gesicht auf Milchtüten drucken wollen.«

»Du übertreibst. So lange war es auch wieder nicht.«

»Das nicht, aber ich habe dein Gesicht einfach vermisst. Gin Tonic?«

Alleine bei dem Gedanken wird mir schwindelig.

»Ich nehme ein Wasser.«

Ace zögert, sieht mich skeptisch an und nimmt dann meinen Körper genauer unter die Lupe. Das tut er sonst nie.

»Schwanger?«

»Restalkohol …«

»Ach, sieh einer an. Du gehst schon noch aus. Nur eben nicht hierher.«

Ace will diese Feststellung wie einen Witz klingen lassen, aber ich höre seine ehrliche Enttäuschung zwischen den Zeilen heraus. Dann kümmert er sich um mein Wasser, garniert es mit einer Scheibe Zitrone und stellt es vor mich.

»Ich war nur mit ein paar Kollegen weg. Übrigens, falls es dich beruhigt, die Cocktails waren ein Reinfall.« *So wie auch der ganze Abend!*

»Schön, dass du neue Freunde findest.«

»So weit würde ich nicht gehen.«

»Und wie ist der Job sonst so?«

Der leichte Themenwechsel soll uns vom dünnen Eis der Konversation führen.

»Er ist gut.«

Doch Ace kennt mich zu lange und zu gut, um mir diese Version der Geschichte abzukaufen. Mit zusammengezogenen Augenbrauen mustert er mich erneut.

»Das klingt sehr nüchtern. Trotz des Restalkohols …«

»Nein, es ist ein toller Job. Wirklich.«

»Aber …?«

»Kein Aber!«

»Ein toller Job, okay. Aber ist er auch was für dich?«

»Es ist nur anders, als ich erwartet habe. Das ist alles.«

Offensichtlich wartet er darauf, dass ich weiterspreche, aber ich weiß nicht, wie ich es erklären soll. Nach einer Weile versuche ich es dann doch.

»Wie dem auch sei. Es ist ein toller Job, und ich habe wirklich viel Glück damit. Andere würden morden, um ihn zu bekommen.«

Meine Gedanken wandern zu Jim, der seit Jahren die ungeliebte Vorarbeit übernimmt und jeden Tag auf seine Chance und mein Büro hofft. Ich spüle den bitteren Geschmack von Schuldgefühlen mit einem Schluck Wasser hinunter.

Ace stimmt mir zu und spielt zum Glück diese Szene mit.

»Absolut.«

Er sagt nicht, was er wirklich denkt, und zwingt mich nicht dazu, jetzt über meine anderen Erwartungen zu sprechen. Er versucht es mit einem strahlenden Lächeln und einer besseren Version meiner Situation.

»Vorbei die lästige Zeit des Gig-Hoppings, hm? Keine Konzerte in stickigen kleinen Läden von unbekannten Musikern, die auf den großen Durchbruch warten.«

»Richtig.«

So von Ace zusammengefasst, vermisse ich das alles noch viel mehr, als ich es bereits getan habe. Es sind eben genau diese engen kleinen Läden, die Mischung aus Drinks und heißen Sommernächten, das familiäre Gefühl, wenn man die Konzertgänger und Techniker hinter der Bühne schon kennt.

»Wie sind denn die Tapes so, die du checkst?«

»Gut. Vielversprechend …« *Und manchmal auch richtig mies.*

Mit einem Mal überfällt mich die Sehnsucht nach meinem alten Leben: Mir fehlt es, die Musiker auf der Bühne zu sehen, die Reaktion des Publikums mitzuerleben und den Song in einer einmaligen Live-Version zu hören. Mir fehlt alles, was einen Musikjob für mich ausgemacht hat.

Wieder nickt Ace, und ich weiß, dass er weiß, dass wir beide wissen, wie unglücklich ich bin.

»Es ist nicht einfach, hm?«

»Gar nicht.«

»Aber es ist das, was du immer wolltest.«

Das ist es.

Zumindest irgendwie.

Also vom Grundgedanken her.

Alles, was ich immer wollte.

Oder?

Wollte ich eine naive und romantische Version dieses Jobs? Eine Version, die es so gar nicht gibt? Natürlich habe ich immer davon geträumt, im schicken Büro eines großen Musikmagazins zu sitzen, viel Musik zu hören und über die neuen Hits zu schreiben, noch bevor andere sie entdeckt haben.

Aber irgendwie habe ich mich auch auf Konzerten gesehen, zwischen den anderen Besuchern und voller Adrenalin, das man nur bei einem Live-Gig spürt: diesen Rausch, den ich jetzt schmerzlich vermisse.

»Oder?« Ace lässt nicht locker und hakt noch mal nach, auch wenn er die Antwort kennt.

»Schon.« Ich nicke zusätzlich und versuche damit, ihn und mich zu überzeugen. Zum Glück lässt er mich mit dieser kleinen Lüge davonkommen.

»Hör zu, Sarah. Ich erinnere mich noch an dich, als du zum ersten Mal ins *Tuned* gekommen bist. Das Leuchten in deinen Augen und dass du zu jedem neuen Konzert aufgetaucht bist, vor allen anderen, damit du ganz vorne einen Platz bekommst. Du und dein kleines rotes Notizbuch.«

So, wie er mich beschreibt, klingt es wie eine sehr entfernte Erinnerung an jemand, der ich mal gewesen bin. Dabei ist das noch gar nicht so lange her.

»Lass dir das bitte nicht von diesen Musikfritzen wegnehmen, okay?«

»Das mache ich nicht!«

»Du bist ein paar Wochen dort und kommst mir schon irgendwie leer vor. Ich sage es ungern, Süße, aber wenn das so weitergeht, erkenne ich dich in einem Monat nicht mal mehr wieder.«

Es sind diese Worte, die mich auf dem ganzen Heimweg begleiten. Ich weiß nicht mal, wo mein Notizblock ist. Früher hätte ich nie die Wohnung verlassen, ohne ihn in meiner Handtasche zu haben. Mein Handy klingelt, es ist Charlie. Vielleicht ist er schon wieder in New York, vielleicht wartet er vor meiner Wohnung mit einer Pizza oder hinterlässt eine Nachricht am Schwarzen Brett, für dessen Anbringung er gesorgt hat. Trotzdem nehme ich das Gespräch nicht an.

Später werde ich ihm schreiben, dass ich mich auf morgen freue. Heute brauche ich eine Auszeit von meinem neuen Leben. Deswegen gönne ich mir erst mal einen Hotdog von Oscar, der mich beäugt, als wäre ich jetzt eine Fremde. Für meinen Geschmack übertreiben sie hier alle etwas, doch als ich die Tür zum Knights Building aufschiebe und Claire mir entgegenkommt, fällt mir ein, dass ich mich nicht für die Versorgung mit den Muffins bedankt habe.

»Oh, Sarah, hi!«

Sie klingt so überrascht, mich zu sehen, dass ich schon ahne, was sie als Nächstes sagen wird.

»Ich dachte schon, du wärst heimlich umgezogen.«

Sie lacht.

»Nein! Natürlich nicht. Nur viel Arbeit. Ich wollte mich schon letzte Woche für die Muffins bedanken! Sie waren köstlich …«

Claire lächelt, und ich hoffe, sie ist mir nicht böse. Habe ich in den letzten Wochen wirklich die Hälfte meiner Freunde vernachlässigt? Es fehlt nur noch, dass Becca vor meiner Wohnungstür wartet und mich aus ihren großen, traurigen Augen ansieht wie ein Hund, den ich ausgesetzt habe.

»Das ist doch kein Problem. Schön, dass sie dir geschmeckt haben.«

»Machst du Witze? Ich würde sie am liebsten meinem Ex-Chef empfehlen.«

»Das ehrt mich.«

Sie strahlt.

»Ach ja, bevor ich es vergesse, June meinte, dass vorhin ein Typ da war, der wohl zu dir wollte.«

»Weißt du zufällig, ob er mit dem Motorrad da war?«

Es würde zu Charlie passen, dass er eine weitere Überraschung für mich parat hat. Doch Claire schüttelt den Kopf.

»Nein, ich glaube, es war ein Fahrrad.«

Ich weiß sofort, wer es war, und gebe mir Mühe, eben diese Tatsache zu vertuschen. *Nur nicht zu begeistert aussehen.*

»Hm. Okay. Hat er gesagt, was er wollte?«

»Nein, aber er hat was für dich ans Schwarze Brett gepinnt.«

Automatisch sehe ich zur Pinnwand und erkenne einen quadratischen Umschlag, der mit einem roten Pin auf Augenhöhe hängt. Mein Name steht deutlich zu lesen mit schwarzem Edding drauf.

»Seit wann gibt es hier eigentlich ein Schwarzes Brett? Hast du das ins Leben gerufen?«

»Nein, es war ein … Freund.«

Wir nicken beide, sehen noch immer zur neuen und großen Pinnwand, an der sich inzwischen schon einige Zettel und Ausschreibungen angesammelt haben, auch wenn ich nichts anderes als den Umschlag mit meinem Namen wahrnehme.

»Der Freund mit dem Fahrrad oder der mit dem Motorrad?«

Claire stellt die Frage ganz nebenbei, während sie die kleinen Zettel betrachtet und ich dabei spüre, wie meine Wangen glühen.

»Motorrad.«

»Laut June ein echter Augenschmaus. Also der Typ. Nicht das Motorrad.«

Natürlich hat sich das im Haus rumgesprochen. Es wäre nicht das Knights, wenn dem nicht so wäre. Claire lässt den Blick zu mir wandern. Ich weiß genau, dass meine Gesichtsfarbe meine Gefühle verrät.

»Er ist mein Chef.«

»Klingt kompliziert.«

»Ja.«

Jetzt nickt sie zu Wills Umschlag. »Und was ist mit dem Typen?«

»Wenn ich das so genau wüsste.«

»Weißt du es wirklich nicht? Oder willst du es dir nur nicht eingestehen?«

»Ich habe keine Ahnung, was ich gerade mache. Oder wohin ich überhaupt gehe.«

»Ganz tief in dir drin weißt du, welcher der Richtige ist.«

»Ich wünschte, es wäre so.«

»Mach die Augen zu. Wessen Gesicht siehst du? Wessen Stimme hörst du? Glaub mir, du wirst es wissen.«

Zögernd schließe ich die Augen, weil ich eine vage Ahnung habe, welche Antwort mich hinter den geschlossenen Lidern erwartet. Die leuchtenden Augen, das verschmitzte Lächeln und ein mir inzwischen vertrautes Gesicht empfangen mich.

»Und?«

Nickend sehe ich wieder zu ihr. Claire hat ihre eigene Geschichte, und jetzt ist der falsche Moment, um sie danach zu fragen. Doch sie sieht glücklich und zufrieden aus, wie sie mich anlächelt. Was auch immer man im Knights erlebt, es bleibt hier bei den Bewohnern, selbst wenn man auszieht. Wie in einem Tagebuch werden unsere Geschichten aufgehoben, für die Menschen, die nach uns kommen und ihren Weg suchen. Wer weiß, vielleicht hat Claire ihr Happy End bekommen?

»Nur Mut, Sarah.« Damit zwinkert sie mir zu, verlässt das Knights Building und lässt mich, den Umschlag und eine Entscheidung zurück.

Der Brief zittert in meinen nervösen Händen, als ich ihn endlich aus dem Umschlag befreie und mit klopfendem Herzen die ersten Zeilen lese.

Liebe Sarah,
als ich sagte, der Song ist für dich, habe ich es auch so gemeint. Deswegen ist es nur fair, wenn du ihn auch bekommst. Das ist die einzige Version auf CD. Jetzt gehört sie dir. Mach damit, was immer du möchtest. Ich werde den Song nicht live spielen oder auf einer EP veröffentlichen.
Entschuldige bitte auch, wenn der Kuss neulich alles auf den Kopf gestellt hat. Manchmal passt das Timing für die Erinnerung nicht, aber hoffentlich verzeihst du mir meinen Egoismus. Diese Erinnerung wollte ich nicht verpassen.
Wir sehen uns irgendwann.
Will

Auf der CD steht wieder nur mein Name, als wäre das der Name des Songs, der sich auf der verspiegelten Scheibe versteckt. Will wollte diese Erinnerung nicht verpassen …

Noch immer starre ich auf den kurzen Brief in meiner Hand, der als eine Art Beipackzettel zur CD im Umschlag war. Niemals, das weiß ich jetzt schon, werde ich diesen Song hören können, ohne an unseren Kuss oder diese Worte zu denken. Nur im Moment bin ich nicht in der Lage, mir diese Erinnerungen zurückzuholen – mein Leben versucht sich gerade an seiner eigenen Interpretation von *rauher See*, denn der Wellengang ist gewaltig. Also schiebe ich die CD zurück in den Umschlag und packe sie in meine Handtasche, weit genug weg, um dem plötzlichen Impuls zu entkommen, sie doch einlegen zu wollen.

Aber auch ohne Musik muss ich an Will denken, als ich im Bett liege und mich in den Schlaf zwingen will. Fast habe ich Angst, die Augen zu schließen. Claires Worte wollen nicht aus meinem Kopf verschwinden.

»Mach die Augen zu. Wessen Gesicht siehst du? Wessen Stimme hörst du? Glaub mir, du wirst es wissen.«

Decisions of the Heart

Für meinen Geschmack klingt die Stimme austauschbar. Die Melodie habe ich jetzt bereits vergessen, der Kitsch des Textes ist kaum auszuhalten.«

Der Mann neben mir, Greg, wird mit jedem Wort kleiner und schwitzt Blut und Wasser in seinem überteuerten Anzug, den er wohl bald in die Reinigung bringen muss. Ich leide mit ihm – dafür ist der Ausblick aus dem Meetingraum großartig, auch wenn keiner von uns ihn genießen kann. Zu groß ist die Furcht vor dem vernichtenden Urteil von Carrington senior. Der leere Bürostuhl neben ihm, der eigentlich von Charlie eingenommen werden sollte, macht mich minütlich nervöser. Bald bin ich mit meinen Vorschlägen dran, und bisher hat noch niemand mit seiner Auswahl überzeugt. Ich habe mich für zwei junge Frauen mit ihrem Folkpop und einen jazzigen Musiker aus Vermont namens Mr. Van Hendriks entschieden. In beiden Fällen Künstler, die mich überzeugt und sich klar gegen MC Womanizer durchgesetzt haben.

Seit knapp einer Stunde höre ich nun schon zu, wie Carrington seine offensichtlich schlechte Laune an uns auslässt, und frage mich, wieso er in seinem hohen Alter noch immer so fest in der Firma sitzt. Was ist aus dem wohlverdienten Ruhestand geworden? Wieso reizt es ihn nicht, mit seiner Yacht, die er ohne Zweifel besitzt, über die sieben Weltmeere zu schippern?

Das Bermuda-Dreieck soll um diese Jahreszeit ja angeblich besonders schön sein.

»Wenn das, obwohl Sie ausnahmsweise sogar mehrere Wochen Zeit hatten, Ihr bester Vorschlag war, Greg, dann frage ich mich, warum wir Sie nicht feuern sollten …«

Aus Gregs Gesicht entweicht jegliche Farbe, während ich im Geiste schon mal die Handgriffe der Ersten Hilfe inklusive stabiler Seitenlage durchgehe, denn ich halte eine plötzliche Ohnmacht meines Kollegen nicht für ausgeschlossen. Carrington sieht ihn noch eine Weile nachdenklich an, als wüsste er nicht so genau, wieso er ihn überhaupt eingestellt hat. Und Greg schläft sicher nicht mit Charlie, so viel steht fest.

Die Tür hinter uns wird geöffnet. Sofort spüre ich ein Lächeln, das sich auf meinen Lippen ausbreitet, obwohl ich die Blicke der Kollegen auf mir spüre. Charlie sieht etwas gehetzt aus, die Krawatte um seinen Hals ist nicht wie sonst perfekt gebunden. Seine Augenringe verraten, wie müde er ist.

»Verzeihung, ich bin erst vor einer halben Stunde gelandet. Habe ich etwas verpasst?«

Er wirft einen freundlichen Blick in die Runde verunsicherter Gesichter – außer einem natürlich – und nimmt schließlich neben seinem Vater Platz.

»Wie schön, dass du es noch einrichten konntest.«

»Nun, die gute Nachricht ist, dass wir den Deal unter Dach und Fach haben. Eine Sorge weniger.«

Charlie hatte den Auftrag, eine als sehr kompliziert geltende Sängerin davon zu überzeugen, ihr neues Album beim CMI-Label rauszubringen. Jemand mit viel Fingerspitzengefühl wurde benötigt, da kommt nur einer der beiden Carringtons in Frage. Jetzt streift sein Blick mich, und ein Lächeln huscht über sein Gesicht. Machen wir uns nichts vor, die meisten hier wissen doch ohnehin schon, dass zwischen uns was läuft.

»Gute Arbeit, Chuck.«

Obwohl es nicht das erste Mal ist, dass ich höre, dass sein Vater ihn so anspricht, klingt es noch immer unendlich fremd in meinen Ohren. Der Mann, der neben ihm sitzt, ist kein »Chuck«. Warum kann sein Vater das nicht sehen?

Auch Charlies Körper spannt sich an, als er nickt und auf die Agenda vor ihm auf dem Tisch blickt.

»Wie weit sind wir?«

»Du scheinst ein großartiges Timing zu haben. Miss Hawks, sind Sie bereit?«

Der Bleistift zwischen meinen zitternden Fingern zeigt meine Nervosität nur zu deutlich, aber ich habe das Gefühl, mich an etwas festhalten zu müssen. Und sei es nur ein einfacher Bleistift.

»Ja, Sir.«

Wie auch bei den Scouts vor mir werden meine ausgewählten CDs jeweils kurz angespielt, damit sich alle im Raum eine grobe Vorstellung über die Musikrichtung machen können, dann wird ein von mir genannter Song in voller Länge gespielt. Das Frauenduo macht den Anfang und wird schon in der Mitte des Songs von Carrington abgewunken.

»Das klingt viel zu sehr nach Alanis Morissette. Zu sehr neunziger Jahre. Das will heute niemand mehr hören.«

Dabei haben meine Kollegen alle im Takt der Musik mitgenickt, und Greg neben mir hat sogar gelächelt. Vielleicht liegt seine Ablehnung auch gar nicht an der Musik, sondern an mir. Stumm nicke ich und warte ab, welches Urteil über den Jazzmusiker fällt. Doch der kommt nicht mal zum vollen Song.

»Miss Hawks, wissen Sie eigentlich, wer Geld für Musik ausgibt? Junge Menschen! Die wollen doch keine Jazzmusik mehr hören. Das ist Musik für Väter. Ein deutliches Nein für diesen Van Hendriks.«

Mein Gehirn sagt mir, dass ich lieber den Mund halten sollte, doch ich kann nicht. Nicht so. Nicht hier. Und nicht bei Carrington. Ich weiß, dass er mich aus so vielen Gründen nicht mag, aber er darf einfach nicht so mit uns reden.

»Die Statistik sagt etwas anderes.«

»Wie bitte?«

Charlies Lächeln wächst, dabei spüre ich, wie mein Herzschlag sich beschleunigt.

»Genau genommen haben letztes Jahr die über Fünfzigjährigen einen Anteil von achtunddreißig Prozent der Tonträgerkäufer ausgemacht. Die jüngere Generation nur knapp einundzwanzig Prozent.«

Charles Carrington senior ist sprachlos. Oder er hat gerade einen mentalen Schlaganfall erlitten. Sein linkes Auge zuckt, fixiert mich aber ebenso wie sein rechtes unablässig. Es ist so still im Raum, als hätten alle Anwesenden gleichzeitig das Atmen eingestellt.

»Jazz wird nicht gekauft! Eine Tatsache.«

Ich muss an unser Gespräch in Charlies Wohnung denken, als er mich eine naive junge Frau genannt hat.

»Das ist nur eine Annahme.«

Seine Augenbraue schießt nach oben, und ich weiß sofort, dass er mir diese Antwort nicht so leicht verzeihen wird. Mein Mund ist trocken. Zu gerne würde ich einen Schluck Wasser aus dem Glas vor mir nehmen, doch das würde zeigen, wie aufgeregt ich bin.

»Ich hoffe sehr, Sie haben noch einen weiteren Vorschlag, sonst fallen Sie schon bei Ihrem ersten Auftritt gnadenlos durch.«

Alles klar. Meine Vorschläge hatten bei ihm nie eine Chance. Nicht weil sie nicht gut genug waren, sondern weil Carrington mich durchfallen lassen will. *Verdammt!* Kopfschüttelnd weiche ich seinem Blick aus, um nicht den Triumph in seinem Gesicht sehen zu müssen.

»Habe ich es mir doch gedacht.«

Mir ist schlecht. Mein Kopf dröhnt, gerne würde ich weinen. Aber den Gefallen tue ich ihm nicht auch noch. Es fühlt sich wie eine Niederlage an, als hätte ich ihn darin bestätigt, dass ich es nicht verdient habe, für eine so angesehene Firma zu arbeiten. Und dann sitzt auch noch Charlie in der ersten Reihe, wenn ich mich blamiere. Das tut weh.

Mein Blick fällt auf meine Handtasche, die neben meinem Stuhl auf dem Boden liegt. Plötzlich kommt sie mir wie ein kleiner Rettungsring vor.

Das ist jetzt eine dumme Idee, Sarah.

Nein!

Tu es nicht.

Das ist es nicht wert.

»Ich habe doch noch einen Vorschlag.«

Alle sehen überrascht zu mir, als hätten sie vergessen, dass ich noch immer im Raum bin. Charlie lächelt mich aufmunternd an – und da weiß ich, dass es noch Hoffnung gibt. Wenn dieser Song Carrington nicht überzeugt, zeigt das nur, dass er schon viel zu lange in diesem Beruf arbeitet und abgestumpft ist.

»Sie stecken ja voller Überraschungen, Miss Hawks.«

Es klingt nicht so aufrichtig, wie es sollte, aber ich lasse mich jetzt nicht ablenken. Dieser Mann wird mich hier nicht vor allen fertigmachen und mir unterstellen, ich hätte keine Ahnung von Musik! Stolz reiche ich Wills CD dem Assistenten, der alle Songs abspielt. Ich habe viele Songs in meinem Leben gehört, doch dieser hier ist etwas ganz Besonderes.

Erst als die ersten Akkorde des Gitarrenspiels ertönen, tritt die Realität nach dem kurzen Rausch wieder in mein Bewusstsein.

Was zum Henker mache ich da?

Mein Blick huscht zu Charlie, der sich in seinen Stuhl zurückgelehnt hat und dem Song lauscht. So wie alle hier.

Nein! Stopp! Halt! Zurück!

Doch es ist zu spät. Wills gesungene Worte erfüllen den Raum und katapultieren mich zurück ins *Tuned*, wo ich ihn zum ersten Mal habe singen hören.

Das Gespräch danach.

Sein Lächeln.

Mein Lächeln.

Unser Moment in der Musikkabine.

Wir im Central Park gemeinsam im Gras.

Die Autofahrt, nachdem ich ihn angerufen habe.

Unser Kuss …

Natürlich passiert jetzt das, was passieren muss – und es passiert so schnell, dass ich es nicht aufhalten kann: Die Leute sind begeistert. Erst nach dem letzten gesungenen Wort, als der letzte Ton verklungen ist, wage ich es wieder, zu Charlie zu sehen. Sein Lächeln ist ganz breit, und mein Magen wird ganz schwer. Carrington nickt nachdenklich.

»Wie heißt der Musiker?«

Busking Brown liegt mir auf der Zunge, doch dieser Song verdient seinen vollen Namen. »Will Brown.«

Zu viele Menschen an diesem Tisch reagieren auf den Namen, was mich irritiert. Charlies Gesichtsausdruck wandelt sich von begeistert zu nachdenklich und schließlich zu unlesbar, als er meinen Blick sucht. Ich weiche ihm aus. Aber wieso erstarrt Jim, der in Carringtons Auftrag alles Wichtige in eine Memo zu tippen hat, am anderen Ende des Tisches so sehr, dass man befürchten muss, er wäre zu Stein geworden? Und selbst Carrington senior scheint eine Assoziation zu dem Namen zu haben, denn er lehnt sich so entspannt grinsend zurück, als hätte ich ihm gerade das Codewort zu meinem Untergang verraten.

»Will Brown also …«

»Er ist ein begnadeter Songwriter.«

Es ist zu spät für einen Rückzug. Es ist übrigens auch zu spät für ein Gespräch mit Charlie, dem ich das alles vorher hätte erklären müssen. Das alles läuft falsch herum. Wieso habe ich mich ausgerechnet jetzt auf diesen lächerlichen Machtkampf mit Carrington eingelassen?

»Handelt es sich um denselben Will Brown, der Sie neulich Nacht nach Hause gefahren hat, als Sie zu betrunken waren, um auch nur ein Taxi anhalten zu können?«

Das ist unmöglich! Das kann er gar nicht wissen! Verfügt er jetzt über Chipkarten, die uns orten oder unseren Gesundheitsstatus checken können?

»Was!?«

Charlie stellt die Frage in einen Raum voller Menschen, die nichts von alldem verstehen (und die es auch nichts angeht!).

Ich schüttele schnell den Kopf.

»Nein. Das ist Will Brown, der Musiker. Mit dem ich bereits seit längerem Gespräche führe.«

»Wie damals im Park, als Sie zu spät aus der Mittagspause kamen, weil Sie lieber mit ihm in der Sonne lagen?«

Verdammter Mistkerl!

»Park?«

Ich sehe blitzschnell zu Charlie, der mich fragend ansieht und auf eine harmlose Antwort auf seine Frage wartet.

Bevor ich antworten kann, spricht sein Vater. Er ist einfach schneller.

»Ach, das ist alles passiert, während du weg warst.«

Charlies Kiefer ist angespannt, und sein Blick kippt ins Leere, doch noch hoffe ich, er glaubt dieser Version der Geschichte nicht. Meine Stimme klingt schriller, als ich panisch den Kopf schüttele und antworte.

»Nein.«

»Er hat Sie nicht heimgefahren?«

»Doch …«

»Sie waren nicht zusammen im Park?«

»Doch, aber …«

Carrington senior lässt mich nicht ausreden, was vermutlich besser so ist. Denn Gott alleine weiß, wie lange ich noch an mich halten kann, bevor ich ihm sage, was für ein arroganter Wichser er ist!

»Nun, wie dem auch sei, Sie scheinen sehr – sagen wir – interessante *Verhandlungsformen* zu beherrschen, Miss Hawks.«

Wieso fühle ich mich jetzt tatsächlich wie ein billiges Flittchen?

»Sie bekommen von den Männern immer, was Sie wollen. Nicht wahr?«

Obwohl er mit mir spricht, sieht er zu seinem Sohn, offensichtlich zufrieden mit sich selbst und dem Verlauf dieser Unterhaltung. Charlie sieht zu seinem Vater, der ein kurzes Handzeichen in Richtung Krawatte macht. Sofort strafft Charlie die Schultern, rückt sich den Knoten zurecht und nimmt eine aufrechte Körperhaltung an, die der seines Vaters gerade verdammt ähnlich ist.

»Wir werden den Song nehmen, Miss Hawks. Gratuliere, Sie haben Ihren Song.«

Das sollte sich wie ein großer Triumph anfühlen. Stattdessen spüre ich aus so vielen Gründen Tränen in meinen Augen und einen Kloß im Hals, der sich rapide vergrößert, was aber niemand bemerkt, weil alle betont unauffällig woanders hinsehen. Vor allem der Mistkerl Jim.

Carrington wendet sich nun vollends an Charlie, den ich kaum wiedererkenne und der mir so kühl und meilenweit weg vorkommt.

»Chuck, du wolltest noch etwas über die Zukunft des Independence-Labels sagen.«

Jetzt trifft mich ein eiskalter Blick aus seinen sonst so warmen grünen Augen.

»Ja.«

»Bist du der Meinung, wir sollten das Label wiederbeleben?«

Charlie sieht noch immer zu mir – doch ich glaube, in das maskenhafte Gesicht eines Fremden zu schauen. Diese Version des Mannes kenne ich nicht, doch sein Vater lächelt stolz. Ich kenne Charlies Antwort, bevor er sie ausspricht, doch die Worte zu hören fühlt sich an wie eine schallende Ohrfeige in mein Gesicht.

»Das wäre eine naive Dummheit. Absolute Geldverschwendung.«

Und in genau diesem Moment passiert es: Er wird zu Chuck, dem Sohn seines Vaters.

»Charlie!«

Er scheint mich nicht zu hören, geht mit schnellen und bestimmten Schritten den Gang entlang.

»Warte!«

Nun bleibt er doch stehen, lässt mich zu sich aufschließen und sieht mich wütend an.

»Miss Hawks! Kann ich etwas für Sie tun?«

Seine Stimme klingt wie ein unterdrücktes Zischen, als müsste er sonst laut schreien.

»Charlie, ich kann das alles erklären …«

»Miss Hawks, ich bin noch immer Ihr Chef. Etwas mehr Respekt bitte.«

Ich verstehe nicht, was er meint, und schüttle nur unsicher den Kopf.

»Beleidigen Sie nicht meine Intelligenz mit lächerlichen Lügen!«

»Charlie …«

Jetzt packt er mich am Unterarm und zieht mich in ein offenes, leerstehendes Büro, knallt die Tür hinter uns zu und funkelt mich an.

»Hör auf damit, Sarah!«

»Ich möchte dir das alles erklären …«

»Hat er den Song für dich geschrieben?«

Eine einfache Frage, die eine ebenso einfache Antwort erwartet. Und verdient.

»Ja.«

»Wolltest du deswegen, dass ich das Independence-Label zurückhole? Damit du deinem kleinen Musiker einen Plattendeal verschaffen kannst?«

»Was? Nein!«

»Wirklich?«

»Ich wollte, dass du etwas Eigenes hast. Dein Vater …«

»Mein Vater hat dich von Anfang an durchschaut. Ich habe mich blenden lassen und dachte, mit dir wäre alles anders …«

»Du tust mir unrecht!«

»Ach, tue ich das?«

»Du wolltest das Label auch!«

»Weil du es mir eingeredet hast!«

»Nein! Du bist unfair. Du magst deinen Vater nicht mal besonders. Jeden Morgen rennst du im Park deine Runden, aber in Wirklichkeit rennst du vor ihm davon. Weil du nicht so sein willst wie er …«

Meine Stimme zittert, meine Tränen kann ich schon lange nicht mehr zurückhalten, doch das alles scheint an Charlies Wut abzuprallen.

»Vielleicht bin ich ihm viel ähnlicher, als ich dachte.«

»Das stimmt nicht! Ich habe dir weh getan, Charlie. Das tut mir leid. Aber …«

»Ich glaube, es wäre besser, wenn wir uns privat nicht mehr sehen.«

»Charlie …«

»Du hast eine verblümte Vorstellung von dieser Branche, Sarah. Nur weil wir einen Song persönlich mögen oder, wie in deinem Fall, einen Musiker, heißt das noch lange nicht, dass dieses Business so funktioniert. Es geht um Profit! Um Geld! Um sehr viel Geld!«

»Das habe ich jetzt auch verstanden.«

»Du bist nicht für diesen Job gemacht.«

Auch das habe ich inzwischen verstanden, es tut dennoch weh, das so ausgesprochen zu hören. *Von Charlie.* Das ist auch der Grund, warum ich mich doch verteidigen möchte.

»Das ist witzig. Wo doch gerade *du* so sehr an mich geglaubt hast.«

»Ich habe mich eben geirrt.«

Er sagt das nur, um mir weh zu tun, da bin ich mir sicher. Denn auch seine Augen zeigen jetzt Tränen, die er bekämpft und lieber verheimlichen möchte.

»Ich dachte, du würdest dich hier positiv entwickeln …«

Ich sehe ihn an und denke daran, dass absurderweise all meine Freunde, die mich ewig kennen, das Gefühl haben, ich hätte mich hier nicht gerade zu meinem Vorteil entwickelt. Mich viel zu sehr von der Person entfernt, die ich war, die sie und ich auch gemocht haben. Ich atme tief aus.

»Nun, es tut mir leid, dass ich dich enttäuscht habe.«

Charlies Blick wandert rastlos durch das Büro, das meinem Gefühl nach in den letzten Minuten immer enger wurde. Dann sieht er mich wieder an. Zumindest die große Wut ist aus seinen Augen verschwunden. Sie wurde durch Enttäuschung ersetzt, was mir noch mehr weh tut.

»Ich weiß, dass du Musik über alles liebst. Aber so funktioniert es nun mal nicht.«

Was er wirklich sagen will, ist: *Wir funktionieren so nicht.*

»Doch, Charlie, genau *so* funktioniert es. Zu schade, dass du das nicht sehen willst.«

»Du verlangst zu viel von mir.«

»Ich verlange rein gar nichts.«

»Diese Firma funktioniert genau so. Das hat sie immer, und das wird sie immer. Ich kann hier nicht einfach alles auf den Kopf stellen, nur damit du glücklich bist.«

»Das habe ich nie verlangt. Ich wollte, dass *du* in *deiner* Firma glücklich bist.«

Ein trauriges Lächeln schleicht sich auf seine Lippen.

»Merkwürdig. Das war ich sogar …«

Damit lässt er mich stehen, verlässt das Büro, eilt den Flur hinunter und verschwindet in den Fahrstuhl. Dabei dreht er sich nicht mal mehr um und wird schließlich von den sich schließenden Türen verschluckt. Ich trete auf den Gang, der sich inzwischen geleert hat, und spüre überdeutlich, dass ich hier nicht hingehöre. Ich stehe auf den Scherben meines großen Traumes, und am liebsten möchte ich einfach nur verschwinden.

»Sarah, es tut mir so leid!«

Jims Stimme erreicht mich durch eine merkwürdige Trance, in der ich mich befinde: ein Zustand, in dem mir alles entgleitet und ich kaum noch etwas spüren kann.

»Carrington hat mich irgendwie ausgefragt ... und ich wusste nicht ...«

Er bricht ab und sieht mich aus traurigen Augen an. Doch mit diesem Hundeblick kommt er bei mir nicht weit.

»Du weißt nicht, was Loyalität bedeutet!«

»Nein, ich dachte nur ...«

»Ich habe dir vertraut, Jim. Von allen Menschen hier habe ich dir vertraut, weil ich dachte, dass du anders bist!«

»Es tut mir leid.«

Charlie hat ihn damals ein Tratschmaul genannt. Jetzt verstehe ich, wieso es ihm so wichtig war, sein Privatleben hier so bedeckt wie nur möglich zu halten. Jedes noch so kleine Detail wird benutzt, um entweder eine große Gossip-Story zu basteln oder sich beim Chef einzuschleimen.

»Schon okay. Du hast dich beim Seniorchef eingeschleimt, um dir einen Vorteil zu verschaffen.«

»Ich wusste nicht, dass er es so gegen dich verwendet!«

»Nein! Natürlich nicht! Du hast gedacht, er wird mir dazu gratulieren, nicht wahr?«

Jim kriegt meine volle Wut ab, und die hat er auch verdient. Wobei er dennoch die falsche Person ist. Ja, er hat alles ausgeplaudert, aber ich war diejenige, die diese Dinge getan hat. Ich habe Charlie nichts von meinen Treffen mit Will erzählt. Ich habe Will angerufen, als es mir schlechtging, weil ich wusste, dass er mich abholen wird. Der alte Carrington hat nichts anderes getan, als Fakten zu sammeln und dann auszusprechen. Gut, er hat sie in gemeine Worte mit einem hässlichen Twist verpackt, aber er hat immerhin nicht gelogen.

»Sarah, sieh es doch auch positiv. Du bist die Einzige aus dem Meeting, die einen Musiker an Land gezogen hat.«

Mein Lachen klingt bitter und fremd. Das mag stimmen, aber ich habe alles andere verloren.

»Ja. Richtig. Ich hole den Sekt!«

Damit lasse ich Jim stehen und rausche auch an Carrington senior vorbei, der gerade zufrieden grinsend auf mich zuschlendert.

»Guter Job, Miss Hawks. Sie können stolz auf Ihren Erfolg sein!«

»Sicher. Meinen Erfolg.«

Der Sarkasmus in meiner Stimme ist nicht zu überhören. Carrington zieht die Augenbrauen zusammen und mustert mich, dabei kann er sein überhebliches Grinsen nicht abstellen.

»Was passt Ihnen denn diesmal nicht?«

»Das wissen Sie ganz genau …«

»Miss Hawks, wenn es Ihnen nicht zusagt, wie wir hier spielen, haben Sie noch immer eine andere Option.«

»Die da wäre?«

»Es gibt viele talentierte Musikscouts da draußen. Wir alle sind ersetzbar. Auch Sie. Vor allem jetzt, da mein Sohn nicht mehr ganz so angetan von Ihnen scheint.«

Auf diese Provokation lasse ich mich diesmal nicht ein, sondern gehe schnell Richtung Aufzug, bevor er oder jemand anderer meine Tränen sehen kann.

»Nur zu, Miss Hawks. Gehen Sie. Geben Sie ruhig auf.«

Den Gefallen werde ich ihm nicht tun.

Under Pressure

»Also habt ihr euch getrennt?«

Becca sitzt auf dem Bett neben mir und hört sich seit Stunden meine Erzählung des heutigen Tages mit allen schmerzlichen Details an. Zuerst war sie wütend auf die Carringtons, dann auf Jim und schließlich auf mich. Inzwischen hat sie sich etwas beruhigt, Pizza bei *Pippa & Paul* bestellt und mich in eine Umarmung gezogen. Keine Ahnung, wie viel ich geweint habe, aber meine Augen fühlen sich geschwollen und abgenutzt an. Alles nehme ich verschwommen wahr, was zum Zustand meines restlichen Körpers passt.

»Er war sehr deutlich.«

»Ich hätte dich niemals da hinschicken sollen. Das war alles meine Idee!«

»Mag sein, aber ich habe es vermasselt, Becca. Ich! Ich ganz alleine.«

Darauf sagt sie nichts. Weil sie weiß, dass ich recht habe.

»Die ganze Zeit habe ich nur auf dieses Ziel zugearbeitet.«

»Dein großer Traum.«

»Je länger ich darauf gewartet habe, desto mehr habe ich mir das alles genau ausgemalt. In meiner Vorstellung war alles anders. Perfekt.«

»Tja … Willkommen in der fiesen Realität, Süße.«

Ich nicke. Bisher dachte ich tatsächlich, mein Leben würde bereits in besagter Realität stattfinden. Ich zahle meine Miete, kaufe ein, habe Jobs gemacht und Freundschaften geschlossen. Unterwegs bin ich auf die Nase gefallen, habe mir das Herz brechen lassen und bin wieder aufgestanden. So weit weg von der oft zitierten Realität kam mir mein Leben bis zur Anstellung bei den Carringtons gar nicht vor.

»Hast du den Job noch?«

»Noch hat mir keiner die Kündigung auf den Tisch gelegt.«

Becca nickt und sieht zerknirscht aus. Ich weiß, was sie gerade denkt. Weil ich das auch denke.

»Darf ich dich etwas fragen?«

»Hm.«

»Wieso kündigst *du* nicht einfach?«

Eine verdammt gute Frage, die auch mir seit dem Meeting ununterbrochen durch den Kopf geht. Langsam sehe ich wieder zu Becca und zucke mit den Schultern.

»Weil er genau das will. Darum ging es ihm doch die ganze Zeit. Ich bin nicht gut genug, ich werde aufgeben, und dann hat er gewonnen. Verstehst du, dann habe ich hingeschmissen, weil *er* mich dazu gebracht hat.«

»Wäre das so schlimm?«

»Ich gönne dem alten Sack einfach nicht die Genugtuung. Wenn er will, dass ich gehe, muss er mich schon rausschmeißen.«

Becca nickt, als könne sie meine total irrationalen Gedanken nachvollziehen.

Wer weiß, vielleicht wird man mich schon am Montag in ein großes, kühles Büro zitieren und mir sagen, dass ich nicht wiederzukommen brauche.

»Ich kann natürlich auch nächste Woche mal Maurice anrufen und fragen, wie lange ich vor ihm im Staub kriechen muss, um meinen Job wiederzubekommen.«

»Unsinn! Du wirst doch nicht kneifen. Wie du eben gesagt hast: So leicht machen wir es Carrington nicht.«

»Weißt du, wenn man sein ganzes Leben immer einen Job wollte und es dann so in die Hose geht … Was macht man dann?«

Darauf hat selbst Becca keinen schlauen Spruch, sie greift stattdessen nach der Pizza und kaut langsam. Ich lasse mich in mein Kissen sinken und schiele zu meinem Himmel, doch auch dort finde ich diesmal keine Antwort. Dunkle Wolken hängen über der Stadt – kein Stern weit und breit.

»Sei nicht zu streng mit dir. Wir alle machen Fehler. Schau mich an, ich kann nicht mal mein Mascara fehlerfrei auftragen.«

Es ist süß, wie sie mich aufmuntern will, doch das Lächeln fällt mir momentan schwer.

»Sarah, das mag jetzt wie ein blöder Kalenderspruch klingen, aber manchmal lernt man durch solche Lektionen, was man wirklich will.«

»Ich will Musik finden.«

»Aber nicht mit Charlie. Oder?«

Vor dieser Frage habe ich mich viel zu lange gedrückt. Jetzt ist es nur noch eine Feststellung.

»Nein.« Die Erkenntnis auszusprechen bricht einen kleinen Teil meines Herzens und befreit mich gleichzeitig von einer Last, die ich gar nicht bemerkt, die mich aber erdrückt hat. Ich mag Charlie so gerne. Ich mag sein Lächeln und die Art, wie er mich ansieht. Aber wir waren nie für die Ewigkeit bestimmt. Das wussten wir wohl beide schon nach dem ersten Treffen. Er ist zu sehr in seiner Welt, und ich liebe meine zu sehr, um sie für seine zu verlassen.

»Du wirst Musik finden, Sarah. Auch alleine. Weißt du, warum?«

»Hm?«

»Weil du das immer hast. Lange vor Charlie …«

Sie sieht mich an und wählt dabei ihre nächsten Worte mit Bedacht.

»… und vor Will.«

Mein Aufprall in der Realität hat Prellungen hinterlassen. Die spüre ich überdeutlich am Wochenende, das ich alleine zu Hause verbringe, um mich mental auf die neue Woche vorzubereiten. Meine Versuche, Will zu erreichen, enden unbeantwortet in seinem Posteingang oder auf seiner Mailbox. Er scheint mir aus dem Weg zu gehen, weil er wohl Abstand braucht. Mir kommt der Satz »Wir sehen uns irgendwann« plötzlich wie ein Abschied vor, den ich in seinem Brief nicht als solchen verstanden habe. *Irgendwann* … das klingt gerade unendlich weit weg, irgendwo in der fernen Zukunft – und nicht morgen oder übermorgen.

Der Gang zur Arbeit in den Tagen danach ist schwerer als sonst, aber das will ich mir nicht anmerken lassen.

Nur zu, Miss Hawks. Gehen Sie. Geben Sie ruhig auf.

Carringtons Worte hallen noch immer durch meinen Schädel, dazu sehe ich sein breites Grinsen vor mir. Dieses Grinsen, das besagt, dass er es immer gewusst hätte. Keine Ahnung, wem ich hier etwas beweisen will, aber ich schreite am Montag und am Dienstag und auch am Mittwoch mit tapferen Schritten durch den Eingang, als wäre nichts gewesen. Als gehöre das zum schmutzigen Spiel. Es wissen sowieso alle, was am Freitag geschehen ist. Natürlich hat sich sowohl die Trennung von Charlie als auch der Zusammenstoß mit dem Senior rumgesprochen, zumindest in meiner Etage. Dafür wird Jim gesorgt haben. Der *Walk of Gossip* ist mir sicher, doch dank der Kopfhörer und Wills Playlist ignoriere ich bisher erfolgreich jedes atmende Wesen auf zwei Beinen, marschiere immer direkt in mein Büro und erwarte jeden Tag aufs Neue, eine Kündigung auf meinem Schreibtisch zu finden. Doch wieder sieht alles aus wie immer.

Carrington und ich scheinen das Wer-zuerst-zuckt-Spiel zu spielen. Erschreckend, wie an manchen Orten die Zeit stehenzubleiben scheint. Niemanden hier interessiert mein privates Drama, alle haben andere Ziele und Sorgen. Auch das ist typisch für New York.

Die Stadt hält ihren Atem nicht an, nur weil in deinem Leben etwas nicht so rund läuft. Wer nicht mit dem Tempo mithalten kann, bleibt auf der Strecke mit seinen Problemchen. Genau diese Lektion, die wir alle schon lernen durften, hat mich für Tage wie heute vorbereitet. Ich bin wohl eine aufmerksame Schülerin gewesen, denn es gelingt mir, möglichst nicht zu zeigen, wie sehr alles noch schmerzt.

Charlie scheint nicht einfach nur in einem anderen Stockwerk, sondern in einer anderen Hemisphäre zu arbeiten. Wenn ich es nicht besser wüsste, würde ich glauben, es gibt ihn nicht. Vielleicht habe ich ihn mir auch nur eingebildet.

»Hi, hier ist Will Brown, der gerade nicht hier ist. Hinterlasst eine Nachricht.«

PIEP!

»Will, melde dich bitte bei mir. Wir müssen reden. Es ist wichtig!«

Keine Ahnung, wie viele solcher Nachrichten ich in letzter Zeit hinterlassen habe, aber ich rechne minütlich mit einer Unterlassungsklage von Wills Anwalt. Irgendwann muss er sich mir stellen, denn ich will nicht nur einen groben Fehler beichten, sondern auch meine Gefühle sortieren.

Die Kisten, die Jim heute extra früh in mein Büro gekarrt hat – er ist sehr darauf bedacht, mir nicht zu begegnen –, stapeln sich neben meinem Schreibtisch. Wenn diese Musiker nur wüssten, wie gering ihre Chancen in dieser Kiste stehen, wie lieblos selbst ich mit ihren Werken umgegangen bin, dann würden sie sicher nicht mit einem Lächeln den Umschlag mit dem Tape oder der CD zum Briefkasten tragen.

Wie traurig wäre das?

Die Idee ist plötzlich einfach da.

Die letzten Wochen habe ich nicht auf die Stimme der Vernunft in meinem Kopf gehört. Doch nun fallen mir Jims Worte an meinem ersten Arbeitstag ein: »Solche Dinge treiben sie dir schnell aus.«

Es wird Zeit, wieder auf mein Bauchgefühl zu hören. Manchmal muss man eine Träumerin bleiben, wenn man etwas verändern will. Irgendwo habe ich doch einen dicken Block voller leerer weißer Blätter mit dem Firmenlogo gesehen. Unbenutzt von mir und meinen verschiedenen Vorgängern, liegt er unbeachtet auf dem Aktenschrank. Er ist bestimmt ziemlich überrascht, dass ich ihn jetzt im Zeitalter von Mails benutze. Ich grinse vor mich hin, als ich daran denke, dass ich bei Carrington Music Inc. wohl keinen bleibenden Eindruck hinterlassen werde. Trotzdem wird es Zeit, etwas zu tun!

Kurz vor Feierabend schmerzt meine Hand wie seit der Uni nicht mehr. Stolz blicke ich auf den ansehnlichen Stapel weißer Briefumschläge, die alle darauf warten, ihre postalische Reise anzutreten. Nur noch ein Brief muss geschrieben werden, bevor ich für heute Schluss mache.

Lieber Mr. Van Hendriks,
vielen Dank für das Einsenden Ihrer EP zur Prüfung. Wir bei Carrington Music Inc. haben uns lange beraten und müssen Ihnen nun leider mitteilen, dass es nicht ganz gereicht hat. Das sollte Sie als Musiker allerdings nicht entmutigen, Ihr Glück auch weiterhin zu versuchen. Denken Sie immer daran, dass es verschiedene Geschmäcker gibt und es da draußen ein Label gibt, das nur darauf wartet, Ihre Songs auf den Markt zu bringen. Jazz mag nicht Mainstream sein, aber das sagt nichts über die Qualität Ihrer Songs aus.
Anbei eine kurze Liste mit Labels, die sich auf Jazz spezialisiert haben. Vielleicht schicken Sie dort Ihre Lieder noch einmal ein? Ich drücke Ihnen die Daumen.
Beste Grüße,
Sarah Hawks
Scout bei Carrington Music Inc.

Dann falte ich den Brief, klebe den Umschlag zu und lege ihn zu den anderen auf den Stapel. Nur weil man in einem großen Büro sitzt und einen erhabenen Blick über die Stadt hat, sollte man nie vergessen, dass wir hier niemandem überlegen sind. Ein bisschen Anstand für einige Absagen sollte man haben. Immerhin warten diese Künstler irgendwo da draußen nägelkauend auf eine Bewertung. Ist es denn so verkehrt, auch mal zu antworten?

Die Tür wird geöffnet, ohne Vorwarnung, ohne Klopfen. Ich zucke erschrocken zusammen, als hätte man mich bei etwas Verbotenem erwischt. Es ist Charlie.

»Ah gut, du bist da.«

Seine Stimme ist kühl. Er behält eine Art Sicherheitsabstand zu meinem Schreibtisch.

»Wo soll ich sonst sein?«

Noch hat mich die Kündigung nicht erreicht, von daher gehe ich davon aus, dass ich noch ein Recht auf Anwesenheit habe.

»Würdest du bitte mitkommen?« Wie die Carringtons es doch beherrschen, Fragen zu stellen, die in Wirklichkeit keine sind. Es ist ein Befehl, den er mir als mein Chef erteilt und dem ich auch Folge leiste, obwohl sich mein Körper dagegen zu wehren scheint.

»Ist alles okay?«

»Sicher.«

Dabei verraten all die Kleinigkeiten, die aus Charles *Charlie* gemacht haben, das Gegenteil. Seine Augen leuchten nicht, sie sind eher trüb und übermüdet. Die letzten Tage hat er lange gearbeitet, besagen die Gerüchte. Sicher, um möglichst wenig Zeit zum Nachdenken zu haben. Das Phänomen kenne ich, denn es ging mir nicht anders. Jede Ablenkung habe ich dankend angenommen, was der Stapel Briefe auf meinem Schreibtisch nur zu deutlich macht.

Sobald wir mein Büro verlassen haben, geht Charlie einige Schritte vor mir her, und zwar so schnell, dass ich mich anstrengen muss, um noch mit ihm in den gleichen Fahrstuhl zu kommen, bevor sich die Türen schließen. Leider befinden sich noch zwei andere Männer im Aufzug. Also herrscht Schweigen, während wir in ein mir unbekanntes Stockwerk fahren. Natürlich sieht Charlie nicht zu mir, sondern ignoriert mich, so gut er kann. Das scheint ihn aber einige Kraft zu kosten, denn seine Körpersprache ist deutlich angespannt. Er steht so dicht neben mir, dass ich am liebsten seine Hand ergreifen würde, um ihn damit zu zwingen, mir ins Gesicht zu sehen.

»Werde ich jetzt gefeuert?« Meine Stimme ist ein Flüstern, aber ich kann diese erdrückende Stille einfach nicht länger ertragen. Charlie schüttelt den Kopf, sieht aber noch immer nicht zu mir.

»Exekution?«

Fast zeigt sich ein Lächeln auf seinen Lippen. Das verrät mir sein Grübchen und macht mir schmerzlich bewusst, wie gut ich ihn doch kenne. Die Türen öffnen sich, die beiden Männer steigen aus. Auch wenn Charlie sich bestimmt sehnlichst Nachschub im Fahrstuhl wünscht, schließt er sich wieder ohne neue Fahrgäste. Wir sind alleine.

»Kannst du mir nicht verraten, wohin du mich bringst?«

»Mein Vater hat ein Meeting einberufen. Er verlangt nach dir.«

»Und da konnte er mich nicht einfach anrufen?«

»Nein.«

»Oder einen Mitarbeiter schicken?«

»Nein.«

Ich nicke, glaube ihm aber kein Wort. In diesem gigantischen Imperium gibt es tatsächlich Menschen, die nur dafür bezahlt werden, durch die Gänge des Wolkenkratzers zu rennen und Mitarbeiter über nichtige Dinge zu informieren. Und jetzt kommt der Juniorchef höchstpersönlich, um mich in ein Meeting mit dem Seniorchef zu eskortieren?

Charlie dreht seinen Kopf minimal in meine Richtung.

»Ich habe mich freiwillig gemeldet.«

»Wieso?«

Er zuckt mit den Schultern.

»Komm schon, Charlie. Du gehst mir seit Tagen aus dem Weg.«

»Ich hatte viel zu tun.«

»Jetzt hast du nichts mehr zu tun?«

»Vielleicht wollte ich dich sehen …«

Endlich finden seine Augen meine, und ich kann einen kurzen Blick auf den Charlie werfen, den ich habe kennenlernen dürfen. Da öffnen sich die Türen erneut, doch es scheint noch nicht unsere Etage zu sein, denn Charlie macht keine Anstalten, den Fahrstuhl zu verlassen. Stattdessen betritt eine kleine Gruppe Mitarbeiter das Innere und zwingt mich, Abstand von Charlie zu nehmen.

Mieses Timing, meine Herren!

Die Herren nicken ihrem Chef ehrfürchtig zu und widmen sich dann wieder ihrem Gespräch zum Thema Marketing für eine neue Boyband. Mein Blick hängt wieder an Charlies Profil, wie er stur geradeaus starrt, und mir fällt auf, wie sehr ich ihn vermisst habe. Es tut weh, ihn so müde und angespannt zu sehen. Vor allem weil ich das Gefühl habe, nicht gerade unschuldig an diesem Zustand zu sein. Charlie kann meinen Blick spüren, das weiß ich, doch er ignoriert mich. Zu Recht, denn ich habe ihm weh getan. Dabei wollte ich das niemals.

Unsere Zieletage scheint endlich erreicht, denn Charlie gibt mir das Zeichen, ihm zu folgen. Gemeinsam und doch getrennt verlassen wir den Fahrstuhl, dessen Enge mir diesmal riesengroß vorgekommen ist.

Boss of Me

Miss Hawks, wie schön, dass Sie sich zu uns gesellt haben.«
Noch nie war ich in dieser Etage. Jetzt weiß ich auch, wieso. Hier gibt es keine Büros, hier befinden sich Aufnahmestudios und unglaublich viel Technik, die in meinen Augen nicht nur hypermodern, sondern auch viel zu kompliziert aussieht.

Carrington lächelt kühl, während ich das Gefühl nicht loswerde, in eine weitere, perfide inszenierte Falle getappt zu sein. Neben ihm steht ein junger Mann, der so gar nicht hierherpasst. Er trägt ein Basketball-Trikot und eine enge Jeans, die aus mehr Löchern als Stoff zu bestehen scheint, seine wilde Wuschelfrisur soll wohl den Eindruck erwecken, dass er gerade aus dem Bett gefallen ist, dabei sieht das Styling eher so aus, als würde darin eine Menge Arbeit stecken.

Er sieht mich lächelnd an und streckt mir sofort die Hand entgegen. »Hi, mein Name ist Sully. Sully McIntire.«

Irritiert nehme ich seine Hand an und sehe zwischen ihm und den beiden Carringtons hin und her.

»Ich wollte Ihnen unbedingt persönlich sagen, wie großartig ich das finde. Der Song ist toll.«

Je mehr er sagt, desto verwirrter bin ich. Mein Gesicht gleicht bestimmt einem Fragezeichen, was Carrington senior mit voller Zufriedenheit registriert. Schließlich ist es Charlie, der alles auflöst.

»Sully ist ein Musiker, den wir schon eine Weile begleiten. Wir sind der Meinung, er wäre perfekt.«

»Daran habe ich keinen Zweifel …«

Aber auch keine Ahnung, was ich dann hier mache.

»Ich habe mich sofort in den Song verliebt. Er ist so ehrlich. So ausdrucksvoll.«

Die pure Begeisterung spricht aus seinem Blick. Ich finde es wirklich schön, dass sich ein junger Musiker so enthusiastisch über Musik äußern kann, lächle höflich – und sehe dann wieder zu Charlie, in Erwartung, dass er mich aufklärt.

»*Er* wird den Song bekommen.«

»Welchen Song?«

»Den Song, den du vorgeschlagen hast.«

O nein! Jetzt habe ich es kapiert. Das ist Absicht! Pure Absicht!

»Wills Song?« Dennoch muss ich noch einmal nachfragen. Zu perfide ist dieses Spiel.

Alle Anwesenden nicken, zwei davon begeisterter als der andere. Und dann gibt es da noch den einen Menschen, der nur mit Mühe meinem Blick standhalten kann.

Ich bin so wütend, dass ich nichts sagen kann. Doch das muss ich auch gar nicht. Carrington senior übernimmt erneut das Wort.

»Wir dachten, ein frischer Beat, eine neue Stimme und dieses Gesicht – das muss ein Hit werden.«

Er scheint unglaublich stolz auf diese kleine Farce hier zu sein, denn sein strahlendes Lächeln könnte einen Minenstollen erleuchten. Ich schüttele nur fassungslos den Kopf.

»Das ist Wills Song!«

»Nicht mehr lange.«

»Was soll das heißen?«

»Unsere Lizenzabteilung ist schon in Verhandlungen mit ihm.«

»Was?«

Dieser verbale Haken, der mich mitten in meinen emotionalen Solarplexus trifft, raubt mir kurz die Luft. So fühlt sich ein K.-o.-Schlag in Runde drei an. Nur mit Mühe halte ich mich auf den

Beinen. Es fühlt sich an, als würde ich taumeln. »Das kann nicht sein.«

»Doch, doch, Miss Hawks. Er ist gerade dabei, seinen Vertrag zu unterzeichnen.«

»Nein.«

Niemals würde Will das tun.

Das ist sein Song.

Nein, es ist mein Song!

Das ist doch alles nur ein schrecklicher Alptraum. Nichts weiter! Aber dafür fühlt sich der Schmerz viel zu real an. Wieder sehe ich zu Charlie, der alles als schlechten Scherz auflösen muss.

»Vielleicht wollen Sie sich meine Version erst mal anhören?«

Sully lächelt mich noch immer begeistert an. Ihn trifft keine Schuld. Woher soll er wissen, was hier gerade wirklich passiert und wie weh mir das alles tut. Mein Schweigen wird als Zustimmung gewertet, denn plötzlich ertönt irgendwo ein hämmernder Beat, der an eine Partyhymne erinnert und Stimmung verbreiten soll. Nur noch vage ist die mir vertraute Melodie zu erkennen. Tränen steigen in meine Augen, als Sully zu singen beginnt. Sein Gesang ist nicht schlecht, er kann was. Aber dieser Song hier ist ein ganz anderer als der, den ich im Meeting vorgeschlagen habe. Keine Gitarre, keine klare Melodie, stattdessen viel Bass, laute Beats und das künstliche Versprechen, ein großer Sommerhit zu werden, den man am Strand von Miami oder Venice Beach hört, wenn die Sonne untergeht und die Drinks gemixt werden. Von der ursprünglichen Stimmung des Songs ist nichts mehr übrig. Das intime Geständnis eines Songwriters an die Welt mutiert hier gerade zur plärrenden Version eines Dancehits.

Es muss der Schock sein, der mich von einer Flucht abhält.

Sully vollführt kleine Dancemoves, die er sich wohl schon für seine ausverkaufte Arena-Tour ausgedacht hat. Ich spüre eine Kälte in meinem Magen.

Kaum ist der Song in seiner Länge von drei Minuten und vierzig Sekunden überstanden, erwartet Sully eine ehrliche Meinung, zu der ich nicht fähig bin. Als ich schweige, hakt er nach.

»Wie finden Sie meine Version?«

»Was war denn mit dem Original nicht in Ordnung?«

Meine Stimme klingt fremd, mein Mund fühlt sich taub an. Nur durch ein Wunder bringe ich die Worte über die Lippen.

»Sie war träge und langsam … und viel zu melancholisch.«

»Es war echt!«

Natürlich lässt es sich Carrington nicht nehmen, mir zu erklären, was ich offensichtlich nicht verstanden habe.

»Miss Hawks, vertrauen Sie mir. Sully McIntire wird der neue Star am Musikhimmel. Und Sie haben einen großen Anteil an seinem Erfolg. Das sollte doch für ein Lächeln auf Ihrem Gesicht sorgen, glauben Sie nicht?«

»Es ist nicht mehr der Song, den ich vorgestellt habe.«

»Richtig. Jetzt ist er besser.«

»Ist er nicht, Sie verstehen nicht, was …«

Carrington ist jetzt endgültig von mir und meiner Widerrede genervt und unterbricht mich ungehalten.

»Nur weil Sie diese kleine Liebeserklärung an Sie toll fanden, heißt das noch nicht, dass es auch ein Hit wird.«

Wie kann Charlie nur so dastehen und seinen Vater auf diese Weise mit mir reden lassen? Ich werfe ihm einen hilfesuchenden Blick zu, dem er ausweicht. Jetzt verstehe ich endgültig, dass meine Vorstellung von Musik hier niemals verstanden wird.

»Vielleicht haben Sie recht, Mr. Carrington. Aber Sie haben leider nicht verstanden, um was es bei dem Song ging.«

»Ich habe begriffen, wie ich daraus Geld machen kann.«

Es ist genug. Es reicht! Anerkennend nicke ich.

»Das haben Sie allerdings. Sie sind ein Meister darin, Musik zu verkaufen. Das imponiert mir gewaltig, Mr. Carrington, das müssen

Sie mir glauben. Aber Sie verstehen nicht, was Musik bedeutet. Sie fühlen nicht, dass manche Songs eine Seele haben, und genau das macht diese Lieder besonders. Wenn Menschen etwa bei einem Song die Augen schließen und Erinnerungen an Dinge verspüren, die sie nie erlebt haben. Wenn ein Refrain jemanden zu Tränen rührt und eine Stimme alleine mit einer Gitarre einen ganzen Saal zum Zuhören bringt. Das ist auch Musik. Die mag sich vielleicht nicht millionenfach verkaufen, aber sie erreicht Menschen.«

Carrington unterbricht mich wider Erwarten nicht. Er nickt nur nachdenklich und zuckt schließlich mit den Schultern.

»Leider zu wenig Menschen, Miss Hawks.«

Das macht keinen Sinn. Nicht weil Carrington mich nicht mag und mich für eine naive Träumerin hält. Sondern weil er es nicht verstehen will. Vielleicht sogar niemals verstehen wird. Mit einem Mal wird mir alles klar: Als ich in diesem Job anfing, wollte ich mir anfangs vor allem eines beweisen: dass ich es schaffen kann, in diesem Haifischbecken nicht unterzugehen. Dann wollte ich Carrington beweisen, dass er sich in mir getäuscht hat. Doch das kann nicht der Grund sein, warum ich diesen Job mache.

Aufgeben war bis eben keine Option, aber wenn ich jetzt nicht gehe, dann verliere ich mich in einer Welt, die nicht meine ist.

»Sie haben gewonnen. Gratulation, Sie sind mich los.«

Damit nicke ich Sully zu, dessen Gesichtsausdruck deutlich macht, dass er gerade lieber eine Wurzelbehandlung beim Zahnarzt über sich ergehen ließe, als Teil dieses Streits zu sein. Ohne einen weiteren Blick auf Charlie oder seinen Vater verlasse ich das Studio. Vor der Tür atme ich schnell tief ein, doch das Erstickungsgefühl ist noch immer da. Und so beschleunige ich meine Schritte. Ich muss hier raus!

Doch ich komme nur bis zum Fahrstuhl, als ich eine Stimme hinter mir höre.

»Sarah! Warte!«

Es ist Charlie. Doch ich drehe mich nicht um, drücke nur hektisch auf den Fahrstuhlbutton und hoffe, dass die Türen rasch aufgehen. Nicht eine Minute länger halte ich es in diesem Gebäude aus, ohne zu kollabieren. Ich muss hier raus, bevor ich etwas verliere, das mir viel zu wichtig ist, als dass sie es mir einfach so wegnehmen dürften. Meine Hoffnung auf einen überfüllten Fahrstuhl wird erfüllt – doch Charlie hält die Türen auf, bevor sie sich vor seiner Nase schließen können.

»Ladys, Gentlemen! Dürfte ich Sie bitten, hier auszusteigen?«

Die Leute sehen Charlie irritiert an, tun aber natürlich, was er sagt. Ich will ebenfalls rausflüchten, doch er hält meinen Arm fest, zieht mich zurück in den Fahrstuhl und drückt auf eine Taste. Als sich die Türen schließen, sieht er mich an.

»Du kannst nicht gehen!«

»Doch! Das tue ich gerade!«

»Sarah …«

»Das war Absicht, oder? Du wolltest dabei sein, wenn er mir weh tut. Weil ich dich verletzt habe. Das war deine Revanche, nicht wahr?«

Er sagt nichts, sondern sieht mich nur weiter an. Wir wissen beide, dass es genau so war.

»Ihr habt gewonnen! Vater und Sohn Carrington haben mir jetzt bewiesen, dass ihr größer und mächtiger seid! Zufrieden?«

Mit jedem Wort habe ich mich weiter in Rage geredet, und es macht mich wahnsinnig, dass Charlie dabei so ruhig bleibt.

»Mein Vater glaubt wirklich, dass dieser Song so besser funktioniert.«

»Woher will ausgerechnet er das wissen? Du selbst hast gesagt, dass bei euch nie Musik lief. Du weißt doch nicht mal, was für Musik *du* wirklich gerne hörst!«

Er weiß, dass ich recht habe. Bei unserer ersten Begegnung hat er auf die Frage nach seinen Lieblingsmusikern mit klassischen

Größen der Branche geantwortet. Es war keine Überraschung dabei, kein persönlicher Lieblingssong. Alles klang wie auswendig gelernt, übernommen aus einem Memo, das man ihm vorher gereicht hat.

Als er nicht antwortet, fahre ich ruhiger fort.

»Ja, Charlie, ich bin manchmal naiv. Ich bin vielleicht sogar dumm, denn ich habe mir das alles hier ganz anders vorgestellt. Was willst du noch von mir hören?«

»Glaub mir, ich habe es mir auch anders vorgestellt …«

Ich bin mir nicht sicher, ob wir noch über dasselbe Thema sprechen. Charlie kommt einen kleinen Schritt auf mich zu. Und während ich instinktiv zurückweiche, lässt er sich davon nicht beirren. Leise spricht er weiter.

»Es hat geschmerzt, diesen Song zu hören.«

Damit habe ich nicht gerechnet. Nicht jetzt.

»Ich war eifersüchtig, weil er dich so gesehen hat. So, wie du wirklich bist. Weil ich dich auch gerne so sehen wollte …«

Er greift langsam nach meiner Hand. Ich weiß nicht, ob sich dieser Fahrstuhl überhaupt noch bewegt.

»… aber ich konnte dich nicht so sehen. Weil du bei mir nicht so warst.«

Zu gerne würde ich widersprechen, doch Charlie hat recht. Für ihn war ich anders, bei ihm konnte ich, außer an unserem ersten Abend, nie so frei sein, wie ich es mir gewünscht habe. Weil ich Angst hatte, ihn zu enttäuschen. Weil sein Name so übergroß war und ich ihn nicht vergessen konnte, selbst wenn ich mir größte Mühe gegeben habe.

»Als mein Vater mir von der Idee erzählt hat, einen neuen Musiker für den Song zu engagieren, dachte ich, das wäre die Lösung. Ich dachte, vielleicht tut es dann weniger weh.«

»Es tut mir leid, Charlie.« Und diesmal spreche *ich* nicht nur von dem Song.

Charlie sieht mich an, und ich spüre, dass ihm meine Entschuldigung etwas bedeutet. Er nickt kaum merklich und spricht dann weiter. »Du hast recht. Musik kann viel mehr, als ich bisher geglaubt habe. Am Freitag, beim Hören des Songs, habe ich so viel empfunden … Wut, Eifersucht … Aber ich musste auch immer wieder lächeln, weil ich dich für die Dauer von Wills Song durch seine Augen habe sehen dürfen.«

Sosehr es mich freut, dass er den Zauber der Musik verstanden hat, so unendlich leid tut es mir doch, dass er es auf eine schmerzhafte Art und Weise erleben musste. Er legt seine Hand vorsichtig an meine Wange, aber die plötzliche Nähe zwischen uns wird mir zu viel, deshalb schließe ich die Augen.

»Bitte geh nicht weg.«

Ich kann nicht bleiben. Ich kann all das hier nicht ändern. Nicht für Charlie, nicht für mich. Langsam schüttele ich den Kopf, öffne meine Augen und spreche es aus.

»Ich kann nicht bleiben.«

Charlies Lächeln ist traurig, als er nickt. Er weiß, wieso ich gehen muss, und so lässt er mich los, als der Fahrstuhl in meiner Etage ankommt.

Die Türen öffnen sich. Es wird Zeit zu gehen.

»Es war uns eine Freude, mit Ihnen zusammengearbeitet zu haben, Miss Hawks.«

Charlie schüttelt meine Hand und lächelt tapfer.

»Es tut mir leid, dass ich Sie enttäuscht habe, Mr. Carrington.«

»Das haben Sie nicht, Miss Hawks. Ganz sicher nicht.«

Er beugt sich zu mir und küsst zärtlich meine Wange. Ein letztes Mal atme ich seinen Duft ein, halte diesen Moment kurz fest …

»Hol dir deine Unabhängigkeit, Charlie. Mach Independence zu deinem Ding.«

Ich spüre sein Nicken an meinem Gesicht. Und dann tut es kurz sehr weh, als ich den Fahrstuhl verlasse und mit Tränen in den

Augen über den Korridor zu meinem Büro gehe, das doch nie meines war, wenn wir ehrlich sind.

Die wenigen persönlichen Dinge, die ich zusammenpacke, bestätigen diese Annahme. So dauert das Ausräumen auch nicht so lange wie erwartet. Ein letztes Mal genieße ich den Ausblick von hier oben, auf den ich mir so viel eingebildet habe. Je höher man steigt, desto besser ist die Aussicht, so heißt es. Nun weiß ich, dass ich lieber ein Teil der Stadt bin, statt auf sie herabzublicken. Ich will einer dieser kleinen Punkte sein, die wie wild wuseln und ständig in Bewegung, immer auf der Suche sind.

Ein letztes Mal sehe ich mich in meinem Büro um, das von allen Spuren meiner Anwesenheit befreit wurde und bald den Nährboden für die Träume eines anderen Menschen bieten wird. Mit dem Stapel Umschläge stehe ich da und betrachte den ruhenden Plastikaffen auf meinem Schreibtisch, der mich mit diesem leicht irren Blick ansieht, als würde er mir Vorwürfe machen, wie ich es denn wagen konnte, ihn so lange zur Ruhe zu verdonnern, wo er doch nur einen Zweck hat. Mit einem Lächeln schalte ich ihn wieder an und lasse ihn trommeln.

Er passt perfekt hier an diesen Platz.

Ich tue es nicht.

I Forget Where We Were

Wenn der Prophet nicht zum Berg kommt, muss der Berg eben zum Propheten. Oder, in meinem Fall, ich zu Will. Da er noch immer auf keine meiner Nachrichten reagiert hat und ich inzwischen auch nur zu genau weiß, wieso, mache ich es mir zum Ziel, alle New Yorker Parks nach diesem einen Musiker abzusuchen. Doch wie immer, wenn man dringend jemanden finden möchte, macht New York seinem Ruf als Weltmetropole alle Ehre und verschluckt die gesuchte Person.

Im Central Park, daran erinnere ich mich noch, spielt Will nur selten, weil er sich hier nicht wohl fühlt. Dennoch versuche ich mein Glück an der Stelle, wo wir zusammen an dem Song geschrieben haben. Ohne Erfolg.

Meine Recherche bei Facebook lässt mich hoffen, ihn im Washington Square Park zu finden, immerhin ist das die Bühne seiner Wahl. Aber auch hier finde ich heute nur die Musiker, die ich nicht suche und für die ich gerade keine Zeit habe. So vergeht mein erster Tag als Arbeitslose bei der Suche nach Busking Brown wie im Flug. Gegen Abend bleibt nur noch eine Möglichkeit, wo er sich versteckt halten könnte.

Bitte, New York, gib mir meinen Will zurück!

Ich schiebe die Tür auf, und wieder verrät die Glocke meine Ankunft. Im Hintergrund läuft »China Girl« von David Bowie, die Platten warten noch immer darauf, endlich von einem Musikfreak gekauft und zu Hause auf dem Plattenspieler gehört zu werden.

Auch die Highscores am Videospiel in der Ecke wollen noch immer geknackt werden. *Tobey's Vinyl Heaven* erinnert mich erneut daran, warum ich Musik so sehr liebe.

Außer mir ist niemand hier.

»Haben Sie sich verlaufen, oder …«

Will kommt aus dem Hinterzimmer in den Plattenladen und bleibt wie angewurzelt stehen, als er mich erkennt. Er trägt ein weinrotes T-Shirt und Jeans. Darin sieht er so unverschämt gut aus.

»Hi, Will.«

Statt mich ebenfalls zu begrüßen, nickt er mir nur wortlos zu, geht zum nächsten Stapel Platten und beginnt damit, sie zu sortieren. Okay, da ist also wieder mal jemand, der sauer auf mich ist. Daran habe ich mich inzwischen gewöhnt, scheine ich doch wahrlich ein Naturtalent darin zu sein, ausgerechnet die Menschen zu verletzen, die mir wichtig sind.

»Du hast auf keine meiner Nachrichten geantwortet …«

Er sieht nicht mal auf, bringt stattdessen ein paar Scheiben zu einem anderen Karton und sortiert sie alphabetisch ein.

»Ich bin hier, weil ich mich entschuldigen will …«

»Hm.«

»… und es erklären möchte.«

Noch immer scheint Will alles, nur nicht interessiert an mir, meiner Anwesenheit oder meinen Erklärungen zu sein. Doch so leicht lasse ich mich nicht abschütteln. Ich laufe um die Tische mit den Kartons voller versteckter Schätze und stehe ihm jetzt gegenüber.

»Ich weiß, dass Carrington sich bei dir gemeldet hat. Wegen der Lizenz zum Song.«

Entweder das Sortieren verlangt Wills ganze Konzentration, oder er hat wirklich keine Lust auf mich.

»Will, bitte …«

Endlich hebt er den Blick und sieht dabei so genervt aus, dass es fast weh tut.

»Ja. Ich habe den Vertrag hier.«

Er deutet an mir vorbei zum Tresen mit der Kasse, wo einige Blätter Papier neben einem Kugelschreiber liegen. Panik rast kurz durch meinen Körper.

»Du hast ihn doch nicht etwa unterschrieben. Oder?«

»Und wenn schon …«

»Das kannst du nicht machen!«

Er lacht kurz auf, als würde ich ihn wahnsinnig amüsieren.

»Das sagt ja die Richtige.«

»Ich würde dir das gerne erklären, wenn du mir zuhörst.«

»Ich bin gerade ziemlich beschäftigt.«

Er macht eine allumfassende Handbewegung, die den kompletten Laden einschließt.

»Die Leute rennen dir nicht gerade die Bude ein.«

»Kann aber jederzeit passieren. Ich muss für potenzielle Kunden ansprechbar sein.«

»Ich bin eine potenzielle Kundin.«

»Hast du eine musikbezogene Frage, bei der ich dir weiterhelfen kann?«

O ja, die habe ich allerdings! »Wirst du den Vertrag unterschreiben und die Rechte am Song abtreten?«

»Ich sehe nicht, warum dich das was angehen sollte.«

Ich hasse es, dass er so mit mir spricht und zugleich dabei zusieht, wie seine Giftpfeile ihr Ziel genau treffen. Die Art, wie er mich ansieht, hinterlässt inzwischen brennende Wunden.

»Will, hör auf damit!«

»Im Ernst, Sarah. Es kann dir doch egal sein, was mit dem Song passiert.«

Wenn er wüsste, wie sehr er sich irrt.

Will funkelt mich wütend an, bevor er weiterspricht.

»Du hast ihn nämlich schon längst verkauft!«

»Ich habe einen dummen Fehler gemacht, weil ich nicht nachgedacht habe. Deswegen bin ich hier, verdammt noch mal! Ich möchte mich entschuldigen.«

»Wofür? Dafür, dass du Zeit mit mir verbracht hast, bis ich den Song schreibe, der deine Karriere so richtig ankurbelt?«

»Was? Das ist doch Blödsinn!«

»Warum sonst hast du es dann gemacht?«

»Weil der Song gut ist. Weil ich denen beweisen wollte, dass solche Musiker, wie du einer bist, eine echte Chance verdient haben!«

Wütend knallt er die letzten Platten auf den Karton vor sich.

»Verdammt noch mal! Der Song war nur für dich! Und nicht für die Welt! Oder für deinen scheiß Freund Carrington, der aus meinen Gefühlen für dich Geld macht!«

So wütend habe ich Will noch nie erlebt, und ich konnte mir bis eben auch nicht vorstellen, dass er so laut werden könnte. Seine gesamte Wut richtet sich gegen mich. Egal, was ich noch sagen kann, er wird es jetzt nicht hören, weil er es nicht wahrnehmen will. Doch seine Worte kommen so glasklar bei mir an, dass ich sie fast greifen kann.

»Es tut mir leid, dass ich dich hintergangen habe. Aber du musst mir glauben, es war nie geplant.«

»Wieso hast du es dann getan?«

Wenn er wüsste, wie oft ich mir die Frage bereits gestellt habe, dann würde er mich nur noch mehr hassen. Gibt es darauf doch nur eine Antwort. Und ich bin sie ihm schuldig.

»Weil ich naiv bin. Weil ich geglaubt habe, ein Song könnte diese ganzen Typen in ihren schicken Anzügen und Büros davon überzeugen, dass es sich lohnt, mit dem Herzen hinzuhören. Ich habe mich leider geirrt und dabei einen Menschen verletzt, in den ich mich jeden Tag ein bisschen mehr verliebt habe. Den Menschen, der mich überrascht hat. Glaub mir, ich habe es sicher nicht geplant, mich in dich zu verlieben! Du hast meine guten Seiten besungen, die kleinen Dinge, die nur du kennst.«

Ich zucke mit den Schultern und breite die Arme aus.

»Zu dumm, dass ich nicht perfekt bin und auch Fehler mache. Jetzt hast du also auch die kleinen Dinge gesehen, auf die ich nicht stolz bin. Ich kann dich nur bitten, diesen Vertrag nicht zu unterschreiben. Mach nicht meinen Fehler …«

Alleine die Vorstellung, diese Melodie, *seinen* Song im Radio in der Version von Sully zu hören, beschert mir ein Magengeschwür.

Will sieht mich lange an, als müsste er das eben Gesagte noch verarbeiten. Ich wünschte, dass ich ihm mehr anbieten könnte als die Wahrheit. Aber ich habe nicht mehr zu sagen, und ich kann mich auch nicht immer und immer wieder entschuldigen.

Die Glocke über der Tür kündigt neue Kundschaft an. Bis eben stand sie still, jetzt beschleunigt sie von null auf hundert, als eine Gruppe Jugendlicher den Laden betritt und uns mit ihrem Gelächter und Gequassel daran erinnert, dass unser kleines privates Drama die Welt da draußen nicht interessiert.

Das ist mein Stichwort für einen Abgang, bevor alle meine Tränen sehen.

»Mach's gut, Will.«

Purple Rain

Carrington Music Inc. ist so gnädig und entlässt mich aus meinem Arbeitsvertrag, was ich sicherlich Charlie zu verdanken habe. Sie werden mich dort nicht vermissen. Vermutlich bin ich bereits ersetzt und vergessen. Verwunderlich, dass Carrington senior meinen Abgang nicht mit einem großen Feuerwerk gefeiert hat. Wie dem auch sei, ich muss mein Leben wieder in den Griff kriegen, einen neuen Job suchen (darin habe ich inzwischen Übung) und vergessen, dass ich auf unterschiedliche Art und Weise Herzen gebrochen habe – und zwar, weil ich auf eben das *nicht* gehört habe. Als Gegenreaktion wurde meines auch ganz schön durch den Fleischwolf gedreht. Doch als wäre das nicht genug, habe ich offensichtlich auch die andere Liebe meines Lebens verloren. Jemand scheint die Pausetaste für meine Leidenschaft zur Musik gedrückt zu haben, denn mir ist einfach nicht mehr danach.

»Sieh es so: Jetzt hast du zumindest eine spannende Anekdote für deine Enkelkinder.«

Becca ist und bleibt Becca. Selten war ich so froh, sie in meinem Leben zu haben wie in den Wochen nach dem Ende meines großen Traumes. Während ich etwas Zeit brauche, um das alles verarbeiten, tut mir New York nicht den Gefallen und verlangsamt sein Tempo. Gebrochene Herzen und geplatzte Träume stehen hier auf der Tagesordnung und sind wahrlich nichts Besonderes.

Für mich allerdings schon.

Die ersten Tage habe ich mich in Beccas Apartment versteckt und mich darauf verlassen, dass sie mich mit ausreichend Fast Food, Süßkram und ablenkenden Gesprächen versorgt – was sie auch getan hat. Der Grund, wieso ich eine Etage höher gezogen bin, mag albern sein, doch momentan tut mir der Blick aus meinem Fenster zu meinem Stück Himmel einfach nur weh. Aus Beccas Wohnung kann man ihn nicht sehen. Und damit werde ich nicht ständig an Will erinnert, der sich natürlich nicht gemeldet hat.

Unser Abschied war alles andere als klärend, und so kann ich nur hoffen, dass er den Vertrag nicht unterschrieben hat. Charlie hat mir nur einmal eine SMS geschrieben und mir versichert, dass mein Gehalt für die Zeit meiner Anstellung überwiesen wird. Das rettet mir erneut für einen Monat die Miete.

Becca hat mir noch in den ersten Tagen meiner Arbeitslosigkeit untersagt, einen Job als Kellnerin anzunehmen, und kringelt seither in den Zeitungen, die sie massenhaft anschleppt, alle Jobanzeigen ein, die ihrer Meinung nach für mich in Frage kommen. Ohne sie wäre ich ziemlich aufgeschmissen.

Gibt es eigentlich ein Ablaufdatum für Herzschmerz? Darf man sich mit knapp dreißig noch selbst bemitleiden und ins Kissen weinen, wenn man so auf die Schnauze gefallen ist? Oder erwartet die Gesellschaft, dass man sich schnell wieder aufrappelt, sich den Mund abputzt und weitermacht? Ich habe keine Ahnung, stelle mich aber so langsam wieder dem Alltag, meide sämtliche Parks, so gut ich kann, schaue nicht auf der Facebook-Seite eines nicht näher zu nennenden Musikers vorbei, vernachlässige meinen Blog sträflichst und verbringe meine Abende mit Becca auf dem Bett sitzend bei einer Episode *Sunset Story*. Zumindest so lange, bis ich eines Tages, beim Aufräumen meines Schlafzimmers, über meine Prince-CD mit seinen größten Hits stolpere und sie in den CD-Player gelegt habe. Es hat genau vier Akkorde gedauert, bis ich einen Rückfall in die Schockverliebtheit erlitten habe. Nur eine halbe Strophe des Songs *Purple Rain* später habe ich Princes Stimme in meinem Kopf, die mich fragt, was ich mir dabei gedacht habe, dem Blog und der Musik den Rücken zu kehren. Was ich gar nicht wirklich habe. Ich bin ihnen nur eine kleine Weile aus dem Weg gegangen. Doch Prince in meinem Kopf hat recht: Damit ist jetzt Schluss, und ich beschließe, den Staub von meinem Blog zu pusten.

Prince singt im Hintergrund weiter, als ich mich von seinem Gesang angespornt todesmutig einlogge und spüre, wie es wieder kribbelt. Das hier war mein Ein und Alles. Wie konnte ich es verlieren?

Eine verpasste Erinnerung

In den letzten Wochen ist mein Leben zu einer Achterbahn mit einigen Loopings geworden, zu der ich eine Dauerkarte hatte. Es ging – ohne Unterbrechung! – rapide nach oben und dazwischen immer mal wieder nach unten, abgefangen durch einen Überschlag, der an einen Salto mortale erinnerte. Jetzt habe ich die Notbremse gezogen und bin ausgestiegen.

Als junge Frau in einer Stadt wie New York lernt man schnell, dass man Chancen mit beiden Händen festhalten und auf keinen Fall loslassen darf. Verpasst man sie, steht schon die nächste Person in den Startlöchern, die gewillt ist, besagte Chance zu Boden zu ringen, um sie ja nicht zu verlieren.

Ein schlauer Mensch hat mir einmal gesagt: »Sei vorsichtig, was du dir wünschst. Die Stadt könnte es dir nämlich geben.«

Er hat recht behalten. Überfordert von allem, habe ich falsche Entscheidungen getroffen und Menschen verletzt, die mir wichtig sind. Wie schön, dass man im Nachhinein immer so viel schlauer ist und alles so klar sieht, nicht wahr? Jetzt würde ich natürlich vieles anders machen, aber noch ist mir keine Zeitmaschine begegnet.

Ich habe Erinnerungen verpasst, die ich so gerne gesammelt hätte.

Den perfekten Soundtrack im Park.

Eine Schallplatte in der Musikkabine.

Konzerte aus der ersten Reihe.

Zu viel Tee.

Gemeinsam den Nachthimmel beobachten.

Musik schreiben.

Küsse.

Ein anderer sehr schlauer Mensch sagte mir: »Manchmal passt das Timing für die Erinnerung nicht.«

Ich hatte das wohl denkbar schlechteste Timing und kann nur hoffen, er verzeiht mir meinen Egoismus. Diese Erinnerung wollte ich nicht verpassen.

Wer weiß, vielleicht, wenn ich wirklich viel Glück habe, sehen wir uns irgendwann wieder.

Stay tuned.

Sarah

Ich weiß, ich weiß, er wird den Beitrag nicht lesen und wenn, wird er diese weitere Entschuldigung, die nur er verstehen dürfte, nicht annehmen. Aber wenn ich irgendwann mit dem ganzen Chaos abschließen will, muss ich es schreiben. Deswegen klicke ich auf *Veröffentlichen* und beschließe, dass es ab jetzt langsam wieder bergauf gehen muss. Die Alternative wäre Aufgeben, und das würde ich mir nie verzeihen. Das wäre nicht ich.

Genau deswegen blättere ich nach einer langen heißen Dusche und einer wirklich nötigen Lockenpflege Beccas neueste Jobanzeigenrecherche durch und schicke spontane Bewerbungen an verschiedene Musikmagazine, Blogs und kleine Labels. Die Zeit bei Carrington Music Inc. mag kurz gewesen sein, aber auf dem Lebenslauf macht sie dennoch etwas her.

Stunden später fällt mein Blick auf die CD, die neben meinem Laptop liegt. Es ist Wills EP. Eines Tages, so hoffe ich, werde ich seine Stimme wieder hören können, ohne dabei an unsere letzte Begegnung in *Tobey's Vinyl Heaven* denken zu müssen. Seine Musik soll eine Erinnerung bleiben, bei der ich lächeln muss.

Will hat so viel mehr Spuren in meinem Leben hinterlassen, als ich gedacht habe. Bei Charlie hat es sich wie ein Asteroideneinschlag angefühlt: BOOM! Und ich war hin und weg …

We're All Stories

Sarah!«

Ace winkt mich hektisch zu sich an den Tresen, als ich knapp zwei Wochen später wieder im *Tuned* auftauche und voller Zufriedenheit den vollen Club betrachte. Die Band auf der Bühne heizt ordentlich ein, und die Stimmung ist ziemlich gut. Genau das habe ich vermisst. Ich kämpfe mir einen Weg durch die Menge zu Ace, der nicht nur wieder verdammt schick, sondern auch richtig glücklich aussieht.

»Wie schön, dich hier zu sehen!« Er beugt sich weit über die Bar, um mir einen Kuss auf die Wange zu drücken. »Was verschlägt dich wieder in diesen Saloon?«

»Nun, ich bin auf der Suche nach einem neuen Hit, über den ich schreiben kann.«

Ace sieht mich überrascht an, während seine Hände wie von selbst alles für einen Gin Tonic vorbereiten. »Nicht dein Ernst!«

Ich lege mein kleines rotes Notizbuch vor ihn auf den Tresen und lächele zum ersten Mal seit Wochen wieder stolz.

»Vor dir steht Sarah Hawks, freie Redakteurin bei *Indie Key*. Na, was sagst du?«

Tatsächlich hat sich ein kleines Musikmagazin auf meine Bewerbung gemeldet und mir einen Job angeboten. Nichts Berauschendes, aber es bringt etwas Geld in die Kasse, zwingt mich, das Knights zu verlassen und lenkt mich ausreichend von den sich drehenden Gedanken und Fragen in meinem Kopf ab. Also gehe ich wieder verstärkt auf Konzerte und weiß endlich, weswegen ich nie aufhören werde, Musik zu lieben.

»Ich bin stolz auf dich!«

»Danke.«

Damit stellt er meinen Drink vor mich hin. Ich weiß nun, dass es erlaubt ist, im Leben Fehler zu machen, zu stolpern, und sogar heftige Stürze sind okay. Wir sind alle Menschen, wir sind nicht perfekt. Ich bin es ganz sicher nicht. Solange ich Freunde wie Becca oder Ace habe, werde ich sicher wieder auf die Beine kommen, weil ich nicht alleine bin.

Nach einem Schluck von der perfekten Mischung nicke ich zur Bühne.

»Wie sind die Jungs so?«

»Ganz okay. Sie spielen noch nicht lange.«

Ich lasse meinen Blick über die Musiker mit ihren Instrumenten gleiten und verspüre sofort wieder dieses aufgeregte Kribbeln. Genau hier gehöre ich hin. Nicht in ein schickes Büro, das viel zu weit weg von alldem hier ist. Mir gefällt es, wie das Publikum mitwippt, einige tanzen zum rockigen Gitarrensound der Band, die auf dem Poster am Eingang mit dem Namen Butler angekündigt wurde. Der Sänger hat eine kratzige Stimme, die mir sofort gut gefällt und mein Interesse weckt. Schnell klappe ich mein Notizbuch auf. Ace beobachtet meine Bewegungen genau und kann sich ein Grinsen nicht verkneifen. Plötzlich lehnt er sich auf die Bar und brüllt in die Menge.

»Meine Damen und Herren! Sie erleben gerade Sarah Hawks in ihrer gewohnten Umgebung. Willkommen zurück, Sarah! Du hast hier echt gefehlt.«

Es ist zu laut, als dass ihn alle im Club hören. Doch ein paar Gäste um uns herum klatschen, ein paar schauen Ace und mich nur verständnislos an. Doch ich bin glücklich.

Manche sagen, du musst erst weggehen, um zu wissen, wohin du gehörst. Mein Ausflug in die knallharte Musikbranche hat mir deutlich gemacht, dass ich viel zu emotional für die andere Seite bin. Nein, Ace hat recht, ich gehöre hierher, an die musikalische Front, wo ich mich unter die Konzertbesucher mische und mich immer weiter an den Bühnenrand pirsche. Hier, wo mich die Lichter nicht so blenden und ich mir die Musiker genauer ansehen kann. Junge Burschen, voller Leidenschaft und mit verschwitzten Haaren, die alles geben, als wäre das hier nicht einfach nur ein kleiner Club in Williamsburg, sondern die größte Bühne der Welt.

Genau das springt auch auf uns im Publikum über. Bevor ich mich versehe, wippe ich begeistert mit. Danke! Das hier ist die beste Medizin! Mit jedem weiteren Ton scheine ich mehr und mehr zurück zu meinem alten Ich zu finden. Schnell mache ich mir Notizen in mein kleines Buch und spüre meinen Herzschlag, der sich dem Beat der Musik anpasst. Ich falle wieder in meinen Rhythmus, finde zurück in meine Spur und fühle, wie die letzten Ketten von mir abfallen.

Kaum ist der Song vorbei, bricht frenetischer Jubel aus, in den ich einfalle und laut applaudiere. Die Jungs sind wirklich gut. Der schlanke Sänger mit dem schlichten Look und den verklebten Haarsträhnen in der Stirn bedankt sich artig und bittet um Verständnis für eine kleine Pause. In der Zwischenzeit würde ihr Bassist einen Song spielen, wenn das für alle okay wäre?

Das ist nur eine Erinnerung, keine Realität, Sarah. Das ist nur, was du dir wünschst …

Den folgenden Jubel höre ich nur durch eine Art akustischen Nebel, denn mir ist diese Szene zu vertraut. Zu oft habe ich sie heimlich in meinem Kopf wieder und wieder abgespielt. Ich sehe zur Bühne und wage es nicht zu hoffen, selbst dann nicht, als ein Mann in einem weißen T-Shirt, das an seiner Brust klebt, mit einer Gitarre ans Mikrofon tritt. Die braunen Haare, die unordentlich abstehen, das markante Kinn, alles sieht aus wie damals.

Seit unserem Gespräch im Plattenladen habe ich ihn nicht mehr gesehen, nichts von ihm gehört und keine Nachricht von ihm erhalten. Dennoch haben sich fast alle meine Gedanken immer wieder zu ihm geschlichen, sich gefragt, wie es ihm wohl geht, was er so macht, ob er den Vertrag unterschrieben und mich vergessen hat.

Treten Fata Morganas eigentlich nur in Wüstenregionen auf, oder gibt es auch Berichte über ihr plötzliches Auftauchen in überfüllten Clubs in Großstädten?

»Hi und Entschuldigung. Mein Name ist Busking …«

Mein Herz trommelt panisch gegen meinen Brustkorb, und ich würde ihm am liebsten sagen, dass das gar nicht nötig ist, weil ich auch so schon kurz vor dem Hyperventilieren bin.

»… Nein! Mein Name ist Will Brown. Ich bin Singer-Songwriter und würde gerne einen Song für euch spielen.«

Das Publikum jubelt wie verrückt, entweder weil sie ihn kennen oder weil die Band bereits alles getan hat, um die Leute in eine verzückte Stimmung zu versetzen. Ich würde ja mitfeiern, wenn mein Körper mir gehorchen würde, doch so verbleibt mein frenetischer Jubel in meinem Herzen. *Will Brown.* Vorbei die Zeiten versteckt hinter dem Künstlernamen Busking Brown, endlich steht er mit seinem Namen hinter seinem Talent.

»Der Song ist für eine ganz besondere Person.«

Mein Kopf will mir einreden, dass er nicht mich meint. Nicht meinen kann. Nicht nach dem, was ich getan habe. Mein Herz aber will mir weismachen, dass er von mir spricht.

Seine Nervosität ist für den fremden Beobachter vielleicht nicht zu erkennen, aber die Art und Weise, wie er eine kleine Melodie auf den Saiten seiner Grace zupft, lässt zumindest mich wissen, dass er nicht ganz so cool ist, wie er vorgibt. Mit der Hand streicht er sich die Haare aus der Stirn und schützt dann seine Augen gegen das blendende Spotlight ab.

»Ich weiß, sie ist hier irgendwo.«

Alle um mich herum sehen sich suchend um, nur ich stehe wie versteinert da und hoffe eine verrückte Hoffnung.

»Der Song heißt ›We're All Stories‹.«

Applaus aus dem Publikum, obwohl er noch keinen Ton gesungen hat. Ich klammere mich an mein Notizbuch, als wäre es mein Rettungsring auf hoher, tobender See. Meinen Beinen vertraue ich nur noch bedingt.

Will spielt eine Melodie, die sich wie ein Netz über alle Zuhörer wirft und sie enger zusammenrücken lässt. Jeder scheint ihm aufmerksam zuzuhören, keiner ist mehr in ein Gespräch mit seinem Nachbarn verwickelt, alle lauschen nur diesem Mann mit der Gitarre, dessen Anblick in mir einen emotionalen Tsunami auslöst.

We meet people at the strangest of times,
one look and we know, they can read between lines.
Some become friends, others just memories
but if we're lucky, we end being more than just stories.

Noch immer weiß ich nicht, was ich denken oder gar fühlen soll. Dieser Song ist für mich, das spüre ich mit jeder Faser meines Herzens. Schon jetzt möchte ich ihn immer und immer wieder hören.

I don't want to miss you like a fading memory.
I want you to help me rewrite my history.
I would pick you up in the middle of the night
and even kiss you after a terrible fight.

Let's be more than a story in my head.
I remember all the words that you said.
Let me be your Paul, I'll be your John.
Together we're better, so let's just move on.

Ich muss lachen, obwohl ich Tränen in den Augen habe, weil dieser Text für niemanden außer für mich Sinn macht, und doch singen einige den Refrain jetzt mit, als wäre es ein Ohrwurm für die Masse und nicht eine weitere vertonte Erinnerung für mich.

I don't want to miss you like a fading memory.
I want you to help me rewrite my history.
I would pick you up in the middle of the night
and even kiss you after a terrible fight.

Die Menge jubelt, applaudiert und ist so begeistert, wie ich es sein sollte. Doch mein Gehirn gönnt sich mal wieder eine Pause und sieht nur dabei zu, wie Will sich verbeugt und einen letzten suchenden Blick ins Publikum wirft. Er kann mich nicht sehen, ich ihn hingegen schon. Jedes noch so kleine Detail ist mir vertraut, alles an ihm hat sich in mein Gehirn und mein Herz gebrannt. Fast ohne dass ich es bemerkt habe. Manche Menschen kommen durch Zufall in unser Leben und hinterlassen bleibende Eindrücke. Ich hoffe, er weiß, dass ich da bin.

»Danke fürs Zuhören, Sarah.«

Natürlich weiß er es. Weil er mich kennt. Mein Lächeln wird größer, mein Jubel endlich laut. Doch bevor er mich in dem Getöse der begeisterten Menge erspähen kann, ist der Sänger wieder am Mikrofon und deutet noch mal auf seinen Bassisten, der ihm gerade die Show gestohlen hat.

»Mr. Will Brown, Ladys and Gentlemen!«

Will Brown.

Der Mann, der den Soundtrack für mein Leben schreibt.

Am Backstage-Ausgang warten außer mir noch ein paar Frauen, deutlich weniger als bei meinem ersten Ausflug in die Groupie-Welt. Diesmal ist auch das hysterische Gekichere nicht so groß, ganz im Gegenteil, man unterhält sich, die CDs der Band werden ausgetauscht und über die Bedeutung der Songs wird philosophiert.

Hier gefällt es mir deutlich besser. Dennoch bin ich mindestens so nervös wie beim letzten Mal, nur aus einem anderen Grund. Es war eine Qual, den Rest des Konzertes zu überstehen, und das sicher nicht wegen der Jungs. Die waren nämlich klasse und haben sich einen Artikel im *Indie Key* auf jeden Fall verdient. Doch ich wollte die ganze Zeit nur eines: mit Will reden!

Endlich wird die Tür aufgeschoben, und die Musiker, bepackt mit ihren Instrumenten und dem restlichen Equipment, treten nach draußen. Mein Blick sucht jedoch nur einen bestimmten Künstler, der als Letzter durch die Tür kommt und sich ebenfalls suchend umschaut. Inzwischen hat er sich umgezogen, trägt ein graues T-Shirt, und seine Haare sehen frisch gewaschen aus. Obwohl er gerade über eine Stunde auf der Bühne stand, wirkt er entspannt, gelöst und glücklich. Dann entdeckt er mich, und ein sanftes Lächeln nimmt Besitz von seinen Lippen. Ich hebe die Hand, winke und komme mir dabei dämlich vor, denn mein Gefühl sagt mir, ich sollte einfach auf ihn zustürmen, ihn umarmen und küssen, bevor er oder ich etwas sagen können. Jetzt kommt er auf mich zu. Mit jedem Schritt wächst meine Nervosität. Es mag nur eine kleine Weile gewesen sein – aber ihn nicht zu sehen, nicht zu wissen, wie es ihm geht, das hat verdammt weh getan.

»Hi.«

»Hi.«

Unsere typische Begrüßung, die mir am Anfang so albern vorkam und sich jetzt so gut anfühlt. Wir scheinen beide nicht so recht zu wissen, was wir sagen oder tun sollen. Also ziehe ich mein Notizbuch hervor und setze zu einem professionellen Lächeln an.

»Mein Name ist Sarah Hawks. Ich hätte ein paar kurze Fragen an Sie.«

Will stellt den Gitarrenkoffer auf den Boden, schiebt die Hände in die Hosentaschen und grinst mich frech an. Vermutlich, weil er sich ebenfalls an unsere erste Begegnung erinnert fühlt.

»Nur zu, Miss Hawks.«

»Basiert der Song auf persönlichen Erfahrungen?«

»Wieso nehmen Sie an, er wäre persönlich?«

»Nun, ich nehme an, man muss es erlebt haben, um so darüber singen zu können.«

Will nickt, macht einen Schritt auf mich zu und kommt mir sehr nahe. Mit einer Hand streicht er mir meine tanzenden Locken aus der Stirn und lächelt.

»Sie haben vollkommen recht. Ich habe eine tolle Frau kennengelernt und nie das gesagt, was ich sagen wollte. Weil ich nicht gut bin in solchen Dingen. Und weil mein Timing irgendwie mies war.«

»Was ist dann passiert?«

»Sie hat sich in den falschen Typen verknallt, weil ich zu langsam war. Zum Glück hat das mit den beiden nicht funktioniert.«

Er legt die Arme um meine Taille und zieht mich langsam das letzte Stück an sich. »Dann wurde es chaotisch, dabei war ich ein ziemlicher Arsch.«

Ich nicke und gebe seinen Worten die Chance durchzusickern. Er hat unsere Geschichte ganz gut zusammengefasst.

»Für welche Zeitschrift schreiben Sie noch mal?«

Als er mich das zum ersten Mal gefragt hat, hatte ich keine richtige Antwort, sondern kam mir mit meinem Blog fast unwichtig und klein vor. Jetzt strecke ich die Brust raus und lächele stolz.

»Indie Key.«

Mein Gefühl sagt mir, dass er das schon längst weiß, weil er, obwohl es mir so vorkam, nie ganz aus meinem Leben verschwunden ist. Irgendwann werde ich ihm sagen, dass seine Musik selbst in

Zeiten der Zweifel immer eine Erinnerung an meine Leidenschaft und den großen Traum war. Er nickt, und ich kann etwas Stolz in seinen Augen sehen, als er weiterspricht.

»Das habe ich mir schon fast gedacht. Es war nur eine Frage der Zeit, bis du endlich deinen Weg gehst.«

Wir stehen noch immer ganz dicht beisammen, sperren die Umwelt aus, so wie damals in der Musikkabine, als es nur noch uns beide gab.

Obwohl seitdem nur ein paar Wochen vergangen sind, ist jetzt alles anders. Ich gehe meinen Weg, mit all den Stolperfallen und Hindernissen, die mich daran hindern wollen, ans Ziel zu kommen. Eine Weile hatte ich angenommen, es würde darum gehen, für welchen Mann ich mich entscheide, doch das war ein Irrtum. Es ging die ganze Zeit darum, welchen Weg *ich* gehe, welcher meiner ist – und welcher Mann bereit ist, genau diesen Parcours mit mir zu gehen.

»Ich denke, dass ich meinen Weg gefunden habe.«

»Daran habe ich nie gezweifelt.«

Eine Sache muss ich noch wissen, auch wenn ich Angst vor der Antwort habe.

»Hast du den Vertrag unterschrieben?«

Zu lange habe ich das Radio gemieden, in der Befürchtung, dort Sullys Version von Wills Song zu hören.

»Nein.«

Das klingt kühler, als er es wohl geplant hat, denn er schüttelt schnell den Kopf und greift nach meinen Händen.

»Der Song ist und bleibt nur für dich.«

»Danke.«

»Ich habe deinen Blogpost gelesen.«

Natürlich hat er das. Weil Will Will ist. Und es auch bleibt. Eine Konstante in einer hektischen Stadt wie New York ist verdammt wichtig. Ich hoffe, dass er meine wird.

»Ich wusste nicht, wie ich es dir sonst sagen sollte.« Ich suche seinen Blick.

»Wir sollten uns angewöhnen, unsere Gedanken nicht in Songs oder Artikel zu verpacken, sondern es uns in Gesicht zu sagen, was meinst du?«

Damit hat er recht, und ich will sofort den Anfang machen.

»Du hast mir gefehlt, Will.«

»Du mir auch.«

Er nimmt mein Gesicht sanft in seine Hände und küsst mich voller Leidenschaft. Ich erwidere seinen Kuss und zeige ihm, wie sehr auch ich ihn vermisst habe. Vollkommen egal, wie oft er sich in meine Träume geschlichen hat, dieser reale Moment fühlt sich besser an. Ich schmiege mich an ihn, lasse ihn mich festhalten und stehle mir diesen Augenblick, während sein Song von vorhin in meinem Kopf als Soundtrack läuft. Genau so will ich von jetzt an immer geküsst werden. Von ihm.

Mag sein, dass das Leben einem manchmal die schönsten Chancen zum denkbar schlechtesten Zeitpunkt bietet, doch zum Glück lebe ich in New York. In der Stadt, die auch mal wie eine gute Freundin ist und einen auffängt, wenn man stolpert.

Danke, New York! Dass du mich nie enttäuschst und mir erneut das gibst, was ich mir so sehr gewünscht habe.

Während ich Will küsse, verspreche ich mir und New York, diesmal viel vorsichtiger mit dieser Chance umzugehen.

Und sie zu nutzen.

Danksagung

Zuerst gilt mein Dank wie immer meiner Familie, die verständnisvoll lächelte, wann immer ich mich geistig nach New York begeben habe, um dort mit Sarah Musik zu entdecken, und oft tagelang nicht auffind-, ansprech- oder erreichbar war – ihr seid mein Anker. Immer.

Danke auch an den Mann, der mein Leben mit Musik und Lachen füllt. Durch dich gewinnen so viele Songs an Bedeutung. 831.

Thomas Lang, für den gemeinsamen Ausflug über den großen Teich und zurück. Unsere Reiseroute kann sich wahrlich sehen lassen.

Ein großer Dank gebührt meinen Lektorinnen Martina Wielenberg und Tina Vogel, für ihre Ideen, Gedanken, Korrekturen und den Spaß mit der Kommentarfunktion. Ein musikalisches Baby haben wir hier gezaubert.

Danke an Ally Taylor, meine Partnerin in crime. Anne – Puppe – Kelly, wir ziehen von Oceanside über New York bis zum Haus am Meer.

Danke an meine zauberhafte Agentin Eva Semitzidou, deren Begeisterung für meine Ideen, Figuren und Texte mich antreibt, alles so schnell wie möglich aufzuschreiben.

Und last, but never least: Danke an alle Leser, die Sarah, Will und Charlie in ihr Leserherz haben einziehen lassen. Es macht so viel mehr Spaß, mit euch an meiner Seite diesen Traum zu leben.

Playlist

Music was my first love – John Miles
Backstage Queen – Scorpions
New York State of Mind – Oleta Adams
Breakfast at Tiffany's – Deep Blue Something
New York, I Love You, but You're Bringing Me Down – LCD Soundsystem
New York City – The Chainsmokers
City Streets – Carole King
Late Night – Foals
Another Park, Another Sunday – The Doobie Brothers
Music in You – Sebastien, Boy Tedson
The Musician – Sophie Hunger
Business Woman – Camille Howard
Top of the World – Carpenters
Motorcycle Drive By – Third Eye Blind
Room with a View – Tina Dico
When Are We Waking Up? – Mallory Knox
Hard Working Woman – B. B. King
Music to Watch Boys To – Lana del Rey
The Stars Are Out Tonight – David Bowie
Like a Drum – Guy Sebastian
Independence Day – Elliott Smith
Best Fake Smile – James Bay
The Little Things – Will Brown

Drunk in the Morning – Lukas Graham
Decisions of the Heart – The Blims
Under Pressure – David Bowie
Boss of Me – David Bowie
I Forget Where We Were – Ben Howard
Purple Rain – Prince
We're All Stories – Will Brown